L'AUBE DES JEDI

MATIÈRE NOIRE

Le cycle de Star Wars

dans l'ordre chronologique de l'histoire

–25793	**129***	*L'Aube des Jedi. Matière noire* Tim Lebbon
DE –3954 À –3500	**107**	*The Old Republic : Alliance fatale* Sean Williams
	110	*The Old Republic : Complots* Paul S. Kemp
	112	*The Old Republic : Revan* Drew Karpyshyn
	126	*The Old Republic : Annihilation* Drew Karpyshyn
AN –1020	**85**	*Dark Bane : La Voie de la destruction* Drew Karpyshyn
AN –1000	**92**	*Dark Bane : La Règle des deux* Drew Karpyshyn
	108	*Dark Bane : La Dynastie du mal* Drew Karpyshyn
AN –67	**115**	*Dark Plagueis* James Luceno
AN –32	**52**	*Vent de trahison* James Luceno
	51	*Dark Maul : L'Ombre du chasseur* Michael Reaves
	22	*Épisode I : La Menace fantôme* Terry Brooks
AN –29	**43**	*Planète rebelle* Greg Bear
AN –27	**84**	*Vol vers l'infini* Timothy Zahn
AN –22	**83**	*Tempête intergalactique* Alan Dean Foster
	49	*Épisode II : L'Attaque des Clones* R.A. Salvatore
	90	*The Clone Wars* Karen Traviss
	93	*The Clone Wars : En territoire inconnu* Karen Miller
	96	*The Clone Wars : Pas de prisonniers* Karen Traviss
	100	*The Clone Wars : Gambit : Infiltré* Karen Miller
	103	*The Clone Wars : Gambit : Siège* Karen Miller

*** Ordre chronologique des parutions**

AN –22	**73**	*Contact zéro* Karen Traviss
AN –21	**82**	*Triple Zéro* Karen Traviss
	87	*True colors* Karen Traviss
	101	*Ordre 66* Karen Traviss
AN –21	**70**	*Point de rupture* Matthew Stover
AN –20		*Medstar* Steve Perry, Michael Reaves
	71	1. *Chirurgiens de l'espace*
	72	2. *Guérisseuse Jedi*
	74	*L'Épreuve du Jedi* David Sherman et Dan Cragg
	80	*Yoda : Sombre Rencontre* Sean Stewart
AN –19	**81**	*Le Labyrinthe du mal* James Luceno
	68	*Épisode III : La Revanche des Sith*
	79	*Dark Lord : L'Ascension de Dark Vador* James Luceno
	109	*Commando Impérial* Karen Traviss *1. La 501e*
AN –18		*Les Nuits de Coruscant* Michael Reaves
	111	*1. Crépuscule Jedi*
	113	*2. Rue des Ombres*
	114	*3. Modèles de Force*
	127	*Le Dernier Jedi* Michael Reaves et Maya Kaathryn Bohnhoff
		La Trilogie de Yan Solo A.C. Crispin
AN –10	**31**	1. *Le Coup du Paradis*
AN –5	**32**	2. *Le Gambit du Hutt*
AN –1	**34**	3. *L'Aube de la Rébellion*
AN –3	**94**	*Le Pouvoir de la Force* Sean Williams

AN –2		*Les Aventures de Yan Solo* Brian Daley
	66	1. *Yan Solo au Bagne des Étoiles*
	67	2. *La Revanche de Yan Solo*
	69	*Yan Solo et le trésor de Xim*
AN –1	**105**	*Le Pouvoir de la Force II* Sean Williams
AN 0	**89**	*L'Étoile Noire* Michael Reaves et Steve Perry
	1	*Épisode IV : La Guerre des Étoiles* George Lucas
	116	*Choix décisifs* Timothy Zahn
	128	*Vauriens* Timothy Zahn
AN 0–3	**86**	*Allégeance* Timothy Zahn
AN 3	**2**	*Épisode V : L'Empire contre-attaque* Donald F. Glut
	11	*Les Ombres de l'Empire* Steve Perry
AN 4	**3**	*Épisode VI : Le Retour du Jedi* James Kahn
		La Guerre des Chasseurs de Primes K.W. Jeter
	36	1. *L'Armure mandalorienne*
	37	2. *Le Vaisseau* Esclave
	38	3. *Une encombrante cargaison*
	15	*Trêve à Bakura* Kathy Tyers
ANS 6 & 7		*Les X-Wings* Michael A. Stackpole
	7	1. *L'Escadron Rogue*
	8	2. *Le Jeu de la mort*
	9	3. *Un piège nommé Krytos*
	10	4. *La Guerre du Bacta* Aaron Allston
	28	5. *L'Escadron Spectre*
	30	6. *Le Poing d'Acier*
	42	7. *Aux commandes : Yan Solo !*
AN 8	**25**	*Le Mariage de la Princesse Leia* Dave Wolverton

AN 9		*La Croisade noire du Jedi Fou* Timothy Zahn
	12	1. *L'Héritier de l'Empire*
	13	2. *La Bataille des Jedi*
	14	3. *L'Ultime Commandement*
AN 9		*Les X-Wings* Michael A. Stackpole
	44	8. *La Vengeance d'Isard*
AN 11		*L'Académie Jedi* Kevin J. Anderson
	16	1. *La Quête des Jedi*
	17	2. *Sombre Disciple*
	18	3. *Les Champions de la Force*
		Moi, un Jedi Michael A. Stackpole
	54	1. *Mirax a disparu*
	55	2. *L'Héritage de Corran Horn*
ANS 12 & 13	**23**	*Les Enfants du Jedi* Barbara Hambly
	24	*Le Sabre noir* Kevin J. Anderson
	29	*La Planète du crépuscule* Barbara Hambly
		Les X-Wings Aaron Allston
	53	9. *Les Chasseurs stellaires d'Adumar*
AN 14	**26**	*L'Étoile de Cristal* Vonda McIntyre
ANS 16 & 17		*La Crise de la Flotte noire* Michael P. Kube McDowell
	4	1. *La Tempête approche*
	5	2. *Le Bouclier furtif*
	6	3. *Le Défi du tyran*
AN 17	**27**	*La Nouvelle Rébellion* Kristine Kathryn Rusch
AN 18		*La Trilogie corellienne* Roger MacBride Allen
	19	1. *Traquenard sur Corellia*
	20	2. *Assaut sur Selonia*
	21	3. *Bras de fer sur Centerpoint*

AN 19		*La Main de Thrawn* Timothy Zahn
	33	1. *Le Spectre du passé*
	35	2. *Vision du futur*
AN 25		*Le Nouvel Ordre Jedi*
	39	1. *Vecteur Prime* R.A. Salvatore
		2. *La Marée des Ténèbres* Michael A. Stackpole
	40	I. *Assaut*
	41	II. *Naufrage*
		3. *Les Agents du Chaos* James Luceno
	45	I. *La Colère du Héros*
	46	II. *L'Éclipse des Jedi*
AN 26	**47**	4. *Point d'équilibre* Kathy Tyers
		5. *L'Aurore de la victoire* Greg Keyes
	48	I. *Conquête*
	50	II. *Renaissance*
AN 27	**56**	6. *Étoile après étoile* Troy Denning
	57	7. *Sombre Voyage* Elaine Cunningham
		8. *Derrière les lignes ennemies* Aaron Allston
	58	I. *Le Rêve rebelle*
	59	II. *La Résistance rebelle*
	60	9. *Le Traître* Matthew Stover
AN 28	**61**	10. *La Voie du destin* Walter Jon Williams
		11. *L'Hérétique de la Force* Sean Williams et Shane Dix
	62	I. *Les Vestiges de l'Empire*
	63	II. *Les Réfugiés*
	64	III. *Réunion*
	65	12. *L'Ultime Prophétie* Greg Keyes
AN 29	**75**	*La Force unifiée* James Luceno

AN 35		*Nid obscur*
		Troy Denning
	76	1. *Le Roi des Affiliés*
AN 36	**77**	2. *Le Secret des Killik*
	78	3. *La Guerre de l'essaim*
AN 40		*L'Héritage de la Force*
	88	1. *Trahison*
		Aaron Allston
	91	2. *Descendances*
		Karen Traviss
	95	3. *Tempête*
		Troy Denning
	97	4. *Exil*
		Aaron Allston
	98	5. *Sacrifice*
		Karen Traviss
	99	6. *Enfer*
		Troy Denning
	102	7. *Fureur*
		Aaron Allston
	104	8. *Révélation*
		Karen Traviss
	106	9. *Invincible*
		Troy Denning
		Le Destin des Jedi
	117	1. *Proscrit*
		Aaron Allston
	118	2. *Présage*
		Christie Golden
	119	3. *Abysse*
		Troy Denning
	120	4. *Revers*
		Aaron Allston
	121	5. *Alliés*
		Christie Golden
	122	6. *Vortex*
		Troy Denning
	123	7. *Jugement*
		Aaron Allston
	124	8. *Ascension*
		Christie Golden
	125	9. *Apocalypse*
		Troy Denning

STAR WARS™

L'AUBE DES JEDI

TIM LEBBON

MATIÈRE NOIRE

LUCAS BOOKS

POCKET

Titre original :
Dawn of the Jedi
Into the Void
Published by Ballantine Books

Traduit de l'américain par
Gabrielle Brodhy

Édition originale : Del Rey Books.

ISBN : 978-2-266-25597-4

Pour Ellie et Dan, mes jeunes Padawans

REMERCIEMENTS

Merci à tous à Del Rey, LucasBooks et Dark Horse, pour votre aide et vos encouragements. Et, comme toujours, un grand merci à mon agent, Howard Morhaim.

PERSONNAGES

Dalien Brock : rêveur (humain)
Dam-Powl : Maître Je'daii (Cathar femelle)
Kara : fautrice de troubles (humaine)
Lanoree Brock : Ranger Je'daii (humaine)
Lha-Mi : Maître de Temple Je'daii et moine Dai Bendu (Talid mâle)
Lorus : capitaine de la Milice de Kalimahr (Sith mâle)
Maxhagan : gangster (humain)
Tre Sana : voyou (Twi'lek mâle)

Il y a bien longtemps, dans une galaxie lointaine, très lointaine…

Au cœur de toute pauvre âme non unie à la Force ne réside que le vide.

Je'daii inconnu, an 2545 AATY
(après l'arrivée des Tho Yor)

1

AFFAIRES OBSCURES

Notre voyage ne fait que commencer, et je me sens comme une pierre dans la rivière de la Force. Lanoree est un poisson porté par cette rivière ; elle s'en nourrit, elle y vit, son bien-être en dépend. Mais moi je reste immobile. Un obstacle pour l'eau tant que je ne bougerai pas. Et lentement, lentement, l'érosion me conduit au néant…

Dalien Brock, journal, an 10661 AATY

Aux yeux de Lanoree Brock, le ciel est immense et infini, et tandis qu'elle court pour rejoindre son frère, la petite fille inhale les merveilles de Tython.

Dalien est encore descendu à l'estuaire. Il aime être seul, loin de tous les autres enfants de Bodhi, le Temple Je'daii des Arts. Ses parents l'ont envoyée le chercher, et même s'ils ont encore des cours à donner cet après-midi, ils ont promis de les emmener jusqu'aux abords de la Forêt de Lisière ce soir. Lanoree adore y aller. En même temps, ça lui fait un peu peur. À deux pas du Temple, près de la mer, elle peut sentir la Force jaillir de partout – de l'air qu'elle respire et de chaque endroit où se portent ses yeux, de tout ce qui compose ce merveilleux paysage. La nature primitive et sauvage de la Force, là-haut, près de la Forêt de Lisière, fait battre plus fort le sang dans ses veines.

Sa mère, en souriant, lui promettra que, quand le temps sera venu, elle apprendra tout de ses mystères. Son père, lui, laissera son regard se fondre dans les profondeurs de la forêt, comme s'il languissait en secret de l'explorer. Et son petit frère, qui n'a que neuf ans, se mettra à pleurer.

Toujours, devant la Forêt de Lisière, il pleure.

— Dal !

Elle se faufile dans les hautes herbes de la rive, ses mains tendues de chaque côté afin de sentir leur caresse sur ses paumes. Elle ne lui a pas parlé de la promenade prévue ce soir. Il risquerait de se renfrogner et pourrait même refuser de rentrer avec elle. Ça lui arrivait parfois et, selon leur père, c'était l'attitude de qui cherche sa propre voie.

Dal ne semble pas l'avoir entendue. *Si c'était moi, je me serais sentie approcher depuis longtemps*, se dit-elle en ralentissant l'allure alors qu'elle arrive près de lui.

Dal garde la tête baissée. À côté de lui, il a créé un cercle parfait à l'aide de noyaux de mepples mâchés, son fruit préféré. Il fait toujours ça quand il réfléchit.

Le flux de la rivière, gonflé par les récentes pluies, est rapide. Il y a là une vigueur intimidante et, fermant les yeux, Lanoree ressent la Force et les myriades de formes de vie que l'eau héberge. Certaines aussi petites que son doigt, et d'autres qui remontent à contre-courant de l'océan, presque aussi grosses qu'un chasseur atmosphérique *Traque-Nuages*. Et elle sait, pour les avoir étudiées, que la plupart de ces créatures ont des dents.

Indécise, elle se mord la lèvre. Puis elle sonde avec son esprit et…

— Je t'ai dit de jamais me faire ça !

— Dal…

Il se relève pour lui faire face. Il a l'air furieux. L'espace d'une seconde, le feu qui apparaît dans ses yeux ne lui plaît pas du tout. Elle a déjà vu ces flammes, et la cicatrice noueuse qu'elle porte sur sa lèvre inférieure est là pour les lui rappeler. Puis elle voit sa colère s'évanouir.

— Désolé, dit-il en lui souriant. Tu m'as fait peur, c'est tout.

— Tu dessines ? demande-t-elle en découvrant son carnet de croquis.

Il s'empresse de le refermer.

— Ça vaut rien.

— Tu ne me feras pas croire ça, objecte-t-elle. Tu es très doué. Même Maître Fenn le dit.

— Maître Fenn est un ami de Père.

Ignorant son insinuation, Lanoree se rapproche de son frère. Elle voit tout de suite qu'il a choisi une très bonne place pour dessiner. Juste devant une boucle de la rivière où un ruisseau, descendant des collines, vient se jeter, créant un bouillonnement de courants. Dans le sous-bois de la rive opposée, le tronc d'un énorme et très vieil ak abrite une volée d'oiseaux tisseurs dont les fils d'or scintillent sous le soleil de l'après-midi. Le chant des oiseaux se mêle au grondement de la rivière.

— Tu me fais voir ? dit-elle.

Il ne la regarde pas, mais ouvre son carnet.

— C'est très beau, Dal. La Force a guidé tes doigts.

En fait, elle n'en est pas certaine.

Dal sort un gros crayon de sa poche et trace brutalement cinq traits épais sur le croquis, de gauche à droite, déchirant le papier. Son expression n'a pas changé, son souffle non plus. Rien en lui ne manifeste la moindre colère.

— Voilà, dit-il. C'est mieux.

Un instant, les traits apparaissent comme des griffures, et alors qu'elle inspire profondément et cligne des yeux…

Une sonnerie, douce mais insistante, la tira du sommeil. En soupirant, elle s'assit et se frotta les yeux, un très léger massage qui chassa son rêve. Cher Dal. Elle rêvait souvent de lui, mais ces rêves évoquaient généralement ces temps plus récents où tout allait de travers, et non pas l'époque où ils étaient encore des enfants pour qui Tython offrait beaucoup de potentiels.

Peut-être était-ce parce qu'elle revenait chez elle.

Il y avait plus de quatre ans qu'elle n'était pas retournée à Tython. Elle était une Ranger Je'daii, et donc elle parcourait le système interplanétaire. Certains Rangers se trouvaient des raisons pour revenir régulièrement sur Tython : liens familiaux, formation continue, débriefings… Mais tout cela procédait de la même chose – tous détestaient être loin de chez eux. Selon elle, il y avait aussi ces Je'daii qui éprouvaient le besoin de venir s'immerger de temps à autre dans l'environnement riche en Force de Tython, comme s'ils doutaient de la puissance de leur affinité avec la Force.

Lanoree, elle, ne connaissait pas ces incertitudes. Elle ressentait une énergie et un équilibre satisfaisants dans la Force. Les courtes retraites qu'elle avait effectuées avec d'autres sur Ashla et Bogan – une partie de l'entraînement que le Padawan effectuait s'il le désirait – avaient accru sa confiance dans ce domaine.

Quittant sa couchette, elle s'étira, attrapa les barres qu'elle avait elle-même soudées au plafond, se hissa en respirant lentement, puis leva les jambes et les tendit jusqu'à être à l'horizontale. Ses muscles tressaillaient, et elle respira profondément en sentant la Force couler en elle – vibrante, vivante. Les exercices mentaux et la méditation, c'était bien, d'accord, mais parfois elle prenait beaucoup de plaisir à se dépenser physiquement. Elle était convaincue qu'on ne pouvait être fort dans la Force sans l'être aussi dans son corps.

La sonnerie insistait…

— Au cas où tu ne l'aurais pas remarqué, je suis réveillée, dit-elle en se laissant retomber en douceur sur le sol.

La sonnerie s'arrêta, et le droïde de maintenance d'un

jaune crasseux de son croiseur de classe *Pacificateur* arriva sans se presser dans son petit espace de vie sur ses pieds métalliques à coussinets. C'était un des nombreux aménagements qu'elle avait apportés au vaisseau durant toutes ses années passées dans le système de Tython. La plupart des croiseurs de ce type étaient équipés d'un droïde basique, mais elle avait actualisé le sien pour le mettre au niveau d'un droïde holgorien IM-220, capable d'une communication limitée avec un maître humain et de tâches pas nécessairement cantonnées à la maintenance. Elle l'avait aussi amélioré en le revêtant d'un solide blindage ; du coup, il pesait deux fois plus lourd, mais au moins lui était-il ainsi bien plus utile lors de situations périlleuses. Elle lui parlait et obtenait des réponses idiotes qui, du moins le supposait-elle, devaient à peu de chose près être celles auxquelles elle aurait droit en essayant de communiquer avec un kapir herbivore sur sa planète natale. Elle lui avait même donné un nom.

— Et tu as intérêt à ne pas m'avoir réveillée trop tôt, Holgy.

Le droïde bipa et grinça, et elle n'était pas loin de penser que son âge avancé le rendait grincheux.

Elle promena son regard sur ses quartiers – petits, mais confortables. Si elle avait préféré un croiseur de classe *Pacificateur* plutôt qu'un chasseur de classe *Pisteur*, c'était pour sa taille. Même avant sa première mission en tant que Ranger Je'daii, elle avait su qu'elle aimerait passer le plus clair de son temps dans l'espace. Un *Pisteur* était rapide et maniable, mais bien trop petit pour y vivre. Avec le *Pacificateur*, elle sacrifiait un peu la manœuvrabilité, mais elle passait de longues périodes seule dans son vaisseau. C'était donc son choix.

Et à l'instar de la plupart des Rangers, elle avait accompli de nombreuses modifications et adaptations sur son vaisseau qui marquaient l'empreinte de sa propre identité. Elle avait démonté la table et les chaises pour les remplacer par des haltères et une cage à squat pour ses exercices de musculation. Si bien que maintenant, elle prenait ses repas assise sur son étroite couchette. Et à la place du système de divertissement Holonet, elle avait mis un écran plat plus ancien, qui faisait également office de centre de communication et réduisait le poids du vaisseau. À côté du volumineux compartiment moteur, il y avait eu une petite pièce avec une deuxième couchette pour un invité ou un compagnon, mais étant donné qu'elle n'en avait pas, elle avait utilisé l'espace pour y stocker des nacelles supplémentaires de batterie laser, une unité de recyclage de l'eau et des provisions alimentaires. Les quatre tourelles à canon laser du vaisseau avaient également été améliorées : elles étaient désormais aussi équipées de missiles à plasma ainsi que de missiles drones pour combat longue distance. Grâce à l'aide du maître armurier cathar Gan Corla, les canons étaient à présent trois fois plus puissants que ceux des croiseurs standard et atteignaient leurs cibles sur le double de distance.

Elle avait de plus bricolé et adapté la fonction et la position de plusieurs commandes du poste de pilotage, de sorte qu'elle seule pouvait efficacement piloter le vaisseau. Il était *à elle*, elle était *chez elle*, et c'était comme ça qu'elle s'y sentait bien.

— Encore combien de temps, pour Tython ? demanda-t-elle.

Le droïde émit une série de clics et de grincements.

— D'accord. Je suppose que je ferais mieux de me rafraîchir un peu, alors.

Elle effleura un pavé tactile, et les écrans sombres à l'avant du cockpit s'éclaircirent, révélant le panorama piqueté d'étoiles qui ne manquait jamais de lui serrer le cœur. Il y avait quelque chose de si profondément émouvant dans la distance et l'échelle de ce qui s'offrait à sa vue, au-delà – et la Force ne lui permettait jamais d'oublier qu'elle participait de quelque chose d'une insaisissable ampleur. Sans doute, à ces instants, était-elle plus proche que jamais d'une révélation spirituelle.

Elle effleura de nouveau du bout des doigts le pavé tactile et une lueur rouge apparut autour d'un point éloigné. Tython. Encore trois heures, et elle y serait.

Si le Conseil Je'daii l'avait rappelée à Tython, ça ne pouvait signifier qu'une chose : ils avaient une mission pour elle, et de celles que l'on ne peut évoquer qu'en tête à tête.

Douchée, habillée et le ventre plein, Lanoree s'assit dans son siège de pilote et regarda Tython grossir sur son écran. Son vaisseau avait communiqué avec des drones sentinelles orbitant à trente mille kilomètres, et en ce moment même le *Pacificateur* effectuait une gracieuse parabole qui le mènerait dans l'atmosphère, juste au-dessus de l'équateur.

La perspective de revoir Tython la rendait nerveuse, mais elle était en même temps excitée. Elle était heureuse de retrouver sa mère et son père, même si ça ne serait que brièvement. Elle ne les avait pas contactés assez souvent. Depuis la mort de Dal, elle était leur seule enfant.

Quelques notes légères annoncèrent l'arrivée d'une transmission. Elle pivota sur son siège pour se placer face à l'écran plat au moment où une image y apparaissait.

— Maître Dam-Powl, dit-elle, surprise. Quel honneur…

Et ça l'était. Elle s'était attendue à ce qu'un Ranger Je'daii, voire un Voyageur qu'elle ne connaîtrait pas, lui souhaite la bienvenue. Mais certainement pas Maître Dam-Powl en personne.

Dam-Powl inclina la tête.

— Lanoree, c'est un plaisir de te revoir. Nous attendions ton arrivée avec impatience. Nous avons des affaires urgentes à discuter. Des affaires… *obscures*.

— C'est ce que j'avais cru comprendre, oui, répondit Lanoree en s'agitant dans son fauteuil avec une nervosité qu'elle ne pouvait s'expliquer.

— Je sens ton malaise, dit Maître Dam-Powl.

— Pardonnez-moi. Il y a un moment, maintenant, que je ne me suis pas adressée à un Maître Je'daii.

— Tu n'es pas à l'aise, même avec moi ? dit-elle en souriant.

Son sourire s'effaça toutefois aussitôt.

— Peu importe. Prépare-toi, car tu vas devoir parler à six Maîtres, aujourd'hui, y compris à Lha-Mi, le Maître de Temple de Stav Kesh. J'ai adressé à ton vaisseau les coordonnées d'atterrissage pour notre rendez-vous à trente kilomètres au sud d'Akar Kesh. Sois-y au plus vite.

— Maître, nous ne nous rejoignons pas dans un Temple ?

Mais Dam-Powl avait déjà interrompu la transmission, et Lanoree se retrouva devant l'écran noir, face à son propre reflet. Elle se ressaisit toutefois aussitôt en évacuant le choc dans un long soupir. *Six Maîtres Je'daii ? Avec Maître Lha-Mi, en plus ?*

C'était donc vraiment du très lourd…

Impatiente d'effectuer l'approche par elle-même, et après avoir vérifié les coordonnées transmises, elle passa l'ordinateur de vol sur mode manuel. Elle avait toujours aimé voler, surtout pour la liberté que cela lui apportait. Pas d'entraves. Pas de contraintes. Presque un électron libre.

Les yeux clos, elle prit une longue inspiration avec la Force qui, si près de Tython, était tellement puissante, presque brute, qu'elle raviva ses sens.

Et lorsque le *Pacificateur* pénétra dans la couche supérieure de l'atmosphère, son excitation se fit plus forte encore. La zone d'atterrissage était nichée dans une petite vallée dominée par des pierres géantes disposées sur les collines environnantes. Elle distingua plusieurs autres vaisseaux, dont des chasseurs *Pisteur* et un autre croiseur *Pacificateur*. C'était un choix plutôt bizarre pour ce genre de rencontre, mais le Conseil Je'daii avait sûrement ses raisons. Elle fit effectuer un arc élégant à son vaisseau et atterrit presque sans la moindre secousse.

— La terre ferme, enfin, murmura-t-elle. Holgy, j'ignore complètement combien de temps on va rester ici, mais profites-en pour faire un contrôle complet. S'il nous faut des pièces ou autre chose, on pourra les trouver à Akar Kesh avant de repartir.

Le droïde lâcha un soupir mécanique.

Lanoree testa précautionneusement l'atmosphère puis, une fois certaine que la pression de l'air dans le vaisseau s'était ajustée sur celle de l'extérieur, elle ouvrit l'écoutille inférieure. Les odeurs qui s'engouffrèrent dans la cabine – herbe urticante, eau vive, ainsi que celle, étrange et lourde, qui semblait imprégner l'atmosphère autour de la plupart des Temples – éveillèrent en elle une nostalgie pour la planète qu'elle avait laissée derrière elle. Mais le moment se prêtait mal aux rêveries personnelles.

Trois Voyageurs l'attendaient, excités et les yeux brillants.

— Bienvenue, Ranger Brock ! dit le plus grand des trois.

— Je suis sûre de l'être, oui, ironisa-t-elle. Où est-ce qu'on m'attend ?

— Dans le *Pacificateur* de Maître Lha-Mi, répondit un autre. Nous sommes ici pour vous y conduire. Si vous voulez bien nous suivre…

— Je représente le Conseil des Maîtres, annonça Lha-Mi. Désolée de ne pas vous avoir réservé un accueil sur Tython dans un environnement plus… salubre. Mais il est nécessaire que notre rencontre reste secrète.

Ses longs cheveux blancs brillaient sous la lumière artificielle. C'était un Maître âgé et sage que Lanoree était heureuse de revoir.

— Je me réjouis d'être de retour, dit-elle en s'inclinant devant lui.

— Allons, allons…, dit-il en lui désignant un siège

où elle s'assit, lui faisant ainsi face de même qu'aux cinq autres Maîtres Je'daii.

L'espace de vie de ce croiseur *Pacificateur* avait été aménagé de façon à y disposer une table circulaire et huit sièges, guère plus. Elle adressa un salut silencieux à Lha-Mi, Dam-Powl et le Maître cathar Tem Madog, mais elle ne connaissait pas les trois autres. Tout portait à croire qu'il s'était passé beaucoup de choses pendant qu'elle était au loin, surtout en ce qui concernait les promotions.

— Ranger Brock, dit Maître Dam-Powl en souriant. Je suis si heureuse de te revoir en chair et en os.

Dam-Powl et Lanoree, pendant leur apprentissage au Temple Je'daii de la Science, s'étaient toutes les deux liées d'amitié. C'était elle, plus que les autres, qui avait exprimé haut et fort que Lanoree deviendrait un jour une grande Je'daii. Et elle encore qui avait révélé les domaines de l'usage de la Force pour lesquels Lanoree était le plus douée – la métallurgie, la manipulation des quatre éléments, l'alchimie –, et l'avait encouragée à s'y intéresser.

— Moi de même, Maître Dam-Powl, répondit Lanoree.

— Comment se passent tes études ?

— Ça avance, dit-elle.

Il y avait une cachette dans son *Pacificateur*, où elle avait dissimulé une expérience très personnelle, et elle y travaillait parfois de longues heures. Son savoir-faire alchimique semblait parfois encore immature, mais le sentiment d'accomplissement et de puissance qu'elle éprouvait en le mettant en pratique était presque addictif.

— Vous êtes une Je'daii très douée, dit Maître Tem Madog. Je sens votre expérience et votre force croître avec les années.

L'épée en duracier suspendue au flanc de Lanoree avait été forgée par ce Maître forgeron. Et sa lame avait eu de nombreuses occasions de lui sauver la vie ; en d'autres circonstances, elle avait aussi fauché des vies. C'était comme son troisième bras, elle faisait partie d'elle. Depuis quatre ans qu'elle avait quitté Tython, elle ne s'était jamais séparée de son épée, et à cet instant même, elle la sentait, fraîche et dure, qui manifestait une certaine impatiente en présence de son créateur.

— J'honore la Force du mieux que je le peux, répondit-elle. *Je suis le mystère de l'obscurité, en équilibre entre le chaos et l'harmonie.*

Elle souriait en citant le serment Je'daii, et certains des Maîtres lui retournèrent son sourire. Certains seulement. Les trois qu'elle ne connaissait pas demeurèrent figés, et elle les sonda très délicatement, consciente qu'elle risquait d'en être sermonnée mais pourtant incapable de renoncer à cette vieille habitude. Elle avait toujours aimé savoir à qui elle avait affaire. Et dans la mesure où ils ne s'étaient pas présentés, elle trouvait cela tout à fait justifié.

Ils se fermèrent à elle et l'un d'eux, un Wookiee, émit un grondement sourd.

— Vous avez bien servi les Je'daii et Tython durant toutes ces années en tant que Ranger, dit Lha-Mi. Et à cet instant, assise devant nous, vous devez bien vous rendre compte que nous ne vous voulons aucun mal. Cette réunion vous paraît sans doute étrange et je comprends que vous retrouver face à nous puisse vous impressionner. Peut-être même vous intimider. Mais vous n'avez pas besoin de vous introduire dans l'intimité d'autrui, Lanoree, surtout celle d'un Maître. Aucun besoin.

— Mes excuses, Maître Lha-Mi, répondit-elle en se crispant intérieurement.

Tu es peut-être allée dans les régions sauvages, se sermonna-t-elle, *mais respecte les formalités Je'daii*.

Le Wookiee se mit à rire.

— Je suis Xiang, intervint l'un des étrangers appartenant à l'espèce Sith. Votre père m'a enseigné, et à présent j'enseigne à mon tour sous sa supervision au Temple de Bodhi. Un homme sage, et doué pour les tours de magie.

Lanoree fut saisie d'une émotion inattendue. Elle revit

son père leur faire des tours quand Dal et elle étaient enfants ; il faisait apparaître des objets de nulle part, transformait une chose en une autre… À l'époque, elle pensait qu'il utilisait sa maîtrise de la Force, mais il lui avait dit qu'il existait certaines choses que même la Force ne pouvait pas faire. *Ce sont des tours*, disait-il alors. *Je me contente de tromper vos sens, et non de les manipuler avec les miens.*

— Comment va-t-il ? demanda-t-elle.

— Bien, répondit Xiang dont la peau rouge se plissa sous son sourire. Lui et votre mère vous adressent toute leur affection. Ils avaient espéré votre visite, mais étant donné les circonstances, ils se rendent compte que ce sera difficile.

— Les circonstances ?

Xiang coula un regard vers Lha-Mi avant de revenir à elle. Et quand elle s'exprima de nouveau, ce ne fut pas pour répondre à sa question. Du moins pas directement.

— Nous avons une mission pour vous. Une mission… délicate. Et de la plus haute importance.

Lanoree ressentit le changement d'atmosphère dans la pièce. Pendant un instant, tous restèrent figés dans un silence presque total – Lha-Mi, le Maître de Temple, les cinq autres Maîtres Je'daii, et elle-même. L'air conditionné bourdonnait, et par le biais de son siège, elle perçut la vibration plus insistante des sources d'énergie du *Pacificateur.* Sa propre respiration s'était faite plus forte. Son cœur rythmait les secondes qui s'égrenaient. La Force coulait en elle et autour d'elle, et Lanoree sentit à cet instant l'histoire basculer – la sienne, mais aussi celle de la civilisation Je'daii.

Quelque chose d'extrêmement grave était sur le point de se produire.

— Pourquoi m'avoir choisie, moi ? demanda-t-elle à voix presque basse. Il y a beaucoup d'autres Rangers dispersés dans le système de Tython. Et certains étaient bien plus près d'ici. Il m'a fallu dix-neuf jours pour arriver depuis Obri.

— Pour deux raisons, répondit Xiang. D'abord, vous êtes particulièrement adaptée pour les investigations à mener. Le temps que vous avez passé sur Kalimahr à arbitrer les négociations autour du marché concernant l'île de Hang Layden a révélé votre sensibilité, tout comme vos démarches auprès des habitants des mondes habités. Vos actions sur Nox ont sauvé de nombreuses vies. Et en désamorçant le conflit des territoires wookiees sur Ska Gora, vous avez probablement évité une guerre civile.

— C'était plus qu'un simple désamorçage, dit Lanoree.

— Les morts étaient regrettables, dit Lha-Mi, mais le but était d'en éviter beaucoup plus.

Lanoree songea aux ramures en feu des arbres géants, aux innombrables feuilles embrasées charriées par les vents mauvais qui parfois chahutaient les jungles là-bas, aux fracas des troncs d'arbres millénaires qui se fendaient et craquaient sous les flammes furieuses, et aux hurlements des Wookiees à l'agonie. Et elle songea aussi à son doigt sur la détente de ses canons laser prêts à tirer encore. *C'étaient eux ou moi*, se rappelait-elle chaque fois que le rêve revenait la hanter, et elle savait que c'était vrai. Elle avait essayé tout ce qui était possible – *tout* – mais, au bout du compte, la diplomatie avait dû s'incliner devant le sang. Pourtant, chaque fois qu'elle en rêvait, la Force s'agitait violemment en elle tandis que lumière et obscurité se livraient une féroce lutte de pouvoir. La lumière la torturait avec ces souvenirs. L'obscurité, elle, lui permettait sans problème de s'apaiser.

— Vous avez sauvé des dizaines de milliers d'êtres, dit Xiang. Peut-être davantage. Il fallait que quelqu'un arrête Gharcanna, le Seigneur wookiee de la guerre, dans son élan meurtrier.

— Je regrette seulement qu'il ait combattu jusqu'au

bout, dit Lanoree en rencontrant le regard du Maître wookiee.

Lequel hocha lentement la tête sans rompre le contact visuel avec elle. Sa fierté l'aidait visiblement à dominer sa tristesse.

— Vous avez évoqué deux raisons, ajouta-t-elle.

— Oui, répondit Xiang qui, apparemment mal à l'aise, s'agita soudain dans son fauteuil.

— Peut-être serait-il préférable que je lui transmette le reste des informations, suggéra Lha-Mi. La mission d'abord. La menace qui pèse sur les Je'daii, et peut-être même sur Tython. Une fois que vous en connaîtrez la nature, vous comprendrez pourquoi nous vous avons choisie.

— Bien sûr, acquiesça Lanoree. Je suis honorée de me trouver ici, et impatiente de vous entendre. Si Tython est menacée, c'est tout ce que j'aime qui l'est aussi.

— Tout ce que *nous* aimons tous, dit Lha-Mi. Depuis dix mille ans, nous étudions la Force et développons notre société *autour* d'elle et *en* elle. Nous avons subi des guerres et des conflits, et nous efforçons de toujours maintenir l'équilibre entre l'obscurité et la lumière, entre Bogan et Ashla. Mais maintenant… maintenant nous sommes confrontés à quelque chose qui risque de tous nous détruire… Un homme. Et ses rêves. Il rêve de quitter le système de Tython et de voyager dans la galaxie. Nombreux sont ceux qui, comme lui, le souhaitent, et c'est un désir que je respecte. Nous avons beau être implantés dans ce système, tout être éduqué sait que notre histoire puise son origine quelque part dans l'espace, au-delà de tout ce que nous connaissons et comprenons aujourd'hui. Mais cet homme, lui, cherche une autre voie.

— Quelle autre voie ? demanda Lanoree qui sentait sa peau, sous l'effet de la peur, lui picoter.

— Une porte stellaire, dit Lha-Mi.

— Mais il n'existe pas de porte stellaire sur Tython,

objecta-t-elle. À part une légende qu'on raconte sur celle enfouie dans les profondeurs de l'Ancienne Cité, mais ça n'est rien de plus que ça – une légende.

— Une légende, répéta Lha-Mi, la tête penchée et les yeux fatigués. Mais certains sont prêts à courir après un mythe et à s'acharner pour tenter de lui donner une réalité. Et selon nos informations, c'est exactement ce que fait cet homme. Il est convaincu qu'il existe une porte stellaire profondément enfouie sous les ruines de l'Ancienne Cité sur le continent de Talss. Et il cherche à l'activer.

— Comment ?

— Avec un appareil. Nous ignorons à quoi il ressemble. Mais d'après nos sources, il serait alimenté par de la matière noire et activé par d'obscurs moyens. Interdits et redoutés. Le mécanisme le plus dangereux connu de nous à ce jour, et qu'aucun Je'daii ne s'aventurerait à vouloir s'approprier ou créer.

— Mais s'il n'existe pas de porte stellaire…

— Une légende, répéta Lha-Mi. Cet homme poursuit une légende. Mais qu'elle existe ou non ne compte pas. La vraie menace, c'est la matière noire qu'il a l'intention d'utiliser pour tenter de réveiller cet hypothétique portail. Ça pourrait…

Sa phrase resta en suspens, et il tourna son regard sur le côté.

— Ça pourrait détruire Tython, dit Dam-Powl. Mettre la matière noire en contact avec de la matière normale serait cataclysmique. Ça créerait un trou noir qui avalerait Tython et le reste du système en une seule seconde.

— Mais s'il existe bien une porte stellaire, et qu'elle fonctionne *vraiment* ?

Sa question se heurta au silence. Puis l'un des trois Maîtres qu'elle ne connaissait pas prit la parole pour sa première et dernière intervention de la rencontre.

— Alors le danger pour les Je'daii serait très différent mais tout aussi grave.

— Vous comprenez donc le désastre potentiel auquel nous sommes confrontés, dit Lha-Mi.

— Juste à cause d'un seul homme ? Eh bien, arrêtez-le.

— Nous ignorons où il est. Nous ne savons même pas sur quelle planète il se trouve.

— Et ces informations sont-elles sûres ? demanda Lanoree, même si elle connaissait déjà la réponse.

Ce genre de réunion réunissant autant de Maîtres Je'daii n'aurait jamais eu lieu si ce n'était pas le cas.

— Nous n'avons aucune raison d'en douter, dit Lha-Mi, et toutes les raisons de le craindre. Et s'il s'avère que cette menace n'est pas aussi sérieuse que nous le pensons, alors ce sera une bonne chose. Tout ce que nous aurons perdu, c'est du temps.

— Mais cette porte stellaire..., commença Lanoree. Protégez-la. Faites-la garder.

Lha-Mi, de l'autre côté de la table, se pencha vers elle. D'un clignement des yeux, il boucla la salle – l'air conditionné s'arrêta ; la porte se ferma hermétiquement.

— La porte stellaire est une fable, dit-il. Rien de plus.

Lanoree hocha la tête. Mais elle savait aussi qu'évoquer un mythe n'exigeait pas de prendre autant de précautions, ni de telles dispositions. *Plus tard*, songea-t-elle, gardant ses réflexions pour elle.

— Il est temps, à présent, de vous révéler pourquoi nous vous avons choisie pour cette mission, dit Xiang. L'homme en question est Dalien Brock, votre frère.

Lanoree se sentit chanceler. Jamais elle n'avait souffert du mal de l'espace – la Force la stabilisait, comme tout Je'daii –, mais à cet instant elle eut le sentiment d'osciller dans son siège, même si elle ne bougeait pas. Le *Pacificateur* était aussi stable que le sol sur lequel il était posé, et pourtant la tête lui tournait.

— Non, dit-elle, les sourcils froncés. Dalien est mort il y a neuf ans.

— Vous n'avez pas retrouvé son corps, objecta Xiang.

— Non, mais ses vêtements, oui. En lambeaux et ensanglantés.

— Nous n'avons aucune raison de mettre nos sources en doute, dit Lha-Mi.

— Et moi je n'en ai aucune de les croire ! rétorqua-t-elle.

Le silence, pesant, tomba sur la salle.

— Pourtant, vous n'en manquez pas… D'une part, nous avons ordonné cette réunion, dit Lha-Mi. Ensuite, un doute plane sur la mort de votre frère. Et enfin, si votre frère est toujours vivant, il pourrait être une menace pour Tython. Il pourrait anéantir tout ce que vous aimez.

Il a fui, j'ai trouvé ses vêtements, là-bas, au plus profond de… l'Ancienne Cité.

— Vous voyez ? dit Lha-Mi comme s'il lisait ses pensées.

D'ailleurs, elle ne doutait pas qu'il l'ait fait. C'était un Maître de Temple, après tout, et elle n'était qu'un Ranger. Perturbée comme elle l'était, elle aurait du mal à empêcher ses pensées de la trahir.

— Il contemplait toujours les étoiles, dit-elle à voix basse.

— Nous avons entendu parler d'une organisation assez peu structurée, des personnes qui se sont baptisées « les Rêveurs d'Étoiles ».

— Oui, dit Lanoree, revoyant son jeune frère le regard toujours tourné vers le ciel, vers les profondeurs de l'espace, tandis qu'elle cherchait ces mystères en elle-même.

— Retrouvez votre frère, dit Lha-Mi. Ramenez-le sur Tython. Et mettez un terme à ses projets insensés.

— Il ne reviendra pas, objecta Lanoree. Si c'est vraiment lui, il ne reviendra pas ici après si longtemps. Il était si jeune quand il est mort, mais pourtant il commençait déjà à…

— … à haïr les Je'daii, termina Xiang pour elle. Raison de plus pour le ramener ici.

— Et s'il refuse ?

— Vous êtes une Ranger Je'daii, dit simplement Lha-Mi.

Et d'une certaine façon, Lanoree sut qu'elle avait sa réponse.

— J'aurai besoin de toutes les informations.

— Tout est déjà téléchargé sur l'ordinateur de votre vaisseau.

Elle acquiesça en silence. Leur anticipation ne la surprenait pas. Ils savaient très bien qu'elle ne pourrait pas refuser.

— C'est une opération secrète, précisa Xiang. Les rumeurs sur cette porte stellaire existent, mais de savoir que quelqu'un essaie de l'activer pourrait semer la panique. Nous pourrions bien sûr envoyer des forces plus conséquentes contre Dalien, mais ce serait bien trop visible.

— Et il y a une raison plus profonde, ajouta Lha-Mi.

— Vous ne voulez pas que des gens prennent fait et cause pour lui, dit Lanoree. Si l'annonce de ce qu'il prépare se répand, il pourrait s'en trouver beaucoup d'autres pour tenter d'actionner cette porte stellaire. Ce serait donc plus de systèmes déclencheurs. Plus de matière noire.

Lha-Mi sourit en acquiesçant.

— Vous êtes perspicace et sage, Lanoree. La menace est grave, en effet. Nous comptons sur vous.

— De la flagornerie, Maître ? dit Lanoree d'un ton plus léger.

Un rire secoua l'assemblée des Maîtres Je'daii.

— Une simple honnêteté, répondit Lha-Mi avant de reprendre son sérieux.

Ce qui était dommage ; le sourire lui allait bien.

— Comme toujours, je ferai tout ce qui est en mon pouvoir, dit-elle.

— Que la Force soit avec vous, dit Lha-Mi.

Lanoree se leva, s'inclina et, comme elle s'avançait vers la porte, Lha-Mi la lui ouvrit d'un simple geste de la main. Avant de la franchir, toutefois, elle s'arrêta et se retourna.

— Maître Xiang. Veuillez s'il vous plaît transmettre

toute mon affection à mon père et à ma mère. Dites-leur que… je les verrai bientôt.

Xiang acquiesça en souriant.

Lanoree pouvait presque sentir la main de son jeune frère dans la sienne alors qu'elle quittait la salle.

Comme elle retournait vers son croiseur, un flot d'émotions l'assaillit. Et toutes, elle s'en rendait compte sans surprise, étaient dominées par sa joie de savoir que Dal était toujours en vie. Et c'était bien évidemment la raison pour laquelle ils l'avaient choisie pour cette mission. Bien sûr, ce qu'elle avait accompli comptait également ; bien qu'elle ait à peine vingt-cinq ans, elle avait déjà un palmarès tout à fait honorable au service des Je'daii. Son affinité avec la Force ainsi qu'avec la philosophie et les objectifs des Je'daii était pure. Toutefois, son engagement personnel était peut-être son plus précieux atout.

Parce qu'elle n'avait pas réussi à sauver son frère, neuf ans plus tôt, elle était résolue à ne pas lui faire faux bond cette fois-ci. Elle ferait tout ce qui était en son pouvoir pour sauver Dal – du danger et de la damnation –, et cette détermination serait un moteur essentiel pour sa mission qui, toutefois, pourrait aussi en être compromise.

Consciente qu'elle allait devoir brider ses émotions, elle prit une forte inspiration et se força à se calmer.

Deux jeunes Apprentis Je'daii passèrent près d'elle. Un garçon et une fille qui auraient très bien pu être frère et sœur, et, un bref instant, ils lui rappelèrent Dal et elle. Tous deux la saluèrent d'un signe de tête respectueux qu'elle leur retourna ; elle avait saisi l'estime dans leur regard, mais peut-être aussi une certaine crainte. Elle portait un pantalon large, une chemise serrée, une veste soyeuse et chatoyante, des bottes de cuir et sa ceinture utilitaire. Son écharpe rouge venait d'une des boutiques de vêtements les plus chic sur Kalimahr. Les bracelets d'argent à son poignet gauche étaient incrustés de pierres précieuses provenant des mines de Ska Gora ; c'était un cadeau de la famille wookiee dont elle était devenue très proche durant son séjour là-bas. Son épée était glissée dans un fourreau de cuir taillé dans la peau vert cru d'un lézard hurleur d'une des trois lunes d'Obri. Avec son mètre quatre-vingts, ses étonnants yeux gris et ses longs cheveux auburn retenus par une douzaine de barrettes et de pinces métalliques, elle avait tout à fait conscience de la forte impression qu'offrait son imposante stature.

— Ranger, dit la fillette.

Lanoree s'arrêta, se retourna et vit que les deux Apprentis s'étaient eux aussi immobilisés. Ils la regardaient avec insistance et une sorte de fascination mais, aussi, avec quelque chose d'autre. Ils avaient visiblement une raison précise.

— Oui, les enfants ? dit-elle en haussant un sourcil.

La fillette, une main dans la poche de son pantalon de laine, s'avança. Lanoree sentit la Force couler puissamment en l'un et l'autre, et leur attitude assurée la rendit triste. Ce qu'elle avait connu avec Dal avait été si différent. Il n'avait jamais compris la Force, et, au fil des années, cette incompréhension avait cédé la place à un rejet, à une haine toujours plus forte… et à quelque chose de bien pire encore.

— Maître Dam-Powl nous a demandé de vous donner ça, dit la fille en lui tendant une capsule de la taille de son pouce. Elle a dit que c'était pour vous toute seule.

Un message privé de Maître Dam-Powl, à ne pas mettre sous les yeux du reste des Je'daii ? Surprenant…

— Merci, dit-elle en glissant la boîte dans sa poche. Comment vous appelez-vous ?

Mais les deux enfants, les cheveux au vent, partirent en courant vers le croiseur de Lha-Mi dont les moteurs étaient déjà lancés.

Holgy se tenait au pied de la rampe de son vaisseau. Il se mit à cliquer et à grincer à son approche.

— Tout va bien ? demanda-t-elle distraitement.

Le droïde lui confirma que oui, tout allait bien.

Lanoree s'immobilisa sur la rampe et promena son regard autour d'elle. Le croiseur de Lha-Mi et plusieurs vaisseaux d'escorte étaient déjà en train de décoller, avec, en toile de fond, les collines ainsi que les antiques pierres levées qui, dressées il y avait des millénaires, honoraient des dieux depuis longtemps oubliés.

Le sentiment d'être observée venait d'ailleurs. Des autres Maîtres Je'daii. Ils guettaient son départ pour décoller.

— Bien. Allons-y…, dit-elle en gravissant la rampe jusqu'à l'univers confiné et familier de son vaisseau.

Mais elle était distraite. Ce bref séjour sur Tython, où elle avait appris que Dal était encore mystérieusement en vie, avait à nouveau réveillé des souvenirs perturbants.

2

LE GRAND VOYAGE

Durant vos jeunes années, le flux de la Force peut vous paraître effrayant, choquant. Trouvez l'équilibre entre sa facette lumineuse et sa facette obscure, et ce flux deviendra une immobilité puissante. Luttez contre la Force, et votre corps se rebellera ; combattez avec la Force, et vous aurez l'univers à vos côtés.

Vor'Dana, Maître de Temple,
Stav Kesh, an 10441 AATY

Deux ans, songe Lanoree. *Je devrai attendre au moins deux ans avant de revoir Mère et Père.* Mais tel était l'apprentissage du jeune Voyageur. Leur période à Padawan Kesh, l'Académie Je'daii, étant terminée, son frère Dal et elle, tous deux désormais adolescents, s'embarquent pour leur Grand Voyage. Et ils sont retournés chez eux faire leurs adieux.

À proximité de la mer, sur la côte sud du continent de Masara, se dressent le Temple de Bodhi et le complexe qui entoure le sanctuaire – l'endroit où elle a toujours vécu. Ses parents, des Je'daii, initient aux arts des enfants sensibles à la Force. Sa mère est spécialisée dans la musique, la prose et la poésie. Son père est un sculpteur de talent et un artiste. Ils ont accompli leur propre Grand Voyage bien des années avant sa naissance et celle de Dal – ils adorent leur raconter l'histoire de leur rencontre alors qu'ils étaient des Voyageurs – et ont été tous deux attirés par Bodhi, où la Force leur permit de révéler et de célébrer leurs talents et leurs prédispositions particulières.

Et à présent, c'est à leur tour, à elle et à Dal, de commencer leur périple autour de Tython pour se rendre dans les autres Temples Je'daii afin d'y apprendre les secrets de la Force. La science et le combat, la méditation et l'art de la guérison, tous ces talents que Lanoree possède à l'état brut pourront désormais être affinés et pratiqués durant les deux années à venir. Elle en est tout à la fois excitée et angoissée. Et lorsque sa mère l'appelle pour lui proposer d'aller marcher un peu dans le champ jusqu'à ce qu'elles soient seules, elle sait déjà plus ou moins à quoi s'attendre.

C'est une belle journée ensoleillée, avec un ciel limpide. Tythos brille au-dessus d'eux, diffusant chaleur et lumière. La Force l'unit à tout ce qui l'entoure, et elle porte son épée d'entraînement de Je'daii à la hanche. Elle est nerveuse, mais en paix. Jusqu'à ce que sa mère prenne la parole.

— Veille sur ton frère, Lanoree.

— Je n'ai que deux ans de plus que lui, Mère.

— C'est vrai. Mais la Force en toi est *puissante*. Tu t'ouvres à elle et elle te nourrit. Ton père et moi ressentons ton énergie, de même que la faiblesse de Dal. Entre lui et la Force… il n'y a pas trop d'affinités.

— Il apprendra, Mère. Il a votre exemple, à toi et à Père. Vous êtes de puissants Je'daii, et il marchera dans vos pas.

— Je pense que c'est ce que *tu* es destinée à faire, dit sa mère.

Son sourire, toutefois, ne transmet que peu de joie.

— Mais je m'inquiète très sincèrement pour Dal. Avec cet intérêt qu'il porte au passé lointain, à nos ancêtres et à l'histoire hors de notre système, à des lieux comme l'Ancienne Cité, sur Tython… Je crains que son destin l'éloigne de la Force. Et de Tython.

Sa voix se brise, et Lanoree est surprise de voir des larmes briller dans ses yeux et sur ses douces joues brunes.

— Je ferai tout pour que ça n'arrive pas ! Je le guiderai et je l'aiderai, je te le promets. C'est même pour ça que nous faisons ce voyage, finalement.

— Vous voyagez pour apprendre à contrôler et à accroître vos pouvoirs. Et si la Force n'est pas là dès le début pour…

— Elle *est* là, l'interrompt Lanoree. Je la vois dans ses yeux. À mon avis, Dal a simplement un problème pour s'y abandonner.

— Il veut être son propre maître.

— Et il le sera, affirme Lanoree. Tu sais ce que disent les enseignements, Mère : la Force n'est ni la lumière, ni l'obscurité, ni le maître ni l'esclave, mais un équilibre entre les extrêmes. Je suis sûre que Dal trouvera l'équilibre dont il a besoin.

— Je le souhaite, soupire sa mère.

Lanoree fronce les sourcils en prenant un air boudeur. Il n'est pas très loyal, elle en a conscience, d'avoir recours à cette expression à laquelle sa mère ne résiste pas. Mais c'est peut-être la dernière fois. Elle la quitte encore enfant, et sera une femme à son retour.

— Bon, d'accord, Lanoree, dit sa mère en souriant. Je suis *certaine* qu'il trouvera l'équilibre qui lui manque.

Lanoree acquiesce alors en souriant, et un moment plus tard, Dal et elle franchissent ce premier pas symbolique qui les éloigne de leurs parents. Ils se retournent à plusieurs reprises le long de la rivière pour les voir tous les deux qui les suivent des yeux en agitant la main.

Dal se tait. Elle aussi. L'un et l'autre sont plongés dans

leurs réflexions, et les siennes sont tourmentées. *Je suis certaine qu'il trouvera l'équilibre qui lui manque*, avait dit sa mère.

En dépit de son enthousiasme d'enfant, Lanoree, en fait, est loin d'en être certaine. Pourtant, bien qu'inquiète devant ce que l'avenir peut réserver à son frère, c'est aussi avec une vive excitation dans le cœur qu'elle quitte ses parents et son foyer. C'est le début d'une vraie grande aventure, celle que tout Je'daii, sur Tython, doit vivre à un moment ou à un autre de sa formation.

L'équilibre dans la Force est essentiel pour devenir un grand Je'daii, et pour l'atteindre, il faut aussi l'établir dans ses talents et ses capacités. Être doué pour développer ses aptitudes à la Force n'est rien si l'on ignore l'art de s'en servir. Avoir un don pour canaliser la Force afin d'exploiter ses talents à travers l'écriture et l'art, c'est très bien, mais si l'on est incapable de se protéger au combat, alors on n'atteindra jamais le rang de Maître Je'daii. Ashla et Bogan, les deux lunes, projettent l'une sa lumière et l'autre son ombre à la surface de Tython, et le véritable équilibre existe, aussi bien au-dedans qu'au-dehors.

Lanoree sent parfois la Force vibrer en elle, accordée avec les battements de son cœur, à moins que ce ne soit l'inverse. Et elle est impatiente de vivre toutes ces journées qui l'attendent. Dal et elle se promènent souvent ensemble, et ils connaissent bien Bodhi, l'océan tout proche et les alentours, mais à l'exception de leur séjour à Padawan Kesh, ils ne sont jamais allés au-delà.

Les premiers jours de leur voyage les conduiront vers le nord-ouest, de l'autre côté de la vaste île-continent de Masara d'où ils devront atteindre l'autre côte. Ensuite, ils survoleront l'océan thyrien sur huit cents kilomètres dans un *Traque-Nuages*, puis, une fois sur Thyr, franchiront des plaines rocheuses et de vastes forêts pour atteindre Qigong Kesh, le Temple des Aptitudes à la Force – érigé au-delà des forêts, à trois jours de marche dans le Désert Muet, cet endroit mystérieux où le son est absorbé par une obscure propriété du sable en constante mouvance. Les vents y sont implacables, et il est dit que certaines des sculptures de sable, dont la durée de vie n'est parfois que de quelques secondes, ont une conscience et qu'elles appartiennent à une espèce qui aurait existé sur Tython durant des millions d'années. Aucun contact n'a jamais pu être établi avec ces sculptures – d'ailleurs, pour certains, elles ne sont rien d'autre qu'une bizarrerie de plus du Désert Muet. Mais Lanoree, elle, est toujours prête à croire.

Sous le désert, dans de profondes cavernes, ils recevront les premiers enseignements de leur voyage initiatique.

Depuis la crête d'une petite colline, vers midi, ils se retournent pour apercevoir le Temple de Bodhi au loin. La mer miroite au-delà, en constant mouvement, mais en paix. La Tho Yor, au centre, reflète le soleil vif, et la rivière qui serpente dans les terres projette un arc-en-ciel de lumière ondoyante.

— Quand on reviendra, on sera des vrais Je'daii, dit Lanoree. Tu ne trouves pas ça super, Dal ? C'est excitant, non ?

— Ouais, dit-il en prenant sa main qu'il serre dans la sienne, mais en évitant plus ou moins son regard.

— Père et Mère seront tellement fiers…

Il hausse les épaules.

— Je suppose, oui.

Lanoree sait ce que leurs parents attendent de ce voyage – que la Force imprime sa marque plus forte en lui, qu'il apprenne à la connaître et à l'aimer. Ils souhaitent que son attitude ne soit due qu'à un départ tardif. *Ça arrive*, disaient-ils. *Pour certains, il faut du temps et de l'expérience.*

Mais Lanoree sait aussi que, pour cela, il faut que le Voyageur aspire de lui-même à ce changement.

— Allez, viens, dit-elle. Je te parie que j'arrive avant toi à l'arbre abattu !

Ils dévalent la pente, et bientôt Bodhi disparaît derrière eux. Ni l'un ni l'autre n'en fait la remarque. Et pendant un moment, tandis qu'ils se font la course dans les hautes herbes-flûtes en écoutant le doux sifflement de la brise autour d'eux, ils sont à nouveau deux jeunes enfants.

Lanoree laissa l'ordinateur du *Pacificateur* les sortir de l'atmosphère de Tython, ce qui lui permit d'observer sa planète natale. Pour atteindre la vitesse de libération, ils durent survoler Talss, le plus vaste continent de Tython, et même à cette distance, elle pouvait voir la profonde blessure qu'était le Rift. À six cents kilomètres à l'est du Rift se dressait le Temple d'Anil Kesh, où, lors de son Grand Voyage, elle avait réellement trouvé pour la première fois la paix dans la Force. Et c'était également là que le destin de son frère avait été scellé.

Mais elle aurait aimé aussi voir Masara, où se trouve Bodhi, le Temple des Arts. Là où leurs parents vivaient et enseignaient encore. Ils pleuraient le fils qu'ils avaient cru mort, mais qui aujourd'hui semblait être devenu un ennemi des Je'daii et un danger pour tout le monde. Ses parents savaient désormais qu'il était encore en vie, de cela elle était sûre – l'allusion de Maître Xiang quant au fait qu'ils comprenaient les « circonstances » le confirmait. Elle aurait pourtant aimé leur parler et les encourager à continuer de porter le deuil de leur fils. Quel que puisse être le résultat de leur mission, le Dalien Brock qu'ils avaient connu et aimé n'était plus.

Il avait fui sa famille et les avait laissés croire pendant neuf ans qu'il était mort. *Tout le monde n'a pas la chance d'aller au bout de son Grand Voyage*, avait dit sa mère lors de la cérémonie du souvenir. Mais de toute évidence, la chance n'avait pas grand-chose à voir dans l'histoire…

— Espèce de petit shak ! dit-elle avec un rire amer.

Elle avait déjà eu recours à ce terme, mais silencieusement, quand il désobéissait à leurs parents ou la mettait en colère.

Le vaisseau trembla sous l'effort qu'il devait fournir pour s'arracher à l'attraction gravitationnelle de Tython, et elle se demanda pourquoi elle n'éprouvait pas la même difficulté à partir. Pendant quatre ans, elle avait attribué cela au fait qu'elle était une vagabonde en quête de connaissance et d'illumination, et que, plus loin elle allait, plus elle apprenait. Pour une grande part, c'était vrai ; son ardeur dans la Force y veillait.

Mais elle soupçonnait aussi qu'en accomplissant son rôle de Ranger au-delà de Tython, elle avait abandonné derrière elle cette culpabilité persistante, ce sentiment qu'elle avait été responsable de la mort de Dal.

Où ces émotions pouvaient-elles bien se terrer, à présent ?

Elle sortit la capsule de sa poche et l'inséra dans le lecteur de l'ordinateur de bord. Et bientôt, sur l'écran plat, une image jaillit de l'obscurité – le visage de Maître Dam-Powl, cette fois-ci plus tendu que précédemment.

— Lanoree, je serai brève. Lorsque tu recevras ce message, tu te seras présentée devant moi et les autres Maîtres Je'daii et tu auras reçu une mission. Ce que je t'offre maintenant – à titre privé, ce que tu comprendras, je n'en doute pas – est une aide. Ton ordinateur de vol contient à présent tout ce que nous savons de ton frère et de ses intentions, ce qui, tu le constateras, est très peu. Une rumeur, un avertissement, quelques mots d'inquiétude venant de nos Rangers et de nos espions disséminés dans le système… Sur Kalimahr, tu devras te rendre dans la cité de Rhol Yan pour rencontrer Tre Sana à la Taverne de Susco. C'est un Twi'lek qui vit à proximité. Demande simplement au patron de la taverne de le prévenir. Tre t'en dira plus. Ce n'est pas un Je'daii. En fait, son lieu de prédilection est Shikaakwa et, dans beaucoup de cas, tu auras sans doute plus envie de l'arrêter que de suivre ses conseils. Mais il m'a bien servi, et à plusieurs reprises. Seul l'argent l'intéresse et je paierai.

Elle soupira et eut un instant l'air terriblement triste.

— J'ai horreur de passer dans le dos des autres Maîtres Je'daii pour cette histoire, mais personne, dans le Conseil, ne voulait l'intervention d'un non-Je'daii. Je me rassure en me disant que ça aidera. Tu es mieux placée que la plupart d'entre nous pour savoir que certains, dans les Mondes Colonisés, se méfient des Je'daii, malgré, peut-être, le respect un peu craintif qu'ils ont pour nous. D'autres aussi nous détestent franchement. Il s'en trouve même aussi pour nous vouer une haine tenace et toujours entretenue depuis la Guerre de la Reine Despote il y a douze ans, et je suppose que ce sont à ces couches sociales que tu auras affaire au cours de ton enquête. Tre t'aidera peut-être à surmonter cette méfiance ; il connaît bien ces milieux. Mais… fais attention. Reste toujours sur tes gardes. Pour lui, seul son propre intérêt compte, rien d'autre. Il est aussi dangereux que… disons…

Elle sourit.

— … presque aussi dangereux que toi.

Elle posa son doigt sur le coin de sa bouche, une habitude que Lanoree connaissait bien – Maître Dam-Powl réfléchissait…

— J'espère que tes études se passent bien, ajouta-t-elle d'un ton doux. Et je souhaite que tu continues à apprendre ; je n'ai jamais rencontré un potentiel aussi fort que le tien. Porte-toi bien, Lanoree Brock. Et que la Force t'accompagne.

Fin du message. L'écran redevint noir. L'ordinateur éjecta la capsule, mais Lanoree resta un instant encore dans le cockpit, le dos tourné aux verrières et à la vue époustouflante qu'elles offraient.

— Donc, c'est Kalimahr, dit-elle.

Durant ces quatre années passées pour la plupart du temps sans compagnie, elle avait pris l'habitude de parler seule – ou à Holgy, ce qui, finalement, revenait au même.

— Mais l'idée d'avoir un acolyte me déplaît au plus haut point.

Elle avait toujours préféré n'avoir affaire qu'à sa seule compagnie. Il lui arrivait même de s'adresser au siège vide à côté du sien, dans le cockpit, qui n'avait en fait jamais été occupé.

Pivotant dans son fauteuil, elle contempla les étoiles. Il y avait déjà beaucoup d'informations à assimiler, à méditer, et elle avait le temps de le faire avant d'atteindre Kalimahr. La confiance qu'on lui accordait en lui communiquant tous ces secrets devrait la rendre fière. Au lieu de cela, elle se sentait mal à l'aise, perturbée. Il y avait trop de choses qu'elle ignorait encore.

Après avoir fait les vérifications d'usage afin de s'assurer que son *Pacificateur* n'était ni pisté, ni suivi à distance – être seule était plus qu'une habitude, pour elle –, elle reporta de nouveau son attention sur l'écran plat.

— Donc, voyons ce que *tous* ces Maîtres veulent que je sache…

Elle attrapa un clavier qu'elle posa sur ses genoux, entra quelques commandes et commença à faire défiler les informations téléchargées dans l'ordinateur de bord.

Selon les conseils des parents de Lanoree et de Dal, le rituel des visites des Temples serait bien mieux accompli s'ils se débrouillaient le plus possible par leurs propres moyens. Pas question donc d'opter pour la solution de facilité d'un speeder, pas plus que pour le confort d'un shire, l'une des bêtes de somme les plus courantes sur Tython.

La marche, avaient-ils insisté, les rapprocherait de Tython, où la Force abondait. Et elle leur permettrait de comprendre, d'expérimenter, de goûter et de respirer ce qui les entourait au lieu de le voir à travers le pare-brise d'un speeder ou du haut d'un shire. Parfois aussi, bien sûr, cela les placerait face à des dangers. De redoutables dangers.

Quarante jours plus tard et à deux mille quatre cents kilomètres de chez eux, sur le continent inconnu de Thyr, ils atteignent les sombres et vastes Forêts Austères qui devraient les mener au Désert Muet. Les arbres de ces forêts emmagasinent l'eau dans des sacs suspendus, d'une matière semblable à du cuir, et qui, constamment remplis par l'humidité que les branches squelettiques aspirent dans l'atmosphère, se révèlent très utiles pour les voyageurs. Et c'est ici que leur vie sera menacée pour la première fois.

Tythos brille dans le ciel, il ne fait ni trop chaud, ni trop froid. La traversée de la forêt se passe en douceur, et ils suivent un torrent peu profond qui serpente paresseusement vers le désert à quelques kilomètres au-delà.

— Je vais ramasser des châtaignes de terre pour le dîner, dit Dal.

— Et moi je vais attraper un rumbat qu'on fera cuire, répond Lanoree.

Soudain, des faucons-harpons jaillissent des grands arbres et tentent de les hypnotiser tous les deux par leurs doux chants. Ces oiseaux carnivores chassent en bandes en plongeant leurs proies dans un semi-sommeil avant de leur déchiqueter les yeux et la gorge de leurs serres acérées et de leur bec dangereusement crochu. À cet instant, ils tournoient au-dessus du frère et de la sœur, leurs ailes brassent l'air en rythme et en douceur, leurs glandes vocales sifflent et bourdonnent en une harmonie bien rodée. Ils ont des yeux sombres et intelligents, des serres brillantes.

Lanoree a entendu parler de ces créatures, mais c'est la première fois qu'elle en voit. Elle est terrifiée. Jamais encore elle n'a eu à affronter un tel danger, et de savoir que leur vie à l'un et l'autre est menacée est pour elle comme un coup de massue. Pourtant, une pensée lui redonne le courage nécessaire : *C'est ça aussi, le Grand Voyage !*

— Vite ! dit-elle. Au torrent !

— Ça servira à quoi ? argumente Dal.

Il est clair que lui aussi a peur, et elle ressent le besoin de le protéger.

— Le bruit des éclaboussures arrive parfois à étouffer leur chant.

— C'est vrai ?

— Tu n'as rien écouté de nos leçons ?

Elle agrippe sa main et le tire, mais déjà ses yeux se font vitreux, et elle le voit qui esquisse un sourire indolent.

— Dal !

— Je vais bien…

Un faucon-harpon isolé amorce sa descente, tranquillement, sans se presser, sans cesser de siffler alors qu'il tend ses serres vers les yeux de Dal.

Lanoree lance un poing vigoureux et, dans sa panique, sent la Force se débattre en elle. Cela va à l'encontre de tout ce qu'elle a appris, mais le moment serait mal choisi pour se le reprocher – son poing provoque le chaos dans les plumes, et elle sent le baiser froid des serres de l'oiseau sur ses phalanges.

Le faucon-harpon pousse un cri furieux en reculant à grands battements d'ailes, et elle profite de ce répit pour se calmer, se concentrer, et s'immerger dans la Force.

Quand l'oiseau attaque de nouveau en piqué, le bec pointé vers ses yeux, Lanoree, aidée de la Force, le balaie du plat de la main et parvient à l'écarter. Cette fois-ci, elle l'a à peine effleuré ; elle sent juste le frôlement de son plumage sur le bout de ses doigts. Pourtant, l'impact est bien plus puissant. Des os craquent et, avec un unique et faible cri, le rapace disparaît dans les broussailles en abandonnant derrière lui quelques plumes voletant dans l'air.

— Viens ! lance-t-elle en entraînant Dal.

Les faucons-harpons continuent de chanter, et leurs voix réduisent le reste de la forêt au silence. C'est comme une cascade fraîche, une très agréable symphonie, et bien qu'elle s'efforce de se fermer à leur influence, Lanoree ressent comme une distance s'installer tout autour d'elle. Elle traîne toujours Dal, et lorsqu'il trébuche et tombe, elle sent sa main quitter la sienne.

Se retournant, elle le voit étalé sur le dos, un sourire aux lèvres, les yeux perdus vers la canopée des Forêts Austères. Ils n'atteindront jamais le torrent à temps. Les faucons-harpons se rapprochent, et elle ne peut compter que sur elle.

Elle a envie de hurler, de rage et de peur, mais pourtant c'est la sérénité et l'équilibre qu'elle trouve en elle. Elle s'accroupit et se concentre, profondément, en prenant de longues inspirations. Peut-être les faucons-harpons la croiront-ils subjuguée par leur envoûtement. Ils seraient loin du compte. Dès que les premiers rapaces attaquent en piqué, elle lance vers eux un coup de poing fulgurant porté par la Force. Deux d'entre eux, les ailes brisées et les entrailles éclatées, tombent comme des pierres, et un troisième va s'écraser contre un arbre dans une explosion de plumes. Renonçant à leur berceuse, les survivants s'égaillent dans les frondaisons avec des criaillements paniqués.

Lanoree se tourne vers Dal avec un sourire ; il tremble de peur, à présent, même si son regard est encore rêveur.

— Ils étaient pourtant si..., commence-t-il.

— Si beaux ? Oui. Et c'est un piège. Mais la beauté, eux, c'est dans ton sang répandu et tes chairs déchirées qu'ils la trouveraient.

Heureuse d'avoir su les sauver de ce danger, tout en se défiant de la fierté qu'elle pourrait en éprouver, elle aide Dal à se relever.

— Ta main, dit-il. Elle saigne.

En silence, il sort les remèdes de son sac à dos et lui nettoie les plaies infligées par les serres sur sa main qu'il emmaillote ensuite dans un bandage pendant qu'elle surveille un éventuel retour des oiseaux. Une partie d'elle-même aimerait les voir revenir. Son cœur bat vite, et elle est vraiment très contente de sa victoire. Mais les faucons-harpons, de toute évidence, ont fini de chasser pour la journée.

Dal les mène dans les bois qui s'éclaircissent toujours plus, et, alors que le crépuscule s'annonce, ils aperçoivent le paysage aride à l'horizon. La lisière de la forêt mène à une douce colline, et une raréfaction des broussailles cédant peu à peu la place au sable marque la frontière entre forêt et désert. Ils s'arrêtent un instant pour remplir leurs gourdes.

Et tandis qu'ils s'engagent dans le désert, un silence profond se referme sur eux.

Lanoree prononce son propre nom, et n'en éprouve qu'une vibration dans sa poitrine et ses mâchoires. C'est comme si le désert ne voulait pas entendre. Se tournant vers Dal, elle voit ses yeux écarquillés par la peur. *Je l'ai déjà sauvé une fois*, se dit-elle. Et, cette fois encore, elle ressent une fierté qu'elle s'efforce de repousser, parce que la vanité ne ferait que la distraire.

Cette nuit-là, la première, ils campent sur le sable qui se rafraîchit doucement. Ils ont dîné et sont assis devant le feu de camp, leurs couvertures sur le dos, leurs sacs près d'eux, leurs duvets déjà étalés. Pourtant, ni l'un ni l'autre n'ont envie de dormir. L'étrangeté de cet endroit les rapproche ; jamais ils n'ont autant apprécié d'être ensemble. Et Lanoree redoute les rêves qu'un tel silence pourrait générer.

Tout en réfléchissant à son combat avec les faucons-harpons, elle regarde par-delà les flammes et remarque un mouvement dans les ombres. Soudain sur ses gardes, elle pousse doucement Dal du coude, et se rend compte que lui aussi l'a vu. Elle se lève, lui fait signe de s'accroupir. Les flammes vacillent, et un cauchemar surgit dans leur campement.

Un lézard silik ! Rares mais redoutables, ces créatures

composées de silicium absorbent l'énergie du sable lui-même mais sont aussi connues pour compléter parfois leur régime avec les liquides rachidiens de mammifères. De la taille d'un humain adulte, ce sont des bêtes pourvues de terribles piquants, de six membres, et capables d'attaquer en se dressant sur leurs pattes postérieures. Toute rencontre avec eux se révèle le plus souvent fatale. Mais pour certains, un silik est un trophée de chasse très recherché.

Pour la deuxième fois de la journée, ils doivent affronter un effroyable danger.

Lanoree est si terrassée par la peur qu'elle en reste figée. Elle voit des étincelles jaillir en crépitant des extrémités du reptile qui court en bondissant droit vers elle ; ses griffes courbes s'enfoncent dans le sable dont elles arrosent le feu, et sa gueule béante révèle plusieurs rangées d'innombrables dents cristallines. Le silence total qui accompagne son attaque est peut-être ce qui choque le plus Lanoree qui pousse un cri inaudible.

Le lézard s'élance alors à travers le feu, éparpillant du bois enflammé tous azimuts dans une pluie d'étincelles.

Assomme-le d'un coup de poing avec la Force, repousse-le ! se dit-elle, mais l'incrédulité pétrifie son instinct. L'idée de mourir si vite alors qu'ils viennent à peine de commencer leur voyage...

Un éclair illumine soudain la nuit, et leur camp dévasté paraît reprendre vie. La terrifiante créature recule en se tortillant et tranche les ténèbres de ses pattes pour s'y réfugier. En une seconde, elle a disparu, mais Lanoree fait un rapide tour sur elle-même en essayant de repérer d'où pourrait venir la prochaine attaque.

Dal tient à la main son blaster dont le canon est encore chaud. *Non*, voudrait-elle dire, parce qu'*elle* est censée le protéger, pas l'inverse. Ses jambes, ses mains tremblent sous l'effet de la frayeur, et tandis qu'elle commence à peine à reprendre ses esprits et à retrouver son équilibre dans la Force, l'obscurité, au-delà de Dal, s'illumine d'une nuée d'étoiles dansantes.

Les yeux grands ouverts, elle tente de concentrer l'énergie de la Force dans son poing. Mais sa peur fait toujours barrage ; elle semble étouffer la Force comme ce désert étouffe les sons.

Alerté par sa réaction, Dal s'accroupit en tournant sur lui-même, et la nuit est brusquement illuminée par les trois décharges de blaster en succession rapide.

Le lézard surgi de l'ombre fait un tour complet sur lui-même et atterrit assez près de Lanoree pour qu'elle puisse lui assener un coup de pied. La décharge du blaster de Dal et la chute de la bête sont silencieuses.

Son frère reste figé sur place, son arme toujours pointée sur le lézard. Il tremble un peu, les yeux écarquillés et fixes, comme s'il avait du mal à croire à ce qu'il vient de faire. C'est une vieille arme que lui a léguée leur grand-père, et Lanoree l'a toujours considérée comme peu maniable et peu fiable comparée à la Force. Et pourtant, à cet instant, elle vient de les sauver tous les deux. La tête du lézard ne tient plus que par un fil. C'est de la poussière qui coule de sa plaie.

Spontanément, elle étreint Dal et s'efforce de lui dire *merci* à l'oreille. Mais ce faisant, son hésitation la perturbe et lui fait honte. Peut-être, après les faucons-harpons, était-elle trop confiante dans ses propres capacités. La fierté mal placée dans le cœur d'un vrai Je'daii.

À eux deux, ils traînent le lézard à l'écart de leur camp et l'enterrent pour éviter d'attirer les charognards. Ils font cela dans un silence total ; ils ne perçoivent même pas le bruit du sable entre leurs doigts. Avant que sa tête soit recouverte, la bête fixe de ses yeux violets le magnifique ciel nocturne au-delà d'eux.

Il y a à peine quarante jours qu'ils sont partis de chez eux, ils n'ont même pas encore atteint le premier Temple, et déjà ils ont failli perdre la vie à deux reprises. Lanoree pense au long voyage qui les attend encore, aux dangers qui les guetteront, aux distances qu'ils auront à parcourir sur l'eau, dans l'air, et surtout à pied. Et pour la première fois depuis qu'ils ont quitté leurs parents, elle a envie de rentrer.

Cette nuit-là, dans ses rêves, Lanoree voit d'énormes silhouettes surgir du désert, des sculptures de sable dont la forme de vie dépasse son entendement, qui se nourrissent de sons et absorbent le moindre mot murmuré, toute expression d'amour ou de peur. Au matin, le désert qui les entoure a changé d'aspect ; il y a maintenant trois grosses buttes de sable à proximité, et elle se demande ce qui a bien pu les regarder dormir.

Ils marchent sans relâche pendant les deux jours suivants. L'après-midi de leur troisième jour dans le désert, ils voient au loin des aiguilles rocheuses incurvées se dresser dans le paysage, et savent qu'elles signalent l'emplacement de Qigong Kesh. Lanoree en ressent une vive excitation, mais elle a aussi vu des holos de l'endroit. Et si le désert étouffe les sons, son atmosphère brûlante brouille également les distances. Le Temple pourrait bien être encore à quatre journées de marche.

Ils continuent donc à avancer le jour, à dresser leur campement la nuit, et restent sur le qui-vive pour tout danger potentiel en ne dormant que d'un œil.

Lorsqu'ils touchent enfin au but, ils sont épuisés, affamés et désorientés. Le silence est peu à peu devenu un insupportable fardeau qui les a brisés. Même communiquer par signes est un effort, et depuis deux jours Lanoree, malgré la présence de son frère à son côté, a éprouvé un écrasant sentiment de solitude.

Toutefois, à la vue des flèches de pierre géantes et de la mystérieuse Tho Yor flottant entre elles, ils ressentent un regain d'impatience.

Nous y sommes, enfin ! songe Lanoree. *Qigong Kesh !*

Le Temple est niché dans un dédale souterrain de cavernes et de tunnels naturels. Sous le désert, ils pourront à nouveau parler et entendre. Comme ils passent dans l'ombre d'une des massives flèches de pierre, plusieurs gardes Je'daii émergent d'une grotte à sa colossale base. Ils les regardent l'un et l'autre, des pieds à la tête, puis sourient et leur tendent à chacun une gamelle d'eau fraîche.

Ensuite, ils entraînent le frère et la sœur épuisés sous le désert où, dans une immense caverne, se dresse le majestueux Temple de Qigong Kesh où débutera le mystérieux et enrichissant apprentissage du savoir-faire dans la Force.

Et c'est ici que débutera la chute de Dalien Brock.

3

LE BON ET LE NOBLE

Tous les Voyageurs n'achèveront pas leur Grand Voyage. Certains seront victimes des contrées dangereuses ou des redoutables créatures de Tython. Certains se perdront. Certains pourront même s'égarer dans la Force et laisser Tython loin derrière eux, s'éparpillant dans le système, fourvoyés d'une façon bien plus fondamentale. Mais, en tant que Je'daii, nous devons l'accepter, car il ne s'agit pas d'une existence d'absolus. La vie est un défi, et affronter ce défi est ce qui ennoblit le bien.

Maître Deela jan Morolla, an 3533 AATY

Elle était partie de chez elle depuis quatre ans, et pourtant Lanoree persistait à utiliser l'heure de Tython. Elle y était habituée, ça convenait à son cycle de sommeil naturel, et elle ne voyait finalement aucun intérêt à régler son vaisseau sur le Temps Standard. Et puis, quand elle se laissait aller, il arrivait même que cela lui rappelle la maison et les jours heureux qu'elle y avait vécus.

L'ordinateur détermina le meilleur itinéraire de Tython à Kalimahr pour l'époque de l'année et en fonction de l'alignement des planètes du moment. Et avant d'accepter la route proposée, elle la calcula aussi manuellement. L'ordinateur ne commettait jamais d'erreurs dans ce domaine – les données de navigation étaient programmées et conçues par les Je'daii les plus expérimentés parmi ceux qui voyageaient dans l'espace –, mais elle éprouvait toujours une satisfaction lorsqu'elle tombait sur le même résultat. Ce n'était donc pas une méfiance de sa part envers l'ordinateur, mais un simple test qu'elle s'imposait.

En poussant le *Pacificateur* au maximum de ses possibilités, il lui fallut à peine plus de sept jours pour atteindre Kalimahr. Elle profita de ce temps pour méditer, se préparer pour la mission à venir, faire de l'exercice et revoir en détail les informations stockées dans les ordinateurs du vaisseau, lesquelles étaient plutôt succinctes. Ceux qui avaient informé les Je'daii des intentions de Dal n'avaient pas fait de recherches approfondies ; ils s'étaient contentés de rumeurs, de conjectures et de quelques photos floues. Cependant, même sur ces images pixelisées de rencontres secrètes et d'obscurs échanges, elle reconnaissait le visage de son frère.

Il semblait plus âgé, naturellement. Mais bien plus qu'elle l'aurait imaginé, comme s'il avait vécu trois vies depuis qu'elle l'avait vu pour la dernière fois, alors que neuf ans seulement s'étaient écoulés. Il était plus grand, plus mince, et sa tristesse d'enfant s'était muée en une aigreur d'adulte. Sa peau mate était devenue plus sombre et plus rugueuse. Et il y avait quelque chose d'obsédant, dans son visage flou. Lanoree dut se reprendre en se rendant compte qu'elle permettait à l'idée de sa mort d'occulter le regard qu'elle portait à présent sur lui. Pourtant, la sensation demeurait. Devant ces images de Dal, elle avait l'impression de regarder un fantôme.

— Nous nous retrouverons, dit-elle à l'écran, et je te demanderai pourquoi tu m'as laissée croire à ta mort pendant toutes ces années.

Durant les premiers jours de son voyage, elle installait l'image de Dal sur l'écran plat du cockpit, ainsi que sur celui de son espace de vie directement à l'arrière du cockpit. Un rappel de ce frère qu'elle allait chercher et qu'elle avait perdu. Mais le voir là ne fit que la plonger dans une plus grande confusion. Aussi, au cinquième jour, le fit-elle disparaître des écrans.

Elle s'était déjà rendue à deux reprises à Kalimahr au cours des quatre années passées. La première fois, c'était en tant que médiatrice dans le cadre d'un marché difficile entre trois promoteurs de terrains vierges qui se chamaillaient au sujet de Hang Layden, une île située dans l'immense Océan Austral de la planète. En principe, un Je'daii n'aurait pas dû avoir à se mêler de ce genre d'affaire, mais le Conseil l'avait envoyée sur place en raison de l'importance archéologique que l'île était censée présenter. Malgré son apparence désertique, on y soupçonnait en effet l'existence d'une structure antique – peut-être d'origine Gree – à mille mètres de profondeur. Sa présence n'avait pas été la bienvenue, mais elle avait pris une part active aux négociations et s'était assurée que chacune des trois parties intéressées obtienne une parcelle de terrain. Et, plus important, elle avait secrètement protégé le réseau souterrain qui pourrait conduire tout au fond de cette ruine d'époque très lointaine. Les illusions de Force qu'elle y avait laissées de chutes de pierres et d'infranchissables ravins dureraient une bonne centaine d'années.

Son second séjour sur Kalimahr avait été moins paisible. Cette fois-ci, son épée avait été tachée de sang.

Ce n'était pas pour autant qu'elle prétendait connaître les lieux. Tout bon Je'daii restait toujours sur ses gardes, prêt aux surprises de toute nature. À plus forte raison un Je'daii investi d'une mission aussi importante que la sienne.

Comme elle pénétrait dans l'atmosphère et que son ordinateur entrait en communication avec le contrôle du trafic aérien, elle repéra, à trente kilomètres, deux vaisseaux de la Défense de Kalimahr qui la prenaient en filature. Rien de menaçant, toutefois. Il s'agissait probablement de pilotes excités de voir un *Pacificateur*, et qui, ce soir, chez eux, raconteraient à leurs amis et parents qu'ils avaient vu arriver un Je'daii ! Ils la suivirent pendant près d'une heure et, juste avant de changer de cap, prirent contact avec elle. S'aidant d'une très légère poussée dans la Force, elle leur répondit avec amabilité et humour sans rien révéler. *Si on se rencontrait dans une taverne, on pourrait même sympathiser*, songea-t-elle en souriant. C'était un don Je'daii très subtil, mais qui lui avait souvent été bien utile. Ils disparurent de son écran alors qu'elle était encore à plus de cent kilomètres de sa destination.

Elle approcha Rhol Yan en survolant une mer d'un incroyable bleu azur. Le *Pacificateur* vibra alors qu'elle rasait les vagues. Son altitude était si basse que les embruns embuaient la verrière, mais c'était ce qu'elle préférait. Dans l'espace, elle pouvait voyager des jours dans un paysage étoilé à peine changeant. La profondeur était infinie et les distances si considérables que son esprit pouvait difficilement les appréhender. Mais ici, au plus près de la surface, elle était *proche* de quelque chose. Et parfois, cette sensation de proximité était importante.

Rhol Yan avait été construite sur un archipel s'étirant jusque dans l'Océan Austral, et qui comptait cinq grandes îles et d'innombrables plus petites, toutes exploitées, aménagées et reliées entre elles par des centaines de ponts, grands et petits. Des flèches blanches étincelantes montraient le ciel de leur doigt sévère, et plusieurs catégories de *Traque-Nuages* flânaient entre elles tels les paresseux oiseaux qui se regroupaient autour des arbres ak sur Tython. Plus bas, les rues et les bâtiments semblaient se cramponner aux îles quand ils ne surplombaient pas l'océan, juchés sur de fins pilotis, et de superbes ponts en métal forgé se dressaient au-dessus des voies navigables que sillonnaient des petits bateaux tandis que de plus imposants parcouraient l'océan. Les hautes flèches de métal blanc, un peu partout, vibraient sous l'assaut d'une débauche de lumières colorées, et restaient constamment illuminées afin que l'on puisse reconnaître, même en plein jour, une île, un bâtiment ou une rue. La ville, attrayante, tirait essentiellement ses ressources du tourisme. Les gens venaient d'un peu partout sur Kalimahr pour passer leurs vacances à Rhol Yan – et attiraient bien sûr les inévitables vautours et parasites pour qui les touristes étaient des proies idéales.

On la dirigea vers des aires d'atterrissage juchées au sommet d'une haute tour sur une des îles extérieures. Des dizaines de ces plates-formes, ainsi que des voies d'accès harmonieusement conçues, encerclaient la tour, et des ascenseurs extérieurs ne cessaient de circuler le long de ses parois inclinées. Même le spatioport était beau.

Dès que le *Pacificateur* fut posé, Lanoree se prépara pour ce qui l'attendait. C'était ici que débutait sa mission.

— Surveille le vaisseau, dit-elle à Holgy qui ronchonna en cliquetant. Oui, j'ai mon comlink, répondit-elle.

Elle tâta l'appareil extra-plat dissimulé dans le col de sa veste pour s'en assurer, puis se leva. Debout dans le cockpit, elle lissa ses vêtements, vérifia que son épée était correctement fixée sur sa cuisse, se passa les mains dans les cheveux et accrocha sa cape avec son étoile métallique de Je'daii. Dans l'immédiat, elle n'avait pas besoin de se cacher.

Mais elle était nerveuse, ce qui la surprit.

Quelque part au terme de cette mission, c'était son frère qui l'attendait.

Comme tout visiteur, après avoir atterri sur une des plates-formes pour vaisseaux spatiaux, Lanoree fut guidée jusqu'à une vaste salle où s'alignaient des rangées de cabines d'interrogatoire. Sur tout un côté, une baie vitrée offrait de prodigieux panoramas de Rhol Yan et de l'océan scintillant au-delà, et sur le mur opposé étaient exposées des œuvres artistiques extravagantes qui valaient à cette salle le nom de « Hall de bienvenue ». Mais sa véritable fonction était évidente. Les services de sécurité de Kalimahr étaient efficaces et discrets, et même un Je'daii n'était pas invité à passer sur un simple signe. Une formalité qu'elle respectait. Et avant qu'elle soit autorisée à quitter la cabine, les trois policiers qui s'y trouvaient firent eux aussi preuve de tact et évitèrent de la bombarder de questions. Une très subtile poussée de la Force, un mot aimable… Peut-être, dans quelques jours, commenceraient-ils à remettre en doute leur décision de l'avoir laissée entrer aussi facilement, mais d'ici là, elle serait depuis longtemps repartie.

Toutefois, après avoir pris trois ascenseurs différents pour descendre au rez-de-chaussée de la tour du spatioport, elle commença à se sentir suivie.

Elle s'arrêta dans le vaste hall, acheta une boisson à un vendeur droïde et se fondit dans l'ombre d'un arbre pas très haut mais au port très étalé. Il y avait des tables et des chaises, et une femme Zabrack obèse qui, après avoir récolté de gros insectes dans les branches basses de l'arbre, les grillait pour les vendre à des clients visiblement friands de cette spécialité. Lanoree décida que, finalement, elle n'avait pas faim.

Elle sirota tranquillement sa boisson en observant la rangée d'ascenseurs qu'elle venait de quitter. Son impression d'être suivie était forte ; cependant, bien qu'elle reste là un moment à attendre, aucun de ceux qui sortaient des cabines ne semblait la chercher. Bizarre. Elle était sûre pourtant qu'il ne s'agissait pas d'un des employés des douanes.

— Vous êtes charmante, ma petite…

Surprise, elle releva la tête. Un homme grand, en

tunique longue, s'était approché. Elle s'en voulut de ne pas l'avoir remarqué.

— Je bois, dit-elle.

— Eh bien, buvez avec moi.

— Non, merci.

— Allez, Ranger… Vous êtes jeune, et j'ai presque deux cents ans. J'ai de l'expérience et trois bouteilles de vin chay dans ma chambre presque aussi vieilles que moi et qui n'attendent qu'une bonne occasion.

Elle posa la main sur la poignée de son épée. La Force était calme et stable, et l'arme faisait partie d'elle.

— Vous pensez que perdre votre vie serait une bonne occasion ?

Il la regarda par-dessous sa capuche, amusé mais hésitant. Puis, avec un signe de la main, il tourna les talons et s'éloigna.

— Ach… Les Je'daii. Toujours aussi crispés.

Elle finit son verre puis traversa le hall principal grouillant de centaines de personnes. Un mélange de nombreuses espèces qui avaient quitté Tython pour coloniser le système. Des humains et des Wookiees côtoyaient des Twi'leks avec leurs lekkus proéminents et des Sith à la peau rouge. Des Zabraks, des humanoïdes avec des petites cornes vestigiales, croisaient des Iktochis que leurs grandes cornes épaisses rendaient impressionnants. Kalimahr avait été la première planète à être habitée après Tython et ses lunes, et elle demeurait celle dont le mélange des races était le plus varié. Elle était fière de sa diversité, et à juste titre. Même sur Tython, il était rare de voir autant d'espèces en même temps dans un même endroit, et Lanoree s'immobilisa un instant au centre du vaste hall pour ressentir le va-et-vient de tous ces êtres en transit.

Elle s'était aussi arrêtée pour tenter de repérer celui ou ceux qui la pistaient. Toujours rien. Et elle n'avait vu personne ralentir quand elle-même l'avait fait, du moins de façon évidente. Et même si certains la regardaient en passant, elle sentait que ça n'était que par simple curiosité pour son étoile de Je'daii. De la curiosité, mais aussi, à une occasion, du mépris. Il était clair, et elle ne le savait que trop, que certains Kalimahris se jugeaient supérieurs aux Je'daii.

Je suis seule trop souvent et trop longtemps, songea-t-elle. Peut-être une subtile paranoïa était-elle naturelle alors qu'elle se retrouvait parmi tant de monde.

Quittant le hall de la tour en forme de flèche, elle passa devant des moines Dai Bendu psalmodiant un de leurs étranges et obsédants hululements. Un petit groupe de voyageurs s'était arrêté autour d'eux ; certains se balançaient lentement au rythme du chant. Juste à l'extérieur des portes principales, au pied d'une longue et large rampe menant au niveau de la rue, quelques Cathars, des humanoïdes félins, méditaient sur une image de leur dieu peinte à même le sol et très joliment travaillée. Leur méditation avait fait se dresser plusieurs serpents-fumée qui effectuaient une danse lente et hypnotique. Lanoree avait entendu parler de ces reptiles mais n'en avait encore jamais vu.

Il y avait tant de croyances célébrées dans un aussi petit espace. De par son immersion dans la Force, elle n'adhérait à aucune d'elle, mais il était tout de même plaisant de constater une telle ouverture d'esprit.

Les artères grouillaient de badauds, de stands d'exposition, d'artistes de rue, de groupes religieux, de harangueurs, d'agents de sécurité, d'enfants et d'adultes enthousiastes qui s'extasiaient et commentaient ce qu'ils voyaient. Elle se sentait presque invisible, ce qu'elle appréciait. Mais elle savait aussi que ce genre d'environnement était idéal pour une filature, et cette sensation persistait. Mais elle avait beau se servir de la Force, la foule brouillait ses sens. Elle allait devoir rester sur le qui-vive.

Des *Traque-Nuages* flottaient au-dessus et, de temps à

autre, des vaisseaux-omnibus descendaient pour charger des passagers. Mais Lanoree avait étudié la carte sur son croiseur et savait que la taverne qu'elle cherchait n'était pas loin. Elle choisit de marcher.

— Mais je parie que vous n'en avez jamais vu un comme moi, hein ? Hein ?

Tre Sana lui souriait par-dessus son verre de vin. Avec ses yeux jaunes et sa peau rouge vif, il était plutôt effrayant, mais elle percevait une intelligence et même une gentillesse au-delà de ce faciès impressionnant.

— Votre coloration est assez rare, remarqua-t-elle. Et ce qui l'est encore plus pour un Twi'lek, c'est votre lekku supplémentaire.

— Plus rare ? Oh… oui, c'est vrai, c'est plus rare.

Il effleura le troisième lekku qui apparaissait entre les deux habituels.

— Au moins, vous utilisez le bon terme. Vous n'avez pas idée des noms que certains donnent à ces trucs-là.

— J'imagine, oui.

— Pour eux, je suis un vrai phénomène…

Soudain, il se pencha en grondant, exhibant ses dents qui semblaient avoir été limées en pointe.

— … un monstre effrayant !

— Vous ne m'effrayez pas, moi.

— Hmm.

Les lekkus de Tre – ces trois longs tentacules bizarres qui s'étaient développés à l'arrière de son crâne – frissonnèrent, et l'extrémité de l'un d'eux apparut sur son épaule gauche, les deux autres pointant comme des doigts flagellant l'air.

— Oui, eh bien cette garce-là est une Je'daii, traduisit-elle.

Tre écarquilla les yeux.

— Vous connaissez le twi'leki ?

— Évidemment. Ça vous surprend ?

— Ha ! Venant d'un Je'daii, rien ne peut me surprendre.
— N'en soyez pas si sûr.

Elle but une gorgée de son verre en promenant son regard dans la Taverne de Susco. Avec plus de quinze planètes et de lunes colonisées éparpillées sur plus de seize milliards de kilomètres, on trouvait ce genre d'endroit un peu partout dans le système de Tython. Des lieux où l'on se réunissait pour boire, manger et discuter, quelles que soient sa couleur, son espèce ou ses croyances. Où il y avait de la musique en fond sonore – quelque chose de local, ou bien des airs plus exotiques d'un autre continent, d'un autre monde. Où les touristes se découvraient des terrains d'entente, et où ceux qui avaient choisi de ne pas voyager pouvaient écouter d'extravagantes histoires de mondes lointains. Et c'était dans ces tavernes que les langues pouvaient se délier et les nouvelles circuler, que les secrets pouvaient être surpris. Lanoree adorait ce genre d'endroit, parce que le plus souvent, après un verre ou deux, elle aurait pu être n'importe où dans l'univers.

Ce qu'elle sirotait à cet instant lui avait été conseillé par Tre – un vin local à base de raisin des mers profondes et fortifié par de la poudre swing provenant de certaines mines à ciel ouvert du pôle nord de Kalimahr. C'était très corsé, mais elle eut recours à une légère modification du flux de la Force pour s'assurer que ses sens n'en seraient pas altérés. Même si elle se sentait bien, ici, elle avait déjà été attaquée dans ce genre d'endroit. Et elle y avait tué, aussi.

— Maître Dam-Powl se porte garante pour vous, dit-elle.

Une lueur d'humour s'alluma dans les yeux de Tre Sana.

— Oh, ça, j'en doute.

— Mais elle m'a conseillé de vous surveiller. Et au besoin de vous tuer à la moindre manifestation de trahison de votre part.

Même si elle laissait son regard errer dans la taverne,

elle sondait la réaction de Tre. Bizarre… Elle ne sentait rien. Elle reporta son attention sur lui.

— Mais Dam-Powl m'a assuré aussi que vous n'avez absolument rien d'un traître.

Tre haussa les sourcils et les extrémités de ses lekkus furent brièvement agitées d'un frissonnement presque sensuel.

— Très bien, dit Lanoree en souriant. Et maintenant, si nous mangions quelque chose en échangeant nos informations ?

— Le bœuf de mer est très bon, ici.

D'un signe de la main, il attira l'attention du barman. Un simple claquement de doigts, et celui-ci répondit d'un hochement de tête en souriant.

Lanoree sonda l'esprit du barman… et eut un mouvement de recul intérieur. Elle ne pouvait jamais être totalement prête pour ce qu'elle allait découvrir dans l'esprit d'autrui, étant donné que le premier assaut était toujours envahissant – mais elle élimina rapidement les pensées vagabondes, violentes, nauséeuses, dégoûtantes, pour se concentrer sur ce qu'elle cherchait. *Tre si cool si calme si rouge assis là avec cette Je'daii, il aura de la veine si elle ne le bouffe pas tout cru.* Elle rompit le contact et fixa Tre jusqu'à ce qu'il détourne ses yeux jaunes. Mais elle se tut. Elle se savait jolie, et si c'est ainsi qu'il la voyait, ce n'était pas bien grave.

— Je vais être franche avec vous, dit-elle. Ce sera une bonne façon de commencer pour nous deux. Il y a certaines choses en vous que je ne peux pas saisir, mais je n'ai pas besoin de la Force pour comprendre les gens. Vous êtes hautain et vous vous sentez supérieur. C'est peut-être simplement votre nature, mais à cet instant je pense que c'est parce que vous me croyez en position de faiblesse. Peut-être parce que Dam-Powl vous a dit le plus gros de ce que je sais, peut-être même *tout* ce que je sais, et pourquoi je suis ici.

Tre cligna lentement des yeux et ses lekkus se frôlèrent en un acquiescement muet.

— Et donc, vous savez qui je cherche. Sachez que c'est mon frère. On m'a rapporté des rumeurs et des histoires qu'on se raconte dans les tavernes, des renseignements de seconde main de sources impossibles à vérifier et dont je me méfie. Au final, toutes ces informations ne me fournissent pratiquement aucun point de départ. J'ignore même sur quelle planète il se trouve en ce moment.

— Et vous ne pouvez pas…

Il agita ses doigts puis battit des bras.

— … le savoir par la Force ?

Lanoree le foudroya des yeux ; son attitude puérile ne méritait pas de réponse.

— Maître Dam-Powl m'a envoyée vers vous car, selon elle, vous devriez pouvoir m'aider. Et j'espère que c'est le cas. Parce que je ne suis pas sûre de supporter longtemps vos niaiseries !

Elle vida son verre d'un trait.

— Et maintenant, je vais être franc avec vous, moi aussi, dit Tree, soudain sérieux. En plus de ce qu'on dit sur votre frère, il circule aussi des rumeurs sur la technologie Gree.

Lanoree, la tête inclinée, haussa les sourcils.

— Je ne parle pas de la porte stellaire, poursuivit-il. Tout le monde avec un tant soit peu de jugeote connaît les théories sur l'origine Gree de l'Ancienne Cité.

Il se pencha vers elle, en jetant un coup d'œil autour d'eux.

— Je parle de ce qui l'*actionne*.

— Je ne comprends pas, dit-elle.

Mais elle était déjà en train de se remémorer ce que les Maîtres lui avaient dit, sur Tython. *La matière noire…*

— Je veux dire que, d'après les bruits qui courent, il existerait des plans de conception. Des détails techniques.

Il haussa les épaules.

— Des plans directeurs. Et tous seraient Gree.

Choquée, elle se recula sur son siège. *Gree ?* Vraiment ? On connaissait si peu de choses sur cette ancienne civilisation. On disait qu'ils avaient à un moment habité l'Ancienne Cité de Tython, mais des théoriciens contestaient l'hypothèse selon laquelle ils l'auraient eux-mêmes bâtie. Bien que ce peuple ait depuis longtemps quitté la galaxie, certains suggéraient que l'Ancienne Cité était encore *plus* antique. Lanoree avait rencontré un homme, sur Tython – pas un Je'daii mais quelqu'un qui en était proche par son attitude et sa façon d'appréhender les choses –, qui avait passé sa vie à faire des recherches sur les Gree et leur héritage, et pourtant une simple demi-heure de discussion avait suffi à retransmettre ce qu'il avait pu apprendre. Et à présent, ce mystérieux Twi'lek qui, aux dires de Dam-Powl, se livrait à des activités criminelles, affirmait que Dal avait découvert quelque chose que les Gree auraient laissé derrière eux.

— Des plans ? répéta-t-elle.

— D'après ce que j'ai entendu dire, en tout cas. Encore un peu de vin ?

Lanoree se hérissa. Il se fichait d'elle. Il jouait avec une Ranger Je'daii comme il le ferait avec un petit escroc de bas étage qui chercherait à se mêler d'une affaire louche. Se reculant dans son siège, elle simula la fatigue, mais sous ses paupières mi-closes elle ressentit le flux de la Force agiter ses sens, les stimuler, et sonda une fois de plus l'esprit de Tre.

Mais il lui était inaccessible.

Soudain, Tre ouvrit grand les yeux, et l'espace d'un instant, les épaules basses et les lekkus pendants, il parut inexplicablement triste. *Il a l'air d'un animal battu*, se dit Lanoree. Elle n'aurait pas su dire d'où lui venait cette image, mais elle avait appris à faire confiance à ses intuitions. La Force résidait aussi dans son subconscient, et il arrivait parfois que celui-ci lui parle.

Il préféra fuir son regard en fixant son verre à moitié vide.

Elle explora les abords de sa conscience sans toutefois pouvoir y pénétrer, et c'était quelque chose auquel elle n'était pas habituée. Certaines espèces étaient très difficiles à sonder – l'esprit des Cathars, par exemple, fonctionnait d'une manière très différente ; ils pensaient sous forme de symboles et d'abstractions plutôt que sous celle de mots et d'images – mais elle pouvait en général au moins atteindre les esprits, qu'ils soient humains ou non.

Tre, lui, avait un mur. Un mur qui semblait encercler sa conscience, et ses efforts pour le franchir rebondissaient dessus, lui laissant presque supposer que le Twi'lek n'avait pas d'esprit du tout. Cependant, elle savait que ce n'était pas le cas. Il était tout à fait maître de lui-même, intelligent et vif, avec des désirs et des objectifs, et il était clair qu'il se connaissait bien. *Très* bien.

— Tre, que vous a-t-on fait ? demanda-t-elle, car elle sentait qu'il avait envie de parler.

Et cette impression ne devait rien à la Force, c'était une simple empathie.

— Je suis juste un espion esclave utilisé par les Je'daii.

— Vous avez été modifié, dit-elle, soudain consciente de cette surprenante vérité. Génétiquement ?

— Profondément et irréversiblement.

— Aucun Je'daii ne ferait ça, objecta-t-elle.

— Ha ! cracha-t-il.

Sa réaction violente attira l'attention de quelques clients autour d'eux, mais il les dissuada d'insister en les foudroyant du regard. Impressionnés par sa peau rouge et l'air féroce qu'il pouvait se donner quand il le voulait, ils piquèrent du nez dans leurs verres.

— Mais c'est…, commença Lanoree sans toutefois finir sa phrase.

Interdit, allait-elle dire. Mais elle-même menait cette expérience alchimique dans son vaisseau, et savait qu'il s'en trouverait, parmi les Je'daii, pour la condamner. Ce qui était interdit pour certains était un sujet d'exploration pour d'autres.

— Je suis le jouet de Dam-Powl, reprit Tre Sana qui avait recouvré un peu de son calme. On m'a fait des promesses.

Tout fier, il se redressa sur son siège.

— Et elles seront tenues ! De l'argent. Une nouvelle identité. Une propriété sur un vaisseau-ville de Ska-Gora.

Il eut beau hocher la tête avec conviction, ses lekkus qui se tortillaient trahissaient son incertitude et sa vulnérabilité.

Lanoree ne savait que penser de lui, et le fait qu'il restait fermé à ses discrètes investigations la déstabilisait. Ce qui ne l'empêchait pas d'admirer le travail de Dam-Powl. Les subtiles modifications génétiques qu'elle avait accomplies ainsi que l'étrange alchimie qui permettait à Tre de rester entièrement lui-même tout en lui appartenant, quelles qu'elles soient, et pour immorales qu'elles puissent être, relevaient incontestablement du génie.

— Et vous les obtiendrez, dit-elle. Maître Dam-Powl est une Je'daii qui tient ses promesses.

Leurs plats arrivèrent et Tre se jeta immédiatement sur son assiette, mâchant et avalant à une vitesse incroyable. Il avait l'air affamé.

— Les Gree, reprit-elle. Leurs schémas… J'ai besoin d'en savoir davantage.

— Et maintenant que vous êtes ici, nous pourrons en savoir plus, dit Tre en crachotant des bouts de viande à moitié mâchés sur la table.

Certains atterrirent dans l'assiette de Lanoree.

— Quand ?

— Il faut que je trouve quelqu'un. Quelqu'un qui n'est pas facile à trouver. Mais… tout seul. Un Ranger attirerait l'attention. Vous connaissez le dicton : « Un Ranger s'en mêle, ennuis à la pelle. » Alors s'ils savent que je vous vois, ils disparaîtront. Et peut-être pour longtemps. Donc laissez-moi faire, et on se donne rendez-vous à la tombée de la nuit. D'ici là, je saurai où ils sont.

— Et c'est qui, ce « quelqu'un » ?

— Une riche Kalimahri. Un négociant en poudre swing et autres épices. Et une Rêveuse d'Étoiles.

— Encore ce mot, remarqua-t-elle.

Tre s'essuya la bouche et prit une gorgée de son verre.

— Il n'est pas très connu. Ne l'utilisez pas inconsidérément.

D'un signe de tête, il désigna l'assiette de Lanoree.

— Vous allez manger tout ça ?

— Non. Servez-vous.

Sans se faire prier, il lui prit son assiette et plongea dedans comme si chaque bouchée était la première.

— Donc, ici, au crépuscule, dit-elle.

— Hmm.

Il acquiesça d'un hochement de tête sans quitter son plat des yeux. L'indifférence lui sortait par tous les pores, et pourtant il s'était lui-même qualifié d'esclave. Un personnage plein de contradictions, complexe, tourmenté. Exactement le contraire de ce qu'elle souhaiterait comme guide pour ses recherches.

— Très bien, dit-elle.

Comme elle se levait pour sortir, elle vit des visages se détourner d'elle, et elle gagna la porte dans un silence que seuls troublèrent des murmures incrédules – *Une Ranger ! Une Je'daii !* – ainsi que d'autres, plus méfiants où revenait le mot *problèmes*. Elle espérait que le vieux dicton que Tre lui avait rappelé ne se vérifierait pas sur Kalimahr.

Il ne coûtait rien de rêver…

Et peu après avoir quitté la Taverne de Susco, Lanoree sut qu'elle était de nouveau suivie.

— Le premier jour est toujours le pire, déclare Maître Ter'cay, un humain, en guidant Lanoree et Dal vers la surface. Le Désert Muet peut être un endroit très perturbant.

On le sait, se dit Lanoree. *Aucun doute là-dessus.*

Ils remontent le long du lacis de grottes.

Ça ressemble plus à une ville qu'à un Temple, se dit-elle encore, et Ter'cay lui jette un bref coup d'œil par-dessus son épaule.

Écoute-moi quand je parle, sinon tu n'apprendras rien, lui transmet-il dans son esprit. Sans colère. Plutôt avec une pointe d'amusement. La surprise qu'elle manifeste devant son aisance à communiquer silencieusement est de toute évidence flagrante. Elle sait parfaitement ce qu'est la télépathie de la Force, mais atteindre ce genre de maîtrise a dû exiger de nombreuses années de méditation et d'études.

Ter'cay part d'un rire sonore, et Lanoree lance un sourire de côté à Dal qui a l'air renfrogné. Il n'a rien entendu.

Elle est encore étonnée de la taille et de l'envergure de Qigong Kesh. On lui en a rebattu les oreilles, bien sûr, tant ses parents que les Voyageurs qui passent par le Temple de Bodhi après avoir au préalable visité Qigong Kesh lors de leur périple. Ils parlent toujours du Temple d'abord – de son immensité, de la complexité de ses grottes et de ses tunnels, de la puissance de la Force dans son réseau de cavernes – et, invariablement, ils terminent par des histoires sur le Désert Muet.

Un endroit obsédant. Presque surnaturel.

Dal et elle ont déjà passé des jours à traverser le désert vers Qigong Kesh ; ils ont affronté certains des dangers qui y rôdent. Mais elle devine que leur véritable expérience de ces sables étranges ne fait que commencer.

— Il fait frais, ici, dit Ter'cay. Il arrive que le sable soit tellement brûlant que les chaussures fondent et une simple brise peut parfois faire cloquer la peau. Mais c'est généralement plus tard dans la journée. À l'intérieur, on est protégés du soleil, et la température et l'humidité sont contrôlées par six climatiseurs. Et il y en a un juste là.

Ils sont en train de traverser une vaste grotte délimitée sur trois côtés par des parois à pic sur lesquelles se greffent des saillies et des cages d'escalier ; plein de monde s'agite un peu partout. Du doigt, Ter'cay désigne le quatrième côté de la place, où se dresse une machine colossale, d'une bonne cinquantaine de mètres de haut, avec des protubérances arrondies qui se gonflent et se dégonflent. On la croirait presque biologique plutôt que mécanique. Elle exhale de la vapeur, gronde ; des gouttelettes d'humidité apparaissent à sa surface et dégoulinent jusqu'à sa base.

— C'est une machine ? demande Dal.

Une sorte de machine, oui, répond silencieusement Ter'cay qui lance un regard à Lanoree, hausse un sourcil puis formule sa réponse à voix haute.

Il imagine que Dal entend tout ce qu'il dit, songe Lanoree. Son frère ne se rend visiblement compte de rien ; il est totalement fasciné par le conditionneur géant.

— Une sorte ? répète-t-elle.

— On fait… « pousser » la plupart de ses mécanismes internes à Anil Kesh.

— Donc elle est vivante ?

— Loin de là.

Ter'cay se détourne et traverse la caverne à grandes enjambées, et ils doivent presque courir pour le rattraper.

Une fois que nous atteindrons la surface, tout deviendra silencieux, dit-il dans l'esprit de Lanoree. *Mais le silence est subjectif. Toi et moi pouvons communiquer comme nous le faisons à cet instant, et ceci est la première leçon. La télépathie de la Force est un don que certains Voyageurs possèdent déjà à leur arrivée ici ; mais ceux pour qui ce n'est pas le cas l'acquièrent rapidement.*

L'air sombre, il lui lance un coup d'œil par-dessus son épaule.

C'est un don fondamental. Différent de la voyance, ou

de l'usage de la Force pour créer une illusion. Si tu te laisses guider par le flux de la Force, alors tes paroles et tes pensées le sont aussi. Mais ton frère…

Il esquisse un haussement d'épaules et continue d'avancer.

— Il est…, commence Lanoree, mais Dal se tourne alors vers elle.

Elle tousse, affectant d'avoir avalé de la poussière, puis tente de s'exprimer sans mots.

Sa mère lui en avait enseigné les bases. Parfois, son père effleurait son esprit quand il était tard et qu'ils étaient fatigués, et lui racontait une histoire avant qu'elle s'endorme. À présent, c'est l'occasion pour elle de mettre ces leçons à profit.

Il est lent dans la Force, transmet-elle, et elle sait que Maître Ter'cay l'entend. *Mais il veut apprendre.*

Non, répond Ter'cay. *Je ne ressens aucune aspiration en lui. Juste de la résistance. Aucun enchantement, rien que de la suspicion.*

Il fera de son mieux.

Ils atteignent l'extrémité de la grotte où une vaste ouverture dans un mur conduit à des tunnels plus petits. Des droïdes à six bras s'agitent pour distribuer des boissons. D'autres, plus grands, dispensent des soins à un groupe de personnes aux vêtements sales ; la peau rougie par le soleil, la tête baissée et le regard vague, elles n'arrêtent pas de parler, comme excitées par ce qu'elles viennent de voir. Lanoree suppose qu'il s'agit de Voyageurs étudiants qui viennent d'avoir un nouvel enseignement à la surface.

S'il est disposé à faire de son mieux, je le ferai aussi, dit Ter'cay, mais Lanoree perçoit déjà ses doutes – qui semblent faire écho aux siens.

Maître Ter'cay s'exprime ensuite à voix haute, les incluant ainsi tous les deux.

— Le tunnel principal monte jusqu'à la surface. Il y a des ascenseurs et des colonnes ascensionnelles, mais je préfère que mes étudiants se servent de leurs jambes. Rien de tel que l'exercice physique.

Il se frappe le torse en riant.

— C'est bon pour les poumons ! Et le cœur !

Il se tapote ensuite le front du bout des doigts.

— Et la santé du corps nourrit celle de l'esprit.

Ils entament l'ascension des marches naturelles creusées à même la roche. Lanoree en compte plus de mille.

Le premier soir, alors que le soleil embrase le désert à l'ouest et que le sable prend vie avec les scorpions, les reptiles et autres créatures crépusculaires, Lanoree forme une illusion de la Force devant Maître Ter'cay. Un shire, avec des ailes gracieusement veinées et une corne unique au milieu du front, qui danse dans le sable et, en s'ébrouant, frappe de ses sabots des ombres indifférentes, et dont elle perçoit chaque battement de cœur et chaque respiration. Ter'cay sourit devant cette solocorne qui caracole devant lui, et il acquiesce d'un hochement de tête. *Beau travail*, dit-il silencieusement. *Mais tu découvriras que créer une illusion de la réalité est bien plus difficile. Tu sais que la solocorne est une créature mythique, et tu te la représentes très belle, aussi n'est-il pas compliqué de produire cette image. Essaie de projeter quelque chose de plus banal. Un rocher, un fruit, une chaussure... C'est déjà beaucoup moins facile.*

Lanoree laisse l'illusion se dissoudre dans le crépuscule et s'efforce de faire ce que vient de lui suggérer Ter'cay. Sans succès.

Tu viens de recevoir ta première leçon, dit-il. S'écartant d'elle, il va s'asseoir à côté de Dal, prend sa main dans la sienne, lui touche les joues et les tempes, puis ferme les yeux. Ceux de Dal s'écarquillent.

Il l'entend ! songe Lanoree, ravie. *Il ressent la Force, et il l'entend dans sa tête !* Mais son excitation est de courte durée.

Dal se lève brusquement et son coup de pied projette du sable sur le visage de Maître Ter'cay. Il n'aurait pas réagi plus violemment s'il avait été envahi ou atteint par quelque chose de répugnant. Puis il se détourne et s'éloigne dans le crépuscule. Lanoree aimerait pouvoir le retenir.

Leur première aurore dans le Désert Muet avec Maître Ter'cay est un des moments les plus étranges que Lanoree ait jamais vécu. Elle n'a rien éprouvé de tel lorsqu'elle y a campé avec Dal avant d'arriver à Qigong Kesh. Durant ces étapes, ils ont connu des instants de peur et d'inquiétude, mais pas d'émerveillement. Peut-être est-ce la proximité du Temple – une connexion naturelle avec la Force – qui y attire la vie.

Alors que le soleil, en se levant, embrase l'horizon, le désert s'anime, et le silence semble plus oppressant que jamais. Les créatures nocturnes ont déjà regagné leurs terriers une heure avant l'aube, probablement conscientes que le soleil les exposerait bientôt à tous les dangers qui rôdent. Les ombres se retirent, la fraîcheur de la nuit est asséchée, et une brume de chaleur chatoyante ondoie au-dessus des vagues de sable. Les oiseaux du désert s'envolent de leurs abris nocturnes. Des shires – d'une espèce plus fine et plus petite que celle que l'on rencontre partout ailleurs sur Tython, avec leurs bosses d'eau sur la croupe et le cou – avancent en troupeaux le long d'une lointaine colline. Des lézards batifolent et dansent dans les rocailles ; de gros oiseaux, des pendules-planeurs, agitent mollement leurs immenses ailes en se laissant porter par les courants de l'aurore. Elle aperçoit aussi un mankle géant qui se déplace au loin, ses épines redoutables dressées pour la chasse. Autant de magnifiques tableaux de vie et de diversité qui existent dans ce silence contre-nature, avec les cris et les appels, les battements d'ailes, les grondements et les rugissements, inaudibles.

Là, vers les collines. Regarde. Ne cligne même pas des

yeux, tu pourrais le rater. Elle ne s'était pas rendu compte que Ter'cay s'était levé ; rien ne semble avoir été déplacé dans sa tente. Pourtant, alors qu'il s'exprime dans sa tête, elle le voit penché, au sud du camp, aussi immobile que le tas de rocs à côté duquel il est assis.

Elle suit la direction de son regard, et voit à son tour.

Aucun vent ne semble perturber le sable, aucune agitation dans le sol qui pourrait créer ce genre de phénomène. La sculpture semble de la taille approximative d'un humain, encore que la distance puisse être trompeuse. Elle paraît presque liquide, ondulant et dansant sous le mouvement constant et fluide des milliards de particules qui la constituent. La forme est imprécise.

Il faut que Dal voie ça, songe Lanoree. Pourtant elle sait qu'elle ne pourra pas le réveiller par une pensée, et le secouer pourrait gâcher l'instant.

Touche-la, dit Ter'cay, et elle le fait. La Force est vivante en elle, et elle étend ses sens au loin, sent que cette sculpture de sable est légèrement plus chaude que le sable qui l'entoure, que son odeur est celle de quelque chose depuis trop longtemps enterré que l'on expose enfin à l'air. Et le plus étonnant est que, au plus profond de cette structure, le sable chante. Un son confus qui, apparemment, n'a aucune signification ; Lanoree ne connaît pas les mots qu'elle entend. Et pourtant, elle perçoit en eux une sorte de liberté et de passion débridées, et le temps de quelques battements de cœur elle est emplie d'un optimisme plus flamboyant que le soleil lui-même.

Puis la forme se désintègre ; aussi vite qu'elle est apparue, elle est rendue au désert. Le son s'est tu. Le mouvement a cessé. Lanoree en reste tout excitée, le souffle court. Et comme elle se tourne vers Ter'cay, elle saisit son sourire.

Qu'est-ce que c'est ?

Un mystère. Tu devrais réveiller ton frère. Votre enseignement reprend dès maintenant.

Ils passent le reste de la journée, et les deux suivantes, à s'entraîner dans le Désert Muet. Lanoree est ravie des dons qu'elle possède et des talents qu'elle apprend à développer, et est exaltée de se découvrir apparemment déjà aussi experte. Ter'cay l'encourage, la met à l'épreuve. Et elle réussit, lui demande même silencieusement de la soumettre à des tests plus difficiles encore, à des problèmes plus complexes. Dans ces lieux insonores, sa relation avec la Force s'étend rapidement, et elle éprouve pour la première fois la sensation d'en être une partie intégrante. Suggestion, télépathie, maîtrise... Ses compétences s'accroissent à chaque instant. Elle prend un réel plaisir avec l'enseignement de Maître Ter'cay. Pourtant, souvent, elle mesure son excès d'orgueil quand elle oublie que, pour Dal, rien de tout ceci n'est aisé.

Il ne parvient pas à s'immerger dans la Force, et plus Ter'cay travaille avec lui, plus il se montre réticent. Lanoree commence à perdre patience devant ses fréquents mouvements d'humeur. Le soir, tandis qu'ils se détendent en mangeant, elle essaie de communiquer avec lui. Un contact fraternel de l'esprit d'une sœur à son frère, affectueux et inquiet. Pourtant, elle a à chaque fois droit à un déluge de pensées chaotiques – effrayantes, furieuses, mais également effrayées.

Alors que le crépuscule descend, le soir du troisième jour, et qu'ils retournent vers le Temple, elle est à la fois exaltée par ses progrès et attristée par les échecs de Dal.

Elle lui prend la main, est étonnée qu'il s'y accroche. Et elle lui sourit.

Elle a une idée.

Une légère poussée et...

Ils se promènent le long de la rivière, celle près de chez eux, à deux pas du Temple de Bodhi. C'est là que Dal se sent le plus en paix avec lui-même. Des oiseaux tisseurs sont passés récemment par là, et la brise charrie d'innombrables fils d'or. Le courant de la rivière est fort, elle est gonflée par les pluies récentes sur les collines de la Forêt de Lisière. L'air, chargé des parfums de fleurs, embaume et porte ce soir la promesse d'un repas familial, quand leur père fera cuire le ragoût de rumbat tandis que leur mère leur lira certains de ses poèmes. C'est très beau.

Mais c'est faux.

Dal serre sa main si fort qu'elle sent ses os crisser, et la blessure du faucon-harpon recommence à saigner. Puis il s'effondre à genoux dans le sable et vomit.

Lanoree s'agenouille près de lui en s'interrogeant : a-t-elle eu tort ? Il *déteste* qu'elle touche son esprit, qu'elle utilise la Force pour s'y immiscer. Ils se sont souvent disputés à ce sujet. Mais il y a longtemps qu'ils sont loin de chez eux, dans cet environnement étranger, et elle s'était dit que, peut-être, il accueillerait avec plaisir les pensées de calme et de sécurité que ces images de là-bas, de chez eux, transmettaient. Toutefois, quand il relève les yeux vers elle, elle n'y voit que du venin.

Elle ne peut pas contacter de nouveau son esprit pour lui dire qu'elle regrette.

4

SON PROPRE MAÎTRE

Ne place jamais toute ta confiance dans la Force. Elle est toujours là, mais ce n'est pas pour autant que tu peux constamment y faire appel. Chaque Je'daii est sa propre personne, avec ses propres dons. Apprends à les utiliser. Nourris-les. Si la Force est le rêve, c'est toi le rêveur, et parfois tu dois te réveiller. Parfois, tu es tout ce que tu possèdes.

Maître Shall Mar, « Une vie en équilibre »,
an 7523 AATY

Lanoree jugea que Tre Sana lui en avait déjà appris plus que les Maîtres Je'daii qui lui avaient confié cette mission. Ils avaient mentionné un réseau à l'organisation assez floue de riches Kalimahris apparemment impliqués dans la secte des Rêveurs d'Étoiles de Dal, et Tre avait confirmé l'information lorsqu'il avait parlé de devoir localiser une personne en particulier pour l'interroger. Il avait été question de matière noire utilisée pour tenter d'activer une prétendue porte stellaire. Par contre, ils n'avaient pas du tout évoqué les Gree.

Les connaissances que l'on avait des Gree remontaient

si loin dans l'histoire, si loin dans le temps, qu'elles étaient désormais recouvertes du vernis des mythes et des légendes. Lanoree voulait retourner au vaisseau afin de faire des recherches sur l'ordinateur de bord.

Mais elle devait avant tout découvrir qui ou ce qui la suivait.

Il faudrait sûrement se lever de bonne heure pour trouver ce quartier de Rhol Yan dans la liste des lieux touristiques – les rues étaient sales et sordides, certains des commerçants proposaient probablement des marchandises illégales, sous le comptoir, ainsi que des services interdits, et les clients de divers établissements avaient tout l'air de ne pas être de simples visiteurs. Un secteur pas très reluisant, mais où Lanoree ne se sentait pas vraiment dépaysée. Il en existait dans chaque ville de chaque planète et ce n'était assurément pas le premier qu'elle visitait.

Il arrivait même qu'elle s'y sente d'entrée de jeu chez elle.

Des *Traque-Nuages* dérivaient paisiblement dans le ciel, des speeders vrombissaient le long d'une voie légèrement surélevée au centre de la rue, et plusieurs sortes de bêtes de somme indigènes portaient des gens sur leur dos ou avec leurs membres. Mais Lanoree choisit de marcher. Elle contrôlait ainsi totalement ses mouvements, et il lui serait aussi plus facile de rester sur le qui-vive. Elle voulait attirer son ou ses suiveurs, non leur échapper.

Les reflets dans le lustre des speeders, dans les vitrines des boutiques ou encore dans les yeux de ceux qu'elle croisait lui permettaient de surveiller ses arrières. Et quand elle ne pouvait rien voir, elle clignait lentement des yeux tout en projetant ses sens derrière elle afin de découvrir qui et où était son indésirable escorte.

C'était terriblement agaçant. Elle se sentait observée, et étant donné qu'elle avait ôté son étoile de Je'daii afin de passer inaperçue, il ne pouvait pas s'agir de la simple curiosité que suscitait couramment un Ranger et à laquelle elle était habituée.

L'extrémité de la rue donnait sur un immense marché, avec des étals dressés sur une vaste place pavée de marbre suspendue à trois énormes piliers en forme d'arbres. Des petits *Traque-Nuages* y étaient amarrés, prêts à charger des gens et des marchandises et à faire la navette entre le marché et les plus gros vaisseaux qui circulaient au-dessus. Lanoree descendit rapidement l'escalier de pierre qui menait à la place. Puis elle s'arrêta, fit demi-tour et remonta à toute vitesse en sens inverse.

Du haut des marches, elle regarda autour d'elle. La rue qu'elle venait d'emprunter était très animée ; elle observa les gens qui venaient dans sa direction et la croisaient, humains et autres. Elle en étudia beaucoup d'autres encore qui s'éloignaient. À l'aide de ses sens et du pouls de la Force, elle chercha une image d'elle-même dans le regard de quelqu'un… et la trouva.

Elle est là, tout près, elle guette, n'oublie pas que c'est une Ranger, dangereuse et mystérieuse…

Elle posa la main sur la poignée de son épée qu'elle sortit à demi de son fourreau, se retourna et vit une famille de Cathars s'arrêter à une vingtaine de pas d'elle pendant que les deux parents s'occupaient de leurs six enfants. Et juste derrière eux, un personnage affectant d'être un membre de leur groupe, ce que, de toute évidence, il n'était pas.

Petit mais trapu, l'humanoïde portait une tunique grise de très bonne qualité et un masque. Lanoree était certaine que c'était un Noghri – une espèce de reptiliens connus pour être des combattants accomplis et des assassins très recherchés. Comme elle posait les yeux sur lui, il releva les siens et rencontra son regard.

Elle leva une main, prête grâce à une poussée de la Force à le plaquer au sol le temps de l'atteindre.

Il sortit un blaster et tira en direction de la famille.

Cris. Panique. Les gens fuyaient, couraient, tombaient… Le Noghri tira de nouveau, à l'aveuglette.

Dégainant son épée, Lanoree se rua vers lui qui filait déjà, son arme dans une main et un objet dans l'autre, mais impossible de voir de quoi il s'agissait. Elle le rattrapa, le bouscula, mais il l'esquiva d'un bond sur le côté, et son coup décuplé par la Force atteignit une bête de somme qui trébucha et fit basculer ses trois passagers à terre.

Comme elle passait devant la famille, elle remarqua que la mère était allongée sur le sol et que du sang giclait d'une horrible plaie bordée de noir dans la fourrure de son crâne. Le père essayait d'écarter les enfants tout en criant sa douleur. Lanoree aurait voulu s'arrêter pour l'aider, mais elle savait que d'autres s'en chargeraient.

Elle se rendrait plus utile en rattrapant le meurtrier.

Le Noghri avait dévalé les marches et filait à présent vers un des postes d'amarrage. Vu la violence manifeste de ses intentions, la plupart des gens s'écartaient spontanément de son chemin. Mais lorsque deux miliciens s'accroupirent devant lui pour le viser de leurs longues armes en forme de lances, il les abattit tous les deux avec une incroyable rapidité, et comme ils tombaient à la renverse, morts sur le coup, le tueur se fondait déjà dans l'ombre du pilier d'amarrage.

Il était bien entraîné. Il était évident que, pour descendre ainsi deux gardes sans une seule seconde d'hésitation, il savait ce qu'il faisait.

Elle l'avait presque rattrapé quand il franchit l'une des entrées du bâtiment d'embarquement du *Traque-Nuages*. Il tripotait toujours l'objet dans sa main gauche. Elle ralentit l'allure pour se concentrer et projeter la Force vers lui alors que, le bras tendu et les doigts recourbés en grappin, elle s'efforçait de l'atteindre. Mais il y avait bien trop de monde autour, et bien trop de panique, aussi.

D'autres décharges de blaster explosèrent dans le hall d'entrée du hangar, et d'autres cris retentirent.

Lanoree s'aida de la Force pour augmenter sa vitesse, forçant ses muscles à s'étirer et à se contracter plus vite, avec de grands mouvements des bras pour accélérer le débit du sang dans ses veines. Il y avait bien une centaine de voyageurs et de commerçants dans le hall, et deux personnes baignaient dans une mare de sang ; autour d'elles on se précipitait pour les aider. Pourtant, elle repéra immédiatement le Noghri.

Il était en train de brancher l'objet à une colonne comm. Il lança un coup d'œil par-dessus son épaule, mais sans lever son blaster.

Il veut d'abord faire partir ce qu'il doit envoyer, se dit-elle. Et tout en courant vers lui, elle se concentra sur la colonne, la sonda, le visage crispé par l'effort. Il fallait qu'elle empêche cet envoi, et si…

Entendant la détonation sèche d'un blaster, elle leva son épée et, à cette seconde, ne dut sa vie qu'à sa réaction purement instinctive. La décharge frappa son arme et elle tomba en arrière. La lame tinta contre le sol de marbre. Mais Lanoree en tenait toujours la poignée – jamais elle ne l'aurait lâchée –, et elle sentit la chaleur diffusée par la précieuse lame.

Elle lança un coup dans la Force et, à quarante pas de là, le Noghri fut soulevé du sol et projeté contre un mur. Il lâcha le blaster qui glissa par terre loin de lui.

Les gens s'étaient dispersés et mis tant bien que mal à l'abri, ne laissant que les deux victimes par terre. Lanoree sentit qu'elles étaient toutes les deux déjà mortes.

Une bouffée de colère monta en elle, qu'elle parvint à contrôler ; elle lui fournirait l'énergie nécessaire, mais brouillerait également ses sensations. Utiliser la Force avec la rage au cœur pourrait perturber son équilibre intérieur et la pousser à commettre des erreurs.

Elle se releva promptement et constata qu'elle était à cet instant la seule personne debout.

— Restez couchés ! cria-t-elle.

De sa main tendue, elle maintint l'homme plaqué au sol par la Force, l'entendit qui suffoquait, et appuya un peu plus.

Puis elle s'avança, se protégeant de son épée levée, et jeta un regard sur la colonne comm et l'appareil qui y était branché.

Alertée par un mouvement flou, elle devança le danger et leva son arme pour dévier la décharge une fraction de seconde avant qu'elle l'atteigne. Une autre suivit. Elle se déplaça sur la gauche et tendit sa lame vers la droite. Le coup fut avalé par le métal brûlant.

Il possédait donc une deuxième arme. Un autre blaster bien dissimulé.

Exaspérée, elle tendit la main et, à distance, souleva le Noghri très haut au-dessus du sol et l'agrippa en l'écrasant comme dans un étau, de plus en plus fort.

— Lâche-le, dit-elle d'une voix qui, bien que calme, portait clairement dans tout le hall.

Il laissa tomber l'arme. Elle le souleva encore plus haut… puis desserra son étreinte sur lui.

Au bruit d'os qui se brisent alors qu'il heurtait le sol succédèrent les exclamations horrifiées de tous les témoins de la scène.

Lanoree courut jusqu'à lui. Son corps était saisi de convulsions, ses jambes à la peau grise, tordues selon un angle bizarre, s'agitaient, des os saillants pointaient sous sa tunique. Tout en surveillant ses pieds et ses mains, gros et pourvus de griffes, et consciente de la réputation de combattants et de tueurs des Noghris, elle garda son épée dégainée au cas où il aurait des armes cachées en réserve. Et alors qu'elle s'agenouillait devant lui, elle tendit la main vers son masque.

— Maîtrisez-le ! cria quelqu'un.

La Milice. Lanoree pesta silencieusement ; la situation allait se compliquer. Elle aurait voulu le conduire dans un endroit tranquille pour l'interroger, car le remettre à la

Milice de Kalimahr ne lui rapporterait rien. En soupirant, elle releva la tête vers les deux femmes en uniforme qui couraient vers elle, en se demandant si elle pourrait les convaincre d'une meilleure solution.

— Il les a tués et…

— Elle l'a poursuivi jusqu'ici, et elle l'a jeté par terre, ça doit être une *Je'daii* ! Et…

— Mort, mon frère est *mort*, sa cervelle a éclaté et…

Des voix fusaient d'un peu partout alors que les gens, terrifiés, commençaient à s'exprimer dans le hall. Et dans cette cacophonie, le cri d'un enfant sauva la vie de Lanoree.

— Attention !

Elle reporta son attention sur le Noghri blessé, et vit la coque de son masque se détacher et une fumée s'en échapper. *Activation vocale !* eut-elle tout juste le temps de penser avant de mettre tout ce qui lui restait d'énergie et tout le pouvoir qu'elle possédait dans la Force pour se protéger de ce qui allait suivre.

Elle entendit à peine l'explosion.

Devant le visage de la Wookiee dont elle sentait les grosses pattes poilues la soulever du sol, elle se crut un instant revenue sur Ska Gora, quand ses doigts effleuraient les détentes des canons laser. Puis elle se rappela ce qui s'était passé et respira la fumée acide qui empestait l'air.

— Je vais bien, dit-elle.

Elle prit de fortes inspirations pour lutter contre le vertige. La Wookiee gronda une question et elle y répondit d'un hochement de tête.

— Oui. Ça va.

Ceux qui l'entouraient – la Wookiee, plusieurs humains, un grand Miraluka sans yeux avec un bandeau – l'observaient dans un silence stupéfait. Et quand elle put voir au-delà d'eux, elle comprit leur ahurissement de la découvrir encore en vie.

Le Noghri n'avait pas lésiné sur la puissance de sa charge. Il ne restait visiblement rien de lui, et le site même de l'explosion n'était plus qu'un vaste cratère de marbre brisé et noirci. Des débris de toutes sortes envahissaient le hall, devenu une vraie décharge. Il s'était donné la mort sans une seconde d'hésitation, et il était incroyable que personne n'ait été atteint par la déflagration.

J'étais là, songea-t-elle en considérant la dépression craquelée dans le sol de marbre. Elle avait été catapultée à travers le hall, protégée et abritée par la Force qu'elle possédait si puissamment en elle, et, un très bref instant, elle avait même vécu une expérience proche de l'extase. Inspirant profondément, elle éprouva une forte sensation de bien-être. Peut-être était-ce le soulagement. À moins que ce ne soit simplement le bonheur de se sentir en vie.

— Hé, vous ! aboya une voix. La Je'daii !

C'était une des miliciennes qui arrivaient au moment où le Noghri s'était donné la mort. L'autre était blessée ; on l'aidait à se relever. Alors qu'elle s'approchait, Lanoree lança un rapide coup d'œil vers la colonne comm. Un côté avait subi des dégâts, mais elle était toujours debout, bien que penchée et un peu tordue. D'ici, elle apercevait l'endroit où le Noghri avait branché son appareil.

Elle se mit à courir.

— Arrêtez-vous ! lança la milicienne, furieuse.

Lanoree avait intérêt à se méfier. La femme avait subi un choc, et dans la confusion ambiante, elle pourrait très bien décider de tirer.

Elle leva une main en souriant, puis ralentit l'allure.

— Je vais là, dit-elle, le doigt pointé. Juste là.

— Arrêtez-vous, ou bien je…

— Vous allez m'attendre, répondit Lanoree avec une délicate poussée de la Force.

— Je… je vais vous attendre, acquiesça la femme, les sourcils froncés, en cessant de courir.

Elle promena ses yeux hagards autour d'elle tandis que Lanoree arrivait à la colonne.

Après avoir brièvement étudié l'engin, elle le sortit de sa prise. C'était une petite boîte noire munie de plusieurs connecteurs et d'un écran sur le côté. Et, entre autres, d'un appareil photo. Elle pianota sur l'écran et fit défiler la liste des images stockées.

Sur toutes, un seul sujet – elle-même.

— Un Ranger dans le coup, soucis jusqu'au cou, dit l'homme.

— Je croyais que la formule était « Un Ranger s'en mêle, ennuis à la pelle » ?

— Si vous voulez…

On l'avait conduite au plus proche poste de la Milice, et Lanoree les avait suivis sans discuter. Sa mission prenait déjà un tour plus complexe qu'elle l'avait espéré, et devenir une fugitive ne ferait que compliquer sa possibilité d'obtenir des informations. Des gens étaient morts, et elle devait aux autorités de Kalimahr de répondre à leurs questions.

De plus, elle ne devait retrouver Tre qu'au crépuscule. Elle avait donc du temps à tuer.

Le capitaine, Lorus, était un grand représentant de la fière espèce des Sith, puissamment bâti et incontestablement habitué à distribuer des ordres que personne ne se risquait à contester, et à voir ses exigences satisfaites sans discussion. Et retenir une Je'daii dans sa cellule de confinement ne lui posait de toute évidence aucun problème. On avait dû l'informer qu'elle pourrait lui fausser compagnie à la première occasion. Aussi avaient-ils dans l'immédiat instauré une sorte d'accord tacite entre eux, dont chaque partie pourrait tirer profit. Et le fait qu'ils en soient l'un et l'autre conscients facilitait les choses. En d'autres circonstances, ç'aurait même pu être amusant.

— Quelque chose vous fait rire, Je'daii ?

— Non, pas vraiment. Et je vous ai dit mon nom.

— Je préfère vous appeler Je'daii.

— Comme vous voulez, Lorus.

— Pour vous, c'est *capitaine* Lorus.

— Ah oui ?

Le capitaine, en soupirant, s'adossa au mur. Les deux miliciennes humaines qui l'avaient amenée jusqu'ici étaient restées plantées là, de chaque côté de la porte. Toutes deux la fixaient d'un air ébahi. Voir une Je'daii en action avait sans doute été une première pour elles.

La pièce était à peine plus grande que la salle de contrôle principale de son *Pacificateur*, avec une porte, plusieurs chaises dans les coins, et l'unique cellule de confinement au centre. Une cellule trop exiguë pour s'y allonger, et délimitée par un antique champ thermique tenant lieu de barreaux. D'où elle était, Lanoree ressentait une légère chaleur – le vieux générateur fuyait –, et elle avait conscience qu'elle serait carbonisée si elle s'approchait un peu trop près des murs miroitants. Mais elle savait aussi qu'elle pourrait démolir le générateur d'une simple pensée et, avec un petit effort supplémentaire, se protéger et traverser sans problème le champ thermique.

Mais elle n'avait aucune envie de devoir affronter le capitaine Lorus et ses agents.

— Cinq morts, dit Lorus.

— Six, monsieur, rectifia une des miliciennes.

Lorus se raidit mais ne se retourna pas, et la femme devint aussitôt nerveuse.

— Euh… en comptant le terroriste.

— Je me fiche du terroriste ! rétorqua Lorus. Ce sont les cinq victimes qui comptent, dont deux de ma Milice.

— Oui, monsieur, dit la femme d'une voix plus faible.

— Je n'ai tué aucune d'elles, dit Lanoree.

— Mais elles sont mortes parce que le terroriste vous suivait, objecta Lorus.

— Oui.

— Pourquoi ?

— Je suis ici sur les ordres du Conseil Je'daii.

— Pourquoi ?

— Je ne peux pas révéler le but de ma mission.

— Pourquoi ? insista Lorus en souriant.

Sans répondre, Lanoree baissa les yeux sur ses pieds et le sonda doucement, si doucement qu'il ne devrait pas s'en apercevoir, du moins l'espérait-elle. Ce qu'elle découvrit ne la surprit pas. Il adorait le pouvoir que lui conférait sa position. Il était le plus souvent une vraie brute envers son personnel, et même si ce n'était pas la première fois qu'il avait affaire à un Je'daii, il ne les aimait pas.

— Je n'ai rien fait qui vous donne une raison de me haïr, dit-elle.

Il en fut tout déconfit.

— Je sais ce que vous avez dans la tête. Et je peux faire bien d'autres choses, aussi, dit-elle.

— Pas si j'appuie sur le bouton « purger » de votre cellule et que je vous fais griller.

Lanoree ne répondit pas. Le silence était bien plus efficace ; il transmettait à l'autre l'image de la confiance en soi.

Lorus émit une sorte de reniflement dédaigneux.

— Les Je'daii. Et les Rangers ! J'en ai connu un, une fois, il y a de ça plusieurs années. Vulk. Vous l'avez connu, vous ?

— Non, répondit-elle.

En revanche, elle se rappelait le nom et la tristesse de ceux qu'elle aimait.

— Mais mes parents, oui.

— Un type arrogant. Supérieur. Il m'a viré de son chemin, une fois. J'étais simple agent, à l'époque, encore en formation, et il avait débarqué pas loin d'ici avec deux Je'daii plus jeunes. Ceux que vous appelez des Voyageurs. Trop jeunes et incapables de contrôler les pouvoirs que vous leur donnez. Des fauteurs de troubles… Y avait une dispute en cours, sur le moment, deux des familles les plus riches de Kalimahr se chamaillaient pour des problèmes de droits d'exploitation minière sur un lointain astéroïde je ne sais où. Vulk avait annoncé qu'il mettrait tout le monde d'accord avant qu'ils en viennent aux coups. J'ai jamais compris comment les Je'daii avaient été mêlés à ça, et je m'en fiche. Mais quand je l'ai chopé dans la rue et que je lui ai dit que j'avais des questions à lui poser, et que lui et ses jeunes trublions allaient devoir me suivre, il m'a dit qu'il avait pas le temps. D'après lui, il devait assister à une rencontre et offrir quelque chose à quelqu'un, sinon le sang coulerait. Il a levé la main et… m'a dégagé sur le côté. Il m'a soulevé, m'a presque étranglé avec cette foutue Force que vous autres manipulez. Et il m'a relâché après m'avoir viré de sa route, puis il est reparti sans plus s'occuper de moi.

Lanoree ne put contenir un sourire, même si elle savait que ça ne pourrait qu'alimenter la colère de cet homme simple mais fier. Toutefois, elle avait entendu ses parents évoquer Vulk, et ce que Lorus venait de lui raconter correspondait exactement à ce qu'il avait été. Jamais il n'avait laissé rien ni personne se mettre en travers de la voie de ce qu'il pensait être juste.

Et c'était une leçon que ses parents avaient pris soin de lui enseigner.

— Vous vous fichez de moi, Je'daii ? demanda Lorus.

— Non, c'est seulement de penser à lui qui m'amuse.

— Parce que vous l'avez connu ?

— Non. Comme je vous l'ai dit, ce sont mes parents qui le connaissaient. Et ça remonte à plusieurs années. Vulk est mort il y a huit ans dans le crash d'un *Traque-Nuages* à mille kilomètres d'ici. Mais je suppose que vous êtes tellement refermés sur vous-mêmes, ici, que vous n'avez pas dû en entendre parler. À l'époque, il avait déjà tué quatorze terroristes Xang, et il a conduit son vaisseau loin des régions habitées et sauvé ainsi des centaines, peut-être même des milliers de gens. Puis il s'est abîmé en mer.

Elle n'en dit pas davantage, cependant elle put voir l'expression de Lorus se modifier, subtilement mais incontestablement, et elle s'en réjouit. Cet homme avait peut-être bien un certain sens de l'honneur, finalement.

— Donc, parlez-moi un peu de ce Noghri mort.

Lorus grogna.

— Nous pouvons faire équipe, ajouta-t-elle.

Elle esquissa un sourire devant celui, discret, qui apparut sur les lèvres de Lorus. Il la dévisagea un instant, puis adressa un signe de tête à une des miliciennes. La femme pressa des touches sur un panneau de contrôle mural. Le champ thermique qui emprisonnait Lanoree miroita une seconde puis s'effaça avec un imperceptible murmure. Lorus s'assit et, d'un geste, l'invita à prendre place face à lui.

— Il est connu, dit-il. Il ne restait pas grand-chose de lui.

De son pouce, il désigna la milicienne derrière lui.

— Ducianne a trouvé une griffe d'un de ses orteils fichée dans son uniforme. On l'a identifié grâce aux images vidéo des caméras de surveillance de l'arbre d'amarrage. Ce qu'on ignore, c'est pourquoi un prêtre se transformerait en tueur.

— Un prêtre ? dit-elle. C'était un Noghri, non ? Généralement, prêcher ne fait pas vraiment partie de leurs spécificités.

— Il s'agit d'une secte religieuse. Il y en a beaucoup sur Kalimahr, bien trop pour qu'on puisse les répertorier. Contrairement à votre Tython, on est ouverts, ici. On accueille toutes les espèces et croyances.

— Comme nous. Sauf que Tython est un endroit très difficile pour un non-Je'daii.

— Ouais. Bon… Le Noghri faisait partie des Rêveurs d'Étoiles.

— Que pouvez-vous me dire sur eux ?

Elle s'assit, tranquille et à l'aise. Elle posait ses

questions avec de très subtiles poussées de Force, à peine des suggestions. Et peut-être allait-elle enfin aboutir quelque part.

— Pas grand-chose, répondit Lorus avec un haussement d'épaules.

À la lumière artificielle, sa peau rouge de Sith semblait curieusement plus sombre, plus ensanglantée.

— C'est une des plus petites sectes, avec très peu de membres et sans réelle influence. Une parmi toutes celles qui cherchent à aller voir au-delà du système de Tython, en remontant loin dans l'histoire. J'ai encore jamais eu affaire à eux, et ils ont jamais causé de problèmes.

Il fronça les sourcils.

— Jusqu'à maintenant, en tout cas.

— Ils veulent retourner chez eux, dit Lanoree, se rappelant ce que Dal lui avait dit une fois – *Un jour, je trouverai le chemin pour rentrer chez moi.*

— Ils sont pas les seuls à entretenir un intérêt pour l'origine de nos ancêtres. Et à ne pas supporter qu'on ait pu les emmener sur Tython.

— Vous en faites partie ?

— Pas du tout, répondit Lorus. J'ai la belle vie, ici.

Lanoree lui posa d'autres questions sur les Rêveurs d'Étoiles, lui demanda quelles informations il avait sur eux et quels en étaient les membres les plus importants. Elle effleurait très légèrement son esprit, et il ne semblait pas s'en rendre compte. Sans la moindre hésitation, il consulta un vieil ordinateur mural et lui fournit un nom et une adresse.

— Ah, oui. Kara. Elle n'est pas ouvertement affiliée aux Rêveurs d'Étoiles, mais elle possède une fortune colossale – qu'elle s'est faite dans l'exploitation de la poudre swing. Il paraîtrait qu'elle les finance et qu'elle les héberge dans des propriétés à son nom autour de Rhol Yan et au-delà. Mais c'est juste des on-dit ; j'ai jamais trouvé de preuves.

— C'est vrai ? dit-elle, surprise, en haussant les sourcils.

— J'ai pas eu à chercher, en fait. Les Rêveurs d'Étoiles n'ont rien fait d'illégal.

— Et le chef d'accusation de ces cinq meurtres ?

— C'est pas à moi de mener l'enquête. Par pitié, Je'daii, n'allez pas remuer toute cette histoire. Kara fait partie de l'élite de Rhol Yan, et ça mettrait une sacrée pagaille.

— Je ferai de mon mieux, dit-elle. Merci d'avoir pris le temps de répondre à mes questions.

Elle salua d'un signe de tête les deux miliciennes puis quitta la salle d'interrogatoire. Comme elle jetait un bref coup d'œil derrière elle, elle vit Lorus, les sourcils froncés, considérer la cellule de confinement désactivée en se demandant probablement qui avait interrogé qui.

Une fois sortie du poste de la Milice, elle se fondit rapidement dans l'animation de fin d'après-midi.

— On a essayé de me tuer, dit Tre.

— Ce doit être un sport planétaire, par ici.

— Pourquoi ? Vous aussi ?

Lanoree haussa les épaules.

— Qui était-ce ? demanda-t-elle.

— J'ai rien vu. Un coup de feu, et ils ont filé.

— Vous n'avez pas l'air plus inquiet que ça.

— Ce n'est pas la première fois que ça arrive.

Tre Sana s'efforçait d'avoir l'air calme, mais sa nervosité transparaissait dans le léger désordre de ses vêtements, dans ses yeux incapables de se fixer et dans l'agitation de ses lekkus.

Ils s'étaient retrouvés devant la Taverne de Susco et avaient ensuite déambulé dans le quartier. Le crépuscule était tombé, et l'atmosphère dans les rues animées n'était plus la même. Plus tôt, les voies piétonnières avaient été envahies d'habitants de Rhol Yan et de visiteurs qui tous marchaient d'un pas déterminé vers leur destination. À présent, la foule, bien moins pressée, semblait davantage flâner sans but précis. On buvait, on se restaurait, le tout dans un vacarme assourdissant ; c'était à qui ferait brailler sa musique le plus fort et aurait les publicités les plus accrocheuses. Si l'ambiance était plus détendue que précédemment, elle était aussi plus chaotique.

Des dirigeables flottaient au-dessus de la ville, et des vaisseaux intercontinentaux, bien plus haut, projetaient des jeux de lumière extravagants qui dansaient dans le ciel ; des engins atmosphériques plus petits faisaient tranquillement la navette pour prendre les passagers aux arbres d'amarrage et les remonter jusqu'à eux. Certains s'éloignaient vers l'est, et Lanoree s'interrogea sur ce qu'il pouvait bien y avoir dans cette direction.

Elle avait déjà contacté son *Pacificateur* pour s'assurer que tout y était en place. Holgy avait craché et bourdonné comme s'il était contrarié d'être dérangé, mais à part ça, tout allait bien. Elle avait hâte d'aller retrouver la solitude de son vaisseau.

— Quelqu'un qui voudrait nous suivre n'aurait aucun mal, ici, remarqua Tre.

— Je le saurais, répondit-elle.

Et ce serait peut-être possible. Elle était bien plus vigilante, maintenant, et son esprit restait ouvert à toute pensée menaçante, à tout mouvement brusque, à toute surveillance dont elle pourrait faire l'objet. Le Noghri n'avait pas hésité une seconde à tuer des badauds innocents pour lui échapper – du moins jusqu'à ce qu'il envoie son message –, et il n'était donc pas question qu'elle se serve de la foule pour se protéger. Mais elle ne pouvait pas tout percevoir. En plus, il y avait des gens comme Tre qui avaient subi des altérations spécifiques afin qu'on ne puisse pas capter leurs pensées.

Maître Dam-Powl, vous auriez dû m'en dire plus, songea Lanoree.

— Mon frère sait que j'arrive, dit-elle.

— Et il essaie de vous tuer ?

Elle ne répondit pas. Le Noghri avait branché son appareil sur la colonne comm afin d'envoyer des photos d'elle, et tout portait à croire qu'elles étaient adressées à Dal. D'après ce que lui avaient dit les Maîtres Je'daii, il semblait diriger les Rêveurs d'Étoiles, ou du moins cette faction. Mais pour quelle raison le Noghri avait-il préféré se donner la mort plutôt que d'être capturé ? Lorus les considérait comme une secte religieuse, sauf qu'ils ne vénéraient rien ni personne. Ils étaient obnubilés par un seul objectif, ce qui faisait d'eux davantage une bande de criminels qu'un groupe d'intégristes tordus. Ils étaient une énigme qu'elle devait absolument résoudre.

— Donc quand verrons-nous Kara ? demanda-t-elle.

La surprise de Tre fut manifeste. Son lekku surnuméraire frétilla, signe qu'il était agacé qu'elle ait découvert un élément qu'il considérait de toute évidence comme un secret. Peut-être que cacher quelque chose à une Je'daii lui avait donné une sensation de pouvoir. Quoi qu'il en soit, sa brève manifestation de contrariété ne fit rien pour le rendre plus sympathique.

— Pas de souci, dit-elle. Ce n'est pas dans votre esprit que j'ai pêché son nom.

— Je m'en doute, dit-il en s'efforçant de sourire de nouveau. Mais alors, *où* avez-vous entendu parler d'elle ?

— J'ai mes sources.

Ça ne serait peut-être pas une mauvaise idée de laisser Tre penser qu'il n'était pas son seul contact sur Kalimahr…

— J'ai parlé à ses larbins, comme j'avais dit que je le ferais, dit-il. Avant que cette ordure me prenne pour cible. Elle nous retrouvera à minuit.

— Où ?

— Ah, donc vous ne savez pas tout d'elle, remarqua Tre en retrouvant un peu de son assurance.

— Seulement son nom et son adresse.

— Où on est sûrs de la trouver. D'après ce qu'on dit, il y a treize ans qu'elle n'est pas sortie de son appartement.

— Pourquoi ?

— Elle ne le peut pas. Allez, venez. Il est temps que vous fassiez connaissance avec la culture de Kalimahr. Au moins quelques aspects. C'est à deux pas de chez elle ; on pourra y tuer une heure ou deux.

Elle tiqua à cette expression, mais elle le suivit, toujours sur ses gardes, l'esprit ouvert, tous ses sens à l'affût des problèmes possibles. Et ce n'était pas ce qui manquait. Mais pour l'instant, ce n'étaient pas les leurs…

L'Enfer portait bien son nom. Taverne souterraine profondément enfouie sous l'un des quartiers les plus chic de Rhol Yan, elle offrait une étonnante diversité des cultures, des êtres et des mentalités présents sur Kalimahr. Lanoree avait entendu parler des combats de gladiateurs sur Nox ; et une fois, sur une des lunes de Mawr, alors qu'elle rendait visite à Ni'lander, l'ermite Je'daii, elle avait pu constater les résultats d'un affrontement au couteau. Ni'lander lui avait expliqué que ces joutes étaient le plus souvent organisées pour l'argent ou la réputation, et que les perdants ne s'en sortaient pas toujours vivants. Sur un avant-poste tel que la planète Mawr et ses lunes, elle n'en avait pas été surprise. Sur Nox, ce genre de sauvagerie était courant. Mais elle aurait cru Kalimahr au-dessus de ça. Plus policée. Plus civilisée.

Et elle l'était – mais seulement en surface, apparemment.

Comme ils descendaient l'escalier en colimaçon qui menait à une vaste grotte faiblement éclairée, la puanteur de la violence, de l'excitation et du désespoir l'assaillit. La sueur humaine, le rut krevaaki, la suavité écœurante du sang Sith – les odeurs envahissaient la caverne, portées par des bouffées de chaleur montant du tumulte au-dessous.

La taverne était construite à même le plancher de la grotte à trente mètres sous le niveau des rues. Son point focal était un trou profond dans le sol, une fosse naturelle dans laquelle deux combattants étaient en pleine bagarre.

L'un d'eux était un colosse humain avec deux bras supplémentaires greffés sur les hanches, et l'autre un Wookiee à la fourrure miteuse et à la peau lacérée qui portait un pesant collier de contrôle dont les lumières clignotaient à chacune des impulsions électriques qui alimentaient toujours plus sa fureur. Ses hurlements étaient autant dus à la douleur qu'à la rage. Il était armé d'un gourdin hérissé de clous métalliques auxquels étaient déjà accrochés des lambeaux de chair humaine.

— C'est ça, la culture ? demanda Lanoree comme ils atteignaient la dernière courbe de l'escalier.

— Le côté noir, dit Tre. Vous vous y ferez. Ils font appel le plus souvent à des criminels et des meurtriers. En tout cas, c'est ce qu'ils disent. Je m'efforce de ne pas trop me poser de questions.

Il lui lança un coup d'œil, et ses trois lekkus se frôlèrent et s'agitèrent. *C'est l'endroit idéal pour passer inaperçus*, traduisit-elle.

Et bien malgré elle, elle devait admettre que Tre avait raison, et plus encore que ce qu'il imaginait. Parce que non seulement l'Enfer était un repaire pour tous les genres et toutes les races, mais c'était également un lieu qui effaçait les différences ; chaque client était ici pour boire et assister aux joutes. Quelqu'un qui ne serait pas excité, ivre et avide de sang sortirait du lot.

Elle n'aurait donc aucun mal à repérer un éventuel suiveur.

Dès qu'ils atteignirent la salle, Tre joua des coudes pour atteindre le bar le plus proche. Il y en avait plusieurs situés autour de la fosse et pour qui les affaires avaient l'air de tourner rondement. Les sens en alerte et la main sur la hanche, tout près de son épée, Lanoree le suivit.

Un bruit sourd, un cri étranglé, et un hurlement. Des mains s'agitèrent et la foule se mit à brailler. Des puces de pari s'allumèrent ; et de l'autre côté de la fosse, plusieurs modules de jeu furent pris d'assaut par les gagnants venant réclamer leur dû.

Bien qu'elle n'ait aucune envie de voir, Lanoree se hissa tout de même sur la pointe des pieds pour regarder dans la fosse. Le Wookiee était affalé contre un mur, sa barbe en broussaille collée par le sang. Elle crut un moment qu'il était le perdant, mais un bras mécanique descendit pour transpercer le cadavre humain, le remonter et le balancer au-dessus des têtes du public avant de le jeter dans un coin sombre au fond de la caverne.

Elle entendit un splash, le bruit mouillé du corps qui s'écrasait, puis perçut une agitation alors que d'invisibles créatures ne faisaient qu'une bouchée du vaincu.

Les yeux fermés, elle prit une profonde inspiration. Chaque fibre de Je'daii en elle brûlait de faire boucler cet endroit. Et son humanité la plus instinctive la poussait à le fuir. Mais c'était un lieu idéal pour laisser ses sens explorer les alentours, et chaque esprit qu'elle contactait était pour elle transparent. Les émotions primaires envahissaient l'Enfer. Des émotions haïssables, c'est vrai, de celles qu'elle avait appris à contrôler il y avait longtemps au cours de son apprentissage de Je'daii. Mais faciles à déchiffrer en cas de menace ou de suspicion de surveillance.

Tre lui donna un petit coup sur le bras et lui tendit son verre.

— Ce n'est pas le meilleur vin sur Kalimahr…

— Vraiment ? Vous m'étonnez…, ironisa-t-elle en le prenant avant de promener son regard autour d'elle. Vous venez souvent ici ?

— Non, répondit-il avec quelque chose comme du dégoût dans la voix.

— Et ce genre d'établissement est autorisé ?

— Toléré. Il canalise l'agressivité et le Conseil de Rhol Yan ne peut que s'en réjouir. Donc ils ferment les yeux.

— Très civilisé, remarqua-t-elle. Votre société favorise vraiment l'intégration.

— Ce n'est pas *ma* société. Et je viens juste ici de temps à autre, dit-il avant d'avaler une gorgée. De toute façon, ne jugez pas Kalimahr sur ce que vous venez de voir, Je'daii.

— Difficile de faire autrement.

Elle actionna la comm du *Pacificateur* et vérifia s'il y avait des messages de Tython ou d'ailleurs. Il n'y en avait aucun.

— Le combat suivant va commencer, dit Tre, cette fois-ci avec un écœurement évident.

Peut-être avait-il avalé son vin rêche pour engourdir ses sens. Plus ça allait, plus elle avait du mal à le saisir.

Un Cathar pitoyable, nu, les poignets liés par des menottes hérissées de pointes, tremblait dans la fosse. Et alors que les grilles s'ouvraient sur des créatures qui franchirent en braillant les écrans de feu, Lanoree se remémora la seconde fois où elle avait sauvé la vie de son frère…

Comme ils progressent à travers les Plaines Mitraillées en direction de Stav Kesh, au sud, Lanoree espère que Dal et elle finiront par trouver un terrain d'entente. Loin de Thyr et du Désert Muet, même elle soupire de soulagement, bien que, pendant leur séjour à Qigong Kesh, elle ait accompli de grands progrès dans la compréhension des dons dans la Force. Cette Force qui fourmille en elle. Qui emplit son esprit. Pourtant elle ne doit pas oublier la promesse faite à ses parents.

Ce voyage est autant pour Dal que pour elle.

— Il commence à faire plus frais, dit-elle.

— Tant mieux. J'aime bien le froid.

Dal est plutôt silencieux, mais quand ils bavardent, elle ne ressent aucune animosité en lui. Peut-être se livre-t-il à une sorte de méditation. Peut-être essaie-t-il de trouver l'apaisement et l'équilibre en lui. *Si seulement Père et Mère pouvaient être ici,* songe-t-elle. Eux au moins seraient peut-être capables de comprendre leur fils.

Depuis qu'ils ont quitté Qigong Kesh, il semble plus en paix, et elle espère que c'est bon signe. Leur voyage vers la côte sud de Thyr a été une expérience intéressante ; ils ont rencontré des gens en chemin, échangé des histoires avec des Voyageurs en route pour leur Grand Voyage dans le sens inverse, et eu l'occasion d'admirer certains des sites exceptionnels de Tython. Une fois sur la côte, ils ont pu contempler le célèbre aéroport de *Traque-Nuages*, une vraie merveille. Assis tous les deux en haut d'une des falaises qui surplombaient l'océan rugissant, ils ont assisté à plusieurs décollages de gros vaisseaux atmosphériques qui dérivaient ensuite vers le large dans une majesté silencieuse.

Leur tour était enfin arrivé, et le vol vers le sud, vers le tumultueux continent de Kato Zakar, avait été leur ultime chance de se reposer.

L'intensité de son activité volcanique valait à Kato Zakar d'être souvent désigné sous le nom de « Terre de Feu ». Toutefois, la plupart de ses volcans étaient situés au centre du continent, à plus de trois mille deux cents kilomètres au sud de la côte où ils avaient atterri. Leur destination était bien plus proche. Stav Kesh, le Temple des Arts Martiaux, était niché dans les hautes montagnes, à presque cinq cents kilomètres dans les terres.

Les Plaines Mitraillées n'ont rien d'accueillant – rudes, froides, balayées par les vents, exposées à de fréquentes tempêtes de Force, hérissées de colonnes obliques de silice tranchante comme de la glace et creusées de redoutables cavités emplies de magma qui peuvent surgir sans avertissement. Façonnées surtout par la Force brute elle-même, elles sont la manifestation de ce qui rassemble tout ce qui vit. La Force est quelque chose de tactile. De puissant. De tranchant.

Alors que le terrain s'élève régulièrement à l'assaut des

hautes montagnes, Lanoree reste sur le qui-vive et surveille attentivement la faune présente dans ces plaines. On dit que les oiseaux virevolteurs peuvent sentir l'émergence imminente d'un de ces cratères mortels et qu'ils effectuent alors des spirales tout autour de l'endroit sur le point de s'ouvrir.

Cependant, ce n'est pas un cratère qui manque de les tuer tous les deux…

Par endroits, des tas de débris éjectés des cheminées volcaniques font office de repaires pour des créatures attirées par la facilité d'y creuser des tunnels. Et c'est d'un de ces gros monticules irréguliers que vient l'attaque.

Si Lanoree n'a encore jamais vu de tygah-flamme, elle en a entendu parler. Enfant, elle croyait que c'était un mythe inventé par ses parents pour l'effrayer. En grandissant, toutefois, elle avait entendu des histoires et vu quelques rares holos où apparaissaient ces insaisissables créatures. Et quelques jours avant qu'ils entament leur périple, leurs parents leur avaient vivement conseillé de rester sur leurs gardes.

Il surgit d'un trou dissimulé au sommet du tas, et projette des branches d'arbres et des pierres alors qu'il descend en bondissant de la pente vers eux.

— Dal ! hurle-t-elle, mais déjà son frère s'avance pour affronter la bête. Non, Dal, je peux…

— Tais-toi ! crie-t-il.

Il a tiré le vieux blaster de sa ceinture. Le tygah-flamme est un puissant gabarit, facilement deux fois plus long que Lanoree est haute, sa gueule lui arrive à l'épaule, et chacune de ses six pattes puissantes est aussi grosse qu'une tête humaine. Des flammes jaillissent de ses griffes et virevoltent dans les empreintes qu'il laisse derrière lui. Sa peau luisante et couverte d'écailles ondule et reflète le soleil en de multiples éclats colorés ; sa queue agitée lance des flammèches blanches, ses yeux sont incendiaires et sa gueule pleine de crocs scintille de brume de chaleur. Il est aussi beau que redoutable.

Dal attend que la bête soit à trente pas pour tirer. Ce qui ne l'arrête même pas. Alors il s'accroupit et tire encore. Le tygah gronde, du sang a jailli au-dessus de son épaule, et il accélère son attaque.

Lanoree pourrait l'arrêter, elle en est certaine. Elle a déjà préparé un coup de poing dans la Force pour l'assommer, et une fois le tygah réduit à l'impuissance, elle pourra s'avancer pour entraver les muscles de ses pattes, souffler la Force et provoquer une telle douleur que le fauve ne pourra que fuir.

Et si elle n'a pas d'autre choix, elle peut aussi le tuer.

Mais elle hésite. À Qigong Kesh, elle a humilié Dal en lui présentant une image de chez eux dans son esprit alors qu'il ne l'avait pas invitée à le faire, et il a besoin de s'en remettre. Si maintenant elle triomphe de la bête à sa place, ce sera une fois de plus pour lui la démonstration qu'il n'est pas à la hauteur et qu'elle, en revanche, devient de plus en plus forte.

Aussi se fige-t-elle, tout en restant prête à intervenir.

Dal fait un écart et tire presque à bout portant dans le flanc du tygah-flamme. Lequel rugit en se secouant, et Dal bondit alors sur son dos et tire une fois de plus avant de sauter à terre. Ce sont ses dons d'athlète et la force physique qui le soutiennent, et non le pouvoir de la Force, mais l'effet est le même. La créature, déconcertée et en proie à la douleur, se retourne brusquement, mais Dal s'est déjà accroupi, prêt à lui assener le coup de grâce dans l'œil.

Le tygah se cabre alors, le feu jaillissant de ses griffes tels des fouets aveuglants.

Dal, un sourire aux lèvres, presse la détente et…

Et rien. Il ne se passe rien.

Alors que Lanoree voit la surprise sur son visage, le

tygah vacille en avant et flanque un coup de patte à son frère.

Projeté sur le côté, Dal rebondit et s'écorche sur le sol rocailleux. Des serpents de feu s'enroulent sur ses bras et ses épaules.

Lanoree, avec la Force, catapulte vers le tygah un poing vigoureux qui le renverse sur le flanc. Sans cesser de surveiller Dal – qui se roule à présent sur le sol pour éteindre les flammes –, elle décoche un autre coup dans le poitrail de la bête, violemment, et sent la puissance de la Force en elle atteindre l'animal enragé.

Le tygah hurle de douleur – un cri étrangement humain. Des flammes jaillissent de sa gueule et embrasent l'air autour d'eux. Des cendres volent.

C'est maintenant ou jamais, songe Lanoree qui s'immobilise et se recule, les mains toujours levées, prête à assener un coup plus lourd, plus puissant, comme jamais encore elle n'en a porté. Un bref instant, elle rencontre le regard du tygah ; il est clair qu'il comprend la douleur qu'elle peut lui infliger.

— Va-t'en, dit-elle tout en imprimant une pression sur l'esprit de la créature.

Le tygah-flamme, après avoir lancé un coup d'œil vers Dal, s'éloigne en bondissant, contourne le monticule d'où il a surgi, puis disparaît au loin.

Lanoree exhale un long soupir de soulagement avant de rejoindre Dal.

— J'aurais pu le tuer, dit-il.

— Ton blaster s'est enrayé, et il était déjà presque sur toi, rétorque-t-elle, surprise et blessée de la colère qu'il exprime.

— C'était *moi* qui me battais avec lui, pas toi.

— Je t'ai sauvé la vie, Dal, objecte-t-elle.

— Non !

Il se lève, chancelant sur ses jambes ; ses vêtements

fument encore là où il a étouffé les flammes. Il semble tout à la fois furieux et abattu.

— Non, c'est la Force qui m'a sauvé.

Il est à présent pris de tremblements ; ses brûlures le font sûrement souffrir.

Je peux les soigner, songe Lanoree.

— Tu aurais pu mourir.

Elle pleure des larmes silencieuses.

Mais Dal n'a que de l'amertume à exprimer.

— Au moins je serais mort libre. J'aurais été mon propre maître.

Il lui tourne le dos, et sa froideur ne la rend pas seulement triste. Pour la première fois, son frère lui fait peur.

5

ASPÉRITÉS

Ce sera le Grand Voyage. Les Voyageurs pourront marcher, avancer à dos d'animal ou dans des véhicules mécaniques, mais ce sera leur première aventure sur Tython où ils devront se débrouiller par eux-mêmes, et s'arrêter dans chaque Temple afin d'apprendre et d'affiner leurs dons dans la Force. Tython est une planète tumultueuse, et notre nouveau lieu de résidence compte encore d'innombrables endroits cachés et des profondeurs insondées. Chaque Voyageur sera confronté à différents dangers. Beaucoup trouveront leur expédition périlleuse et perturbante. Et, inévitablement, certains n'en reviendront pas. Mais pour connaître un équilibre régulier dans la Force, il faut d'abord se heurter à ses aspérités.

Nordia Gral, premier Maître de Temple
de Padawan Kesh, an 434 AATY

— J'aime bien cette impression de flotter. Pour quelqu'un comme moi, c'est… Ça me donne une sensation de liberté. Presque comme si je n'avais plus de consistance. Parfois, je me dis que je suis une de ces créatures des nuages qui vivent au plus profond de l'atmosphère d'Obri. Énormes, et immatérielles. C'est ce que je pense, des fois.

— Elles ne sont que pure spéculation, dit Lanoree. Un mystère. Personne n'en a jamais vraiment vu.

— Je sais, répondit Kara. Et cette idée aussi me plaît.

Lanoree ne savait trop si Kara était une poétesse ou, tout simplement, une folle. Quoi qu'il en soit, peut-être lui révélerait-elle ce qu'elle était venue chercher.

Après avoir quitté l'Enfer, Lanoree et Tre s'étaient rendus au pied de cette tour où Tre avait annoncé leur présence au système sentinelle. Un ascenseur aérien les avait rapidement conduits au deux centième étage. La vue, alors qu'ils montaient, était stupéfiante, et tous deux l'avaient regardée en silence depuis leur nacelle aux parois transparentes. Et alors qu'elle sentait la lumière argentée des trois lunes de Kalimahr nettoyer la puanteur de l'Enfer sur sa peau, Lanoree s'était lavé l'esprit en méditant sur la Force. Elle n'oublierait pas les odeurs et les sons, ni les morts dont elle avait été témoin, mais au moins ne les portait-elle plus avec elle.

« Ça me fiche une trouille épouvantable », avait avoué Tre, le dos contre une des parois, les doigts écartés et les lekkus enroulés autour de sa gorge en guise de protection.

— Merci de nous recevoir, dit Lanoree. J'ai cru comprendre que vous accordiez beaucoup de prix à votre intimité.

— C'est vrai, répondit Kara. Mais comment refuser la requête d'une Ranger Je'daii ?

— Beaucoup ne se privent pas de le faire.

— Ce ne sont pas les imbéciles qui manquent dans le système.

Kara glissa sur le sol de cristal transparent de la très vaste salle de séjour de son appartement jusqu'à une table basse où étaient proposées toutes sortes d'amuse-gueules et de boissons.

— Je vous offre quelque chose à boire ?

— Un verre d'eau, s'il vous plaît, dit Lanoree.

Un droïde le servit mais c'est Kara qui le lui apporta.

Et d'aussi prêt, Lanoree put se rendre compte du volume impressionnant de son hôtesse. C'était une humaine, mais si grande, si obèse, qu'elle donnait le sentiment d'appartenir à une espèce différente, unique. Elle se déplaçait grâce à un module de suspension dissimulé par sa longue tunique fluide. Elle était chauve, comme si sa tête était devenue trop grosse pour ses cheveux, et là où sa robe s'ouvrait, Lanoree remarqua de lourds bourrelets de graisse et de peau blanche. Il émanait d'elle un parfum plutôt agréable, mais qui ne masquait pas totalement sa puanteur naturelle. Ses bras avaient été artificiellement allongés de sorte qu'ils pouvaient franchir son tour de taille. Quant à son visage, il était si bouffi que ses yeux donnaient l'impression de se fixer l'un l'autre. Pourtant, aussi monstrueuse qu'elle puisse apparaître, Lanoree savait qu'elle ne devait en aucun cas la sous-estimer.

Comme elle lui tendait le verre, Kara se figea un bref instant en soutenant son regard.

— Qu'y a-t-il ? demanda Lanoree.

— Une Je'daii, si pure, murmura Kara. Pardonnez-moi. Ça fait si longtemps…

Ces mots énigmatiques parurent rester suspendus dans l'air derrière elle alors qu'elle retournait en flottant vers la table et commençait à manger.

Lanoree prit une gorgée pour apaiser sa nervosité, et regarda ses pieds en l'avalant. Cette vaste salle de l'appartement était au sommet de la haute tour et son sol était composé d'un cristal incroyablement fin et clair. Ce qui donnait l'impression d'être suspendu dans le vide, et à cette heure de la nuit, le panorama de la ville qu'elle surplombait était proprement stupéfiant. Des lumières changeantes s'agitaient le long du lacis de rues et de places qui entouraient l'immense tour. Et, plus près encore, presque directement sous leurs pieds, les feux de navigation des petits yachts de croisière et autres engins atmosphériques sillonnaient le ciel en d'incessantes allées et venues.

Lanoree lança un bref coup d'œil vers Tre. Toujours figé sur le seuil de la pièce, il faisait de son mieux pour ne pas baisser les yeux. Mais il était également près de la porte. Et peut-être n'était-ce pas seulement la peur qui le maintenait là, mais la prudence, et pour la première fois elle apprécia sa présence.

— Vous devez savoir ce qui m'amène ici, dit-elle à Kara.

— Je le dois ?

— Mes raisons semblent déjà bien plus connues que je l'aurais souhaité.

— Oui, en effet. J'ai entendu dire qu'on avait attenté à votre vie.

— Était-ce vraiment ça ?

— Un assassin noghri se fait exploser tout près de vous. Que voulez-vous que ce soit d'autre ?

Le refus de se faire prendre, songea Lanoree qui toutefois s'abstint de répondre.

— Pourtant, vous avez un net avantage sur moi, dit Kara. Je ne sors jamais d'ici. J'existe *pour* moi-même et *par* moi-même.

— Je suis certaine que vous avez le bras long.

Lanoree vit Tre sourire, derrière Kara, mais demeura elle-même de marbre.

— Je prends mes précautions pour savoir ce que j'ai besoin de savoir, dit Kara avant de secouer la tête avec un rire doux. Je suis riche, très riche. Mes affaires tournent d'elles-mêmes, mais je me nourris toujours d'informations. C'est mon obsession. Et la seule vraie monnaie universelle.

— Les Rêveurs d'Étoiles, lâcha Lanoree.

Elle guetta une réaction, mais à part une infime pause avant de répondre, Kara ne laissa rien paraître.

— Je les connais. Mais je n'ai pas grand-chose à voir avec eux.

— Vous les financez.

— Je fais des dons. C'est une cause charitable.

— Une secte de fous, remarqua Tre.

— Seulement pour ceux qui ne comprennent pas.

— Envisageriez-vous de quitter le système ? demanda Lanoree.

— Pas vous ?

— Non.

Déstabilisée par cette question bizarre, Lanoree secoua la tête.

— C'est ici que je suis chez moi.

Kara la regarda fixement, et l'espace d'un instant, Lanoree éprouva une sensation étrange, comme si une conscience extérieure grattait à la porte de son esprit. Puis l'impression se dissipa, mais elle chercha à la retenir, à l'étudier. Jamais encore elle n'avait éprouvé ce genre de chose.

— Êtes-vous déjà allée à la Porte des Furies ? demanda Kara.

— Non, répondit Lanoree.

— Moi, si. Il y a de cela de longues années. Avant que je devienne ce que je suis aujourd'hui, j'ai beaucoup voyagé. Il faut un minimum de trois cents jours pour atteindre cette petite planète, et ceux qui se lancent dans cette expédition sont peu nombreux. D'autant plus qu'il n'y a pas vraiment de raisons de s'y rendre. Mais j'en ai éprouvé… le désir. Le besoin de repousser mes propres frontières. J'ai toujours ressenti cela, en moi, et je l'ai fait aussi bien physiquement que mentalement. Mon apparence elle-même est le résultat de cette aspiration. J'ai passé vingt jours à la Porte des Furies, et la plupart du temps je me contentais de… regarder. Plus loin dans l'espace, vers le centre du Noyau Profond. Au-delà de l'univers connu par chacun dans le système de Tython. Je voulais voir le miroitement d'un vaisseau d'hibernation qui revient, un de ces engins spatiaux que nous avons lancés au cours des millénaires pour atteindre le reste de la galaxie. J'aurais voulu poursuivre le voyage moi-même mais j'étais consciente que la mort m'attendrait probablement quelque part. Toutefois, depuis que j'ai tourné le dos à la Porte des Furies pour revenir ici, mon regard reste tourné vers l'extérieur.

— Vers les étoiles, dit Lanoree.

Cela lui rappelait tellement son jeune frère – sa colère devant le fait que leurs ancêtres avaient été amenés sur Tython, ses espoirs, ses passions. Qu'elle-même n'avait jamais partagés. Même si elle avait toujours ressenti, en elle, la présence troublante de l'obscurité et de la lumière dansant leur propre combat.

— Je n'en ai pas honte, répondit Kara. Nombreux sont ceux, dans le système, dont les yeux sont fixés sur un ailleurs très lointain. La plupart se contentent d'en rêver, parce que leur quotidien ne leur permet pas autre chose. Mais moi… je suis riche. Je peux *investir.*

— Donc vous donnez de l'argent aux Rêveurs d'Étoiles pour qu'ils trouvent un moyen de partir.

Kara haussa les épaules, et c'est tout son corps qui trembla et fut agité par des vagues de graisse.

— Vous connaissez mon frère.

— Votre frère ?

Sa perplexité semblait sincère.

— Dalien Brock.

Nouveau haussement d'épaules. Nouveaux tremblements.

— Honnêtement, je ne les ai même jamais rencontrés. Je finance plusieurs de leurs petits Temples autour de Kalimahr, et leur offre un endroit pour se rencontrer et discuter. Je leur donne de quoi se livrer à leurs contemplations.

Elle tourna le dos à Lanoree, peut-être pour lui mentir.

— Ils ne sont qu'un de mes centres d'intérêt.

Lanoree tenta de contacter l'esprit de Kara, mais sans succès. Cette femme était un maelström d'émotions, de pensées, de sensations, et représentait pour Lanoree une véritable énigme.

— Ils sont plus qu'un simple passe-temps, pour vous, insista-t-elle.

— Je suis une rêveuse fortunée, déclara Kara.

— Donc vous les financez par pure philanthropie.

— Oui.

Kara, devant la table, continuait à grignoter, des portions ridiculement petites pour une personne aussi énorme.

— J'ai entendu parler de technologie Gree, dit Lanoree qui, cette fois encore, guetta sa réaction.

Et une fois de plus, elle ressentit ce curieux grattement au seuil de son esprit. Troublée, elle déploya ses perceptions pour essayer de sentir si quelque chose ou quelqu'un tentait de lire en elle. Mais il n'y avait rien. Peut-être cette impression provenait-elle vraiment de l'intérieur. Peut-être de telles questions réveillaient-elles des désirs cachés implantés là depuis toutes ces années par la curiosité de son jeune frère. Et elle avait beau faire, elle ne pouvait nier sa propre fascination pour ce qui avait existé avant Tython.

Kara lui jeta un bref coup d'œil, puis recommença à manger.

— Les Gree, insista Lanoree.

La femme lui tourna de nouveau le dos et s'installa plus près de la table, son module de suspension effleurant délicatement le sol de cristal. Comme elle poussait un long soupir, elle parut changer de forme sous ses vêtements. Ses épaules se détendirent.

— Je suis fatiguée, dit-elle. Votre audience est terminée. Allez trouver les Rêveurs d'Étoiles, si ça peut vous être utile. Leur Temple le plus proche se trouve dans le quart oriental de la Péninsule de Khar. C'est un vieux sanctuaire Dai Bendu abandonné qui m'appartient. Maintenant, laissez-moi.

— Je n'ai pas terminé, dit Lanoree. Tython, et le système tout entier, courent peut-être un terrible danger à cause de ce que font vos Rêveurs d'Étoiles.

— Sortez !

Kara continua de manger. Et, l'espace d'une seconde, Lanoree reconnut quelque chose, en elle. Une façon d'être, une présence, une attitude…

— Vous êtes une Je'daii ? dit-elle, suffoquée.

C'était réellement surprenant, et pourtant cela expliquerait cette étrange et insistante sensation de grattement à la porte de son esprit. L'obscurité de Bogan recouvrit fugacement la conscience de Lanoree qui n'en fut que plus déstabilisée encore.

— Je l'ai été, répondit Kara avec un rire bref et amer. Mais plus maintenant. La Force s'est tarie en moi. À présent, allez-vous-en, Ranger. J'ai mon personnel de sécurité, et ce sont les meilleurs sur le marché.

Et tout à coup, sans prévenir, elle me menace, songea Lanoree.

Un toussotement, un bruit sourd, et Kara glissa sur le flanc, bascula de son module de suspension et parut se répandre sur le sol. Sa respiration faisait un bruit de crécelle dans sa gorge.

— Vous l'avez… ?

— Elle est évanouie, rien de plus.

Tre tenait une arme à la main, pas plus grande qu'un doigt : un tube incapacitant. L'engin ne tirait qu'un coup, mais l'effet durait plusieurs heures. Peut-être moins pour quelqu'un de ce gabarit. Il haussa un sourcil.

— Bon, maintenant que vous lui avez parlé, vous voulez trouver tout ce qu'elle ne nous a *pas* dit ?

— À cause de vous, on va avoir ses gardes sur le dos, dit Lanoree en promenant son regard sur la vaste pièce.

Elle ne pouvait toutefois totalement réprouver l'initiative de Tre. Et puis, que ça lui plaise ou non, ce n'était plus le moment de discuter.

— Bon, eh bien maintenant que c'est fait, allons-y. Il ne nous reste plus beaucoup de temps.

Ils se mirent à fouiller. Tre ouvrit des placards, vira les coussins de plusieurs énormes sièges bas dispersés dans la pièce. Lanoree, elle, s'efforçait de concentrer ses efforts. Elle laissa la Force couler en elle tout en réfléchissant. Où une Je'daii pourrait-elle cacher ses secrets ?

A-t-elle vraiment été une Je'daii ? Ou l'a-t-elle simplement prétendu pour m'embrouiller ? Kara était une joueuse, c'était certain ; elle répondait à certaines questions et en éludait d'autres. Elle semblait très ouverte en ce qui concernait ses désirs et ses ambitions, et pourtant elle représentait un mystère, quelque chose de bien plus profond et complexe que cette façade de femme obèse cloîtrée dans son propre appartement. Une femme très riche, très influente, avec indubitablement de puissantes relations. Mais ce que Lanoree avait ressenti chez elle – ce « quelque chose » de Je'daii – était encore plus troublant.

Certains parmi ceux qui suivaient une formation auprès des Je'daii quittaient ensuite Tython. C'était le plus souvent durant la phase de Padawan, lorsque les enfants auparavant fortement réceptifs à la Force semblent perdre cette faculté en entrant dans l'adolescence. Rien de honteux à cela. Et les Je'daii eux-mêmes reconnaissaient qu'il leur arrivait de commettre une erreur en acceptant de former des jeunes qui ne seraient jamais capables d'être à l'aise et de garder un équilibre avec la Force.

Mon frère, par exemple, songea-t-elle.

Elle regarda la forme répandue de Kara, la riche bienfaitrice des Rêveurs d'Étoiles, et regretta de ne pas avoir pu l'interroger davantage.

— Vite ! dit Tre. Les gardes pourraient nous tomber dessus.

— Et pourquoi le feraient-ils ?

— Elle l'a dit elle-même : elle a le meilleur système de sécurité sur le marché. Ils ont sûrement des détecteurs de décharges.

— Oh, génial…

Comme si elle avait besoin d'ennuis supplémentaires…

Son bref séjour sur Kalimahr avait déjà eu plus que son content de rebondissements.

Baissant les yeux, elle put voir, au-delà de ses pieds, le chaos de lumières grouillant au niveau de la rue, mais surtout les trois lueurs blanches qui grimpaient rapidement à l'assaut du mur extérieur de la tour. Des ascenseurs aériens. Elle activa son comlink sous son col.

— Holgy, j'ai besoin du vaisseau. Tu nous l'amènes au deux centième étage de la flèche Gazz, à huit kilomètres au sud-est de la tour d'atterrissage.

Silence.

— Tu me reçois ?

Holgy répondit, mais dans un grésillement de parasites et de gémissements. Comme toujours, il avait le dynamisme d'un vieillard qu'on tire de sa sieste, mais elle avait déjà perçu, en fond sonore, le mugissement des moteurs du *Pacificateur* qu'il venait de lancer.

— Qu'est-ce qui se passe ? demanda Tre.

— On va avoir de la visite. Départ imminent.

La peur, dans les yeux de Tre, n'aurait pas pu être simulée.

— On se tire d'ici ? Mais… comment ?

— On s'en souciera au moment venu. On va fouiller, d'abord.

Elle se retourna pour se retrouver face à la vaste baie panoramique donnant sur l'archipel de Rhol Yan, s'efforça de se détendre, se rappela son entraînement pour développer ses aptitudes dans la Force et savoura l'équilibre qu'elle ressentait en elle. L'obscurité et la lumière, voir et chercher. Puis elle promena son regard sur la pièce spacieuse en quête d'une cachette idéale. Une femme comme Kara avait sûrement des tas de choses à dissimuler, et pas uniquement de l'argent. C'était une Kalimahri très fortunée avec un vaste appartement et des richesses matérielles. Elle aurait donc aussi des *objets* à cacher.

Tout au fond de la pièce, dans un coin, une panoplie

d'instruments guerriers était exposée sur le mur – des épées, des lances, des massues et autres armes de frappe qui, toutes, ne pouvaient être actionnées que par la seule force de celui qui les maniait. Lanoree ne fut pas surprise que Kara collectionne ce genre d'antiquités, mais elles ne l'intéressaient pas. En revanche, ce qu'il y avait derrière le présentoir, si.

Aucune porte n'était visible, mais elle percevait un vide derrière le mur.

Elle n'avait pas le temps de chercher le mécanisme d'ouverture…

Elle tira son épée et l'abattit. Des étincelles jaillirent, et un puissant afflux d'énergie se propagea sur les armes antiques que la Force éclaira brièvement. Elle frappa encore, et un des panneaux céda, tombant bruyamment au sol.

Lanoree se fraya un passage pour atteindre l'espace étroit derrière le mur.

— Les ascenseurs sont tout près ! cria Tre.

— Fermez les portes. Barricadez-les. Il faut qu'on gagne le plus de temps possible.

Sa voix, dans l'étroite pièce obscure, semblait étouffée, comme absorbée par quelque chose de moelleux. Elle attrapa un petit tube fluorescent à sa ceinture et l'activa.

La lumière inonda l'endroit, et elle comprit, devant ce qu'elle avait sous les yeux, l'origine de l'étrange odeur de moisi.

Des livres. Peut-être une douzaine, et chacun trônait sur un socle dans une petite vitrine particulière. Il y avait longtemps qu'elle n'en avait pas vu. Ses parents en avaient un – un vieux manuel d'instruction rédigé par le Grand Maître Je'daii Shall Mar il y avait plus de trois millénaires –, qu'ils lui montraient chaque fois qu'elle en manifestait le désir. Elle adorait les caractères d'imprimerie et le soin avec lequel il avait été fabriqué. Mais ces livres-ci…

Elle ouvrit la première vitrine, respira des effluves de

moisi et de vieux, et comme elle soulevait la couverture de l'ouvrage, se rendit compte qu'il était unique.

Il n'était pas imprimé. Pas produit en série. Il était écrit à la main.

La voix de Tre lui parvint étouffée par le mur qui les séparait.

— Ils arrivent !

Lanoree sut qu'il ne leur restait que très peu de temps.

— Holgy, tu es encore loin ?

Le droïde lui répondit que le *Pacificateur* n'était qu'à quelques minutes de là.

— Très bien. Alors tu descends, tu attends de me voir, et tu approches le plus près possible.

Le ton dubitatif du droïde raisonna dans le comlink.

— Ne t'inquiète pas. Tu ne pourras pas nous rater.

Elle ouvrit les autres vitrines, regrettant les dégâts qu'elle allait peut-être provoquer sur ces livres. Mais le temps ne jouait pas en sa faveur. Elle feuilleta les pages ; et si son cœur s'apaisait, son esprit, lui, galopait toujours plus vite. Finalement, elle trouva ce qu'elle cherchait.

Elle glissa le livre sous sa veste et quitta le réduit.

— Vite ! murmura Tre.

Il était au centre de la vaste pièce, perché sur un des canapés, ce qui lui évitait de voir le vide sous ses pieds. Lanoree eut la nette impression qu'il tremblait de peur ; ses lekkus se rejoignaient nerveusement sous son menton.

Kara gémit, et sa masse ondula en un mouvement fluide nauséeux. Sur la table, près d'elle, un comlink émettait une lueur rougeoyante ; et vu que personne ne répondait, son service de sécurité avait sûrement déjà compris qu'il y avait un problème.

Lanoree se précipita vers les immenses baies vitrées en invitant Tre Sana à la suivre.

— Par là ? dit-il.

— Vous avez une meilleure suggestion pour sortir d'ici ?

Quelque chose percuta les larges portes – trois puissants

impacts. Une table basse que Tre avait dressée dans l'entrée contre les battants bascula et se fracassa sur le sol cristallin.

Lanoree scruta, de l'autre côté de la vitre, l'océan de lumières en contrebas et tout autour d'eux, puis repéra la forme qu'elle cherchait. Elle exhala un long soupir soulagé.

— Des droïdes de combat, dit Tre en la rejoignant. Tous les riches en louent pour leur sécurité privée ; ils les font équiper d'une puce, reprogrammer et réarmer plus lourdement. Il y en a qui ont participé à la Guerre de la Reine Despote. J'ai même entendu dire que certains gardent la mémoire de leurs combats contre les Je'daii, qu'ils ne les aiment pas, qu'ils les *haïssent*, et qu'ils rêvent même de…

— Vous jacassez, dit Lanoree. Et d'abord, les droïdes ne rêvent pas.

— Je vous l'ai dit, je déteste les hauteurs.

D'autres impacts résonnèrent à l'extérieur de l'appartement. Puis un grondement plus puissant vibra à travers le sol et les portes explosèrent en projetant un fatras de fumée, de flammes et de métal déchiré.

Lanoree sortit de nouveau son épée en faisant face à l'entrée. Trois droïdes déboulèrent – des petits modèles fluets conçus pour la vitesse et n'offrant qu'une cible très réduite à leurs agresseurs. Leur tête grosse comme un poing pivotait alors qu'ils scrutaient la pièce.

Elle pressa une main sur le torse de Tre pour l'immobiliser et sentit son cœur tambouriner contre sa paume.

Puis, sans avertissement, les droïdes ouvrirent le feu.

Lanoree balança son épée d'un côté et de l'autre, interceptant et déviant les décharges. Tre se ratatina derrière elle. Concentrée, dans une position parfaitement équilibrée, elle décocha un crochet du gauche décuplé par la Force à un des droïdes qui alla valdinguer contre le mur avant de se relever aussitôt ; il portait de vieilles cicatrices de décharges. Un vétéran, visiblement.

— Tenez-vous prêt ! cria-t-elle.

— Prêt pour quoi ?

— Vous le verrez au moment venu.

De son épée inclinée, elle renvoya plusieurs décharges vers la fenêtre ; et un pan de la baie vitrée, brisé en mille morceaux, fut éjecté à l'extérieur. Aussitôt le vent s'engouffra dans la pièce, balayant des assiettes et leur contenu de la table, puis Lanoree vit les paupières de Kara papillonner.

Sans cesser de faire virevolter son épée devant elle, elle agrippa un droïde de sa main gauche et le souleva pour le propulser contre un autre. Une décharge les atteignit en plein vol, et ils explosèrent dans un bref hurlement de métal torturé suivi d'une grêle de composants chauffés à blanc ricochant tous azimuts dans la pièce.

Elle savait que le temps lui manquait. Elle pourrait avec la Force franchir la salle d'un bond et en finir avec les deux derniers droïdes de combat, mais les détruire n'était pas sa priorité dans l'immédiat.

Sa priorité, c'était de ficher le camp d'ici.

Elle se retourna, saisit Tre par la taille et bondit à travers la fenêtre éventrée.

Une bourrasque lui coupa le souffle. À cette hauteur, le vent était particulièrement redoutable et, tandis qu'ils tombaient dans le vide depuis l'appartement en surplomb de Kara, il se saisit d'eux et les fit tournoyer, les entraînant toujours plus près de la tour dont les baies vitrées défilaient comme dans une sorte de brouillard. Il rugissait aux oreilles de Lanoree alors que, les yeux plissés, elle luttait pour retenir Tre en s'efforçant d'ignorer ses hurlements terrifiés.

Des décharges de blaster les frôlaient sans qu'elle puisse rien y faire. Impossible de rassembler suffisamment ses idées pour les protéger tous les deux du feu nourri dont on les canardait par la vitre brisée au-dessus. Elle ne pouvait qu'espérer que…

Le *Pacificateur* émergea alors de l'ombre de la tour et

plongea sous eux, les moteurs rugissants, puis s'adapta à leur vitesse si bien que l'impact, quand ils heurtèrent la carlingue, fut aussi doux que possible. Lanoree resserra son étreinte sur la taille de Tre tout en battant l'air de sa main droite – qui tenait toujours son épée – pour tenter de conserver son équilibre. Si elle devait lâcher l'un ou l'autre, elle n'aurait pas le choix. Même si l'épée avait sa préférence. Mais avec un peu de chance, elle ne serait pas obligée de prendre cette décision…

Les décharges de blaster ricochaient sur la coque arrondie du vaisseau, mais Holgy était un pilote accompli. Ils contournèrent la tour, si bien que les tirs des droïdes ne pouvaient plus les atteindre du dessus, puis le vaisseau plana afin de leur permettre de se glisser à l'intérieur.

L'écoutille supérieure du *Pacificateur* s'ouvrit avec un discret chuintement.

— Après vous, dit Lanoree.

Tre crapahuta tant bien que mal sur le fuselage lisse du vaisseau et bascula tête la première à l'intérieur.

Lanoree le suivit et atterrit en douceur sur ses pieds tandis que l'écoutille se refermait au-dessus d'elle. De nouveau dans son univers, elle vacilla à peine quand le croiseur reprit de la vitesse en s'éloignant de Rhol Yan.

— Vous êtes dingue ? hurla Tre. Complètement folle ! Et si votre vaisseau n'avait pas été là, et si…

Elle leva une main pour le faire taire avant de prendre une longue inspiration apaisante.

— Un simple merci me suffira.

Une fois les ordinateurs du *Pacificateur* connectés sur les navosatellites de Kalimahr, et alors que le croiseur survolait l'océan en direction de la Péninsule de Khar, Lanoree décida de profiter de cet intermède pour faire le point sur la situation. Au début, Tre essaya de lui parler, mais elle leva un doigt pour l'en dissuader et lui désigna sa couchette.

— Assis. Et en silence. Vous êtes sur mon vaisseau, maintenant. Il m'a été facile de vous faire monter à bord. Et vous éjecter le serait plus encore.

— Vous appelez ça *facile* ? éructa-t-il.

— Assis. Sur la couchette. Et en silence.

Il s'exécuta, ses lekkus si pâles qu'ils en étaient presque roses. Il était encore bien remonté, mais soulagé de pouvoir se poser, c'était clair.

Elle tourna le siège du pilote vers la verrière du cockpit et s'y adossa pour contempler la mer qu'ils survolaient. Le clair de lune s'agrippait aux vagues. Les fanaux du *Pacificateur* scintillaient à la surface, et par endroits des feux de signalisation d'engins aériens traversaient la nuit claire éclaboussée d'étoiles. Ses ancêtres étaient venus de quelque part loin d'ici, et à présent son frère était prêt à tout risquer pour y aller à son tour.

Son frère, et d'autres.

Lanoree avait conscience de l'abominable danger auquel les tentatives de Dal pourraient exposer Tython et le système lui-même, et l'idée qu'il puisse parvenir à ses fins la glaçait. Mais à des instants comme celui-ci, alors qu'elle contemplait le firmament, rien ne pouvait occulter son intérêt. Sa fascination. À beaucoup d'égards, sa curiosité quant à leur origine était la même que celle de n'importe qui ; la différence tenait à la façon dont elle la satisfaisait.

Kara avait apparemment fait preuve d'une certaine franchise pour lui parler de son affiliation aux Rêveurs d'Étoiles. Son passé Je'daii, par contre, était un mystère, d'autant plus qu'elle laissait à présent transparaître une aversion flagrante pour leur compagnie et leurs croyances. Si l'information qu'elle avait révélée était exacte, elle les avait de son plein gré dirigés vers un Temple des Rêveurs d'Étoiles, et donc, peut-être aussi, les avait-elle ainsi rapprochés de Dal. D'un autre côté, elle avait également gardé certains secrets.

Lanoree en avait emporté un avec elle.

Discrètement, elle sortit le livre de sa veste et le posa sur le tableau de bord devant elle. Elle ne perçut aucune réaction de la part de Tre. S'il bougeait, ne serait-ce qu'en se levant de la couchette dans l'espace de vie derrière elle, elle s'en rendrait compte, et sans même faire appel à ses dons de Je'daii. Elle se sentait autant chez elle sur le *Pacificateur* qu'elle l'avait été chez ses parents, et en connaissait tous les courants d'air, tous les grincements de panneaux mal fixés et toutes les ombres projetées par les plafonniers ou les indicateurs sur le tableau de bord. Et elle était plus en sécurité ici que n'importe où ailleurs.

Le livre était relié en cuir, et la couverture, émoussée sur les bords, ne portait aucune inscription. Il était mince, à peine une cinquantaine de pages. Et il était vieux, aussi, comme en témoignaient son usure due aux nombreuses manipulations, sa légère odeur de poussière ainsi que le simple fait qu'il était en papier et écrit à l'encre. Il existait encore des entreprises qui produisaient ce genre d'ouvrages, mais seulement à titre exceptionnel ou sur commande.

Mais ça… c'était un *vrai*.

Combien l'ont touché ? se demanda-t-elle. *Combien l'ont regardé comme je le fais en ce moment, en se préparant à découvrir ce qu'il y a à l'intérieur ?* Lourd d'un passé très ancien – le parfum d'un temps révolu, l'impression d'éternité –, il représentait quelque chose que jamais les écrans plats ou les holos ne pourraient transmettre.

Soulevant la couverture, elle étudia la première page. Le peu qui y était imprimé utilisait une symbolique étrange qui n'éveillait en elle que de vagues réminiscences. Elle caressa la page du bout des doigts et sentit sa consistance un peu sableuse. La poussière du temps.

Elle effleura le pavé tactile sur l'accoudoir de son siège et, tandis qu'une petite sphère s'élevait du tableau de bord du *Pacificateur*, tendit l'oreille. Tre était silencieux et immobile.

Saisissant le globe, elle l'orienta vers le livre ; il flotta près de sa joue droite et se mit doucement à bourdonner lorsqu'elle toucha de nouveau le pavé tactile. Une faible lueur bleue illumina la page et les symboles commencèrent à osciller.

Ce fut plus long qu'elle l'avait pensé. Les caractères paraissaient se modifier sous la lumière bleue de la sphère avant de former des mots qu'elle put lire.

Les Gree, et tout ce que j'ai découvert sur eux dans l'Ancienne Cité. Un nom était inscrit au-dessous : Osamael Or. Et ce nom résonna dans sa mémoire.

Le front plissé, elle s'appuya contre le dossier de son siège et ferma les yeux pour se concentrer. Qui était-ce ? *Où, quand* avait-elle déjà entendu ce nom ? Elle laissa ensuite son regard se perdre vers ces étoiles, loin de tout ce qu'elle connaissait et aimait, et la notion d'exploration s'imposa à son esprit. Qu'était-elle, sinon une exploratrice, finalement ? Une Ranger Je'daii, une voyageuse dans ce système qui recélait toujours des millions, des milliards d'inconnues bien qu'il soit habité depuis dix mille ans. Il y avait encore tant à découvrir – des mystères, des désordres, des ambiguïtés. Il y avait…

— Il y a des abîmes, murmura-t-elle.

Les mots mêmes d'Osamael Or, et elle se souvint où elle les avait déjà entendus. C'était une histoire que lui avait racontée son père pour l'endormir, il y avait si longtemps, et qu'elle avait complètement oubliée jusqu'à aujourd'hui. Même après tout ce qui s'était passé entre Dal et elle, les Temples Je'daii, les recherches entreprises pour le retrouver, et ce qu'elle avait découvert de lui. Même pendant cette période-là, elle n'avait pas repensé à cette fois, il y avait près de vingt ans, où son père, assis dans le fauteuil à côté de son lit, ses longs cheveux tombant librement sur ses épaules et les mains croisées sur son torse, lui avait transmis l'enrichissante légende d'Osamael Or et de sa dernière aventure, la plus fabuleuse – dans les profondeurs de l'Ancienne Cité, où il était certain que résidaient des secrets non encore découverts. Aussi s'était-il embarqué seul pour cette nouvelle expédition, parce qu'alors plus personne ne voulait l'accompagner. On le traitait de fou. On disait qu'il y avait des choses bien plus importantes à faire sur Tython. N'oublie pas que c'était il y a neuf mille ans, lui avait rappelé son père, à une époque où de redoutables tempêtes de Force ravageaient encore la planète et emportaient parfois les Je'daii avec elles au lieu de leur permettre d'en retirer pouvoir et équilibre. Ils étaient nombreux à être comme Osamael Or, en ce temps-là. Les Hommes des Frontières avec l'inconnu, c'est ainsi qu'ils s'étaient baptisés, mais pour Osamael Or, les plus importantes frontières n'étaient pas forcément les plus éloignées. Aussi était-il descendu seul sur le continent de Talss. Et jamais plus on l'avait revu. On avait effectué des recherches. Sa famille s'était sentie responsable, même si, comme tout le monde, elle l'avait pris pour un fou. Donc ils avaient cherché, mais rien n'avait jamais été retrouvé, et personne n'avait eu envie de descendre très loin. « Il y a des abîmes », avait dit Osamael à sa sœur la veille de son départ, et elle avait répété ces derniers mots à tous ceux qui l'avaient interrogée sur son frère. Parce qu'elle était persuadée qu'il était toujours en vie. « Il poursuit son exploration là-dessous, dans ces abîmes, disait-elle. Il s'enfonce toujours plus profondément, pour faire toujours plus de découvertes, et un jour il reviendra avec des histoires qui nous stupéfieront tous. » Mais il n'était jamais revenu. Et c'est pourquoi l'Ancienne Cité est un endroit aussi dangereux, ma chère Lanoree, avait conclu son père. À cause de ses abîmes…

— Le journal d'Osamael Or, murmura Lanoree avec un respect mêlé de crainte et d'admiration.

Et pour elle, si, à cet instant, neuf mille ans plus tard,

elle tenait ce journal entre ses mains, cela ne pouvait signifier qu'une chose – il avait dû revenir.

Elle fut saisie d'un frisson, comme si quelqu'un, de loin, de très loin, l'avait effleurée au plus profond de son être, et qu'il la connaissait.

Tournant la page, elle commença à lire.

6

MYTHES ANCIENS

Sans équilibre, personne ne peut combattre.

Maître Rupe, Stav Kesh, an 8466 AATY

Stav Kesh. Le nom à lui seul suscite un frisson d'excitation et d'appréhension. Pour Lanoree, Qigong Kesh était un lieu de contemplation et d'immersion dans les Pouvoirs de la Force, un lieu où on les entretenait, où on les nourrissait, et où elle avait pu méditer sur ce que signifie la Force pour elle. Par contre, au Temple des Arts Martiaux de Stav Kesh, elle apprendra à combattre.

L'aube se lève tout juste quand Dal et elle arrivent à proximité du Temple. Ils ont campé à plusieurs kilomètres au nord, et voir le soleil apparaître au-dessus de l'horizon, à l'est, est un moment fabuleux. L'air, ici, est raréfié, les montagnes sont très hautes, et tous deux sont presque étourdis par le manque de souffle. Mais cet air appauvri semble purifier les flamboyantes couleurs de l'aurore.

Dal semble excité. Il a toujours été bon, au combat, ainsi qu'il a pu le prouver à l'occasion de plusieurs désaccords avec les enfants d'autres Je'daii au Temple de Bodhi.

Lanoree espère qu'il trouvera la Force dans ce lieu et qu'il l'accueillera enfin en lui. Quand il verra ce qu'elle peut faire… Quand il ressentira l'aide qu'elle apporte…

— Ce qui se passera ici m'appartiendra, dit-il.

Ils sont sur le chemin rocailleux qui longe un étroit ravin sur leur droite. Il a neigé pendant la nuit, et une fine couche blanche adoucit le paysage ingrat.

— N'essaie pas de jouer les professeurs avec moi, Lanoree. Et ne joue pas non plus à être Père ou Mère. Tu es ma sœur, c'est tout. Moi seul serai responsable de tout ce qui pourra m'arriver ici.

— Nos parents t'ont confié à moi. *Je* suis responsable de toi.

— Nous ne sommes plus des gosses. Et je n'ai besoin de personne.

Une affirmation étonnante de la part de Dal. Mais alors qu'il part devant en direction du Temple, et qu'elle voit la vigueur dans sa démarche et la façon dont il a redressé les épaules, son attitude ne lui apparaît en rien ridicule.

La brise a forci ; la neige voltige autour d'eux. La nature est hostile, le temps aussi. Lanoree sait que Stav Kesh n'a jamais été un endroit très accueillant.

— Je m'appelle Tave, et je suis l'un des Maîtres du Temple. Nous vous attendions. Comment s'est passé votre voyage depuis la mer ?

— Aucun problème, répond Dal.

Il passe le tygah-flamme sous silence, et lorsque Maître Tave pose les yeux sur les brûlures en train de cicatriser sur ses avant-bras, il ne lui offre aucune explication.

Après un court instant, le Noghri sourit.

— Très bien. Ne bougez pas d'ici, je vais vous envoyer un droïde pour vous conduire à vos quartiers. Vous aurez votre matinée pour pratiquer quelques exercices de respiration et vous acclimater à l'altitude. Votre apprentissage débutera après le déjeuner. Cet après-midi, respiration de Force.

— De la respiration ? répète Dal. Je croyais que ce Temple était consacré aux Arts Martiaux ?

Maître Tave le fixe, lance un bref coup d'œil à Lanoree, puis leur tourne le dos et s'éloigne.

— Dal ! murmure Lanoree. Ne sois pas si impoli !

— Impoli ? répète-t-il – à voix basse, heureusement. J'ai juste…

— Tu ne crois pas que Maître Tave sait ce qu'il fait ?

— Si. Bien sûr. Mais… de la respiration ?

— Je suis certaine que nous comprendrons bientôt pourquoi.

Craignant soudain de voir les imposantes portes du Temple se refermer et de se retrouver ainsi bloquée dehors, elle passe devant lui pour les franchir. *Peut-être est-ce ce que Dal éprouve, par moments*, songe-t-elle. Son frère la suit à l'intérieur, et tous deux découvrent les lieux.

Lanoree a vu de nombreux holos de Stav Kesh et entendu beaucoup d'histoires racontées par les Voyageurs qui se sont arrêtés ici avant d'atteindre le Temple de Bodhi au cours de leur Grand Voyage. Pourtant, rien n'aurait pu la préparer à ce qu'elle perçoit à cet instant.

Avant tout, la puissance de la Force.

Elle la ressent ici presque comme une présence physique ; Ashla et Bogan exercent sur elle une force d'attraction qui semble étirer son corps dans toutes les directions et lui donner une incroyable légèreté. Elle n'a aucun mal à se laisser porter par ce flot, et les dons qu'elle a perfectionnés à Qigong Kesh semblent encore plus affinés ici. La Force est toute proche, et un infime effort suffit pour s'y fondre.

Se tournant vers Dal, elle s'aperçoit qu'il promène un regard émerveillé autour de lui, et elle souhaite que son attitude soit l'expression d'une certaine reconnaissance de la Force. Mais après ce qu'il lui a dit tout à l'heure, elle s'abstient de lui poser la question.

Plus que de s'y accrocher, Stav Kesh *façonne* le flanc de la montagne. Des affleurements rocheux apparaissent un peu partout, mais ce que Lanoree voit au-dessus d'elle, ce sont surtout des édifices. Ils commencent à son niveau et s'étagent tout au long de la pente, surplombant de lourds éperons quand ils ne forment pas d'abruptes falaises de pierre grise et lisse. De vastes façades grêlées de fenêtres et des balcons que soutiennent de minces supports d'une incroyable résistance surplombent de vertigineux abysses. Les stores en toile flottent déjà sous la brise matinale, projetant des éclairs multicolores sur la cité en grès. Une cascade tombe de très haut, éclaboussant les bâtisses et les rochers de glaçons scintillants sur son passage. L'eau bouillonnante actionne une enfilade de roues et un nuage de gouttelettes embrume l'atmosphère ; le soleil, tout juste levé, dessine des arcs-en-ciel qui enluminent des quartiers entiers de la ville. Lanoree observe la progression de ses rayons sur les escarpements, et ces arches aux couleurs spectrales lui donnent l'impression de pousser des ombres devant eux. C'est un spectacle magnifique, et elle doit soudain se souvenir de respirer.

Sur le flanc de la montagne, en contrebas, se dresse la Tho Yor devant laquelle ils sont passés en montant. Mystérieuse, énigmatique, elle est recouverte d'une récente couche de neige scintillante.

— Je parie que nos chambres sont tout en haut, dit Dal.

Lanoree rit, sans doute un peu plus que ne le vaut réellement ce commentaire, mais elle est si contente de percevoir cette légère pointe d'humour de la part de son frère qu'elle en éprouve un regain d'espoir.

Un droïde flottant arrive alors vers eux et prononce leurs noms dans un bourdonnement électronique. Ils lui emboîtent le pas. Quand enfin ils atteignent leurs quartiers, Dal rit très fort, et halète, et pleure peut-être un peu, aussi.

— Mille trois cents marches, dit-il, hors d'haleine. Après, j'ai arrêté de compter.

— Excellent exercice, répond Lanoree, essoufflée elle aussi.

Ils observent leur chambre – des lits, des bancs, et pas grand-chose d'autre. Leurs tuniques d'entraînement sont posées sur les lits, et elle n'a pas besoin de les toucher pour savoir qu'elles sont horriblement rêches et qu'elles ne les protégeront pas du froid. *C'est pour nous endurcir*, songe-t-elle. Elle demande au droïde où aura lieu la séance de l'après-midi.

— Maître Tave donne toujours ses cours dans les bâtiments réservés à l'entraînement, bourdonne le droïde.

— Évidemment, répond-elle. Évidemment.

— Attaquez-moi, dit Maître Tave. Avec ce que vous voudrez.

Les élèves hésitent. Même Lanoree qui, pourtant, sait que le Maître ne le suggérerait pas s'il ne le souhaitait pas sérieusement.

Finalement, elle s'avance vers le râtelier d'armes, s'empare d'un lance-pierre et décoche un caillou en visant la tête du Maître.

Il s'écarte et le projectile le rate.

Alors elle lance un coup de poing décuplé par la Force, qu'il dévie d'une chiquenaude.

Elle bondit sur la gauche, et la brusquerie de son mouvement semble réveiller toute l'assistance. Six Voyageurs sont présents dans la cour d'entraînement, y compris Dal et elle, et son enthousiasme est pour eux une autorisation de participer à l'assaut.

Les jumeaux cathars s'avancent vers Maître Tave armés de lourdes chaînes cloutées qu'il évite aisément et emmêle au point de les rendre complètement inutilisables. Dal, vif et courbé, le charge et lui balance une massue dans les jambes… qui ne sont déjà plus là. Tave l'envoie valdinguer sur le dos et balaie la massue d'un coup de pied. Une Wookiee rugit avant de le bombarder avec deux gourdins courts et lourds que Maître Tave esquive et détourne de leur trajectoire avant de lui planter sa botte sur le derrière et de la flanquer par terre. Le dernier élève à l'attaquer est un Twi'lek qui, avec la Force, lui décoche un coup de poing si violent que Lanoree en a même le souffle coupé.

Maître Tave pare le coup et le retourne à l'envoyeur, et le Twi'lek bascule en arrière avec le nez en sang.

La spacieuse cour résonne de leurs souffles rauques et haletants ; leur organisme n'est pas encore habitué à l'air raréfié. Le combat accélère les battements de leur cœur, fait bouillonner leur sang, aiguise leurs sens. Mais ils ne sont pas encore au bout de leurs peines.

— Encore, dit Maître Tave dont la respiration est toujours aussi calme et régulière.

Cette fois-ci, Lanoree, Dal et la Wookiee, pantelants et excités, attaquent simultanément de trois directions différentes. Lanoree, avec la Force, essaie de balayer en douce les jambes de Tave d'un crochet astucieux, pendant que Dal vise sa tête d'un coup de pied sauté et que la Wookiee lance un nouvel assaut maladroit mais vigoureux avec ses gourdins – et en moins de temps qu'il n'en faut pour le dire, tous les trois se retrouvent affalés sur le sol, se frictionnant les parties endolories et ravalant leur fierté blessée.

Lanoree et Dal échangent un regard, et son frère lui sourit.

Ils remettent ça. La cour est un enchevêtrement de corps étalés, de nez ensanglantés et de neige tourbillonnante, et alors que Lanoree est négligemment éjectée pour la troisième fois, elle voit le Twi'lek se ruer sur Maître Tave avec un enchaînement étonnamment réussi de mouvements Alchaka, le puissant art martial Je'daii. Mais Tave semble n'être jamais là où surgit un poing ou un pied, et quelques secondes plus tard à peine, le Twi'lek voltige vers le mur du fond.

D'un signe de la main, le Maître adoucit le choc pour le garçon.

Lanoree, malgré la minceur de sa tunique, transpire ; son cœur bat à tout rompre et elle a du mal à récupérer. Dal n'a pas l'air plus frais, mais il paraît également plus vivant qu'elle ne l'a vu depuis longtemps. Elle se réjouit de le voir comme ça, mais s'en inquiète aussi. Chacune de ses attaques a été traditionnelle – pas une fois il n'a tenté de canaliser la Force.

— Vous vous donnez tous trop de mal, dit Maître Tave.

Il marche parmi eux, les mains croisées dans le dos, et rien n'indique qu'il ait eu à dépenser beaucoup d'énergie pour contrer leurs assauts.

— Vous vous en remettez à l'effort et le laissez régir vos mouvements.

Du doigt, il désigne les jumeaux cathars.

— Tous les deux, vous reteniez votre respiration pendant l'attaque, et le cœur n'aime pas ça.

Il pointe son index vers la Wookiee.

— Un rugissement ne te permettra pas de distraire un ennemi puissant dans la Force, par contre il te volera ton souffle, videra tes poumons et te fatiguera plus vite.

Se tourne vers Lanoree.

— Et toi. Tu trébuches au lieu de te laisser porter. Chaque mouvement te demande trois fois plus d'énergie que nécessaire.

Planté au centre du groupe d'élèves éparpillés, essoufflés et ensanglantés, il soupire.

— Bien. Donc, la respiration.

Maître Tave consacre le reste de l'après-midi à leur enseigner la bonne façon de respirer. Pour commencer, ça semble contre nature et va à l'encontre de tout ce que

Lanoree croyait savoir, parce que respirer est une chose à laquelle elle ne réfléchit jamais. Elle a fait ça toute sa vie. Ça marche tout seul, comme les battements de son cœur et la circulation de son sang, et comme son esprit qui fonctionne aussi bien quand elle est réveillée que quand elle dort. Mais lorsqu'ils font une pause au milieu de l'après-midi pour boire et avaler quelques amandes et fruits locaux, elle prend vraiment conscience de tout cela. Tave leur montre comment respirer aussi bien avec la Force qu'avec l'air. Peut-être, plus tard, devra-t-elle réexaminer son cœur, son sang, sa façon de penser.

Les élèves prennent plaisir à cette séance, mais Lanoree ne s'autorise pas à se rapprocher des autres. D'ordinaire sociable et toujours prête à se faire des amis, elle ressent ici la pression de sa responsabilité envers Dal. Et à présent qu'il a fait valoir son indépendance par rapport à elle et à leurs parents, cette pression n'en est que plus forte.

Et puis, aussi, il maintient une certaine distance. Cet entraînement lui plaît, c'est évident, mais il se montre sélectif quant à ce qu'il en retire. Plus Maître Tave leur répète que la Force est leur amie, leur protectrice, l'harmonie vers laquelle ils doivent tendre, plus elle perçoit que l'attention de Dal s'égare.

Peut-être est-ce dû à un gros manque d'équilibre, songe-t-elle.

Et dès que cette idée s'impose à elle, elle la laisse faire son chemin. Même si elle lui déplaît, au moins est-ce quelque chose qu'elle peut comprendre. Quelque chose auquel on peut remédier. Et, dans son esprit, c'est bien mieux que l'autre explication.

Celle qui veut que Dal déteste la Force et qu'il fait tout son possible pour s'arracher à son influence.

— Votre première séance d'entraînement à Stav Kesh est presque terminée, annonce Maître Tave plus tard dans l'après-midi. Ce soir, vous préparerez le repas, briquerez les cuisines puis reviendrez ici pour nettoyer la neige et la boue de la cour. Vous pourrez aussi aller jusqu'à la Tho Yor et méditer un moment. La méditation fait partie du combat. Elle aide à se centrer, à trouver et à assurer son équilibre. Donc attaquez-moi encore, et en y mettant tous les atouts dont vous disposez.

Cette fois, il n'y a pas d'hésitation. Lanoree et Dal sont les premiers à réagir. À l'aide de la Force, elle envoie un sifflement strident aux oreilles du Maître qui perturbe son équilibre physique, mais la combinaison de coups de pied Alchaka avec laquelle elle enchaîne est parée et contrée, et elle va s'écraser contre le sol de pierre. Son nez se met à saigner – pour la seconde fois aujourd'hui – et elle roule sur le côté au moment où Dal pirouette dans l'air, victime d'un coup de poing de Tave appuyé par la Force.

Les autres attaquent aussi en mélangeant la Force et la vigueur physique. Pas de grognements ni de halètements, cette fois, pas de grondements ni de rugissements, les seuls bruits perceptibles dans la cour sont ceux du froissement des tuniques, des frottements des pieds nus sur la pierre enneigée, des impacts de la chair contre la chair. Maître Tave, de toute sa hauteur, repousse chacune de leurs tentatives. Son expression demeure impassible, et ses mouvements sont fluides et assurés.

C'est Dal qui marque le premier et seul point de la journée. Alors que Tave déjoue les coups d'épée des jumeaux cathars, il simule un assaut Alchaka maladroit avant de se glisser sous l'allonge du Maître pour lui envoyer son coude en pleine figure. Maître Tave recule d'un pas et sa tête part sur le côté en éclaboussant son épaule de taches de sang.

Le silence tombe brusquement sur la cour. Dal se frotte légèrement le coude à l'endroit de son impact avec l'épaisse arcade sourcilière de Tave. Tous sont muets de stupeur.

Le Maître sourit.

— Bien, dit-il. Très bien, Dalien.

Il pose un bras sur ses épaules et presse un doigt griffu sur son torse.

— Tu es en train d'apprendre à respirer correctement, profondément et doucement par le ventre et non par la poitrine. Tu apprends aussi à contrôler ton corps au lieu de le laisser te contrôler. À présent, imagine ce que tu pourrais faire si tu acceptais de t'ouvrir à la Force.

De sidéré, le silence, dans la cour, se fait à présent gêné. Dal se tait.

Mais Lanoree interprète sans mal son expression et ses pensées alors qu'il regarde la tempe contusionnée du Maître.

La Force, pour quoi faire ?

— Il t'a laissé l'atteindre.

— Non !

— Bien sûr que si. C'est Maître Tave, Dal ! Tu crois qu'il se serait fait avoir par un coup à peine digne d'une bagarre de taverne miteuse ?

— Il était fatigué et il a relâché sa garde. Et je l'ai eu. Je l'ai frappé !

Dal est furieux, Lanoree s'en rend compte, mais elle refuse de lui laisser croire une chose pareille. Cela ne ferait qu'encourager les réticences qu'il manifeste face à la Force.

— J'ai entendu ce qu'on raconte, sur lui. Il peut se cacher dans la Force ! S'effacer. Et revenir.

Elle a un sourire apaisant.

— Il voulait que tu prennes confiance en toi. Tu étais le moins dégourdi de nous tous, ici, et il ne voulait pas que tu…

— T'es sérieuse ? rétorque Dal. Ne me traite pas comme un gosse, Lanoree. Je suis peut-être plus jeune que toi, mais je vois plus loin. Je connais plus de vérités. Et la vérité, c'est que la puissance ne vient pas seulement de ta Force imbécile.

— De *ma* Force ?

Dal a un reniflement de dédain. Ils sont tout en haut du Temple, sur la terrasse battue par le vent. La nuit est tombée, et la vue sur les plaines est époustouflante. Mais Dal, lui, a les yeux levés vers le ciel.

— Tout ça, c'est pas pour moi, dit-il avec quelque chose proche de la mélancolie. Rien de ce qui est ici-bas.

Il continue de fixer les étoiles, alors même qu'elle s'éloigne.

Lanoree resta un long moment à contempler le ciel nocturne. Seule durant ses voyages dans le système de Tython, elle laissait parfois le *Pacificateur* voler en pilote automatique et s'asseyait pour observer les étoiles et s'interroger sur ce qu'il pouvait bien y avoir, au-delà des Mondes Colonisés. C'est en partie la raison pour laquelle le rôle de Ranger lui convenait. Un jour, elle accéderait au rang de Maître, et peut-être alors passerait-elle plus de temps sur Tython à méditer sur la Force, à instruire et à guider les autres, et, qui sait, à devenir une ancienne parmi les Je'daii. Mais elle était encore animée d'une curiosité juvénile, et être isolée dans l'espace lui donnait le loisir de rêvasser.

En plus, elle aimait l'aventure. À cet égard au moins, son frère et elle se ressemblaient.

Lanoree se retourna vers l'habitacle et constata que Tre Sana s'était assoupi. Elle fut un instant agacée de le voir dormir aussi tranquillement sur sa couchette à elle. Mais c'était finalement la meilleure place pour lui, dans l'immédiat. Comme ils franchissaient la mer de Kalimahr en direction de la Péninsule de Khar, elle décida de faire son rapport. Il y avait beaucoup à dire.

Baissant le volume de l'écran, elle entra le code de Maître Dam-Powl. La douce sonnerie se prolongea un instant, puis l'écran tremblota et le visage de Dam-Powl apparut.

— Ranger Brock, dit-elle.

Elle avait l'air d'avoir été réveillée en plein sommeil.

— Je ne m'attendais pas à avoir aussi vite de tes nouvelles.

— Maître Dam-Powl, répondit Lanoree en inclinant brièvement la tête. Je profite d'un moment de calme. Et puis il y a de nouveaux développements… Des développements troublants.

Après le bref décalage de la transmission, Dam-Powl reçut son message et parut aussitôt plus attentive.

— Mon frère Dalien se rend compte que je le surveille, expliqua Lanoree. Il a ses espions, et ils m'ont suivie dès l'instant où j'ai atterri. Je suis en ce moment même en route pour un des Temples des Rêveurs d'Étoiles. Je pense qu'il pourrait y être, ici même sur Kalimahr.

— As-tu pris contact avec Tre Sana ?

— Oui.

— S'est-il révélé utile ?

Lanoree réfléchit un bref instant, puis confirma d'un hochement de tête. Elle choisit de ne pas mentionner la manipulation génétique qu'aurait effectuée Dam-Powl sur lui. Ça n'était pas le sujet, et ce serait peut-être même malvenu. Après tout, Dam-Powl était un Maître Je'daii.

— As-tu interrogé des proches de ton frère et des Rêveurs d'Étoiles ?

— Oui. Une femme nommée Kara. Très riche et vénérée dans la société de Kalimahr. Elle vit en recluse, encore qu'elle paraît très au fait de tout événement pouvant présenter un intérêt pour elle. Elle finance les Rêveurs d'Étoiles, et n'avait visiblement aucune réticence à nous le faire savoir.

— Hmm, fit Dam-Powl. C'est de quelqu'un comme elle que nous avons reçu le peu d'informations que nous possédons. Apparemment, certains parmi les bienfaiteurs des Rêveurs d'Étoiles contestent leurs projets.

— À mon avis, Kara, elle, abonde dans leur sens.

— Elle te l'a dit ?

— Pas aussi clairement. Mais j'ai fouillé son appartement, et j'ai trouvé quelque chose…

Dam-Powl, de plus en plus intéressée, changea de position.

— Maître, connaissez-vous la légende d'Osamael Or ?

— Je le devrais ?

Lanoree sourit.

— Pas forcément. Mes parents avaient l'habitude de me raconter son histoire quand j'étais petite. C'est un personnage un peu mythique, qui vivait il y a au moins neuf mille ans. Un explorateur des tout premiers temps, quand nos ancêtres sont arrivés sur Tython. On raconte qu'il s'est passionné pour l'Ancienne Cité et qu'il a disparu dans son labyrinthe souterrain. On ne l'a jamais revu.

— Et le rapport avec notre affaire ?

— Osamael Or a réellement existé. Et quand j'ai fouillé l'appartement de Kara, j'ai découvert une chambre secrète où étaient cachés plusieurs livres très antiques. Sur le moment, on avait un problème – ses droïdes de sécurité débarquaient, et j'ai dû opter pour une solution… originale. Mais j'ai emporté un des livres avec moi.

— Et ?

— Et c'est le journal d'Osamael Or pendant la période où il explorait l'Ancienne Cité. Du moins un de ceux qu'il a écrits.

— C'est-à-dire ?

— Il est incomplet. Mais il contient des informations qui…

Elle eut une moue dubitative.

— Ranger ?

— Apparemment, il a découvert quelque chose concernant les Gree, là-bas. Et si j'interprète correctement le langage plutôt fruste du journal, la technologie dont vos espions ont entendu parler – cet appareil alimenté par de la matière noire – pourrait bien être d'origine Gree.

Dam-Powl, sans cacher sa stupeur, se tut un instant.

— Il contient des instructions ? murmura-t-elle.

— Non. Ce qui y est dit reste sibyllin et m'incite plutôt à croire à la prétendue folie d'Osamael. Mais il y est fait mention à trois reprises de quelque chose qui se traduit par « un pas vers les étoiles ». Et vers la fin du journal – il est très court, en fait, et je soupçonne qu'il en existe d'autres volumes –, il dit qu'il cherche des schémas.

— Et il les a trouvés ?

— Pour l'instant, rien ne permet de le savoir.

— Les schémas d'un appareil capable d'activer une porte stellaire, dit Dam-Powl.

— Donc elle existerait ?

Dam-Powl ne répondit pas. Comme si elle n'avait même pas entendu la question.

— On sait très peu de choses sur les Gree, dit-elle au lieu de cela. Si ces Rêveurs d'Étoiles possèdent effectivement des plans techniques pour quelque chose d'origine Gree, ils manipulent une technologie largement plus avancée que la nôtre.

— Vous le pensez vraiment ?

— Même si les Gree ont disparu depuis des millénaires, une technologie aussi ancienne pourrait bien avoir dix mille ans *d'avance* sur nous. Elle est mystérieuse, obscure. Il ne faut pas y toucher.

— Je fais de mon mieux pour retrouver Dal.

— C'est peut-être pire encore que ce que nous imaginions, dit Dam-Powl. Il faut que j'en parle avec Maître Lha-Mi, et il voudra sûrement contacter le Conseil.

— Il y a encore une chose, dit Lanoree. La Kalimahri – Kara. Je crois qu'elle a été Je'daii.

— Qu'elle *a été* ?

— Ce n'est pas clair du tout ; je n'ai pas pu lire ses pensées. Mais pas de la même manière qu'avec Tre Sana.

Une ombre de sourire apparut sur les lèvres de

Dam-Powl. Une allusion muette à ce qui pouvait exister entre elle et Tre.

— Elle prétend que la Force s'est tarie en elle.

— Comment dis-tu qu'elle s'appelle, déjà ?

— Kara. C'est tout ce que je sais. Une humaine, dans les soixante-dix ans. Et grosse.

— Grosse comment ?

— Énorme.

— Sa chute n'a pas été trop brutale ?

— Maître… Je ne l'ai pas tuée.

— Alors comment as-tu réussi à fouiller son appartement ?

— Avec l'aimable concours de votre ami Tre.

Dam-Powl hocha lentement la tête, alors qu'elle réfléchissait.

— Lanoree, sois prudente, dit-elle enfin. J'ai entendu parler des gens comme elle, mais ils sont très, très rares. La plupart échouent sur Bogan pendant un temps, puis reviennent ici, parmi les Je'daii. L'un d'eux y est resté.

— Daegen Lok.

— Oui, lui. Mais quelques-uns… Nous, au Conseil, les appelons les Réprouvés. Ce sont des êtres chez qui la Force ne peut jamais se fixer, qui ne trouvent pas l'équilibre entre l'obscurité et la lumière, et qui développent au bout du compte une aversion pour la Force elle-même. La majorité d'entre eux, brisés mentalement et physiquement, finissent par fuir très loin dans le système, et meurent.

— Je n'ai jamais entendu parler de ces Réprouvés.

— Peu sont au courant. Ils ne sont pas réellement un groupe… Rien qu'un nom.

Le regard de Dam-Powl quitta un instant l'écran ; un sourire incertain apparut sur ses lèvres.

— Et tes propres expériences ? demanda-t-elle.

— En suspens, pour l'instant. Mais… Tre Sana est très impressionnant.

— Et il peut se révéler très utile. Dangereux, cabossé,

il y a beaucoup de bon en lui. Dommage qu'il soit aussi… « imbibé » d'égoïsme.

— Disons qu'il est raisonnablement agaçant, dit Lanoree.

— Dis-lui qu'il aura ce qui lui a été promis.

— Et la promesse sera tenue ?

Dam-Powl parut presque offusquée.

— Évidemment, Ranger. Tu penses vraiment que je pourrais trahir une promesse ?

Ce fut au tour de Lanoree d'éluder la question par un sourire.

— Retrouve ton frère, dit Dam-Powl en se penchant vers l'écran. Empêche-le d'agir. Tous les moyens seront bons, et quelle que soit la manière dont tu devras t'y prendre.

— Vous surveillerez l'Ancienne Cité au cas où ?

— Au cas où, répéta Dam-Powl. Que la Force t'accompagne, Ranger Brock.

— Maître Dam-Powl, répondit Lanoree en inclinant la tête.

L'écran se brouilla avant de redevenir noir, puis le navordinateur du *Pacificateur* tinta discrètement. Tre Sana se réveilla.

— Où on est ? demanda-t-il.

— On se rapproche des Rêveurs d'Étoiles, répondit Lanoree.

Elle perçut un marmonnement brouillé par les parasites lorsque les tours d'atterrissage de la Péninsule de Khar tentèrent d'entrer en contact, mais elle coupa la comm et reprit le contrôle manuel du vaisseau. Le moment se prêtait mal aux subtilités diplomatiques.

— D'après l'ordinateur, il n'existe dans ce quartier qu'un seul vieux Temple Dai Bendu que les moines ont déserté. Et si ce qu'a dit Kara est vrai, c'est là que seraient les Rêveurs d'Étoiles.

— Donc on atterrit et on se trouve un véhicule pour y aller, dit Tre.

— Non. Je vais nous poser directement sur le Temple.

— Dessus ?

— Bouclez votre ceinture. La manœuvre risque d'être cahoteuse.

7

SAINS ET SAUFS

Tython est belle et puissante, énigmatique et dangereuse, pétrie de mystères et ouverte à ceux qui se sentent en phase avec la Force. Elle était là longtemps, très longtemps avant nous, et ces mystères ont subsisté sans yeux pour les voir, sans esprits pour les appréhender. Et c'est pour cette raison que je redoute Tython. Elle est tout pour nous, et pourtant nous ne sommes rien pour elle. Nous ne faisons que passer, rien de plus.

Ni'lander, ermite Je'daii, an 10648 AATY

L'aube pointait alors qu'ils survolaient un océan démonté en direction de la Péninsule de Khar. Et si Rhol Yan était impressionnante, Khar, elle, était époustouflante.

La péninsule elle-même, d'une vingtaine de kilomètres de long et de mille cinq cents mètres de large, jaillissait d'une île bien plus vaste cachée à la vue au-delà de l'horizon. Sept tours se dressaient sur sa dorsale, d'une taille, d'une grâce et d'une beauté à couper le souffle. Leurs niveaux supérieurs accrochaient le soleil, et comme le *Pacificateur* en approchait, Lanoree et Tre purent voir la vive lumière descendre peu à peu le long de leurs façades.

Ces tours de plus de mille mètres de haut surplombaient d'innombrables structures qui, bien qu'elles-mêmes très hautes et impressionnantes, en paraissaient écrasées. Presque tous les bâtiments étaient ivoire, à l'exception de ceux, nombreux, dont le sommet plat semblait servir de jardins et de parcs. Ces véritables îlots de verdure exotique ajoutaient des taches de couleur à l'environnement de Khar dans une tonalité par ailleurs monochrome.

La péninsule était un joyau jeté dans les flots. Mais Lanoree n'avait pas le temps de se laisser impressionner.

— C'est quoi, ça ? demanda Tre.

Debout derrière le fauteuil du pilote, il s'appuyait sur le dossier et la gênait dès qu'il bougeait. Mais elle était trop concentrée pour le lui reprocher. Il n'avait pas encore eu le culot de s'asseoir dans le siège vide à côté d'elle, ce dont elle lui était reconnaissante.

— Les forces de l'ordre de Khar, répondit-elle.

Elle avait déjà repéré les quatre petits vaisseaux aux lignes pures qui avaient surgi devant eux, et s'apprêtait déjà à leur fausser compagnie.

— Ils vont pas se mesurer à un *Pacificateur*, dit Tre.

— Il y a des chances que non. Mais je n'ai pas répondu au contrôle aérien, et donc, pour eux, je navigue à l'aveuglette. Accrochez-vous.

Se cramponnant elle-même, elle pressa une touche.

L'accélération la plaqua contre son siège, lui coupa le souffle, lui écrasa les membres, lui comprima le ventre et la poitrine, et pourtant, malgré tout ça, elle parvint à pouffer devant le cri affolé de Tre qui culbuta et roula bruyamment vers l'espace de vie. En entendant son grognement et les caquètements de Holgy, elle comprit que le droïde l'avait intercepté au passage. Sûrement pour l'empêcher de faire de la casse dans le vaisseau. Elle partit d'un nouveau rire.

Les quatre vaisseaux de Khar passèrent comme des éclairs et disparurent de leur champ de vision. Lanoree vérifia leur position sur l'écran du scanner et s'assura qu'ils n'avaient pas fait demi-tour pour venir tirer sur le *Pacificateur*, puis elle effectua un virage serré tout en amorçant sa descente vers la conurbation de la Péninsule de Khar.

Elle effectua un mouvement de roulis alterné pour zigzaguer entre les tours, évita les engins atmosphériques et les plus petits vaisseaux qui voltigeaient ici et là sans cesser de surveiller la carte affichée sur le petit écran à sa droite qui lui donnait un plan du quartier et la lumière verte qui clignotait sur le côté du terminal. Sauf erreur de son navordinateur, c'était l'emplacement du Temple Dai Bendu de Kara, l'emplacement des Rêveurs d'Étoiles.

— Vous auriez pu me prévenir, dit Tre.

— Je l'ai fait.

— Mais vous ne m'avez pas donné le temps de…

— Accrochez-vous.

Lanoree vira à bâbord, au plus près de la vaste base d'une des sept immenses tours qui emplit totalement son champ de vision. Une enfilade d'ouvertures à peine surélevées par rapport au niveau du sol donnaient accès aux aires de stationnement pour les speeders qui entraient et sortaient en masse comme des insectes d'une ruche.

Tre se redressa de nouveau et sauta dans le siège du copilote. Elle le foudroya d'un regard noir qu'il lui rendit.

— Vous l'avez fait exprès, l'accusa-t-il.

— On n'a pas le temps de s'amuser avec les autorisations d'atterrir.

— Vous êtes une Je'daii. Ça vous arrive de les demander ?

— S'il le faut. Je n'aime pas vous voir assis là.

— Donc vous faites ce qui vous chante, et shak pour les autochtones.

— Les autochtones ? répéta Lanoree.

Elle fit un large écart pour éviter de trop s'approcher d'un énorme *Traque-Nuages* qui avait dérivé très bas.

— C'est péjoratif. C'est comme ça que vous croyez que nous considérons les autres ?

— Ce n'est pas le cas ?

— Non, répondit-elle.

Toutefois, elle n'en était pas certaine. Elle avait souvent subi l'hostilité des colons et l'attribuait généralement à des vestiges d'opinions et d'allégeances datant de la Guerre de la Reine Despote. Mais peut-être s'était-elle trompée en cherchant une raison toute simple à ce qui n'est finalement qu'une franche aversion de certains envers les Je'daii. Peut-être était-ce bien plus complexe et profond que ça.

— Nous faisons de notre mieux pour chacun, ni plus ni moins, dit-elle.

— Vous vous mêlez de ce qui ne vous regarde pas. Vous servez *votre* cause et *votre* Force. Vous me baladez dans votre engin sans me dire ce que vous faites vraiment.

Il pointa son doigt sur la verrière, vers la beauté et le dédale des tours de Khar.

— Vous allez atterrir et repartir sans même demander l'autorisation et sans donner d'explication à personne, et ce sera une raison de plus pour vous attirer la méfiance et l'antipathie de tout le monde.

Sa remarque fit mouche ; elle en fut perturbée. Mais pas trop. Elle était en mission pour empêcher une possible catastrophe pesant sur le système tout entier, et que tout un chacun, dans ce système, en soit ou non informé ne changerait rien à l'importance de son rôle.

— Vous traitez avec nous, dit-elle. Avec Maître Dam-Powl.

— Parce que vous croyez que j'ai le choix ? dit Tre.

— Oui. Vous avez plein de choix.

— Je suis un homme d'affaires. Je suppose que… je suis un mercenaire au même titre que les Je'daii quand il s'agit d'atteindre mes buts.

— Vous êtes un criminel, rétorqua Lanoree. Et je ne

vous ai pas prévenu, pour le virage, parce que j'avais besoin de m'amuser un peu.

— La complexité du Je'daii, dit-il.

Elle ne put s'empêcher de sourire devant la légèreté de son ton. Il l'agaçait. Mais il y avait aussi un côté éminemment sympathique, chez lui.

— Je ne suis toujours pas d'accord pour que vous vous asseyiez ici, dit-elle.

Il lui lança un coup d'œil pour toute réponse.

Un tintement retentit sur le tableau de bord – une alarme de proximité.

— Accrochez-vous, Tre, dit-elle d'un ton plein de sous-entendus.

Puis elle fit plonger le vaisseau. Ils dérivèrent sous une de ces larges tours aux luxuriants jardins s'épanouissant sur les sommets, évitant les lourds piliers qui soutenaient ces titanesques édifices debout, puis elle vira à droite avant de remonter aussitôt.

— Le Temple est à un kilomètre droit devant.

Elle consulta la carte où le Temple Dai Bendu était indiqué en vert pastel.

— Vous comptez vraiment vous poser sur le toit ?

— Non. J'ai changé d'avis. C'est trop exposé.

— Tant mieux…

— Je préfère emprunter l'entrée.

Tre s'abstint de répondre, mais son silence choqué était tout à fait éloquent. Il saisit les ceintures de sécurité et les fixa sur son torse et ses hanches.

Lanoree avait conscience que la manœuvre s'annonçait délicate et risquée, mais ils n'avaient pas une seconde à perdre. Ils seraient bien trop visibles sur le toit, et, à tort ou à raison, elle avait déjà décidé que le temps manquait pour résoudre le problème par la voie diplomatique. Dal et les Rêveurs d'Étoiles savaient qu'elle était ici, et quels que soient leurs plans, ils feraient tout pour les mettre au plus vite en application. Elle allait donc devoir faire preuve de créativité.

C'était une grande bâtisse basse et rectangulaire, avec des flèches aux quatre coins et un toit très pentu. Alors qu'elle faisait descendre le *Pacificateur* dans la vaste cour devant le Temple, Lanoree chercha à percevoir Dal. Elle ignorait totalement si elle serait capable de le capter, mais elle se devait d'essayer. Elle se sentait nerveuse et redoutait ce qu'une confrontation pourrait provoquer.

Une nouvelle alerte sonore la fit réagir, et elle prit conscience que sa concentration laissait à désirer. Elle les avait presque précipités vers le sol.

Des gens s'égaillèrent à l'arrivée du vaisseau, abandonnant leurs affaires pour aller se mettre à couvert alors que ses puissants moteurs soulevaient de violentes tornades de poussière. Des bancs volèrent dans la cour, des arbres furent rabattus et dépouillés de leurs feuilles. Le croiseur longea la façade du Temple jusqu'à ce que Lanoree repère ses grandes portes principales en bois. Elles étaient assez larges, parfait. Mais fermées ; tant pis, le vaisseau était assez résistant.

Elle les poussa avec le nez du *Pacificateur* et elles allèrent percuter les murs en arrachant ce faisant un bon morceau de la maçonnerie. Elle posa ensuite le vaisseau, le nez à l'intérieur du Temple, le fuselage dans la cour. Pas franchement discret, mais elle n'avait pas l'intention de trop s'attarder.

— Holgy, maintiens les moteurs allumés. On va peut-être devoir repartir dare-dare. Tre ? Vous venez ?

Il se tourna vers elle, ses lekkus formant une série de termes qui auraient sans doute fait rougir sa propre mère. Un sourire amusé monta aux lèvres de Lanoree.

Dal n'était pas là. Il n'y avait personne. Mais il y avait eu du monde ici encore tout récemment.

À l'intérieur du Temple, ils découvrirent une grande

salle centrale sur laquelle donnaient de nombreuses pièces plus petites. Elle occupait toute la hauteur du bâtiment : les murs et le plafond étaient richement décorés de fresques relatant les légendes et l'histoire religieuses de l'Ordre des Dai Bendu, et de hautes fenêtres filtraient les lueurs multicolores de l'aurore à travers les symboles de leurs vitraux. Le nez du *Pacificateur* refroidissait en cliquetant ; la carlingue, drapée de couleurs, était immobilisée parmi les débris des portes en bois du Temple.

Ce fut dans une des plus petites pièces qu'ils trouvèrent des indices d'une récente occupation des lieux.

Des sacs de couchage jonchaient le sol. Des repas à moitié entamés refroidissaient sur plusieurs des longues tables et des bougies brûlaient encore dans certaines des pièces intérieures dépourvues de fenêtres. Des débris de matériel hâtivement détruit traînaient un peu partout.

Et dans une de ces salles, Lanoree trouva quelque chose associé à Dal.

— Vérifiez les autres pièces, dit-elle.

— Ils sont partis, répondit Tre. Kara a dû les prévenir.

— Pourquoi nous dire où ils sont et les avertir ensuite ? Vérifiez les autres pièces, répéta-t-elle. Il faut que je sache où ils vont.

Tre dut percevoir une certaine tension dans sa voix car il ne discuta pas, ne lança pas une de ses railleries habituelles. Il s'éclipsa discrètement et elle entendit le bruit de ses pas résonner dans la grande salle du Temple.

C'était quelque chose de tout à fait insignifiant. Dal avait toujours aimé les fruits, et les mepples étaient ses préférés, avec leur chair sucrée un peu piquante et le goût épicé de leurs nombreux petits pépins. Il les mâchouillait jusqu'au long noyau, et quand il en avait terminé, plaçait ces noyaux bout à bout pour former un cercle. Parfois, il se contentait de cinq ou six, mais il arrivait qu'il en utilise une quinzaine ou plus.

Il y en avait neuf sur le sol devant elle, et le cercle était incomplet. S'il l'avait laissé en guise de message pour elle, il aurait certainement fermé le cercle. Mais le dernier noyau avait été rejeté sur le côté, comme si Dal avait dû quitter le Temple en urgence.

Elle fixa ce cercle inachevé et regretta que les extrémités ne se rejoignent pas. Au moins Dal aurait-il alors semblé accueillir favorablement le fait qu'elle le recherche, et même l'y encourager, en souvenir de leur rivalité fraternelle.

— Pas comme ça, murmura-t-elle. Pas désespéré.

Lanoree effleura doucement l'un des noyaux, puis fit le tour de la petite pièce. C'était un vrai capharnaüm. Des vêtements jonchaient le sol, des assiettes avec des restes de repas tout secs traînaient un peu partout. Sur un des murs en pierre, des épingles métalliques formaient un motif indiquant qu'elles avaient servi à afficher des documents. Des plans ? Des cartes ? Impossible de le savoir…

Elle ramassa une veste, la pressa sur son visage et inspira. Mais il n'y avait rien là qu'elle puisse reconnaître.

Il fallait qu'elle sache où Dal se rendait, quelles informations il détenait sur ces vieux plans – s'il en avait –, et où en était la fabrication de l'appareil qui serait alimenté par la matière noire. Peut-être que, même *avec* les plans, il serait impossible de reproduire la technologie Gree avec la précision exigée. Mais il n'y avait ici aucun indice permettant de déduire quoi que ce soit de tangible dans un sens ou dans l'autre, et Lanoree s'en sentit désespérée. Elle avait raté Dal de si peu, et maintenant elle n'avait aucune idée de la direction qu'il avait pu prendre.

Tout en promenant encore une fois son regard sur la petite pièce, elle essaya de se rappeler les derniers bons moments que tous les deux avaient passés ensemble. Il lui arrivait souvent de laisser ses pensées dériver ainsi, généralement lorsque Dal s'imposait sans prévenir dans son esprit. Ces instants remontaient bien avant leur Grand Voyage. Peut-être à l'époque étaient-ils encore des enfants, tous les deux, bien plus jeunes, et plus innocents aussi face à la réalité des choses.

Mais même alors, il avait été différent.

— J'aurais dû t'écouter, murmura-t-elle.

Elle s'était toujours sentie coupable, pour sa mort, parce que, selon elle, c'était le plaisir qu'elle prenait dans la Force – et sa détermination à l'y entraîner, lui aussi – qui avait fini par l'éloigner. Et maintenant, cette même culpabilité la taraudait une fois de plus, mais à cause de quelque chose de pire que la mort.

C'était peut-être elle qui avait fait de lui ce qu'il était aujourd'hui.

— Vous avez trouvé quelque chose ? demanda-t-elle d'une voix forte.

Elle quitta rapidement la pièce après avoir éparpillé les noyaux d'un coup de pied.

— Tre ? Vous avez du nouveau ?

Revenant dans la grande salle, elle jeta un coup d'œil sur le nez du *Pacificateur* qui bloquait l'entrée pulvérisée de l'autre côté. Les moteurs de l'appareil ronronnaient.

Tre surgit soudain dans l'embrasure d'une des portes et courut vers Lanoree. Il portait quelque chose et avait l'air blafard.

— Il faut qu'on parte d'ici.

— Pourquoi ?

— Ils ont quitté le Temple en urgence, mais ils ont enclenché un minuteur, avant.

Tous ses sens en alerte, Lanoree sentit le sang se ruer dans ses veines.

— On a combien de temps ?

— Quelques secondes.

Ils foncèrent jusqu'au vaisseau, gravirent la rampe quatre à quatre, et Lanoree venait à peine de sauter dans son siège qu'une lueur éblouissante illumina la baie du cockpit.

— La rampe ! cria-t-elle, mais Holgy était déjà en train de la remonter.

Le *Pacificateur* fut englouti dans une vague de feu d'une incroyable puissance. L'explosion retentit de façon particulièrement assourdissante à l'intérieur du vaisseau ; la carlingue fut très rudement secouée tandis que, à l'extérieur, tout se brouillait et que les murs se mettaient à trembler alors qu'une partie du toit de l'énorme bâtisse était soulevée et arrachée.

Tre hurla, mais son cri s'entendit à peine.

Bien que temporairement aveuglée par cette boule de feu, Lanoree parvint à amorcer les manœuvres de décollage. Des coups résonnèrent sur la coque tandis que le Temple commençait à s'effondrer. Le manche vibra dans sa main et elle l'amena progressivement en arrière tout en s'efforçant de se rappeler la configuration de la cour. Si elle percutait un autre bâtiment en reculant, ils ne seraient pas vraiment plus avancés…

Une autre explosion se déclencha tout près d'eux et Lanoree, serrant les dents, agrippa le manche à deux mains. La prudence n'était plus à l'ordre du jour. Les yeux rivés sur le tableau de bord, elle tira et tourna. Des alarmes de proximité beuglèrent et un mur de moellons en feu s'écroula sur la verrière, les vieilles pierres volant dans tous les sens. Et puis, enfin, ils s'élevèrent, la vue se dégagea, et le vaisseau lui-même, comme soulagé, parut presque s'alléger alors qu'ils s'éloignaient de la cour.

Virant légèrement sur l'aile pour déloger les détritus encore accrochés à la carlingue, elle se pencha juste au moment où le Temple explosait – le toit s'effondra et les flèches basculèrent vers l'intérieur, ce qui amplifia la fureur des flammes et les nuages de poussière bouillonnants.

— On n'est pas passés loin ! dit Tre du siège passager.

Ses mains étaient agrippées aux accoudoirs, ses lekkus pâles et agités.

— Ce vieux coucou en a vu d'autres.

— Je parlais de nous !

Après avoir vérifié que le scanner n'avait pas encore détecté la présence des forces de l'ordre qui, elle n'en doutait pas, seraient bientôt à leurs trousses, Lanoree jeta un dernier coup d'œil sur les ruines embrasées du vieux Temple Dai Bendu.

— Kara risque d'en être contrariée.

— J'ai l'impression qu'elle savait exactement ce qui allait se passer, objecta Tre.

Lanoree ne répondit pas, mais elle ne put s'empêcher d'être d'accord avec Tre. Jusqu'à présent, elle avait été trimballée ici et là, guidée par des informations de personnes qu'elle ne connaissait pas et à qui elle ne pouvait pas se fier. Kara méritait une autre visite.

Mais qui devrait attendre un peu.

— Qu'avez-vous trouvé ? demanda-t-elle.

— Un système comm. Enfin… ce qu'il en reste. Ils ont tout bousillé, mais à mon avis une des cellules mémoire est encore intacte.

— Donnez-le au droïde, dit-elle avec un semblant de sourire. Et ne vous inquiétez pas, ce n'est pas passé près du tout.

— Comparé à tout ce que vous avez pu faire avant, c'est possible. Mais je tiens à ma peau. Et je déteste qu'on s'approche trop près de moi. Ce que j'aime, moi, c'est la sécurité totale.

— Alors pourquoi avoir accepté d'aider un Ranger ?

— Je n'avais pas vraiment le choix.

— On a toujours le choix, dit Lanoree.

Et de nouveau, elle songea à Dal, aux choix qu'il avait faits, et au rôle qu'elle avait peut-être joué en le contraignant à adopter certains d'entre eux.

Elle fit monter le croiseur très haut, décrivant un arc de cercle au-dessus de la Péninsule de Khar pour revenir au-dessus de l'océan où la circulation était plus fluide. Tre la laissa seule, et Lanoree consacra une bonne dizaine de minutes à évaluer l'état du vaisseau et à faire le bilan des dégâts. Il n'y avait rien de sérieux, en fait. S'élevant jusqu'à effleurer la frontière entre l'atmosphère et l'espace, elle laissa le vaisseau en pilote automatique et remonta vers l'arrière pour voir ce que Holgy avait pu découvrir.

Tre était assis sur la couchette et le droïde était toujours en plein travail. Le système comm était plus esquinté que ne l'avait cru Tre, et Holgy, en sifflant, lui expliqua qu'il lui faudrait sans doute un moment pour extraire les informations, du moins celles qui restaient, des cellules mémoire.

Lanoree prit alors conscience que, pour la première fois, elle se sentait à l'étroit dans le *Pacificateur*. Même s'il était conçu pour héberger confortablement deux pilotes et quatre passagers, elle était habituée à y être seule, et à ne partager cet espace avec personne en dehors de Holgy – que lui, au moins, elle pouvait débrancher.

— C'est sympa, chez vous, dit Tre, comme s'il lisait ses pensées.

— Le cabinet de toilette est par ici.

Du doigt, elle désigna une des trois écoutilles dans le fond du compartiment principal.

— La porte centrale mène à la salle des machines et au système de chargement des canons laser. Restez à l'écart. Et la troisième donne sur les espaces de vie disponibles, mais je m'en sers de réserve – provisions, eau, nacelles de batteries laser supplémentaires. Vous devriez réussir à vous y ménager un coin suffisant pour dormir.

— Je suis très bien ici, répondit-il.

Ses lekkus se tortillèrent légèrement, d'une manière assez peu révélatrice.

— Pour l'instant, dit-elle. Mais que ce soit clair : je n'aime pas avoir de passagers.

— Hé, je n'ai pas demandé à venir.

Elle aurait eu mauvaise grâce à dire le contraire. Elle ouvrit un casier, en sortit deux sachets de boisson, et en lança un à Tre qui rebondit sur son épaule. Il l'attrapa, l'examina brièvement puis déchira un coin et but. Il le leva ensuite en un toast silencieux et en la remerciant d'un hochement de tête.

— Donc c'est quoi, votre histoire ? s'enquit Lanoree. Dam-Powl m'a dit que vous étiez dangereux.

— Et vous ne la croyez pas ?

— Vous avez peut-être un passé de méchant. Et peut-être que, pour certains, vous êtes redoutable. Mais pas pour moi.

Tre Sana eut un sourire songeur en considérant ses mains comme s'il se remémorait tout ce qu'elles avaient accompli par le passé.

— J'ai fait des choses dont je ne pourrai jamais vous parler, et à des gens que vous ne voudriez jamais connaître.

— Il en faudrait beaucoup pour me choquer.

— Possible. Après tout, vous êtes une Ranger.

Une faille apparut alors dans ses défenses mentales – elle le soupçonna de l'avoir fait délibérément – et elle put voir, au-delà du Twi'lek un peu gauche, terrifié par les hauteurs, l'homme qui se cachait dessous. Ses yeux étaient de glace, son cœur une masse solide, et elle comprit et crut soudain tout ce que Dam-Powl avait pu dire de lui.

— Les toilettes, dit-il presque à voix basse. Excusez-moi…

— Ne vous perdez pas, lança Lanoree avant de lui tourner le dos.

Elle entendit le loquet de l'écoutille des toilettes s'ouvrir et se refermer derrière elle, et poussa un soupir. *Dam-Powl, qui m'avez-vous mis dans les pattes ?*

— Droïde. Au boulot.

Holgy lui balança quelques insultes bien senties, fit fondre de nouveaux fils, bricola de nouveaux raccords. Le compartiment empestait la soudure et Lanoree poussa l'air conditionné à fond pour assainir l'atmosphère.

Elle s'assit ensuite dans son siège de pilote et surveilla les scanners à l'affût d'éventuels ennuis.

— Génial, dit Tre. Tout bonnement génial.

Lanoree émergea brusquement de son assoupissement en pestant, furieuse de s'être laissée gagner par le sommeil. S'endormir n'était pas professionnel. Pas professionnel du tout. Elle remonta du cockpit vers l'arrière où Tre observait Holgy.

Le droïde avait connecté au système comm bousillé un petit écran mobile sur lequel scintillaient à présent plusieurs lignes de bribes d'informations.

— Tout baigne ? demanda-t-elle à Tre en souriant. Ce que vous aimez, c'est la sécurité totale, je crois, non ?

L'écran affichait dix-sept communications récentes entre les Rêveurs d'Étoiles et un destinataire inconnu sur Nox.

Nox. Troisième planète du système, elle en était aussi la plus polluée. Riche en gisements miniers, elle hébergeait désormais des dizaines de villes entièrement vouées à l'industrie manufacturière. Cinq siècles plus tôt, l'atmosphère y était devenue si polluée que les villes avaient été enfermées dans de gigantesques dômes, et, bizarrement, la conurbation la plus riche était désormais Cratère Keev, qui fabriquait des pièces détachées pour dômes dont l'entretien et la maintenance étaient facturés à prix fort. L'air, à l'extérieur des dômes, était acide, toxique, et puissamment corrosif pour tout véhicule qui y restait exposé trop longtemps. Les accrochages n'étaient pas rares entre ces villes rivales sous cloche. Durant la Guerre de la Reine Despote, certaines avaient pris parti pour la Reine Hadiya, d'autres pour les Je'daii, et d'autres encore pour celui qui payait le mieux. Beaucoup de ces désaccords étaient toujours bien ancrés dans les mentalités.

Lanoree avait connu des endroits dangereux, mais

Nox était peut-être bien la planète la plus redoutable du système.

— Déposez-moi avant d'y aller, dit Tre.

— Pas de problème. J'ouvrirai la porte.

Elle eut droit à un coup d'œil mauvais.

— Je suis sérieux.

— Moi aussi. Ils ont déjà une longueur d'avance sur nous, et on ignore quel genre de vaisseau ils ont. Si Kara les finance, il y a fort à parier qu'ils reçoivent de l'argent d'autres sources aussi. Ce n'est pas dans un vieux cargo spatial qu'ils se rendent sur Nox. Si j'atterris pour…

— Je quitte ce vaisseau.

— Je quitte cette planète.

Lui tournant le dos, elle se glissa dans le siège du pilote.

— Venez ici et bouclez votre ceinture. On s'occupera des bonnes manières un autre jour.

Le *Pacificateur* trembla et rugit alors qu'il échappait à la gravité de Kalimahr, et l'étreinte rafraîchissante du vide spatial glacé n'avait jamais été aussi bienvenue.

Leur séjour à Stav Kesh est la période d'apprentissage la plus intense que Lanoree ait jamais connue, aussi bien psychologiquement que physiquement. Dal et elle s'exercent durement chaque jour – méditation, combat, déplacements grâce à la Force – et le soir, ils préparent le dîner, nettoient les salles d'entraînement et le réfectoire, lavent les vêtements et apprennent à prendre soin des armes. Ils descendent aussi dans les cavernes chauffées par les profonds lacs de magma et s'occupent des fruits et des légumes cultivés dans de grands jardins hydroponiques. Que ce soit la nourriture, le nettoyage, la maintenance, l'eau ou les vêtements… rien n'est simplement offert à Stav Kesh, pour personne, et tout le monde doit travailler ensemble pour assurer la bonne marche du Temple.

Dal semble arriver à une sorte d'acceptation de cette formation. Lanoree sent toujours en lui l'effervescence de la Force alors qu'il lutte contre son influence, mais l'essentiel, pour l'instant, est qu'il ait quasiment retrouvé son sourire d'enfant.

Pendant quelque temps, elle commence même à croire qu'il est presque en paix.

Jusqu'à la sphère de Darrow.

— La sphère de Darrow est une autre épreuve capitale, leur annonce Maître Kin'ade un matin.

Lanoree aime beaucoup ce Maître Zabrak qui a déjà remplacé à plusieurs reprises Maître Tave. Petite et mince, sa peau tatouée presque aussi sombre que le caf de Bodhi, elle est peut-être l'être le plus redoutable qu'elle ait jamais connu. Pourtant, son art du combat s'accompagne d'une attitude douce et d'un équilibre subtil qui s'expriment dans la fluidité de ses mouvements et la sérénité de son expression. Sa relation avec la Force est aussi naturelle que sa respiration.

Maître Kin'ade les a conduits très haut vers le faîte de Stav Kesh, tout près de la cime de la montagne. L'endroit, exposé à des vents plus forts et où l'atmosphère est moins dense, est encore plus froid que partout ailleurs. Il y a très peu de réelle escalade à faire, mais la marche est longue, menée à un rythme énergique, et lorsqu'enfin ils atteignent le petit plateau au sommet du piton rocheux, ils sont tous en sueur. Bien que plus habituée à présent à l'air raréfié de ces altitudes, Lanoree se sent malgré tout légèrement étourdie. Aussitôt le vent commence à geler leur transpiration. Et la toile légère de leur tunique n'est guère efficace. Aucun d'entre eux n'a envie de rester ici.

Sauf Maître Kin'ade. Elle pose son sac à dos par terre et se tourne vers eux.

— Ce n'est pas le moment de faire du tourisme, dit-elle. Regardez…

Elle renverse son sac et en fait tomber quelque chose.

Qui ne touche pas le sol.

La sphère chatoie, elle bourdonne, elle brille. Elle

s'envole au-dessus de la tête cornue de Kin'ade et flotte, très haut, folâtrant à droite, à gauche, comme pour admirer le paysage. Elle est grosse comme une tête d'humain… et puis elle grossit… et elle rapetisse jusqu'à la taille d'un poing, compacte. Elle voltige, plane, tantôt scintillante comme un liquide, tantôt dure et hérissée de multiples protubérances. Elle porte en elle tant de contradictions, elle est si ambiguë, que lorsqu'elle fond sur elle, Lanoree ne se rend pas compte immédiatement de ce qui se passe. Et déjà sa jambe saigne et son bras lui élance, et les autres élèves sont en plein désarroi.

La sphère de Darrow attaque et se retire, monte et descend, décoche des flèches de lumière et frappe la chair. Alors qu'elle semble déterminée à tous les exterminer, elle s'éloigne tout à coup, rayonnant d'un bleu serein, et paraît s'absorber dans la contemplation du panorama.

Puis elle revient vers Maître Kin'ade qui l'écarte d'un coup de pied.

— Concentrez-vous, dit Kin'ade. Ne paniquez pas. Ne vous énervez pas. Laissez le flux de la Force couler en vous, sentez les déplacements de la sphère. Percevez ses intentions.

Lanoree s'y efforce. Elle apaise son esprit et prend de longues et profondes inspirations en se remémorant tout ce que Maître Tave leur a appris. La Force en elle est parfaitement équilibrée. Elle fait corps avec elle, ni maître ni esclave, mais…

La boule se glisse dans son dos et lui envoie une décharge paralysante sur la jambe. Lanoree bascule au sol en gémissant et masse aussitôt son muscle saisi de spasmes en pestant contre elle-même. Elle reste là un moment en attendant que la douleur se dissipe, tout en regardant les autres élèves tomber eux aussi sous les attaques de la sphère. La Wookiee arrive à la frapper d'un coup de son gros poing, mais peut-être a-t-elle été insidieusement invitée à le faire, car elle se met aussitôt à hurler alors que les poils de son bras se hérissent et que sa main se met à grésiller en projetant des étincelles.

— C'est assez, maintenant, dit Maître Kin'ade.

D'un geste gracieux de la main, elle incite la sphère à plonger sur le sol et à perdre son éclat jusqu'à devenir presque transparente. Mais Lanoree a l'impression qu'elle garde toujours son libre arbitre et que Kin'ade n'exerce que très peu de contrôle sur elle.

— C'est quoi, ce truc ? demande Dal.

Il est recroquevillé à l'autre bout du plateau exigu, loin des autres, le nez ensanglanté, les phalanges à vif après avoir tenté de se mesurer à la boule.

— C'est la sphère de Darrow, répond Maître Kin'ade. Elle est unique. Je l'ai créée moi-même pour aider les élèves à s'entraîner ici, à Stav Kesh. L'un d'eux, il y a plusieurs années de cela, l'avait baptisée « le fléau des Je'daii », et j'ai failli lui donner ce nom. Ça me plaisait.

Elle lève les yeux vers le ciel en souriant.

— Et comme tout ce qui a deux noms, cette sphère a ses ambiguïtés.

D'un geste du menton, elle désigne l'endroit où la sphère s'était posée, et Lanoree n'est pas surprise de constater qu'elle a disparu.

— Où elle est ? demande Dal.

— Ici, répond Kin'ade. Ou peut-être pas. Ferais-tu trop confiance à tes sens, Dalien Brock ?

— C'est tout ce que j'ai.

Un silence de plomb s'abat sur le plateau venteux ; même le vent semble tomber devant ce constat.

— Non, murmure Kin'ade. Ils sont les moindres de tes atouts. Et donc tu pourras passer en dernier.

— En dernier pour quoi ?

L'ignorant, Maître Kin'ade fait signe à Lanoree de la rejoindre. Celle-ci s'avance, et comme elle s'approche d'elle, Kin'ade se met à lui parler très doucement.

— N'oublie pas, la Force ne ment pas, mais si tu n'es

pas équilibrée, tu peux en faire des interprétations erronées. Ressens-en le flot. Baigne-toi dans l'équilibre.

Elle fouille dans son sac et en sort un bandeau, un pince-nez, des bouchons pour les oreilles et un masque.

— Si je porte tout ça…, commence à protester Lanoree, mais Maître Kin'ade l'interrompt.

— … alors tu devras te fier à la Force.

Lanoree prend une longue inspiration et acquiesce d'un signe de tête. Elle met le bandeau et les accessoires, et c'est comme de se couper totalement du monde. Le bandeau la plonge dans l'obscurité et les bouchons dans le silence, à l'exception des battements de son propre cœur. Le pince-nez lui supprime toute odeur, elle n'a plus désormais que le goût de la neige sur sa langue, mais la sphère…

Un nouvel impact sur sa jambe la fait crier et tituber sur sa gauche. Elle ne perçoit aucune instruction de Maître Kin'ade, et se rend compte que c'est délibéré de sa part. Alors elle essaie de se centrer, prend de longues et profondes inspirations, ressent la Force à l'intérieur d'elle, a le sentiment de s'y fondre totalement, calme et équilibrée. Elle tire son épée et attend.

Un coup, comme une piqûre, sur l'épaule. Elle l'ignore.

Quelque chose passe devant son visage, tout proche et rapide.

Elle étend ses perceptions et sent tous ceux qui l'entourent, et puis…

Elle virevolte sur sa jambe gauche, s'accroupit et se défend violemment avec son épée. Mais un simple contact fait remonter la douleur tout le long de son bras. Elle fait un roulé-boulé avant, se redresse sur ses pieds, et la main gauche levée, les doigts tendus, écartés, elle assène un coup décuplé par la Force et le sent qui percute la sphère. Son cœur bat à tout rompre, son souffle s'accélère, et le sang et la Force affluent dans ses veines. C'est une pure extase…

La sphère la frappe au milieu du dos et l'envoie

valdinguer par terre. Le bandeau est alors arraché de ses yeux, on lui ôte les bouchons des oreilles et la pince du nez. Les informations submergent ses sens, et la souffrance l'assaille.

— Pas mal, dit Maître Kin'ade. Encore que tu as laissé ta fierté prendre le dessus. Ne crois jamais que le danger a disparu avant d'en être certaine.

Lanoree acquiesce et se redresse pour s'asseoir. Les autres élèves regardent le Maître Je'daii et la sphère flottant près de son épaule, qui vibre, qui change de place. Tous sauf Dal. Lui fixe Lanoree, et elle a du mal à interpréter son expression. Est-ce de la résignation ? De la détermination ?

— Très bien, dit Maître Kin'ade en repoussant la neige qui s'est accumulée sur ses cornes vestigiales. Au suivant, à présent.

Tous s'y essaient, jusqu'à ce que le tour de Dal arrive.

Lanoree l'observe alors que Maître Kin'ade lui met le bandeau, les bouchons pour les oreilles et le pince-nez. Il reste immobile, patient, et elle ne ressent ni tension ni agacement de sa part. Même s'il a vu tous les autres Voyageurs subir les assauts parfois douloureux de la sphère de Darrow, il semble serein. Elle ne cherche pas à le sonder – ce serait injuste d'essayer de lire dans son esprit avant une épreuve –, mais il respire la confiance en lui.

Kin'ade s'écarte de lui, lance un coup d'œil à Lanoree, puis annonce :

— À toi de jouer, Dal.

Dal bondit, à droite, à gauche, court en tous sens, incline la tête comme s'il écoutait. Mais ce n'est que de l'esbroufe. La sphère dérive lentement puis fonce sur sa cheville gauche ; il ne la voit ni ne la sent venir. Le mouvement de la boule semble presque suffisant, et Lanoree se demande comment elle a pu savoir qu'il simulait.

Il s'affale par terre. Roule. Et elle le voit qui sort le blaster de sa poche.

— Dal ! murmure-t-elle.

Il tire. Ses coups partent n'importe où, il ne vise pas, et Lanoree, comme les autres, se jette à terre ; tous se protègent avec la Force alors que des éclats de pierre jaillissent, que la neige qui tombe fond en grésillant et s'évapore, que quelqu'un hurle. Elle-même ressent une chaleur et une douleur dans sa main et son bras.

Dal lâche le blaster en criant. Lanoree voit l'arme rougeoyer à l'endroit surchauffé, puis Maître Kin'ade tord sa main griffue dans la direction de son frère. Il est soulevé puis aussitôt propulsé à travers le plateau en roulant sur lui-même avant de disparaître sous les volutes de flocons de neige. Lanoree pense brièvement que Kin'ade a lancé Dal trop loin, qu'il va basculer par-dessus le parapet et atterrir sur un des toits trois cents mètres plus bas.

Mais il percute durement le sol. Et comme elle l'atteint avec son esprit, sa chute dans l'inconscience, un bref instant, devient la sienne.

8

LA MÉMOIRE DE LA DOULEUR

Un Je'daii n'a besoin de rien d'autre que la confiance et l'aisance dans la Force. Des vêtements pour avoir chaud, un vaisseau pour voyager, de la nourriture pour l'énergie, de l'eau pour la soif, une épée pour frapper, un blaster pour tirer… tout ceci n'est que luxe. La Force est tout, et sans elle, nous ne sommes rien.

Maître Shall Mar, « Une vie en équilibre »,
an 7538 AATY

Lanoree se laissa aller dans son siège de pilote. Elle avait planifié la trajectoire la plus rapide de Kalimahr à Nox et avait hâte à présent de voir si Holgy avait pu récupérer d'autres informations de la cellule mémoire endommagée. Nox était une grosse planète, et sur ses presque quatre-vingt-dix villes manufacturières sous dôme, la moitié ou presque seraient en théorie capables de fabriquer l'appareil Gree sur commande. Lanoree ne doutait pas que l'expertise spécifique requise réduirait cependant ce nombre tout au plus à deux ou trois, mais elle n'avait jusqu'à présent aucune idée précise de ce que cette ancienne technologie pouvait impliquer. Elle naviguait les yeux bandés en pleine tempête, mais c'était la seule direction à prendre.

Elle avait contacté Maître Dam-Powl pour lui expliquer la situation. La Je'daii avait promis de donner la consigne aux quelques alliés actuellement présents sur Nox de contrôler le trafic entrant, mais Nox était une planète rebelle notoire, et le plus gros de son trafic, intérieur comme extérieur, n'était pas enregistré. Retrouver Dal et le vaisseau des Rêveurs d'Étoiles serait comme de chercher un galet précis sur une plage, d'autant plus que Lanoree ignorait toujours dans quelle sorte de vaisseau ils pouvaient voler.

Dam-Powl lui avait demandé si Tre était toujours avec elle, et elle avait acquiescé d'un simple signe de tête. Le silence qui avait suivi avait été particulièrement éloquent. Mais le Twi'lek n'avait pas bougé de la couchette de Lanoree pour parler à la Je'daii, et Maître Dam-Powl, après un salut muet, avait finalement coupé la communication.

Lanoree contempla les étoiles en frottant distraitement l'affreuse cicatrice sur le dos de sa main gauche. Elle se rappelait encore le jour où Dal l'avait blessée. Le commencement de la fin…

— Donc vous *vivez* dans cet engin, en fait ? demanda Tre Sana.

— C'est mon vaisseau, oui.

— C'est plutôt… nu. Et pas franchement accueillant. Vous ne devenez pas un peu claustrophobe, ici, des fois ?

— Avec cette vue-là ?

Lanoree n'avait même pas relevé le dossier de son siège. Mais peut-être Tre commençait-il à s'ennuyer, et une discussion permettrait de tuer le temps.

— Je n'ai jamais aimé les voyages spatiaux, dit-il. Ça me donne toujours envie de vomir. Nous n'avons pas été conçus pour voyager dans l'espace. Et on aura du mal à me convaincre que même si le vaisseau est super blindé, je ne suis pas cuit par les radiations chaque fois que je sors de l'atmosphère. Et puis votre générateur de gravité est mal configuré, aussi. Je me sens deux fois plus lourd que mon poids habituel, et ça me rend encore plus malade.

Lanoree se redressa et fit pivoter son siège.

— C'est tout ? dit-elle en souriant.

— Non. Ça pue, là-dedans. J'imagine que vous y êtes habituée, mais… les circuits électriques, la graisse et votre odeur à *vous*, aussi. Et puis, faut voir les choses en face, cet engin est tout *petit*. Vous êtes assis là où vous dormez et où vous mangez. Et cette salle de bains… Laissez-moi vous dire une bonne chose, Je'daii : j'ai connu certaines des tavernes les plus minables dans les pires quartiers des Neuf Maisons sur Shikaakwa, et bien même là, leurs sanitaires sont meilleurs que les vôtres. Comment est-ce que vous pouvez vous laver avec de l'eau recyclée ? Et où elle est, votre douche ?

Il eut soudain l'air atterré comme s'il venait de découvrir une terrible vérité.

— Et c'est quoi, que vous mangez ?

— Ah, dit Lanoree. La nourriture. Bonne idée.

Elle quitta son siège pour gagner l'espace de vie et ouvrit un petit placard logé dans une cloison. Ce faisant, elle donna un léger coup de coude au droïde qui travaillait sur un établi escamotable.

— Du nouveau, Holgy ?

Le droïde ne prit même pas la peine de répondre. Il était en train de fignoler un délicat fouillis de fils et de puces et de l'ajuster à l'extrémité endommagée de la cellule mémoire. Il s'interrompit brièvement comme s'il était dérangé dans sa tâche avant de s'y remettre.

— Je prends ça pour un non, dit Lanoree. Bon, maintenant, Tre… Là. Faites votre choix.

Elle lança plusieurs paquets par-dessus sa couchette, dont certains atterrirent sur les jambes de Tre.

— C'est quoi ? demanda-t-il.

— De la nourriture lyophilisée. Qu'est-ce que vous

croyez ? Que je cache une nacelle hydroponique dans le fin fond de ce vaisseau ?

Il attrapa un sachet argenté et le considéra d'un air écœuré. Son visage se fripa, et ses lekkus s'en écartèrent comme s'il s'agissait d'un poison.

— Vous mangez ces trucs-là ?

— Avec de l'eau chaude, un peu de sel… Certains ne sont pas mauvais du tout. Encore que c'est un ragoût de dangbat, que vous avez là. Ce n'est pas ce qu'il y a de meilleur, c'est vrai.

— Et combien de temps vous passez là-dedans ? demanda Tre en promenant un regard faussement incrédule autour de lui.

Lanoree commençait à être passablement agacée. Elle n'avait pas vraiment demandé à l'avoir à bord. Et elle ne lui faisait pas confiance, surtout depuis qu'elle avait vu le vrai Tre, bien plus dur, qui se cachait derrière son masque et ses plaisanteries. Mais elle n'avait pas le choix ; elle était désormais coincée avec lui, et réciproquement. Un minimum de sociabilité ne pourrait pas faire de mal.

— Une fois, je suis restée dans l'espace profond plus de deux cents jours pour traquer une cellule des Forces Spéciales de Krev Cœur qui avait viré mercenaire.

— Deux cents jour…, répéta Tre en secouant la tête, atterré.

— Nous n'avons pas les mêmes besoins, vous et moi, dit-elle en glissant un sachet alimentaire dans une poche métallique, derrière la porte du placard, pour la remplir d'eau chaude.

Une délicieuse odeur se répandit bientôt dans le cockpit, aussitôt avalée par la climatisation.

— Je sais ce que Dam-Powl vous a promis, et je suis sûre que vous l'obtiendrez. Mais les grandes propriétés ne m'intéressent pas. Les vaisseaux ultra-rapides, la fortune, la célébrité, le standing dans la communauté, des comptes débordant sur des dizaines de mondes…

Elle attrapa le sachet et commença à manger.

— Les hommes. L'adulation… Et même le respect, tout ça, ce n'est pas pour moi.

Tre se mit à rire.

— Alors c'est que vous êtes…

— Parce que je sais que la vie, c'est bien plus que ça, le coupa-t-elle.

Elle en avait assez de ses inepties et lui en voulait d'être aussi superficiel. Face à tout ce qu'elle savait, et tout ce que *lui* devait savoir, un tel manque de profondeur la heurtait.

— Il y a la Force. Elle nous lie et nous soutient, elle rend précieux tout ce qui m'entoure. C'est notre raison d'être. Il n'y a pas d'ignorance, seule la connaissance existe. Et elle a bien plus de valeur qu'un plat raffiné ou des sanitaires confortables.

— J'ai l'impression d'entendre un prêcheur d'une de ces cliques, sur Kalimahr, qui adressent leurs prières à leurs dieux Sprash.

— La différence, c'est que je *sais* que la Force existe.

Tre Sana hocha la tête en souriant sans la quitter des yeux. Ce fut un instant étrange. Maître Dam-Powl avait rendu l'esprit de Tre impénétrable, et Lanoree s'interrogeait sur la raison qui avait poussé la Je'daii à faire appel à un homme aussi dangereux. À moins que ce soit la manipulation génétique qu'elle avait pratiquée sur lui qui l'avait transformé ainsi.

— Mais l'équilibre n'est pas toujours là, n'est-ce pas, Je'daii ? lança-t-il, comme s'il était au courant de tout.

— Mangez, dit-elle. Ce n'est pas si mauvais que ça, en fait.

Elle lui tourna de nouveau le dos, s'assit dans son siège de pilote et songea aux expériences qu'elle avait mises en stand-by. L'obscurité était là, et elle se devait d'être prudente. Mais elle se sentait à l'aise. Équilibrée. Elle n'avait aucune raison, pas la moindre, de s'inquiéter.

Lanoree resta là un moment, et Tre avait dû comprendre son besoin de tranquillité. Et c'était tant mieux. Elle n'aimait pas avoir de la compagnie dans son vaisseau, et malgré ses efforts, les constants rappels de la présence du Twi'lek lui mettaient les nerfs à vif.

Ashla et Bogan, ainsi que leur planète Tython, désormais à cent soixante millions de kilomètres de l'autre côté de Tythos, n'étaient plus visibles. Pourtant, elle ressentait leur force d'attraction et leur présence, comme tout Je'daii où qu'il soit dans le système. Ashla était dans la lumière et Bogan dans l'obscurité, et toutes deux exerçaient sur elle une gravité rassurante, comme si elle était suspendue au point d'équilibre le plus parfait entre les deux lunes, influencée par l'une et l'autre sans pour autant être attirée ni dans une direction, ni dans l'autre.

Il n'en avait pas toujours été ainsi. Après avoir perdu Dal alors qu'elle était à mi-chemin de son Grand Voyage, elle avait connu une période de déséquilibre. Était retournée chez elle. Avait appris auprès de ses parents à refaire confiance à la Force, et à en être digne. Un passage difficile, pas au point toutefois de justifier un exil, mais qui l'avait énormément perturbée et continuait à la tourmenter aujourd'hui encore.

Et Dam-Powl l'avait avertie que ses expériences pourraient facilement bouleverser son équilibre à nouveau. L'Alchimie de la Chair – manipulation génétique de cellules qui, bien que prélevées sur son propre corps, avaient leur propre vie – exposait à ce genre de danger. Mais Lanoree, c'était plus fort qu'elle, ne pouvait s'empêcher de jouer avec ses ressources physiques. Les ignorer reviendrait à essayer de renier la Force elle-même, et elle avait déjà pu constater ce qui en résultait.

La mort, avait-elle cru. Mais à présent, pour Dal, elle envisageait peut-être quelque chose de pire. Une abominable sorte de folie.

Peut-être, quelque part au cours de cette mission, trouverait-elle une raison de reprendre ses recherches.

— La Station Greenwood, dit Lanoree. Les Rêveurs d'Étoiles avaient des contacts avec quelqu'un là-bas. C'est mauvais signe.

— Pourquoi ? demanda Tre.

Lanoree étudia les bribes de communications que Holgy avait réussi à extraire de la cellule mémoire endommagée. Toutes avaient été codées mais le droïde les avait facilement décryptées. Par contre, l'origine et la destination de chaque signal avaient été cryptées à l'aide de codes secrets de niveau militaire.

— La Station Greenwood est l'un des pires endroits sur une planète qui figure parmi les plus dangereuses du système, répondit Lanoree. Et si les Je'daii, d'une manière générale, ne sont pas les bienvenus sur Nox, là-bas, ils nous *haïssent*. Elle est entourée de trois dômes détruits, rasés par les bombardements des Je'daii pendant la Guerre de la Reine Despote. À l'époque, j'étais toute jeune, treize ans, mais mes parents ont participé au conflit, et mon père a servi pendant un temps sur Nox. D'après lui, c'est une planète abominable. De la pluie acide, des tempêtes de gaz corrosifs… Nous avions averti les dômes qu'il y aurait des bombardements – malgré la pression non-militaire que nous exercions, ils fournissaient Hadiya en armements –, mais il y a tout de même eu des milliers de morts. Beaucoup de milliers. Personne n'a jamais pu dire combien.

— Je suis plus vieux que vous, dit Tre. Et je crois me souvenir que la Station Greenwood aussi a été bombardée.

— Mais pas détruite. Le dôme d'origine a été endommagé mais rapidement remis en état. C'est un site massacré, et tout ce qui l'entoure est en ruines.

— Pourtant, c'est toujours là qu'on trouve la technique

militaire la plus sophistiquée en dehors de Tython, remarqua Tre.

Apparemment, il était calé sur la Station Greenwood, et pourtant il avait feint l'ignorance et l'avait laissée parler. Encore une autre de ses manigances.

— Et comment êtes-vous au courant de ça ?

— J'ai eu l'occasion de me servir d'eux, de temps à autre.

— Vous y êtes allé ? demanda Lanoree.

Les affaires de Tre, pas plus que ses raisons d'avoir recours à de la technique hyper pointue, ne l'intéressaient pas. Pas encore.

— Ça ne risque pas ! Je vous l'ai dit, j'ai horreur des voyages spatiaux.

— Mais vous êtes connu là-bas ?

Il haussa un sourcil, puis les épaules.

— Pas de ceux qui seraient prêts à nous aider.

— Pourquoi pas ?

— Vous êtes une Je'daii.

— Génial, soupira-t-elle.

Ce serait l'endroit idéal pour Dal et les Rêveurs d'Étoiles, où ils pourraient se réfugier en apprenant qu'elle était à leur poursuite. Et pourtant…

Ce n'était pas une histoire de fuite. Certaines des plus anciennes communications que son droïde avait sauvées de la cellule mémoire endommagée le prouvaient. Ils se rendaient à la Station Greenwood pour une raison précise, qui ne pouvait être que la fabrication de l'appareil Gree. Elle ignorait si les schémas en leur possession étaient ou non complets. Le journal du vieil Osamael Or était loin d'être limpide, et rien ne permettait d'affirmer qu'il avait vraiment découvert ces plans dressés par les Gree. Si c'était le cas, peut-être existaient-ils dans un autre journal – que Kara aurait été assez prudente pour ne pas laisser traîner, même dans sa chambre secrète. Et même si les Rêveurs d'Étoiles avaient effectivement mis la main sur les plans, sous quelque forme que ce soit, personne ne pouvait savoir s'ils étaient en mesure de construire efficacement l'engin – et de le faire réellement *fonctionner.* Sa mission était truffée d'inconnues et de points obscurs.

Il y avait au moins une chose dont elle était certaine : cette histoire était déjà allée bien plus loin qu'elle l'aurait souhaité. Les dangers étaient trop grands, les chances qu'avait Dal de réussir trop horribles à concevoir. Il fallait impérativement que cette course-poursuite s'arrête à Nox, et là, elle devrait affronter son frère.

— Je vais déterminer une trajectoire, et ensuite on vous trouvera un coin pour dormir.

Feignant la surprise, Tre tendit la main vers l'étroite mais confortable couchette.

— N'y pensez même pas, dit Lanoree en désignant la porte qu'elle lui avait déjà montrée.

— Avec les nacelles laser ? Et la réserve de bouffe ? Il doit y avoir des rats spatiaux, là-dedans.

— Mon vaisseau est bien entretenu. Et je suis sûre que vous avez connu pire.

— Oui, bon…

Ses trois lekkus s'étirèrent en signe d'amusement. Lanoree contint un sourire ; elle sentait qu'il cherchait à rendre leur cohabitation aussi indolore que possible.

— Allez, dit-elle. On va se débrouiller pour s'en sortir. Je vais nous conduire là-bas aussi vite que je peux.

— Je ne suis pas sûr de vouloir y arriver si vite que ça, répondit-il en souriant, et bien que las, c'était peut-être le premier sourire sincère qu'elle lui voyait.

— Tout se passera bien. Je veillerai sur vous.

— Et qui veille sur *vous* ?

La Force sera mon guide, songea-t-elle. Tournant le dos à Tre, elle réintégra le cockpit afin de calculer la route la plus courte et la plus rapide pour la Station Greenwood. Sans cesser de penser à Dal, et au fait que, en tant que

Voyageuse, elle n'avait jamais vraiment compris le danger qu'il pouvait représenter.

Jusqu'à la toute dernière limite.

Même si Maître Kin'ade a les compétences nécessaires pour soigner, Lanoree a toujours mal au bras et à la main. *La douleur persistera pendant un moment*, lui a dit Kin'ade. *Je peux soigner la blessure, mais tu garderas une cicatrice, et la mémoire de la douleur est plus intense que tu le penses.*

Et ce souvenir l'obsède tellement qu'elle a toutes les peines du monde à rester assise sans bouger, même dans le bureau du Maître de Temple Lha-Mi.

Dal est là, lui aussi. Ses propres plaies sont moins sérieuses que les siennes – des ecchymoses et des lacérations provoquées par sa chute sur le sol –, mais Kin'ade leur prête tout autant d'attention.

— Tu n'es pas ici pour être puni, lui dit le Maître de Temple Lha-Mi.

Le bureau est vaste et impressionnant, mais Maître Lha-Mi est assis sur une simple chaise en bois, son épée posée à côté de lui. Lanoree a entendu beaucoup de récits sur cet homme, et sur cette épée, aussi.

— Vous êtes ici pour que je puisse entendre ce qui s'est passé au sommet de Stav Kesh. J'ai appris, tout au long de ma longue vie, que les histoires sont… fluctuantes. Et que l'on trouve souvent la vérité dans la somme des parties. Donc chacun de vous va me raconter sa propre version de ce qui est arrivé.

— C'est très simple, dit Dal.

Il est assis devant Lha-Mi, entre Lanoree et leur instructrice.

— Maître Kin'ade m'a supprimé tous mes sens et après ça, elle voulait que je tire droit.

— Je ne t'ai pas encore donné la parole, dit Lha-Mi.

Si sa voix n'est pas sévère, elle transmet malgré tout l'autorité de l'âge et de l'expérience.

— Maître Kin'ade. Voulez-vous commencer, s'il vous plaît.

Elle se lève et incline la tête.

— Maître. Je formais un groupe d'élèves avec la sphère de Darrow.

Elle relate les faits exactement tels qu'ils se sont produits, de manière totalement impartiale. Lanoree ne perçoit aucune déformation de l'histoire ; le récit est exact jusque dans ses moindres détails. Dès qu'elle en a terminé, Kin'ade s'incline de nouveau.

— À présent, à toi, Lanoree Brock, dit Lha-Mi.

— Ça s'est passé tel que Maître Kin'ade l'a décrit. J'ai fait de mon mieux pour sentir la Force et combattre la sphère, mais je reconnais être devenue trop présomptueuse. Les autres s'en sont bien sortis pour la plupart. Il y a eu des ecchymoses, des brûlures, des saignements de nez, et deux ou trois coups sur la sphère, aussi. Et puis le tour de Dal est arrivé. Il bougeait bien, et au début j'ai cru qu'il cherchait la Force, et j'en ai éprouvé… de la fierté. J'étais contente pour lui. Mais la sphère n'a eu aucun mal à le faire tomber, et il a alors sorti son blaster. Il a pu tirer plusieurs fois avant que Maître Kin'ade l'arrête.

— Elle m'a fichu par terre et elle a failli me casser le bras, dit Dal. J'ai manqué basculer par-dessus le parapet.

Lha-Mi ne lui accorde même pas un regard. Il fixe toujours Lanoree, ses yeux fatigués presque fermés alors qu'il écoute en réfléchissant.

— Et qu'as-tu pensé quand une des décharges a frôlé ton bras ?

— J'ai eu très peur pour Dal, répond-elle.

— À cause de ce que Maître Kin'ade pourrait lui faire ?

— Non. Parce qu'il perdait tout contrôle.

— À présent, *ta* propre version, Dalien Brock.

Dal pousse un profond soupir où pointe l'irritation. Mais Lanoree ressent sa peur.

— Vas-y, Dal, l'encouragea-t-elle.

Il lui lance un regard presque hostile, puis baisse les yeux sur son bras et sa main bandés, et il a soudain l'air accablé.

— J'ai essayé, dit-il. J'ai essayé de trouver la Force.

Il ment, songe Lanoree. *Je le connais si bien, je l'entends dans sa voix.*

— J'ai fait de mon mieux… et quand la sphère m'a frappé, j'ai sorti mon blaster, j'ai essayé de… suivre la Force, de tirer là où elle me disait de le faire.

Il hausse les épaules.

— Ça n'a pas marché. Désolé, Lanoree.

— Chaque cicatrice raconte une histoire, dit-elle, répétant ce que leur père leur avait dit un jour.

Maître Lha-Mi hoche la tête.

— Il est heureux que personne n'ait été tué. Maître Kin'ade est une guérisseuse, et je pense avoir beaucoup de chance qu'elle ait choisi Stav Kesh au lieu de Mahara Kesh. Avec le temps, elle parvient à soigner les plaies et à souder les os des fractures. Mais aucun Je'daii ne peut vaincre la mort. Tu as agi inconsidérément, Dalien. Tu as laissé ton impétuosité te guider, et non la Force. Je mets cela sur le compte de l'enthousiasme de ta jeunesse. Peut-être faudra-t-il envisager un entraînement à des armes plus traditionnelles au cours des jours à venir, Maître Kin'ade.

— C'est exactement ce que j'avais en tête, répond celle-ci avant de se lever comme sur l'invitation d'un signal silencieux.

D'un geste, elle incite Lanoree et Dal à l'imiter.

— Reste avec moi, Lanoree, dit Lha-Mi.

Dès que Dal et Kin'ade sont sortis, Lanoree se retrouve seule avec le Maître de Temple. En dépit de son grand âge et de sa force, il n'est pas intimidant. Il y a une gentillesse en lui qui la met à l'aise, et elle ressent son inquiétude.

— Ton frère, dit-il.

Il n'ajoute rien et elle s'interroge. S'agit-il d'une question ?

— Il essaie, assure-t-elle. Il sait ce que signifie le Grand Voyage, et il fait de son mieux.

— Non, dit Lha-Mi. Je crains qu'il ait déjà renoncé. Certains ne trouvent jamais le confort ou l'équilibre dans la Force.

— Non ! s'écrie-t-elle en se levant devant le Maître de Temple qui reste calmement assis. Nos parents sont des Je'daii, et nous le serons aussi.

— Tu *l'es* déjà, Lanoree. Je ressens un grand avenir pour toi. Tu es forte, intelligente, raisonnable, mature, et tu as…

Il tend la main, la penche d'un côté puis de l'autre.

— … presque atteint l'équilibre. Mais ton frère, lui, est différent. Il porte en lui une obscurité que sa fuite face à la Force rend difficile à pénétrer et trop profonde pour que je puisse la sonder. Il existe *peut-être* encore un moyen de le ramener sur le chemin. Mais tu dois prendre conscience du danger qu'il représente. Tu dois être prudente.

— J'ai fait une promesse à mes parents. C'est mon frère, je l'aime, et je le sauverai.

— Parfois l'amour ne suffit pas.

Lha-Mi se lève et prend sa main dans la sienne. Il se tait. Mais elle sent le frôlement de son esprit, bref mais puissant, qui lui montre fugacement les pensées que Dal nourrissait dans le bureau du Maître de Temple.

Des pensées profondes, sombres.

9

CICATRICES

Les Je'daii disent : « Il n'y a pas d'ignorance ; il y a la connaissance. » Mais ils ignorent tout de votre vie, de vos combats, et leur supériorité les aveugle. Ils disent : « Il n'y a pas de peur ; il y a le pouvoir. » Et pourtant leur pouvoir les rend orgueilleux. Et je ferai ce qu'il faut pour qu'ils me craignent.

Reine Despote Hadiya, an 10658 AATY

Même de loin, Nox évoquait l'enfer. Lanoree avait calculé une trajectoire qui les plongerait dans l'atmosphère de la planète au-dessus de l'hémisphère opposé à la Station Greenwood, en décrivant un arc autour de Nox afin de l'aborder par sa face nocturne. Les mers étaient d'un gris plombé menaçant, et les continents pour la plupart cachés sous des nuages d'un jaune délétère qui rougeoyaient et pulsaient de tempêtes intérieures. Les petites parcelles de terre qu'elle apercevait par les trouées de la masse nuageuse étaient d'un triste bronze uniforme. Pas de verdure. Elle se demanda à quoi pouvait ressembler la Station Greenwood – la « Station des Bois Verts » – quand elle avait été baptisée, à moins que ce nom relève tout bonnement d'une ironie amère.

Tre était de nouveau assis dans le siège du copilote. Il n'avait pas dit grand-chose depuis un moment, et Lanoree commençait à craindre qu'il soit victime du mal de l'espace. Auquel cas il ne lui servirait à rien et elle devrait le laisser dans le *Pacificateur.* Or il n'était pas question qu'elle le laisse ici, seul et bien réveillé dans son vaisseau.

Elle saurait exactement où le frapper.

— Ravissant, ironisa-t-il alors qu'ils commençaient à effleurer l'atmosphère.

— Pas vraiment. Et ça va devenir cahoteux.

Anxieuse de pénétrer dans l'atmosphère aussi vite que possible, elle avait entrepris une descente plus abrupte que la normale. Plus ils prolongeraient leur approche, plus ils auraient des chances d'être repérés. Elle comptait au moins sept autres vaisseaux sur ses scanners qui tous se dirigeaient vers des endroits distincts de la planète, et elle n'avait capté aucun signal sur son système comm. Ce qui ne voulait pas dire qu'ils n'étaient pas tous surveillés. Peut-être même ces sept autres engins étaient-ils attendus.

La chaleur s'accumula autour du nez du *Pacificateur*, leur troublant la vue avant de la brouiller complètement. L'écran protecteur de la verrière se ferma automatiquement, et Lanoree surveilla les scanners afin de conserver le contrôle manuel.

— Je ne plaisante pas, dit-elle. Ça va secouer…

— Vous cherchez à vous débarrasser de moi ? demanda Tre. Désolé, mais je reste là. Bien ficelé.

Même au bout de six jours, elle n'aimait toujours pas le voir là, assis à côté d'elle dans le cockpit ; ça l'empêchait de parler toute seule, comme elle en avait l'habitude.

Le *Pacificateur* commença à vibrer alors qu'il se frayait un chemin dans l'atmosphère toxique de la planète. Lanoree vira à gauche, augmenta la vitesse et plongea encore plus, tout en lançant d'occasionnels coups d'œil à

Tre pour voir s'il tenait le coup. Voler dans l'espace n'était rien comparé au traumatisme que provoquait l'entrée dans une atmosphère. Mais malgré tout ce qu'il avait pu dire, il avait l'air calme et confiant.

— On y est presque, dit-elle.

— Tant mieux.

Il poussa un profond soupir, comme s'il venait de prendre conscience qu'elle l'observait.

— J'ai vraiment horreur de ça.

Le croiseur s'enfonça, et rapidement elle stabilisa l'appareil et lui releva le nez. Comme ils survolaient Nox, elle put ressentir sous ses mains les réactions du vaisseau à présent qu'il se retrouvait de nouveau dans une atmosphère. Le *Pacificateur*, ébranlé mais intact, avait adopté une vitesse de croisière.

Lanoree longea la côte d'un des plus vastes continents, assez bas pour éviter les radars, mais pas au point de se mettre en danger, et quelque temps plus tard elle bifurqua vers les terres en direction de leur destination.

Elle n'avait aucun moyen de savoir si Dal et les Rêveurs d'Étoiles étaient déjà ici. Mais à la seconde même où ils étaient entrés dans l'atmosphère de Nox, Lanoree sut qu'elle naviguerait à l'aveugle.

La dévastation était pire encore que tout ce que Lanoree avait pu imaginer.

Elle gardait certains souvenirs de la Guerre de la Reine Despote. Même si elle n'avait que treize ans à l'époque, jamais elle n'oublierait l'image de ses parents quittant la maison, leurs sourires forcés cachant mal leur angoisse de laisser leurs enfants qui risquaient de devenir orphelins. Elle avait regardé les holos et écouté les reportages, mais n'avait réellement su ce qui s'était passé durant cette guerre qu'à travers ce qu'elle en avait lu et entendu au cours des années qui avaient suivi. Au moment où elle sévissait, une guerre était toujours le siège d'une grande confusion. La vérité n'apparaissait qu'après.

Elle avait appris comment la Reine Despote Hadiya avait fédéré les barons du crime de Shikaakwa sous sa coupe charismatique avant de tenter d'exercer son influence sur le reste des Mondes Colonisés. Étrangement, Hadiya avait obtenu un ralliement enthousiaste à sa cause lorsqu'elle avait promis à ses partisans sécurité, richesse et affranchissement de l'ingérence des Je'daii. Niant la Force, la diabolisant aux yeux de tous ceux qui la suivaient et l'écoutaient, son agression avait été aussi brutale qu'éphémère. Les Je'daii jurèrent alors de contrer tous les assauts menés contre eux et de protéger tous ceux qui refusaient d'être assujettis à la domination de la Reine Despote.

Après une période de conflit larvé semé de nombreuses petites escarmouches dans l'espace et sur les lunes de Kalimahr, Hadiya avait attaqué Tython. Œuvrant dans l'ombre, elle avait mis sur pied une armada redoutable, bien équipée et solidement armée, et avait plus ou moins pris les Je'daii par surprise. L'invasion avait été massive, brutale, et les combats acharnés. Mais les Je'daii avaient la Force avec eux, et tout ce que haïssait Hadiya s'était retourné contre elle. Le tournant décisif de la guerre avait été catastrophique. À la suite de la mort de la Reine Despote à Kaleth et de la défaite de ses troupes, il avait fallu longtemps pour mesurer le véritable coût du conflit. Une centaine de milliers de Tythoniens avaient trouvé la mort. Plus d'un million parmi les forces d'Hadiya, et beaucoup plus de blessés graves, aussi. Des blessures profondes qui, plus d'une décennie après, n'étaient toujours pas refermées.

Et c'était une de ces blessures que Lanoree contemplait à cet instant.

Elle savait que des dômes de production avaient été bombardés par les Je'daii – attaqués en raison des armes qu'ils fournissaient aux troupes d'Hadiya. Elle avait même regardé des holos de l'opération. Mais les holos imposaient une distance, et l'imagination était limitée par l'expérience. Rien n'aurait pu la préparer à voir la réalité de ses propres yeux. Il était impressionnant de constater *de visu* l'efficacité d'une frappe militaire Je'daii, et si elle avait assisté à de nombreux combats, jamais elle n'avait participé à une guerre totale.

Elle ne connaissait même pas le nom de la première ruine qu'ils rencontrèrent. Le *Pacificateur* la survola rapidement, mais l'ampleur de la dévastation était encore effarante. La ville avait dû faire près de huit kilomètres de diamètre, et il ne restait presque plus rien de son dôme protecteur. L'intérieur n'abritait plus qu'un enchevêtrement de lacs d'eau polluée et de décombres calcinés qui dardaient les squelettes décharnés de leurs tours abattues vers le ciel.

Lanoree fut heureuse de s'éloigner de ce champ de désolation et de survoler des terres paisibles, même si elles avaient manifestement été polluées et empoisonnées. Il n'y poussait presque rien. Et si certaines créatures étaient capables de survivre et de respirer cet air méphitique, elles n'avaient de toute évidence pas envie de se faire voir.

Ils passèrent au large d'un autre dôme, à tribord, à plusieurs kilomètres d'eux et pourtant aussi visible qu'une balafre sur le paysage. *Chaque cicatrice raconte une histoire*, songea Lanoree, et cette histoire-là avait dû être épouvantable. Une partie du dôme était encore debout, démolie et étoilée de multiples impacts de projectiles, et les débris de la ville jonchaient les plaines alentour. Elle n'osait imaginer la force des explosions qui avaient eu raison de ce dôme.

Une nausée grandissait en elle alors qu'elle sombrait toujours plus dans le désespoir. La Force avait tant à offrir, et pourtant le besoin de conflit, de douleur, de mort était toujours là. Des milliers de personnes pouvaient vivre pour la paix et le bonheur, mais il suffisait qu'une seule d'entre elles plante la graine du poison pour qu'il se répande dans la population. Combien, parmi le million de morts de l'armée de la Reine Despote, seraient encore en vie aujourd'hui sans Hadiya ? Presque tous, sans doute. Certains pourraient éprouver une certaine hostilité envers les Je'daii ou un vague sentiment de méfiance. Voire de la haine. Mais en l'absence d'un meneur charismatique et déterminé comme Hadiya, de telles dispositions demeuraient enfouies et imprécises. Elle les avait poussés à se manifester, et ses mains étaient tachées du sang d'un million de victimes dans l'un et l'autre clan.

— Ça fait prendre conscience de ce qui s'est vraiment passé, dit Tre.

Et la détresse qu'il exprimait, si sincère, lui ressemblait si peu… Lanoree, à cet instant, éprouva presque de l'affection pour lui.

Elle changea légèrement de cap et chercha la Station Greenwood sur son scanner. C'était une effervescence de trafic – décollages et atterrissages de vaisseaux, va-et-vient constants de transports terrestres à l'intérieur de l'énorme dôme. Mais c'étaient surtout les traces de vaisseaux à proximité qui l'intéressaient. Si la Station Greenwood abritait une force militaire ou de défense organisée et financée par les grands conglomérats industriels, le *Pacificateur* ne serait pas long à être repéré.

Or leur venue devait rester secrète. C'était essentiel, car si Dal et ses Rêveurs d'Étoiles savaient où et quand elle était arrivée, leur réaction serait immédiate. C'était bien plus grand que Kalimahr, ici, et ils n'avaient pas vraiment été très discrets là-bas.

À vingt-six kilomètres de la Station Greenwood, deux petits vaisseaux sentinelles décollèrent à mille mètres au-devant d'eux et accélérèrent en direction du dôme.

Réagissant aussitôt, Lanoree pressa une touche pour isoler leurs systèmes de communication. Elle capta quelques mots affolés…

— Greenwood Quatre ? Greenwood Quatre, tu me reçois ? Je'daii en approche, classe *Pacificateur*, ce doit être celui qu'on attendait ! On va le conduire jusque-là mais je n'attaque pas, on va laisser les canons à impulsion de Greenwood se charger de…

… avant de couper le comlink.

— Ils ont l'air accueillants, ironisa Tre.

Lanoree l'ignora. Elle effleura un pavé tactile sur le manche et le système d'armement s'enclencha en affichant un quadrillage d'un bleu brillant sur la verrière du cockpit. Les deux vaisseaux sentinelles se profilaient en rouge, et une série d'indications, sur la gauche, signalaient que le *Pacificateur* était prêt. Trois lignes passèrent rapidement du blanc au vert – repérage des cibles, missile à plasma, canons laser, tous connectés.

— Vous allez vraiment les abattre ? demanda Tre.

— Je ne suis pas ici pour entamer une guerre, répondit Lanoree. Et vous les avez entendus. Ils m'attendaient. Dal a dû les prévenir, et peut-être a-t-il menti sur les raisons de ma présence. Si la Station Greenwood apprend que je suis ici, ça pourrait bien être la guerre.

Elle se détendit dans son siège et sentit la Force couler en elle, ses terminaisons nerveuses tressaillir, ses sens s'aiguiser. Puis elle pencha le manche vers la gauche et pressa la détente, et l'un des vaisseaux explosa dans un brouillard de feu et de fumée.

La seconde sentinelle effectua une manœuvre d'évitement en s'élevant vers la droite pour tenter de venir se placer derrière le *Pacificateur*. Mais ils avaient beau être rapides, ces petits engins atmosphériques n'étaient pas conçus pour des manœuvres aussi complexes. Lanoree le suivit dans son ascension, et alors qu'il atteignait l'apogée de son arc et ralentissait sous l'effort, elle actionna ses canons laser. L'aile droite de la sentinelle explosa, et le vaisseau entama une longue vrille vers le sol.

Lanoree dériva au-dessus de lui et l'acheva. Inutile de laisser le pilote souffrir plus longtemps que nécessaire.

Prenant une forte inspiration, elle songea fugacement à ces gens qu'elle avait tués – à leurs amants, leurs amis, leurs familles et leurs histoires. On apprenait aux Je'daii à comprendre ce que ressentaient tous ceux qu'ils étaient contraints de blesser ou de tuer, mais Lanoree n'avait jamais attribué cette empathie à la Force. Pour elle, cette faculté relevait de la plus élémentaire humanité.

— Super tir ! s'exclama Tre en frappant dans ses mains tandis que ses lekkus se rejoignaient au-dessus de sa tête dans une étreinte festive.

— Je viens de tuer deux personnes, lui fit remarquer Lanoree.

— Mais vous n'aviez pas le choix !

— Ça n'est pas une consolation. On va bientôt atterrir. Une partie du secteur nord de la Station Greenwood a été bombardée pendant la guerre, et c'est par là qu'on y entrera.

— Vous voulez dire qu'on va atterrir à *l'extérieur* du dôme ?

— Vous croyez vraiment qu'ils seraient heureux de voir un *Pacificateur* sur leurs aires d'atterrissage ?

Tre se mura dans le silence tandis qu'elle les menait vers le dôme.

Le vaisseau se posa, puis cliqueta et grinça alors que ses moteurs ralentissaient et que sa carlingue commençait à refroidir. Lanoree appréciait généralement cette phase d'un long vol ; elle imaginait que le *Pacificateur* soupirait pour exprimer sa satisfaction du travail correctement accompli et se détendait, prêt à recharger ses batteries. Ils étaient toutefois encore loin d'avoir atteint le terme de leur voyage.

Elle se changea, mais si la longue tunique flottante qu'elle enfila dissimulait son épée, elle lui donnait aussi l'impression d'être un moine Dai Bendu.

— Prêt ? demanda-t-elle.

— Vous voulez une réponse honnête ? dit Tre Sana. Après tout ce que j'ai dit, je persiste à penser que je préférerais rester ici, à bord, plutôt que de m'aventurer dehors.

— Allez, Tre. Mon vaisseau empeste, c'est vous qui l'avez dit.

En souriant, elle composa le code pour déverrouiller le sas.

Un sifflement, un gémissement, et l'écoutille s'ouvrit sur la rampe. Une brise s'enroula autour d'eux tandis que les pressions atmosphériques s'égalisaient. Malgré son masque, Lanoree aurait juré qu'elle pouvait sentir l'âcreté de l'air ambiant. Et même si elle n'avait pas pu en éprouver la toxicité, elle n'aurait aucun mal à la voir.

Une brume jaunâtre les accueillit lorsqu'ils sortirent du croiseur. Tre descendit la rampe derrière elle, le visage couvert – presque écrasé – par le masque qu'elle lui avait trouvé. Il était destiné à un humain, pas à un Twi'lek, mais Tre allait devoir faire avec. Il n'avait pas le choix. De toute façon, Lanoree n'avait pas l'intention de s'attarder dehors plus que nécessaire.

Ils s'étaient posés dans une dépression du sol, et elle avait habilement fait dériver le vaisseau sous un surplomb rocheux. Il était donc à l'ombre, et suffisamment dissimulé pour un œil non averti. Elle aurait aimé avoir le temps de le camoufler davantage en le recouvrant de poussière ou avec ces plantes grimpantes agrippées un peu partout, mais le temps manquait. Elle n'avait que trop conscience des minutes qui filaient, chacune rapprochant toujours plus Dal de son projet insensé.

D'un signe, elle commanda au *Pacificateur* de se verrouiller derrière eux, puis attendit que la rampe se soit repliée et refermée correctement. Elle eut le temps d'entrapercevoir Holgy juste avant que l'écoutille se referme. Elle avait beau savoir que le droïde protégerait le vaisseau avec tous les moyens à sa disposition, elle n'était pas tranquille.

Cet environnement était peut-être le plus hostile dans lequel elle se soit jamais posée.

La Station Greenwood était une courbe douce à l'horizon, tout juste visible dans la brume. Tre était d'accord avec elle : le jour venait bien de se lever sur Nox, et Tythos n'était encore qu'une masse indistincte au-delà du dôme. L'atmosphère était si chargée des polluants toxiques dégagés par des millénaires d'exploitation et d'industrie minières que Nox empêchait même les étoiles de briller.

Lanoree sonda l'extérieur, cherchant à déceler d'éventuels problèmes. Il y avait des formes de vie, tout près, mais assez peu, et non conscientes. Et même si elle ne captait aucun danger, il n'était pas question qu'elle baisse sa garde. Ses sens et sa vigilance étaient en alerte, et ils le demeureraient tant qu'ils seraient ici.

— C'est sympa, ici, ironisa Tre, la voix étouffée par le masque.

— Évitez de parler, répondit Lanoree. Ces masques ne contiennent pas beaucoup d'air, et il ne faut pas le gaspiller.

Ils traversèrent le paysage ravagé en direction du dôme. On disait que Nox avait été un monde verdoyant bien plus chaud que Tython qui avait hébergé de vastes forêts d'arbres géants aux feuilles énormes qui exsudaient leur vapeur pour la renvoyer vers le ciel et sous lesquels proliféraient des écosystèmes complexes. On disait aussi qu'une des grandes îles de Nox avait hébergé plus d'espèces d'oiseaux et de mammifères que sur Tython. Mais les colons avaient rapidement fait main basse sur ses abondants gisements de métaux et ses inépuisables réserves de bois, et leurs usines géantes et pestilentielles avaient bientôt extrait quatre-vingt-dix pour cent des métaux utilisés dans tout le système. En l'espace d'un millier d'années, la plupart des forêts étaient parties en fumée, et avec elles la faune qu'elles avaient abritée. Ç'avait été une impitoyable spoliation de la planète, mais à l'époque le système avait représenté un nouveau et mystérieux domaine à explorer, et ceux qui étaient arrivés ici avec les Tho Yor avaient été prêts à tout pour se reconstruire un foyer. Si les Je'daii avaient quant à eux trouvé leur propre voie sur Tython, les colons de Nox avaient laissé le besoin et l'avidité les guider. C'était d'une tristesse désespérante, mais il n'y avait désormais plus aucune chance de sauver cette planète.

Tout ce qui restait se cramponnait à la vie. Les mutations s'étaient multipliées, et quelqu'un qui aurait vécu ici sept mille ans plus tôt ne reconnaîtrait pratiquement plus rien, ni flore, ni faune, dans le paysage actuel.

Les arbres avaient disparu et, pour toute végétation, seules restaient des broussailles rampantes, de minces feuilles qui aspiraient le dioxyde de carbone dans l'atmosphère torturée et des racines plongeant profondément à la recherche de nutriments. Des petits lézards couraient ici et là. Lanoree repéra des traces de reptiles sur le sol poussiéreux, encore qu'elle n'ait aperçu aucun serpent. Sans doute se terraient-ils quelque part, et peut-être aussi passaient-ils le plus clair de leur vie sous terre, là où l'air ne pouvait pas les tuer et où les pluies ne pouvaient pas s'infiltrer.

À mi-chemin de la Station Greenwood, les parties de sa peau exposées à l'atmosphère commençaient déjà à la démanger et à la brûler.

Comme ils s'en approchaient, les tours émergèrent de la brume et les dommages, sur la partie inférieure du dôme, devinrent apparents. C'était comme si un pied géant s'était acharné dessus, écrasant sa courbe régulière, réduisant sa surface d'un dixième et cautérisant les dégâts par une noirceur inégalement répartie. De plus près encore, Lanoree put se rendre compte que cette noirceur était une couche de métal tordu et de panneaux fondus, et que la structure endommagée était soutenue par des contreforts de pierre grise géants et des étois épais et grossièrement façonnés. Les réparations semblaient avoir été faites à la va-vite, mais le secteur d'activité de la Station Greenwood était la technique et non l'architecture. Et sa spécificité était la guerre.

Lanoree leva la main puis s'arrêta près d'un lac dont l'eau était d'un jaune nauséeux. La Station Greenwood leur bouchait la moitié de la vue et, du fait de cette proximité, la Ranger se méfiait d'éventuels gardes ou droïdes de la sécurité.

— Je veux rentrer chez moi, dit Tre, la voix assourdie.

— On sera bientôt à l'intérieur, répondit-elle. C'est… énorme.

Elle savait que ces dômes étaient gigantesques, bien sûr. Elle avait pu voir ce qui restait de ceux que les Je'daii avaient bombardés et avait aussi visionné de nombreux holos lors de son apprentissage à Padawan Kesh. Mais être aussi proche de la Station Greenwood lui faisait prendre conscience de sa taille véritable. La recherche succincte qu'elle avait faite pendant le voyage perdait tout son sens face à ce qu'elle avait à cet instant sous les yeux.

Savoir qu'il s'agissait d'un espace clos sous un dôme, aussi énorme soit-il, avait probablement imposé des limites à son imagination, mais il s'agissait pourtant bel et bien d'une ville. De plus de huit kilomètres de diamètre, le dôme jaillissait du sol pour s'incurver en douceur vers son sommet, hors de vue, que soutenait une tour géante. Cette tour intérieure hébergeait le conseil dirigeant de Greenwood, des entrepreneurs et d'autres représentants de l'élite. Sur plus de trois kilomètres dans toutes les directions, se déployaient à partir de sa base les usines, les routes et les canaux de transport, les immeubles et les parcs de loisirs de cette immense ville industrielle. D'innombrables cheminées transperçaient le dôme pour s'élever plus haut, et toutes crachaient des fumées et des vapeurs qui se dispersaient vers le sud.

— L'idée de se retrouver là-dedans n'est pas rassurante, dit Tre. Qu'est-ce qu'on fait ? On frappe à une des portes ?

— Non. On se faufile.

— Par la Cicatrice.

— Comment savez-vous que ça s'appelle comme ça ?

Il haussa les épaules.

— Tout le monde le sait, non ?

Se méfiant plus que jamais de lui, Lanoree le précéda vers la travée démolie du dôme.

Même si le bombardement remontait à près de douze ans, les gravats et les débris étaient toujours éparpillés sur une vaste superficie. Les survivants du dôme avaient réparé la brèche et bouclé la zone endommagée mais, visiblement, personne n'avait jugé utile de dégager les ruines. C'était comme si ce qui se trouvait hors des limites de la Station Greenwood ne présentait aucun intérêt.

Des positions de défense apparaissaient sur la surface incurvée du dôme ; Lanoree repéra des canons à impulsion et des mortiers à plasma dans des niches disséminées sur la structure, toutefois elle ne pensait pas que ces installations puissent être encore en service. Elle avait entendu parler d'escarmouches entre les dômes industriels – tantôt pour des histoires de ressources, d'affaires, tantôt pour des causes inconnues – mais la Station Greenwood était désormais si isolée par les ruines qui l'entouraient qu'elle pouvait le plus souvent fonctionner en paix.

— On va l'escalader par là, dit-elle en désignant un chemin qui grimpait dans les débris. En espérant qu'il y aura des sas de décompression.

— Allons-y, dit Tre. J'ai la peau en feu et mes lekkus me démangent.

Ils gravirent une montagne de gravats – des rocs éclatés, des vestiges tordus de matériaux de construction et des pans opaques de la coquille du dôme qui avaient explosé et à moitié fondu. Le matériau transparent était presque aussi épais que Lanoree était haute, et des fragments atteignaient parfois jusqu'à trente mètres de large.

Bientôt ils furent à l'intérieur du périmètre de la zone délabrée du dôme. Leur progression devint encore plus pénible avec le chaos des tours effondrées, invraisemblable enchevêtrement de pierre pulvérisée et de sculptures déchiquetées que façonnaient des matériaux torturés. Des poches d'eau s'étaient formées ici et là, dont certaines recouvertes de telles épaisseurs de cendres et de poussière qu'elles donnaient une illusion de terre ferme. Lanoree dut tirer Tre d'une de ces mares après quoi, trempé jusqu'à la taille par l'eau croupie, il se mit à trembler.

— Là, dit-elle enfin en pointant son doigt vers une colline de métal fondu.

— Quoi ?

— Un sas.

Elle le sonda avec la Force et ne ressentit aucune présence.

— Il n'a pas l'air gardé. Venez.

Le sas de décompression n'apparut clairement que lorsqu'ils n'en furent plus qu'à quelques pas. Levant la main, Lanoree esquissa un signe pour tenter de faire glisser la porte en douceur. Sans succès. Le visage concentré, elle essaya encore, et la porte finit par obéir avec une longue plainte torturée. Il était clair qu'elle n'était pas souvent utilisée.

Tre la regardait faire, et Lanoree captait le mélange de fascination et de peur que ses dons lui inspiraient, mais elle s'abstint de tout commentaire.

Un courant d'air les cingla et, dès qu'ils furent entrés, elle referma la porte derrière eux. La pression du sas s'ajusta à celle du dôme, plusieurs petites lumières s'allumèrent, l'air se purifia et un fin nuage de gouttelettes les enveloppa. Une fois le processus de décontamination terminé, Lanoree ouvrit la porte intérieure.

Elle se prépara à l'affrontement. S'il y avait, contrairement à ce qu'elle avait perçu, des gardes derrière la porte, les questions fuseraient aussitôt, et il lui faudrait plonger dans leur esprit et les embrouiller assez longtemps pour les mettre hors de combat. Elle n'avait aucune intention de tuer qui que ce soit, sauf bien sûr si elle y était contrainte. Mais elle n'hésiterait pas si cela devait la rapprocher de Dal. Et l'empêcher d'agir, évidemment. C'était sa mission. Elle avait parfois du mal à se rappeler qu'elle ne cherchait pas simplement à retrouver son frère depuis longtemps perdu.

Mais il n'y avait personne de l'autre côté, et rien n'indiquait que cette entrée soit surveillée par des senseurs. Ils suivirent un couloir délabré à l'éclairage vacillant qui les mena devant une autre porte.

Ils retirèrent leurs masques.

— Tout ça a dû être construit après le bombardement, dit Tre. J'ai entendu dire que le conseil de la Station Greenwood avait autorisé le meurtre d'un Je'daii pour chaque centaine d'habitants morts pendant l'attaque.

Lanoree savait qu'une véritable vague d'assassinats avait sévi pendant deux ou trois ans après la Guerre de la Reine Despote. Des Rangers avaient été attirés dans des traquenards et tués, des missions diplomatiques attaquées, jusque sur Tython.

— Il y a eu au moins deux mille morts, ici, continua Tre.

— Vous en savez de plus en plus sur cette crise, remarqua-t-elle. Je commence à me demander si vous avez des intérêts professionnels ici dont j'aurais dû être au courant.

— Pas d'intérêts, non.

— Mais vous avez bien fait des affaires ici ?

— Contraint et forcé, oui.

Elle se retourna vers lui.

— Rendez-moi service, Twi'lek. Laissez-moi mener *mes* affaires sans ramener vos histoires du passé.

Il inclina la tête avec un sourire d'excuse.

— Allez, venez, dit-elle. On perd du temps.

Ils se frayèrent un chemin dans une enfilade de couloirs déserts et empestant le moisi. Lanoree, sur le qui-vive, était plus que jamais rassurée par le poids de son épée sous sa tunique.

L'air se fit plus dense. La puanteur de brûlé s'accentua encore avec un relent de métal en fusion, puis une odeur plus douce parfuma l'air, comme ajoutée pour faire oublier les autres. Et au moment de traverser une grande salle terne, Lanoree commença à percevoir les bruits d'une ville.

Ils franchirent une porte et se retrouvèrent hors de la zone restaurée, sur la pente d'une colline et le bord intérieur du dôme, d'où ils eurent une vue imprenable de l'immense, de la crasseuse et pourtant si fabuleuse Station Greenwood.

— Waouh..., soupira Tre à côté d'elle, et à cette seconde, elle eut la confirmation qu'il n'était encore jamais venu ici.

Elle faillit l'imiter.

À deux kilomètres de là se dressait l'énorme tour centrale sur laquelle s'arc-boutaient les gracieuses nervures structurelles incurvées du dôme. Sa façade sombre scintillait d'innombrables lumières qui, selon Lanoree, devaient être des fenêtres, et les plus grandes ouvertures avaient peut-être été des aires de lancement pour les petits engins atmosphériques qui circulaient dans l'espace clos. Et à près de huit kilomètres, à peine visible dans le lointain brumeux, elle pouvait distinguer le mur extérieur.

Des constructions envahissaient toute la surface au sol. Des routes la traversaient ici et là, et certains espaces, à ciel ouvert, qui avaient peut-être été des parcs, semblaient aujourd'hui faire office de dépotoirs où s'empilaient dans le plus grand désordre des machines détériorées et des pièces détachées. Des feux brûlaient sur ces décharges, et la fumée était aspirée par des purificateurs d'air mobiles avant d'être évacuée à l'extérieur par de longs tuyaux flexibles.

Ailleurs, d'autres cheminées en dur perçaient le dôme

pour se dresser vers le ciel. Il y en avait des centaines, toutes illuminées par des néons multicolores. Les couleurs – vert, bleu, rouge, jaune et blanc cru – ne semblaient pas avoir de signification particulière, et la partie aérienne du dôme tout entière était ainsi éclairée de façon criarde, mais non sans une certaine beauté. Le spectacle bouleversa Lanoree qui, un bref instant, se sentit le cœur plus léger.

Mais le véritable dessein de cet endroit se révéla lorsqu'elle examina les constructions, les routes et les entrepôts de plus près. Sortant un télescope, petit mais puissant, de sa ceinture dissimulée sous sa tunique, elle le porta à son œil droit.

Au pied de la pente où ils se tenaient, se trouvait un espace ouvert qui servait de parking à des véhicules militaires apparemment neufs. Certains, gros et encombrants, étaient équipés d'armes lourdes et de roues massives hérissées de pointes. D'autres, petits et aux lignes presque pures, étaient visiblement conçus pour l'infiltration plutôt que pour l'attaque de front. Quelques-uns portaient des sortes de coquilles bombées sur le dos, à l'intérieur desquelles se trouvaient probablement des ballons prêts à être rapidement gonflés afin de soulever l'engin et le mettre à l'abri. Beaucoup étaient montés sur roues, d'autres sur chenilles, et d'autres encore étaient équipés d'un système de répulseurs pour sans doute leur permettre de glisser et de flotter juste au-dessus du sol.

Plus loin se profilaient les usines.

— Ils ne chôment pas, ici, remarqua Tre, ébahi.

Sa voix haut perchée trahissait sa stupeur.

— Mais à quoi ça sert ? Je veux dire… tous ces engins. On dirait qu'ils se préparent à la guerre.

— Il y a toujours une demande, répondit Lanoree. Certains barons du crime, sur Shikaakwa, n'ont jamais assez de matériel. Kalimahr en a besoin aussi. Et il existe des endroits, sur Ska Gora, dont même les Je'daii ignorent presque tout. Il y a toujours quelqu'un qui se prépare à la guerre.

Des manufactures tournaient, ronronnaient, grondaient et vibraient. Une brume grisâtre planait dans l'atmosphère, même si les innombrables cheminées évacuaient les vapeurs et les gaz méphitiques produits par ces industries lourdes dans l'atmosphère toxique extérieure. Des trains roulaient bruyamment sur des voies au centre de larges artères publiques, leurs hauts wagons chargés à bloc de matières premières ou de matériel fini. À trois kilomètres d'où ils étaient, ils purent voir un train pénétrer dans un tunnel qui devait mener à l'extérieur. Apparemment, bien qu'isolée par les répercussions de la guerre, la Station Greenwood était encore très active dans l'import-export.

Des drones chargés de l'entretien bourdonnaient dans l'air, et Lanoree se rendit compte qu'il y avait énormément de chantiers de construction en pleine activité. C'était un grondement constant, et de là où ils se trouvaient, Lanoree pouvait en compter au moins cinq. Des édifices étaient en cours d'extension ou de réparation, et d'autres en pleine démolition ; les matériaux étaient récupérés et mis de côté pour de nouveaux bâtiments. Mais la forte impression que lui procurait ce spectacle ne l'empêchait pas de réfléchir au problème présent. La Station Greenwood représentait presque quarante kilomètres carrés de structures industrielles, de tours d'habitation, d'entrepôts, de spatioports et autres zones urbaines. Que Dal et ses Rêveurs d'Étoiles soient déjà ici ou non, les trouver dans cet énorme labyrinthe allait être coton…

— Des pétales de baguier, dit Tre en inspirant profondément.

— Quoi ?

— Vous ne sentez pas ? Sous tout le reste, on peut distinguer l'odeur des pétales d'arbre-baguier. Ils doivent le diffuser dans l'air pour surmonter la puanteur. C'est un arbuste à fleurs de Kalimahr. Ça sent tellement bon.

— Vous aimez les fleurs, remarqua platement Lanoree.

— Comme tout le monde, je suppose, non ?

Tre l'intriguait de plus en plus. Elle eut soudain envie d'en apprendre plus sur lui, sur sa famille, ses fréquentations, de connaître la vraie version de son histoire.

— Vous connaissez des gens ici, dit-elle. Vous avez déjà eu des affaires à y traiter, et donc vous y avez des relations.

— Je vous l'ai dit, je ne m'y suis jamais rendu moi-même.

— Ce n'est pas un démenti.

Tre n'avait pas l'air à son aise. Ses lekkus ondulèrent et se touchèrent, jusqu'à ce qu'il se rappelle qu'elle était capable d'interpréter leur langage. Mais son visage rouge sembla plus empourpré que jamais, et elle y vit de la honte plutôt que de la colère.

— Qu'y a-t-il ? demanda-t-elle.

— Ces gens avec qui j'étais en « affaire »... Ce ne sont pas des gentils.

— Le contraire m'aurait étonnée.

Il détourna les yeux en acquiesçant distraitement, comme s'il poursuivait un dialogue intérieur. Il plissa le front puis la regarda de nouveau ; il semblait avoir pris une décision.

— Ne me jugez pas.

Étonnée, elle haussa les sourcils. Tre ne lui était jamais apparu soucieux de l'opinion d'autrui.

— Je suis sérieux, insista-t-il. Je vous conduirai à quelqu'un, si je peux le trouver. Mais il... il n'est pas recommandable.

— Pire que vous ?

Elle regretta aussitôt sa question. En ce qui la concernait, Tre n'avait rien fait pour mériter sa réflexion.

— Comparé à lui, dit-il, je suis un ange. C'est un truand. Et qu'il accepte ou non de nous aider, ne me jugez pas sur cette fréquentation.

— Je ne le ferai pas, promis. Mais pourquoi croyez-vous que j'aie besoin de votre aide ?

— Pour quelle autre raison m'auriez-vous traîné avec vous jusqu'ici ?

Le sourire arrogant de Tre réapparut, et Lanoree fut surprise du plaisir qu'elle prit à le revoir.

10

ESPACES VIDES

La fierté est une complaisance dangereuse.

Lha-Mi, Maître de Temple, Stav Kesh,
an 10670 AATY

Ils passent quatorze jours de plus à Stav Kesh, et Dal est parfois conduit ailleurs pour y recevoir un enseignement particulier. Ce qui inquiète Lanoree. Elle voudrait rester près de lui pour le surveiller, et quand ils sont séparés elle a du mal à le capter. Elle essaie, mais il la repousse ; seuls les faibles d'esprit restent toujours ouverts aux perceptions des Je'daii, et Dal est loin d'en être un. Il a eu des années pour apprendre l'art et la manière de se fermer aux discrètes tentatives de sa sœur de lire ses pensées.

Maître Kin'ade continue d'enseigner à Lanoree et aux autres, mais chaque fois que Dal est isolé pour une leçon, c'est le Maître de Temple Tave qui se charge de lui. Le soir, quand Dal choisit de revenir dans leur chambre, Lanoree lui demande où il va et ce qu'il fait.

— Du maniement d'armes, dit-il. Ils ont vu que j'étais un guerrier doué et Tave s'occupe de moi en particulier.

Elle voit toutefois que même lui n'y croit pas. Lorsque le groupe apprend à utiliser les armes en s'aidant de la Force, ils le tiennent à l'écart. Peut-être ont-ils peur qu'il réitère le coup du blaster et blesse à nouveau quelqu'un.

Et, pire encore, peut-être le soupçonnent-ils de l'avoir fait exprès.

Pour leur dernier jour, les Maîtres Kin'ade et Tave les accueillent dans le Grand Hall. Cette structure, construite au plus profond de la montagne, est devenue au fil des siècles une sorte d'endroit légendaire pour les Voyageurs. Il est dit que le Maître de Temple Vor'Dana y a combattu et tué treize Assassins des Sables il y a plus de deux siècles, et parfois, quand le vent souffle dans le bon sens, quelques grains de sable isolés sifflent et murmurent encore contre les vieilles pierres.

À cet instant, le hall est frais et paisible ; illuminé par une rangée de torches enflammées, il appelle le silence. Les Voyageurs, ainsi qu'on le leur a demandé, patientent en silence le long d'une paroi pendant que Tave et Kin'ade discutent à voix basse dans l'attente de quelque chose.

Qu'est-ce que ça peut être ? se demande Lanoree. Elle jette un coup d'œil en coin vers les jumeaux cathars qui lui répondent en souriant. Le lien qui les unit tous les deux est plus profond que la Force, et ils la mettent mal à l'aise. Elle se tourne dans l'autre direction, vers Dal. Calme et détendu, il observe les tapisseries et les vieilles armes suspendues à des crochets ou exposées dans des vitrines. Croisant son regard, il lui sourit.

— Maître Kin'ade…, commence-t-elle mais la Zabrak lève une main, les griffes écartées.

Quelqu'un approche. Lanoree sent son arrivée dans le flux de la Force. Un instant après, une ombre apparaît dans l'embrasure d'une porte, de l'autre côté de la salle. Lha-Mi, le Maître de Temple, entre et s'avance d'un pas assuré vers les élèves. Les deux Maîtres s'inclinent légèrement, puis Lha-Mi ralentit pour observer attentivement les Voyageurs chacun à leur tour. Il passe un moment à les inspecter de la tête aux pieds, et lorsqu'il s'arrête devant elle, Lanoree ressent la force de son regard. *Parfois l'amour ne suffit pas*, lui avait-il dit, mais aujourd'hui il n'a aucun message particulier pour elle. Il s'avance vers Dal puis, après un coup d'œil à l'adresse des Maîtres Tave et Kin'ade, prononce un ordre.

— Battez-vous.

La maîtrise des deux Maîtres est totale. Lorsqu'un coup de poing, décuplé par la Force, est assené avec un peu trop de vigueur, Maître Tave tend la main pour absorber une partie de l'impact. Quand une grêle de poussées trop enthousiastes dans la Force résonne le long du sol pour se déverser sur la Wookiee, Maître Kin'ade les intercepte dans l'air et les disperse d'un simple grognement.

Lanoree évite le combat avec son frère aussi longtemps que possible. Mais bientôt elle se retrouve côte à côte avec Dal et, comme leurs regards se croisent, elle se rend compte du plaisir qu'il prend à cette lutte.

— Pas de camps, ici, dit-il.

Il bondit sur elle en exécutant un mouvement Alchaka maladroit mais puissant, et ce qui se passe alors hantera longtemps Lanoree par la suite. Elle le laisse la frapper et la jeter par terre.

Elle trébuche, glisse sur le sol de pierre et se fait mal au dos, aux hanches, aux coudes, fait appel à la Force pour éviter d'aller percuter un mur. Quand elle se relève, Dal est déjà en train de la charger de nouveau.

Elle plonge alors sous sa jambe tendue, s'écarte adroitement tandis qu'il pirouette en catapultant son poing, lui fait un croche-pied, marche sur sa cheville puis saute à califourchon sur lui, le poing levé, prête à lui marteler le visage.

— Je n'ai pas besoin de la Force pour te terrasser, frangin, dit-elle en souriant.

Lanoree s'efforce de détendre l'atmosphère en faisant

appel au lien fort qui les unit. Mais les yeux de Dal sont remplis de colère.

Il la frappe à la tempe et elle bascule sur le côté, plus sous l'effet du choc que celui de la douleur. Il enchaîne avec un coup de pied dans les côtes, puis un autre à l'estomac. Elle s'éloigne de lui en roulant sur elle-même mais il est toujours là. *Et pourquoi est-ce que je n'utiliserais pas la Force ?* se dit-elle alors. *Juste pour ménager sa susceptibilité ?*

Et donc elle lui décoche à son tour, durement, un violent direct qui résonne dans tout le hall. Dal vole en arrière, bras et jambes écartés. Quelqu'un le rattrape avant qu'il s'écrase contre le mur mais le laisse tomber sans ménagement. Lanoree n'a pas vu qui, mais suppose qu'il s'agit soit de Tave, soit de Kin'ade.

Elle se relève en se tenant la tête et tente d'apaiser les intenses élancements dans son corps. Il arrive toutefois que même la Force ne puisse calmer une telle torture et, au cours de ses études, elle en est venue à faire confiance à la souffrance ; elle est là pour une bonne raison, et chercher à s'en débarrasser peut entraîner encore plus de ravages, ainsi qu'une douleur accrue plus tard.

— Tu baisses tes défenses, dit Kin'ade, et Lanoree pense tout d'abord qu'elle s'adresse à Dal.

Mais non, c'est à elle qu'elle parle.

— Tu devrais être capable d'anticiper des attaques aussi maladroites et de les contrer. Les enchaînements Alchaka de ton frère sont au mieux rudimentaires, et il n'utilise même pas la Force pour les soutenir.

— Je sais, admet Lanoree à voix basse.

Elle se tient face à Maître Kin'ade mais jette un coup d'œil oblique vers Dal. Il est de l'autre côté du hall, et il a l'air abattu, vaincu.

— Arrêtez, dit Lha-Mi, et les combats cessent.

Les jumeaux cathars tombent dans les bras l'un de l'autre, souriant malgré leurs blessures. La Wookiee et le Twi'lek se rapprochent et se frappent mutuellement les épaules.

Lanoree cherche le regard de Dal, mais il lui a déjà tourné le dos.

Kin'ade marche devant elle sans rien dire. On a dit à Lanoree de la suivre, sûrement pour la conduire auprès de Lha-Mi une dernière fois avant leur départ au matin. Demain, Dal et elle commenceront leur long voyage jusqu'à Anil Kesh.

Le Temple de la Science se trouve à plus de mille kilomètres à l'est, sur le continent de Talss. Ils devront traverser les îles de la Lune pour atteindre Talss et, une fois là-bas, marcher longuement à travers des terres arides et sauvages. Des gerbes de lave jaillissent d'anciens tunnels volcaniques ; les flancs des montagnes sont couverts d'arbres de cendres ; et des créatures étranges, parfois mortelles, rôdent dans les vallées et les ravins. Anil Kesh, qui enjambe le mystérieux et redoutable Gouffre, est plus sauvage encore. Aucun Je'daii n'a jamais réussi à descendre jusqu'au fond et à survivre, et nombre, parmi ceux qui ont essayé, ont perdu la raison. Daegen Lok, le Prisonnier de Bogan, est l'un d'eux – sa fascination pour le Gouffre a causé sa perte. Son histoire est d'ailleurs racontée à tous les jeunes Padawan.

Lanoree avait eu hâte de se retrouver seule avec Dal. À présent, néanmoins, elle a peur. Peur de Dal, de ce qu'il est en train de devenir et de ce qu'il pourrait faire. Il est essentiel pour elle de répondre à l'attente de leurs parents. Cependant, elle a beau s'efforcer de se convaincre que son frère peut être sauvé et ramené vers la Force, au plus profond d'elle elle connaît déjà la vérité.

Les jours de Dal sur Tython sont comptés.

— Attends ici, dit Maître Kin'ade en lui posant une main sur l'épaule. C'est la dernière fois que nous nous voyons, du moins pour l'instant. J'espère que la suite de ton voyage se passera bien, Voyageuse. Que la Force soit avec toi.

— Merci pour votre enseignement, répond Lanoree.

Maître Kin'ade semble prête à ajouter quelque chose, et Lanoree est surprise de ressentir du scepticisme de sa part. Mais la pièce, au-delà de celle où ils attendent, n'est plus vide, et Kin'ade se contente de sourire.

— Entre, lance une voix, et Lanoree reconnaît de nouveau Maître Lha-Mi.

Sur les murs de la petite pièce hexagonale sont exposées des images de gens qu'elle ne connaît pas. Il y a toutes sortes de personnes, de toutes espèces et de toutes couleurs, et elle remarque aussi les espaces vides qui apparaissent à certains endroits. Lha-Mi se tient dans l'embrasure d'une porte au fond de la salle.

— Ce sont tous ceux que je n'ai pas pu aider, dit le Maître de Temple. Tous ceux – Je'daii ou non – pour lesquels je n'ai pas été à la hauteur au cours de ma longue vie. Et cette pièce est toujours ouverte afin que tout le monde puisse les voir, car il est important de savoir que nous ne sommes pas parfaits. La fierté est une complaisance dangereuse. Je suis maintenant un Maître de Temple, mais je ne suis pas pour autant à l'abri de l'échec. Et à beaucoup d'égards, mes échecs sont plus importants, car en tant que Maître de Temple, je sens peser sur mes épaules des attentes bien plus fortes, et les responsabilités entraînent davantage de risques.

Lanoree se tait. Lha-Mi lui transmet quelque chose, et il n'attend aucune réponse de sa part.

— Le choix de ceux dont tu peux voir le portrait ici m'appartient, bien sûr, continue le vieil homme. Certains pourraient arguer que quelques-uns, parmi eux, se sont trahis eux-mêmes, que ce n'est pas moi qui les ai abandonnés. Ils pourraient aussi en nommer d'autres dont les images manquent.

Il arpente lentement la pièce.

— Il y a des blancs. Des vides à remplir. J'espère que je

verrai encore des espaces nus en vieillissant et à l'approche de la mort mais…

Il hausse les épaules, pose la main sur la pierre froide et nue.

— Il ne faut pas que l'image de Dal se retrouve affichée ici. Tu apprends bien, et ton expérience irradie dans tout ton être. Mais c'est *ton* visage que je ne veux pas voir un jour exposé sur ces murs, Lanoree. Alors tiens bien compte de cet avertissement. Si tu l'ignores et que tu en subis les conséquences, c'est que je n'aurai pas su t'aider. Ton frère devient chaque jour plus instable et dangereux. Méfie-toi de lui.

— Oui, Maître Lha-Mi.

Le vieil homme soupire.

— Fut un temps où les gens comme Dalien…

— Eh bien ? demande Lanoree comme il s'interrompt.

— Des temps plus durs, reprend-il. Mais peu importe. Prends soin de toi, Lanoree Brock, et que la Force t'accompagne.

Lanoree regarde le Maître de Temple quitter la salle et, une fois seule, elle reste un moment pour observer les visages, rencontrer ces regards qui lui retournent le sien. Que sont-ils devenus ? se demande-t-elle. Sont-ils morts ? Ont-ils été bannis ? Ont-ils fui Tython pour se réfugier ailleurs dans le système ?

Elle espère ne jamais le découvrir.

Et elle jure que ni son propre portrait, ni celui de son frère ne combleront un jour un de ces espaces vides.

À l'intérieur de la Station Greenwood, Tre Sana devint quelqu'un d'autre.

Lanoree le ressentit dès qu'ils émergèrent dans la première rue animée, avec ses boutiques, ses tavernes et autres lieux de plaisir. Et ce ne fut pas grâce à la Force – ce que Dam-Powl avait fait au Twi'lek, quoi que ce soit, l'avait pratiquement immunisé contre les tentatives de Lanoree pour sonder son esprit – mais par la simple observation de son comportement. Son attitude, son maintien, ses rapports avec le monde s'étaient subtilement modifiés. Le Tre Sana qu'elle avait rencontré sur Kalimahr et avec lequel elle avait passé des jours cloîtrée dans son *Pacificateur* était désormais devenu l'homme contre lequel Dam-Powl l'avait mise en garde.

Il était devenu dangereux.

Ils marchèrent dans la rue côte à côte ; Lanoree gardait la capuche de sa tunique relevée. Quelques personnes les regardèrent, mais distraitement ; la plupart étaient bien trop accaparés par leur propre vie pour s'occuper des autres. Des camelots exposaient leurs marchandises sur des étals métalliques mobiles – denrées alimentaires, boissons et un assortiment de sachets de drogues censées procurer une évasion, même fugace, hors de la réalité de cet endroit minable. Des gens plantés devant les tavernes essayaient d'attirer les clients avec la promesse de boissons fabuleuses. Et pendant ce temps, plus loin vers le centre du dôme, les cheminées pulsaient et pompaient, les machines vibraient et cognaient, le sol tremblait, et d'interminables trains transportaient leurs matières brutes ou leurs produits finis dans un raffut d'enfer. Les gens étaient l'huile qui faisait tourner le dôme, et Lanoree devina que la sécurité et la santé mentale, ici, ne tenaient qu'à un fil.

Tout en marchant, elle gardait ses sens ouverts pour tenter de capter la présence de Dal. Mais elle n'était même pas certaine de pouvoir encore le reconnaître.

— Là, dit Tre en désignant quelque chose dans la rue.

— Quoi ?

— Une borne de listage.

Il s'avança, écarta un homme et pressa plusieurs boutons d'une boîte montée sur un solide petit poteau.

— Mais je m'en sers ! protesta l'homme.

Il avait peut-être été humain, mais d'abominables

grosseurs lui avaient complètement déformé le visage et ses yeux artificiels brillaient dans ce qui restait de ses orbites.

— Et si moi je me servais de ça ? dit Tre en repoussant sa veste pour dévoiler le petit blaster à sa ceinture.

Je ne savais même pas qu'il avait une arme sur lui ! songea Lanoree.

— Vous êtes armé ! s'exclama l'homme. Personne n'a le droit de l'être à Green…

Tre le repoussa sans ménagement. Battant farouchement des bras à la manière d'un moulin à vent, l'homme bascula en arrière dans un groupe de femmes en combinaisons de travail d'un rouge terne, et l'une d'elles tendit le pied pour le faire trébucher. Elles s'esclaffèrent.

Lui tournant le dos, Tre étudia le petit écran de la borne où était affiché un plan de la Station Greenwood. Il pressa les touches et la carte zooma sur un quartier, faisant apparaître un lacis de rues. Une lueur verte pulsait. Tre effaça l'image de l'écran et hocha la tête à l'attention de Lanoree.

— Le truand est répertorié ? demanda-t-elle.

— Lui, non, mais quelqu'un qui connaît quelqu'un qui le connaît, oui.

— D'accord. Facile.

Tre repartit dans la rue.

— Vous auriez pu attendre pour utiliser la borne, dit-elle en marchant à son côté.

— C'était juste histoire de sauver les apparences.

— Je croyais que vous n'étiez jamais venu à Greenwood ?

— C'est vrai. Mais je sais comment me tirer d'affaires, ici. Faites-moi confiance.

Lanoree fit un effort pour sourire et lever les yeux au ciel, mais Tre ne l'avait même pas regardée.

Quelqu'un avait été écrasé par un train. Lanoree vit le remue-ménage alors qu'ils approchaient d'une large route menant à l'entrée d'un tunnel sous le bord inférieur du dôme. Une femme hurlait son chagrin, et un petit attroupement s'était formé autour d'une flaque rouge nauséeuse sur le revêtement rugueux de la route. La plupart des gens s'empressaient de passer leur chemin. Le train avait dû être gros et lourd parce qu'il ne restait plus grand-chose du corps.

— Il n'y a pas de service de sécurité, ici ? demanda Lanoree. Pas de secours ?

— Si, mais si vous avez les moyens, dit Tre. La Station Greenwood est comme toutes les villes sur Nox – elle est gérée par les Corporations. Elles font la loi, et les gens travaillent pour elles. La seule sécurité, ici, est conçue pour s'assurer du bon fonctionnement de la production, pour protéger les membres des Corporations – dont la plupart vivent vraisemblablement dans la tour centrale – et pour défendre la ville des attaques d'autres villes.

— Ça arrive encore ?

— Plus souvent qu'on le croit. Allez, venez. Il n'y a rien à voir.

Ils poursuivirent leur chemin, et Lanoree lança un dernier coup d'œil vers la femme en pleurs.

— On se croirait presque sur Shikaakwa, dit-elle.

— Oh, c'est loin d'être aussi bien organisé, répondit Tre.

Ils traversèrent les larges voies ferrées et s'engagèrent dans un quartier plus proche des zones industrielles centrales. Le sol tremblait, secoué par une vibration constante, et les bâtiments d'hébergement des ouvriers étaient bien plus austères. Des gens circulaient dans les rues – des ouvriers vêtus de rouge qui se rendaient au travail ou qui en revenaient. Ici et là, des escouades de gardes armés étaient à l'affût d'éventuels problèmes, mais apparemment sans la moindre conviction. Leurs armes étaient bien en évidence, et ils avaient tous l'air teigneux.

Lanoree posa fugacement la main sur son épée en

maintenant son visage penché. Il y avait peu de chance qu'on puisse l'identifier en tant que Je'daii rien qu'en posant les yeux sur elle, mais elle avait du mal à se déconnecter de sa vraie personnalité. Elle redoutait d'être trahie par son regard ou son expression.

— Ici, dit Tre en désignant d'un signe de tête une tour grise. C'est pas le truand, mais un associé. Tout aussi déplaisant.

— J'en frétille d'impatience, ironisa-t-elle.

Dans la tour, après qu'ils eurent été contraints de monter les quatorze étages à pied à cause de l'ascenseur en panne, Tre frappa à une porte. Pas de réponse. Lanoree l'ouvrit d'un coup de pied et la personne qui avait eu l'oreille collée au battant, de l'autre côté, valdingua en arrière, trébucha sur un meuble et renversa des sachets de drogue et des bouteilles d'une boisson à l'odeur aigre. À l'aide d'une simple poussée dans la Force, Lanoree referma la porte en la réinsérant dans l'encadrement endommagé.

— Lanoree, dit Tre, je vous présente Domm, une de mes relations d'affaires.

— Toujours en agréable compagnie, je vois, Tre Sana, ironisa Domm, affalé par terre.

— Elle est en état de sommeil virtuel, pour l'instant, dit Tre, jouant le jeu.

Lanoree en fut impressionnée.

— Et ça vaut mieux, ajouta-t-il. T'aurais vraiment pas envie de la voir réveillée et en pétard.

— Je sais reconnaître une Je'daii quand j'en ai une devant moi.

Lanoree fut sur lui en une seconde, l'épée au poing et pressée contre sa gorge avant qu'il ait eu le temps de dire ouf.

— Celle-là aussi, vous la connaissez ? demanda-t-elle.

— Non, dit Domm.

C'était un Zabrak, mais son visage avait été défiguré

par d'affreuses blessures qui y avaient tracé un véritable réseau de cicatrices. Et son haleine dégageait une puanteur chimique.

— Mais mon père, oui. Un des vôtres lui a fait sauter la tête des épaules il y a douze ans.

— Où ?

— Kaleth.

— Alors il n'aurait pas dû y être, dit Lanoree. Nous protégions les nôtres. C'est aussi ce que je fais à cet instant. Et vous connaissez les Je'daii… Pour protéger les nôtres, nous n'hésitons pas à trancher quelques têtes.

Elle enfonça un peu plus son épée, sachant exactement jusqu'où elle pouvait aller avant de faire jaillir le sang.

— Je cherche Maxhagan, dit Tre.

— Et alors ?

— Allez, Domm…

— Trouve-le tout seul.

— On gagnera du temps si vous nous le dites, intervint Lanoree. Ne soyez pas comme votre père.

Un éclair de peur passa dans les yeux de Domm, aussitôt remplacé par du défi. Il arriva même à sourire malgré la pression de l'épée.

— Vous n'allez pas me massacrer, dit-il.

Si, elle le fera. Lanoree donna corps à cette réflexion dans l'esprit de Domm. *Elle est mauvaise et prête à tout, et me tranchera le cou sans le moindre effort.*

Domm perdit aussitôt son sourire, et il promena un regard anxieux entre elle et Tre. Puis il sourit, vaincu. Sa colère s'était évanouie, et Lanoree se demanda s'il était vraiment attaché à son père mort, finalement. Peut-être n'était-ce pour lui qu'une raison commode pour alimenter sa haine.

— Laissez-moi me redresser, dit-il.

— Non.

— Il faut que je me lève et que…

— Non, répéta Lanoree. Vous allez vous relever, feindre

la faiblesse et vous appuyer contre cette commode. Ensuite, vous essayerez de détourner notre attention le temps d'attraper le blaster qui est caché sous ce plateau. Vous arriverez peut-être même à tirer. Une fois. Mais je vous tuerai, ce qui ne m'arrangera pas. Alors non, vous ne vous relèverez pas. Et je continuerai à appuyer sur cette épée jusqu'à ce que vous nous disiez où on peut trouver Maxhagan.

Les yeux de Domm s'étaient écarquillés à mesure qu'elle piochait ses pensées dans son esprit.

Elle sourit.

— Et si vous pouviez lire dans *mes* pensées, alors vous sauriez que je suis sérieuse.

Elle pesa sur l'épée dont le bord effilé s'enfonça dans les chairs cicatrisées de sa gorge. La peau se fendit. Le sang coula.

— District Six, dit Domm. Le marché. Il… il a un étal où… il vend… de l'eau importée.

Lanoree fronça les sourcils, surprise, mais elle ne sentait pas de mensonge dans l'information de Domm.

— Maxhagan se cacherait en plein jour, au vu et au su de tous, dit Tre. Je crois qu'il dit la vérité.

— *C'est* la vérité, confirma-t-elle en relâchant un peu la pression sur sa lame.

— Vous devriez le tuer, dit Tre d'un ton détaché exempt de tout sentiment.

— Le tuer ?

— Il sait que vous êtes une Je'daii, et pourquoi on est ici. On part déjà avec un handicap, dans cette histoire. Un seul coup de fil de lui à n'importe qui dans la Station Greenwood et on est fichus.

Lanoree n'avait pas quitté des yeux l'homme dont elle tenait la vie à la pointe de son épée. Cette lame avait plongé dans la chair de plus d'un adversaire, mais en plein combat. Et abattre les pilotes avait été inévitable, même si leur mort l'avait affectée. Il n'avait jamais été dans ses habitudes de tuer gratuitement, pour le plaisir.

— Il y a une autre solution, dit-elle.

Elle glissa son épée dans son fourreau et s'assit à califourchon sur le torse de Domm. Il ne bougea pas ; il semblait se douter que c'était loin d'être terminé.

— On n'a pas le temps ! dit Tre.

— Ça ne prendra pas longtemps.

Lanoree fit descendre la paix en elle et appela la Force ; le visage et la voix de Maître Dam-Powl lui parvinrent alors. *Certains sont perturbés par ce en quoi toi et moi excellons, mais ils n'en comprennent pas le potentiel. Garde le contrôle, maintiens ton équilibre, et tu en retireras beaucoup de bénéfices.*

Elle sentit s'enrouler autour d'elle, couler en elle le pouvoir de la Force personnifiée par Ashla et Bogan dont l'attraction et la répulsion étaient parfaitement équilibrées, et se retrouva suspendue en apesanteur, en harmonie parfaite entre les deux lunes. Elle souleva des particules de peau du sol et en choisit quatre qui devinrent ses servantes. Se concentrant sur elles, elle les fit grandir sous son œil intérieur et leur insuffla un peu de la Force, puis les laissa tomber dans les yeux révulsés de Domm.

Incapable de bouger, il cligna des paupières en criant. Ses yeux s'emplirent de larmes, et il les referma. Mais trop tard.

— Je vous attends dehors, dit Tre derrière elle.

Son ton était celui d'un enfant effrayé par l'obscurité. Les yeux fermés, elle ne le vit pas sortir.

— Gardez votre calme, murmura-t-elle avec une légère poussée de Force, et Domm s'immobilisa sous elle.

Elle plongea encore plus profondément en elle, et sa vision s'obscurcit, sa perception tactile se fit intense et perturbante tandis que les particules de peau se frayaient un chemin à travers les yeux de Domm jusqu'à son cerveau. Elle éprouva l'humidité chaude de ses méninges. Elle cherchait, les particules cherchaient ; et quand elle trouva les endroits qu'elle visait, elle s'arrêta le temps de rassembler son énergie et de modeler la Force selon sa volonté. Et *là* résidait la partie dangereuse. Elle sentit Bogan surgir, l'obscurité se refermer, et l'équilibre partir à la dérive. Le pouvoir grandit autour d'elle qui inspira profondément, s'efforçant de repousser les sensations d'extase qui la submergeaient. L'ivresse intense de la maîtrise. L'enivrement de l'obscurité.

Les particules de peau se transformèrent en éléments de sa volonté, et Domm commença à suffoquer alors que cette volonté s'accomplissait.

Garde ton calme, songea Lanoree, et cette fois-ci c'est à elle-même qu'elle s'adressait. Bogan devenait plus grosse, plus dense, plus omniprésente, et elle éprouva l'attrait irrésistible et illusoire de l'ombre – la libération de toute contrainte, la jouissance du pouvoir.

Elle dut se battre pour recouvrer son équilibre, pour se dégager de l'influence trop forte de Bogan – un combat âpre mais victorieux. Elle fut un moment déstabilisée par un sentiment de perte qui très vite se dissipa.

C'était son don, Dam-Powl le lui avait dit. L'Alchimie de la Chair, aussi éphémère que puisse être cette particule de chair. La mutation, la transition… Lanoree s'efforçait de contenir son sentiment de fierté devant son succès. Elle n'avait pas utilisé ce don depuis le début de cette mission, mais elle n'avait rien perdu de ce qu'elle avait appris.

Lanoree se releva, s'écarta de Domm et s'avança vers la porte que Tre avait laissée ouverte derrière lui.

— C'est fait, dit-elle.

La voix de Tre lui répondit depuis le couloir au-delà.

— Vous aviez le visage de Dam-Powl. Et son obscurité.

— Et sa maîtrise, ajouta-t-elle.

Bien sûr. Dam-Powl avait dû procéder à quelque chose de similaire sur lui. Mais Lanoree n'avait aucun scrupule à l'effrayer un peu. Apeuré, Tre pourrait lui être très utile.

— Est-ce qu'il est… ?

— J'ai brûlé sa mémoire. Il ne se rappellera rien pendant un temps, même pas son nom.

Domm se contorsionna sur le sol en essayant de se redresser.

— Pendant un temps ? répéta Tre.

— Je ne sais pas bien jusqu'à quand.

Et c'était vrai. Son amnésie pourrait ne durer que quelques jours, mais il faudrait peut-être plus longtemps avant que Domm redevienne l'homme mutilé qu'il avait été, avec une ombre noire dans la tête, là où un vide calciné avait remplacé le souvenir de ce qui s'était passé.

— C'est mieux que le meurtre.

— Si vous le dites, dit Tre, adossé contre le mur du couloir.

— Maintenant, dites-moi que vous savez où est le marché du District Six.

Tre acquiesça. Et cette fois sans son habituel sourire nonchalant.

11

ESCLAVES

Il y a des profondeurs.

Osamael Or,
circa an 1000 AATY

Apprendre à survivre dans les contrées sauvages fait partie du pèlerinage du Voyageur, aussi tous deux sont-ils en ce moment en train de chasser.

Lanoree avance dans la forêt de champignons géants, respirant par la bouche pour ne pas permettre à leur odeur épaisse de la perturber. Ses pas sont totalement silencieux ; elle sent les endroits où les peaux desséchées des champignons pourraient craquer sous ses pas et ceux où la mousse recouvre un creux dans le sol. Sa respiration est légère, lente. Et son esprit est relié à sa proie : un petit animal. Elle ressent le rythme rapide de son cœur et de sa respiration, et si elle se concentre vraiment, elle peut même voir à travers ses yeux. Sa perception est tellement différente de la sienne… Tout ce qu'il voit est voilé par la Force.

Fut un temps où savoir que toute cette faune, sur Tython, était à ce point en harmonie avec les vagues de la Force la perturbait. Mais elle avait appris depuis qu'il s'agissait d'une relation passive. Seuls les Je'daii peuvent exploiter la Force et se servir d'elle pour accomplir de hauts faits.

Ses mouvements convainquent le mammifère de s'éloigner, de descendre dans le ravin peu profond le long d'une paroi couverte de champignons roses, et c'est là qu'elle aperçoit un mouvement confus.

Un sifflement au loin, et Lanoree se met à courir entre les pieds d'un blanc laiteux. Elle prend plaisir à ces mouvements silencieux, tandis que la brise soulève ses cheveux défaits et sèche la sueur sur son front. Arrivée au bord du ravin, elle se penche. Dal tient à bout de bras la créature transpercée par la lance qu'il s'est fabriquée lui-même. Elle sourit. *On forme une bonne équipe, tous les deux*, songe-t-elle. Mais la culpabilité revient la harceler.

Ils sont à six jours de Stav Kesh, et à chaque instant qui passe, elle sait qu'elle se ment.

Dal n'acceptera jamais la Force, jamais il ne s'adaptera à ses fluctuations.

Il écorche la bête en silence, la vide, la découpe, prépare un feu et commence à cuire la viande. Tout ce qu'il fait est méthodique, habile. Il apprend si vite. Lanoree se souvient d'avoir un jour surpris ce que son père disait à sa mère. *Il est comme une éponge. Chacune de ses questions à laquelle je réponds lui en inspire deux autres. Sa soif de connaissance est insatiable. Il sera un fantastique Je'daii, un jour.*

Et de savoir que ses parents aient pu se leurrer à ce point l'attriste.

Les capacités de Dal dissimulent un vide plus profond en lui. Un vide ténébreux d'où tous, autour de lui, s'attendent à voir la Force se révéler. Finalement, alors qu'il commence à servir la viande avec la racine sucrée qu'ils ont cueillie plus tôt, elle lui pose la question qui la tourmente.

— Tu es triste ?

Il lui tend son assiette ; l'odeur est fantastique. L'expression de Dal est restée inchangée ; il sait exactement ce qu'elle veut dire.

— Mange, dit-il. On a encore beaucoup de chemin à faire.

— Tu es triste ? répète-t-elle. Ton attitude, à Stav Kesh… On aurait dit un enfant, un enfant jaloux de ceux autour de lui qui auraient de plus beaux jouets.

Dal hausse les sourcils puis se met à rire.

— C'est ce que tu penses ? demande-t-il.

— Eh bien…

— Tu crois vraiment que je suis jaloux de toi ? Et de Mère, et de Père, et des autres avec qui on s'est entraînés, là-bas ? Jaloux parce qu'aucun de vous n'est son propre maître ?

— Bien sûr que si, nous le sommes.

— Non !

Il repose son assiette et se lève, sans colère mais agacé.

— Ce n'est pas ça du tout. Vous, vous êtes des *esclaves* de la Force. Vous vous imaginez peut-être qu'elle vous sert, mais c'est *vous* qui la servez. Vous ne pensez jamais par vous-même, parce que la Force est toujours dans votre tête. Vous ne menez jamais vos propres combats, parce que la Force combat pour vous.

— Ce n'est pas comme ça, Dal, c'est…

— En tout cas, c'est ce que *moi* je vois. Je t'ai observée quand tu t'en sers, et à ce moment-là, tu n'es pas toi-même. Tu n'es pas ma sœur.

— Je croyais savoir ce qui était le mieux pour toi, répond-elle.

— Mais tu n'en sais rien ! *Je* suis le seul à pouvoir le dire ! Nos parents, toi, les Maîtres qui nous ont formés, vous voulez tous me dire ce que je dois être, m'obliger à devenir quelque chose. Mais il n'y a que moi qui puisse le décider. C'est *mon* choix. Je suis mon propre *maître* !

Il a les yeux écarquillés, et il ne sourit pas. Et ce qu'elle y voit n'est ni de la folie, ni de la fureur. C'est de la joie.

— Que vas-tu faire ? demande-t-elle.

Dal lève la tête vers le ciel crépusculaire où les étoiles apparaissent déjà, et où Ashla et Bogan se profilent derrière des nuages. Des centaines de lumières circulent loin au-delà, des satellites et des vaisseaux croisant très haut au-dessus de l'atmosphère de Tython.

— Je vais apprendre tout ce que je peux, dit-il, dans chaque Temple où nous nous arrêterons tous les deux. Et ensuite, j'irai dans les étoiles.

— Les étoiles ?

— Je trouverai le chemin pour rentrer chez moi.

Il n'ajoute rien, n'explique rien, et Lanoree ressent une grande tristesse en comprenant que le « chez lui » qu'ils connaissent avec leurs parents n'est pas suffisant pour lui.

Cinq jours plus tard, après avoir traversé les confins orientaux de Kato Zakar – où les forêts de champignons ont cédé le pas aux marais, auxquels ont ensuite succédé des dunes de sable ondulant sur des kilomètres jusqu'à la mer –, ils approchent de la côte d'où la première des îles de la Lune apparaît à l'horizon. Et, à une centaine de kilomètres et à sept îles de là, le continent de Talss.

Même s'ils bavardent et voyagent ensemble, la distance entre eux se fait un peu plus grande chaque jour. C'est ce que Lanoree éprouve, et elle sent qu'il en est de même pour Dal. La différence, c'est que lui s'en réjouit.

Dal prend une profonde inspiration. L'énergie de l'océan et la violence des vagues lui redonnent des forces.

— C'est magnifique ! dit-il. As-tu déjà vu quelque chose d'aussi beau, Lanoree ?

Il pleut. La mer s'échoue brutalement sur le sable, s'acharnant sur les lourdes dunes éphémères face à l'éternité de Tython. Les vagues sont couronnées de la luminescence mouvante d'une infinité de créatures projetant leurs éclats sur l'eau dans la lumière de l'aube. Elle ressent le pouvoir à travers ses pieds et en éprouve un sentiment d'humilité. C'est si beau.

— C'est incroyable, souffle-t-elle.

— Ta Force en prend un coup, hein ?

Il sourit, et la brise de la mer souffle des rafales de pluie qui inonde ses cheveux.

Lanoree se tait. Elle pourrait lui répondre, pourtant. Lui dire que ce pouvoir qu'il éprouve *est* la Force, parce qu'elle coule dans la mer aussi bien que dans l'air et la pierre, dans les plantes et le sol, dans les créatures qui volent, qui courent, qui rampent, et dans ce qui pourrit dans le sol et sous les vagues. Elle pourrait le lui dire, mais il n'écouterait pas. Pire, il ne comprendrait pas.

Alors elle ferme les yeux, et la pluie et les embruns l'inondent, elle aussi.

Plus tard, dans la ville côtière de Ban Landing, on leur propose une traversée accompagnée pour Talss.

— Les bancs de poissons-gélatine sont plus au sud, cette année, leur explique la femme.

Elle ne leur a pas dit son nom, mais elle porte une étoile de Ranger à sa ceinture.

— J'ai fait sept fois l'aller et retour jusqu'aux îles de la Lune, et à chaque fois le bateau où j'étais a été attaqué. Je vous conseille une traversée organisée, Voyageurs. Ces plus gros bateaux ont des équipes spéciales pour affronter tout ce qui peut arriver dans le Chenal de la Lune. Si vous y allez seuls, vous n'aurez qu'un petit voilier.

— On y va seuls, dit Dal. Hein, Lanoree ? Après tout, notre voyage est l'occasion d'apprendre et d'explorer.

La Ranger essaie encore de les dissuader, mais Lanoree perçoit une lueur de respect dans son regard. Peut-être, lors de son propre Grand Voyage, a-t-elle agi de même. Toutefois, elle ne leur en dit rien.

Ils passent la nuit à Ban Landing, dans un très modeste

dortoir proche de la grève. Des centaines de noms ont été gravés sur les poutres en bois qui soutiennent le toit – des Voyageurs qui, au fil des ans, ont dormi ici avant de se lancer dans la dangereuse traversée des îles de la Lune à Talls. Lanoree passe un moment à chercher le nom de leurs parents, mais sans succès.

Plus tard, Dal s'assoit sur la terrasse en bois qui entoure le dortoir. De grosses vagues viennent s'échouer sur les plages à quelque cinq cents mètres de là. Seuls leurs sommets sinueux éclairés par le ciel étoilé sont visibles ; on dirait de gros serpents géants ondulant dans l'obscurité. Mais c'est son frère que Lanoree regarde. Allongé sur le dos, les mains croisées sous la tête, il fixe le ciel.

— Tu as faim ? demande-t-elle.

Elle lui tend l'assiette qu'elle est allée lui chercher et il la remercie d'un signe de tête.

— Ce sera dangereux, ajoute-t-elle.

— Ne t'en fais pas, petite sœur, dit-il bien qu'elle soit son aînée. Je veillerai sur toi.

Leur traversée du Chenal de la Lune ne dure que trois jours, mais elle restera à jamais gravée dans la mémoire de Lanoree.

La mer est plus calme quand ils se mettent en route le lendemain. La Ranger les retrouve au port et leur explique comment elle s'est servie de la Force pour perturber et combattre les menaçantes créatures de la mer – et surtout les mortelles méduses – lors de ses propres traversées. Puis elle leur souhaite bonne chance.

Ils voguent d'île en île, ne s'arrêtant que pour remplir leurs gourdes d'eau avant de repartir, dorment brièvement sur terre mais passent tout leur temps d'éveil sur l'eau.

Une tempête se lève à mi-chemin de leur voyage et un banc de poissons-gélatine gluants percute leur bateau ; ils commencent à grimper sur la coque, leurs tentacules toxiques fouettant l'air en quête de chair. Grâce à la Force,

Lanoree parvient à les repousser dans la mer. Dal, lui, se sert de son blaster pour les décimer avant qu'ils atteignent le bateau. Le banc s'éloigne.

Ils ne sont pas pour autant tirés d'affaire. Un serpent de mer, apparemment surgi de nulle part, fait presque chavirer l'embarcation ; sa tête est aussi grosse qu'un torse d'homme, et du venin suinte de ses dents. Lanoree le désoriente en contactant son esprit, et Dal le transperce à plusieurs reprises à l'aide d'une gaffe. La créature s'enfuit, et Lanoree la sent qui plonge profondément en quête d'un trou sombre où se cacher et soigner ses blessures.

Ils se battent ensemble. Affrontent les dangers de Tython et surmontent ses tempêtes.

Mais lorsqu'enfin ils atteignent un petit port de Talss, Dal quitte sans un mot le bateau amarré. Pour lui, il n'y a pas de temps à perdre et aucune raison de s'arrêter pour se reposer. C'est comme si Anil Kesh lui réservait quelque chose et qu'il était impatient d'y être.

Les tornades font rage au-dessus de Talss. De lourdes pluies les mitraillent comme des grêles de petites pierres, les éclairs les aveuglent, et Lanoree ressent des tourbillons dans la Force. La tempête de Force lui chavire le cœur et la déséquilibre, et Dal lui prend le bras pour l'aider à avancer. Il est de toute évidence poussé par un nouvel objectif, maintenant, et elle donnerait cher pour savoir lequel.

Le Temple de la Science est encore à deux jours de voyage dans les terres.

— Il l'appelle le Réseau, dit Tre. C'est un collectif de contacts, d'informateurs et d'espions, pas seulement sur la Station Greenwood, mais dans presque toutes les villes sous cloche de Nox. Et même au-delà, quelquefois. Si peu structuré que toute rupture dans le circuit protège tous les autres. C'est génial, franchement.

Il en avait l'air presque respectueux.

— Ça lui a pris des années, à Maxhagan, pour le mettre

en place, et il ne se risquera pas à le bousiller à moins qu'on s'arrange pour que ça en vaille la peine.

— Et vous avez rencontré Maxhagan ? Vous avez utilisé son Réseau ?

— Non, et non. Mais lui et moi avons fait des affaires ensemble.

— Et qu'est-ce que vous…

— C'est sur lui que vous devez vous renseigner, maintenant, la coupa-t-il d'un ton brusque. Je suis sérieux, Lanoree. Je vous aime bien. Mon passé n'est pas tout clair, et je suis sûr que Dam-Powl vous en a avertie. Mais on ne plaisante pas avec Maxhagan. C'est lui, le gros problème. C'est un fou. Un monstre.

Après avoir traversé un pont branlant enjambant un canal nauséabond et pollué, ils se retrouvaient désormais dans le District Six. À son extrémité se dressait la tour de pierre et de métal qui faisait office de pilier central pour la Station Greenwood. Chaque dorsale courbe de l'immense dôme retombait depuis le sommet. Elle était si vaste au niveau du sol qu'il fallait au moins compter une bonne partie de la matinée pour en faire le tour à pied, et son sommet disparaissait dans un brouillard de fumée et de vapeur. Des engins aériens, aussi bien des dirigeables que des vaisseaux à moteur, y entraient et en sortaient. Lanoree remarqua qu'il y avait même de la végétation, là-haut. Des fleurs cascadaient des balcons, et partout dans le District Six des milliers de pieds écrasaient les pétales et les feuilles répandues sur les trottoirs. À croire que ceux qui étaient dans la tour narguaient le reste du dôme avec leurs privilèges.

Le District Six en lui-même était un mélange de grandes usines, d'entrepôts, de parcs fermés en plein air pour des marchandises plus imposantes – Lanoree avait pu voir une vaste surface à moitié envahie de véhicules d'assaut terrestres de toutes sortes et de toutes tailles – et un enchevêtrement de places autour desquelles se tassaient les tours d'habitation et d'administration. Des places qui grouillaient de gens qui se rendaient ou qui revenaient de leur travail. La plus grande de celles-ci hébergeait un énorme marché où les employés allaient dépenser leur paye.

C'était de cette place qu'ils approchaient, à cet instant. Une énorme usine éructait et grondait sur leur gauche, et une tour de bureaux de cinq étages, à leur droite, disparaissait sous une épaisse couche de suie. Lanoree se demandait comment on pouvait vivre et travailler dans ce genre d'endroit. Mais elle savait que la plupart n'avaient pas le choix. Les gens naissaient et mouraient sur Nox, et leur vie, du début à la fin, était toute tracée. La majorité d'entre eux gagnaient tout juste de quoi survivre dans un des dômes, en s'accordant parfois quelques fantaisies. Mais quitter la planète exigerait bien davantage que ce que la plupart pouvaient économiser durant toute une vie.

Et nul doute que les entreprises n'avaient aucune envie que ça change.

Lanoree leva les yeux vers le dôme, si haut qu'il en était à peine visible au-dessus d'eux, et vers l'usine bruyante et nauséabonde à leur gauche. Dal pouvait être n'importe où. Elle éprouva comme un sentiment d'urgence, pas seulement pour le rattraper mais pour le revoir.

— J'ai déjà eu affaire à des monstres, répondit-elle.

— Oui, et je parie que vous vous êtes battue avec, aussi. Mais Maxhagan est un monstre avec une cervelle. Il y a quatre ans, une famille de la Maison Volke l'a pris à rebrousse-poil. Ils lui avaient acheté une information qui les avait aidés à créer une base de production à Crystal City, un dôme à huit cents kilomètres d'ici, au sud. Et après, ils ont refusé de le payer. Ils ont tué trois de ses messagers et se sont retirés à Shikaakwa sans avoir écorné leurs profits.

Ils s'arrêtèrent à l'approche d'un train et se rangèrent sur le côté pour laisser le gros engin de transport passer bruyamment sur ses rails au milieu de la rue.

— Donc c'est une histoire de vengeance, et de la terrible façon dont il leur a fait payer, je suppose, dit-elle.

Elle savait à quoi s'attendre. Sa précédente visite sur Nox avait été brève, mais des gens comme Maxhagan, elle en connaissait. Elle en avait rencontré partout dans le système.

— D'une certaine façon, oui, dit Tre. Il lui a fallu du temps. Mais il s'est arrangé pour fomenter une vendetta à Crystal City qui s'est terminée par une bataille qui a fait trois mille morts. Le réseau de la famille Volke au grand complet a été rayé de la carte sur Nox, et tout ça sans le moindre lien avec Maxhagan. Il n'avait pas envie de se faire mousser, ou de faire savoir que c'était lui qui en était responsable. Il ne voulait pas de l'infamie. Tout ce qui l'intéressait, c'était la vengeance.

— Pourtant, elle lui appartient bel et bien, cette infamie.

Tre haussa les épaules.

— Ce genre de chose finit par se savoir.

— C'est donc un esprit acéré.

— Acéré et cruel. Il y avait beaucoup d'enfants parmi les trois mille victimes. Et je doute que ça l'ait empêché de dormir cette nuit-là.

— Donc c'est par l'information qu'il alimente sa fortune ?

— C'est ce qu'on fait de mieux pour se remplir les poches.

D'un geste, il désigna les bâtisses et l'atmosphère – brumeuse malgré les engins de traitement de la pollution qui naviguaient avec un boucan d'enfer dans l'énorme espace aérien du dôme.

— Il n'y a rien de sûr ni de stable, dans tout ça. C'est constamment attaqué par l'environnement. Ça peut aussi être démoli, comme on l'a vu en arrivant. L'information, elle, est éternelle, et c'est là-dessus que Maxhagan mise ses pions.

— La Force aussi, l'est, et c'est sur elle que je place ma foi.

— Ma foi à moi est ici, dit-il en touchant la bosse de son blaster à sa ceinture.

— De l'importation d'eau, dit Lanoree. C'est drôle, non, qu'un homme comme lui s'occupe de quelque chose qui représente la pureté.

— C'est une excellente couverture. Et je ne sais pas pour vous, mais j'aurais bien envie d'aller boire un verre.

Ils marchèrent encore un moment et arrivèrent bientôt en vue de l'immense place centrale du District Six nichée dans une vallée peu profonde. C'était comme une houle, et à la regarder ainsi de haut, Lanoree éprouva presque le mal de mer. Une énorme foule grouillait et déambulait parmi des stands où l'on cherchait à les attirer pour siphonner leur argent ; les odeurs de cuisine mêlées à la puanteur que dégageaient les dômes industriels lui soulevaient le cœur. Quelque part là-bas se trouvait le chef du Réseau, et peut-être pour elle le moyen de retrouver Dal.

Elle s'engagea sur une pente douce. Il était temps d'aller se jeter dans l'arène.

Ils n'eurent en fin de compte aucun mal à trouver Maxhagan. Peut-être estimait-il que demeurer invisible le rendrait plus suspect. À moins qu'il soit simplement trop sûr de lui pour se cacher.

Quoi qu'il en soit, il était assurément l'un des hommes les plus discrets auxquels elle ait jamais eu affaire.

— Je suis *pratiquement* sûr que c'est lui, dit Tre, l'air concentré.

Ils étaient devant un étal de légumes-racines et de viande séchée, face à un grand stand d'eau de l'autre côté de l'allée centrale. C'est tout ce qu'on y vendait – de l'eau, dans des conteneurs de toutes sortes et de toutes tailles. Une banderole promettait : LA MEILLEURE EAU, IMPORTÉE DE KALIMAHR, CERTIFICAT D'AUTHENTICITÉ

DISPONIBLE POUR LES SCEPTIQUES. L'homme derrière le stand, en train de discuter avec une famille d'humains, était rond et court sur pattes, avec un visage à la peau sombre et striée de rides d'expression, et les quelques touffes de cheveux blancs encore disséminées sur son crâne le rendaient franchement comique. Il avait des yeux pétillants d'humour et faisait rire toute la famille.

— C'est bien lui, dit Lanoree. Et il a quatre sbires avec lui : le Noghri au niveau de la fosse des combats de lézards, trois stands plus loin, la femme tatouée diseuse de bonne aventure et, perchés dans les bâtiments qui bordent la place, un sniper avec un blaster et un autre avec une roquette. Et tous sont aux aguets.

— Vous, les Je'daii…, dit Tre sans pouvoir cacher son admiration.

— Mieux vaut éviter de prononcer ce mot ici. Bon, eh bien, on va aller acheter un peu d'eau.

Ils attendirent derrière la famille, et dès qu'elle fut partie, Lanoree s'approcha du stand en souriant à Maxhagan. Elle restait aux aguets, lançant ses sens par la Force vers les gardes dissimulés qu'elle avait repérés. À aucun prix elle ne voulait se laisser berner par l'attitude de Maxhagan.

— Ah, dit Maxhagan en découvrant Tre. Qu'est-ce qui t'amène ici, Tre Sana ?

Tre fut visiblement surpris d'être reconnu. Peut-être n'avaient-ils pas eu affaire *de visu*, mais il était clair que Maxhagan savait toujours avec qui il traitait.

— C'est mon guide, dit Lanoree. Et nous aimerions vous acheter un peu de votre marchandise.

Maxhagan les regarda l'un et l'autre, sans se départir une seule seconde de son sourire qui continua même à briller dans ses yeux. Il se gratta le coin des lèvres, et Lanoree se raidit ; sa main se rapprocha insensiblement de l'épée dissimulée sous sa tunique. Elle le sonda délicatement, mais avant même d'avoir effleuré son esprit, elle se recula vivement. Ses pensées étaient une telle fosse à purin qu'elle en éprouvait presque le goût immonde.

— Je'daii, murmura Maxhagan.

— Et alors ? dit-elle.

Tre, à côté d'elle, se figea.

Maxhagan la fixa sans se départir de son sourire. Il remplit trois gobelets d'eau à un conteneur plastoïde sans cesser de la regarder et en leva un à ses lèvres.

— On ne voit pas beaucoup de Je'daii, par ici.

Il l'avait immédiatement sentie. Prête, cette fois, elle projeta son esprit dans le sien, mais il s'était désormais fermé. Il avait dressé un grand mur solide et elle distinguait même une sorte de consolidation. Il avait un dispositif technique implanté quelque part dans son crâne – probablement sous une de ses touffes de cheveux – et c'était du matériel haut de gamme. Sa protection était bien plus élaborée que de simples gardes du corps.

— Je fais de mon mieux pour passer inaperçue, dit-elle.

— Je n'ai rien contre les Je'daii.

Il posa sa tasse et en tendit une à tous les deux. Lanoree prit la sienne et fit signe à Tre de l'imiter.

— Je vous demanderai seulement de…

Il agita les mains au-dessus de sa tête.

— … de ne pas bricoler avec mes méninges, ou ce genre de truc.

— C'est peut-être beaucoup demander, répondit-elle.

Maxhagan éclata d'un rire bruyant et si contagieux qu'elle sourit malgré elle.

— Dans un trou comme celui-ci, il est toujours préférable de se protéger, hein, Tre ? dit-il avant de soupirer. Bon, c'est l'heure de mon déjeuner. Venez avec moi, on pourra bavarder.

Il les conduisit sous la place par un des nombreux escaliers. De grosses machines y produisaient de l'électricité et filtraient l'air, ct on y trouvait aussi des activités moins respectables. Des bordels, des bars à drogue, des rings de combats… Lanoree sentit et vit tous ces commerces glauques disséminés dans les ruines qui témoignaient du passé de la station. Il était parfois plus facile de construire du neuf sur du vieux.

Mais Maxhagan ne prêtait aucune attention à tous ces trafics souterrains. Après avoir franchi trois portes, longé plusieurs couloirs et descendu un escalier secret dissimulé derrière un panneau mural verrouillé, ils émergèrent enfin dans une salle qui aurait eu de quoi faire verdir d'envie les officiels de la Corporation au sommet de leur tour.

— Pas mal, dit Lanoree alors qu'il les invitait à entrer.

Ils étaient seuls, mais elle ne doutait pas que Maxhagan y était tout de même bien protégé. Elle sentit le poids des droïdes de combat enfouis dans les murs et savait que tout était sous contrôle dans la pièce. Un geste de travers et ce serait le chaos total.

— J'aime bien avoir mon petit confort, dit-il. Et ne croyez surtout pas que c'est de ma part une marque de confiance si je vous ai amenée ici. J'ai des dizaines de salles semblables dans tout le dôme. Mais je ne suis pas venu dans celle-ci en particulier depuis assez longtemps, comme vous pouvez le constater par ce mauvais choix de boissons, ajouta-t-il en prenant plusieurs bouteilles, sur une table, pour les repousser dans un coin. Toutes mes excuses.

— On n'est pas là pour prendre l'apéro, dit Tre.

— Tu es ici pour acheter d'autres mercenaires, Tre ?

Les yeux de Maxhagan se firent rieurs devant le malaise évident de Tre. Mais Lanoree refusa de mordre à l'hameçon.

— Je cherche quelqu'un, dit-elle, et Tre pense que vous pourriez m'aider. Il est peut-être déjà ici, à moins que son vaisseau ne se soit pas encore posé. Il ne sera pas seul. Ils se sont baptisés les Rêveurs d'Étoiles.

— Des rêveurs… Et ils vous donnent des cauchemars, c'est ça ?

— C'est mon frère, dit-elle, ignorant son ironie, et cette réponse parut satisfaire Maxhagan.

— Ce ne sera pas gratuit. Mais je suis un homme honnête en affaires, donc je vous laisse me faire une offre.

— Un demi-million de crédits, répondit Tre.

Lanoree dissimula sa surprise et fut contente de voir les yeux de Maxhagan s'écarquiller.

— C'est une offre généreuse, dit-il.

Tre esquissa un sourire.

— Je suis un homme honnête en affaires.

Maxhagan se promena dans la salle et laissa courir ses doigts sur la surface des meubles en tiquant devant le dépôt de poussière.

— Il s'appelle Dalien Brock, dit Lanoree. J'ai besoin de savoir où il est. Et il ne doit pas apprendre que je suis ici.

— Vous allez le tuer ? s'enquit Maxhagan.

— Ce n'est pas votre problème.

— C'est vrai. Mais chaque fois que je mets mon Réseau à contribution, je l'expose au danger. Et étant donné que je suis dans les affaires par plaisir, il y a toujours un prix au-delà de l'argent. Même si ton offre est très honorable, Tre.

Lanoree se tut.

— En plus, poursuivit-il, avez-vous seulement idée du préjudice que pourraient subir mes affaires si le fait que j'aide un Je'daii venait à se savoir ?

— Nous n'en parlerons à personne, dit-elle.

— Oh, ça, je m'en doute.

Il s'exprimait avec une telle assurance, une telle maîtrise qu'elle sentit un frisson courir dans son dos. Un seul, avant lui, l'avait mise dans cet état – Daegen Lok, l'unique fois où elle l'avait vu pendant la courte retraite qu'elle avait faite sur Bogan. Aucun de ceux qui l'accompagnaient alors ne l'avait vu, et le Maître qui les supervisait lui avait dit que c'était impossible, que les prisonniers étaient maintenus à l'écart derrière des champs de Force. Mais même s'il n'avait été qu'une ombre sur une lointaine colline, elle avait senti ses yeux sur elle et le poids de son regard. Un regard lourd. Sombre.

— Donc, poursuivit Maxhagan, je veux une réponse qui fait aussi partie du prix. Comptez-vous tuer votre frère ?

Lanoree prit le temps d'y réfléchir. Elle avait déjà retourné cette question dans tous les sens, ce qui l'avait plongée dans un désarroi plus fort encore que neuf ans plus tôt, lorsqu'elle avait retrouvé les vêtements déchirés et ensanglantés de Dal. Cependant, la réponse était déjà bien ancrée dans son esprit.

— Seulement si j'y suis contrainte.

Maxhagan hocha lentement la tête. Ses yeux semblaient embrasés.

— À mon étal, au crépuscule, dit-il. S'il est sur la Station Greenwood, je l'aurai appris d'ici là.

Il décrocha un appareil électronique de sa ceinture et le tendit à Tre.

— Je préfère les contacts intraçables, si ça ne vous ennuie pas. Et le transfert sera intégral.

— La moitié maintenant, la moitié dans…, commença Tre.

— D'accord pour la totalité, le coupa Lanoree. Je vois que vous êtes un homme d'honneur.

Maxhagan l'observa un instant, les sourcils froncés, se demandant visiblement si elle se fichait de lui. Puis, la tête en arrière, il partit d'un nouvel éclat de rire en se tenant les côtes.

Cette fois-ci, cependant, elle n'éprouva pas l'envie de rire avec lui.

— Il faut que je me douche, dit-elle. J'ai envie de changer de peau. De m'acheter des vêtements neufs. Cet homme-là est une maladie à lui tout seul.

— Je vous avais prévenue.

— Et où est-ce que vous allez chercher tout cet argent ?

— Mieux vaut que vous l'ignoriez.

Je veux savoir, songea-t-elle alors qu'ils pressaient le pas pour sortir aussi vite que possible du District Six. *Et je saurai*. Elle s'était assurée qu'ils n'étaient pas suivis. Maxhagan allait les avoir à l'œil, maintenant, c'était évident, cette surveillance allait de pair avec son aide. Mais quelqu'un sur leurs talons présenterait une menace trop réelle pour qu'elle l'ignore.

Et puis il était important qu'elle en sache plus sur Tre, aussi, notamment d'où il tenait son argent, et ils avaient du temps devant eux d'ici le crépuscule.

— Je connais un endroit où on peut aller…, commença Tre.

— Non. On va marcher. Je n'aime pas qu'il sache que je suis ici. Il va se débrouiller pour nous surveiller, c'est évident, mais je me sentirai mieux si on bouge. En plus… il faut que je me familiarise avec cet endroit.

— Pourquoi ?

— Ce sera utile si on doit se battre.

Elle le poussa d'un léger coup de coude.

— Allez, venez. On va s'offrir des chopes et les siroter en marchant. Comme ça, on se fondra dans la foule. Et vous pourrez m'en dire plus sur vous.

Ils déambulèrent leurs boissons à la main, et tout en écoutant Tre, elle enregistrait tout ce qu'elle voyait, apprenait à connaître le terrain, à en prendre le pouls. À se repérer par rapport au reste du dôme, au quartier sinistré et aux voies de sortie possibles au cas où.

Et elle faisait de gros efforts pour se convaincre qu'elle n'était pas en train de se faire désespérément avoir par Maxhagan.

— Je me suis fait un nom avec la violence, et de l'argent avec les secrets.

Par son silence, Lanoree avait encouragé Tre à se confier, et elle n'avait aucune intention de l'interrompre avec des questions.

— Mon troisième lekku m'avait mis à l'index, même au sein de la communauté des Twi'leks sur Kalimahr. On se moquait de moi. Ça vous étonne, hein ? Qu'un malheureux truc comme ça, tout bête, puisse m'exclure d'une société où on croise toutes les formes, les espèces et les croyances imaginables ?

Il eut un reniflement de dérision.

— J'en ai souffert enfant, et ça m'a mis sur la voie que j'ai suivie durant toute mon adolescence et après.

Il se tut, et ils traversèrent une place où de petites créatures malingres étaient enfermées dans des enclos grillagés. Elles étaient complètement silencieuses, et les humains et les autres espèces faisaient beaucoup de bruit quand l'une d'elles était hissée sur un appareil, suspendue par les pattes arrière et massacrée. La viande et l'argent changeaient de mains. Leurs congénères observaient en silence, le regard lourd. Elles savaient.

— Quelle voie ? s'enquit-elle.

— Celle de la violence. J'avais dix-sept ans quand j'ai tué mon premier homme. Un combat de rue devant une taverne sur une des îles les plus malsaines de Kalimahr. Tout le monde se fichait qu'il soit mort, et le lendemain, moi aussi. Je me sentais mieux. Au moins je n'avais plus à subir ses moqueries et sa brutalité.

Tout en marchant, il baissa les yeux sur ses paumes.

— Grâce à son sang que j'avais sur les mains.

— Tuer ne devrait jamais être facile.

— Pourtant ça l'a été. Et je suis devenu très doué à ce petit jeu. En défendant mon honneur, j'ai découvert que je savais me battre. Bientôt d'autres l'ont remarqué aussi et j'ai glissé dans le crime. Il y avait toujours quelque chose, en moi, qui résistait, mais le bénéfice que j'en tirais m'aidait à l'ignorer. J'ai fait taire le doute et me suis jeté dans ces mondes nouveaux qui s'ouvraient à moi – la richesse, le pouvoir, le prestige… Je suis devenu aussi craint qu'estimé. Et avec un nom. J'en ai regroupé d'autres autour de moi et j'ai formé ma propre organisation criminelle en partant de rien. Mais en fait, la création de ce gang n'était pas calculée. Ça s'est juste passé comme ça, et ç'a été une époque fantastique pour moi.

Ils quittèrent la place et les animaux condamnés pour s'engager dans un dédale de venelles entre des bâtiments de faible hauteur. Des bruits de vie domestique leur parvenaient par les fenêtres ouvertes – pleurs d'enfants, disputes de parents, émissions de variétés, musique… Lanoree se sentait complètement étrangère à tout cela, et le poids de sa mission lui pesa un peu plus encore. Son cœur battait plus fort sous le stress qui l'oppressait. Elle aurait déjà dû retrouver Dal.

— Vous ne ressemblez pas à un seigneur du crime, remarqua-t-elle. Pas maintenant, en tout cas.

— Et je ne le suis pas. Comme je vous l'ai dit, je me suis fait un nom grâce à la violence. Une fois que ma réputation a été établie, et que je suis allé exercer sur Shikaakwa, je suis devenu… un parmi d'autres. Sur Kalimahr, j'avais un empire ; sur Shikaakwa, j'ai dû recommencer au bas de l'échelle. Les vrais seigneurs du crime nous regardaient de haut, choisissaient ceux qu'ils pensaient pouvoir leur être utiles et n'hésitaient pas à massacrer ceux qui avaient des trop d'ambition – comme moi, je ne pouvais pas m'en empêcher. Je me suis fait une place trop vite, et j'avais des idées de grandeur qui n'ont pas plu. On m'a remarqué.

— Et ? demanda-t-elle.

Les lekkus de Tre trahissaient sa nervosité ; il était clair que ces souvenirs l'embarrassaient.

— Et ils m'ont donné une chance. Ils ont supprimé un bon nombre de mes lieutenants mais ont vu en moi quelque chose qui pourrait leur être utile. Ils étaient…

Il secoua la tête comme s'il avait du mal à expliquer.

— Comme Maxhagan, dit-elle.

— Il y en avait vraiment très peu, des comme lui. Les pires… monstres. Bien au-delà de ce que je voudrais jamais être. Ils me répugnaient. Mais ils m'ont offert une chance de vivre, et je l'ai saisie.

— Quelle chance ?

— Celle de faire de l'argent en gardant des secrets. Je me suis retrouvé de nouveau isolé, et solitaire. Deux des Neuf Maisons m'employaient comme messager. Ils me confiaient des secrets qu'on ne pouvait transmettre ni par écrit, ni par la technologie. C'était à moi qu'il revenait de les porter, en sachant qu'à la moindre fuite, j'étais mort. Et c'est toujours valable. Je pourrais vous dire des choses incroyables, Lanoree, vous n'avez pas idée…

— Mais vous ne le ferez pas.

— Non. Et après ce que Dam-Powl m'a fait, même le plus puissant des Je'daii ne pourrait pas les extraire de mon cerveau.

— Elle vous a protégé, dit-elle, comprenant enfin ce qui s'était passé.

En rendant Tre Sana impénétrable, même aux inquisitions des Je'daii, elle lui avait donné le cerveau idéal pour protéger ces secrets du passé qui pourraient autrement signifier la mort pour lui.

— C'est une petite partie seulement de ce qu'elle m'a promis, ajouta-t-il d'une voix plus basse. Parce que je veux récupérer ma vie. Les gangsters ne sont pas venus me trouver depuis presque une année, mais ils ne tarderont plus à le faire. Et je ne veux pas de ça. Ce que je veux, c'est tout ce que Dam-Powl m'a promis – une nouvelle identité, un nouveau visage, une nouvelle adresse. Et oublier tout ce que j'ai fait.

Il se mit à rire doucement en touchant son troisième lekku.

— Une opération, aussi. J'ai envie de me fondre dans la foule, je ne veux plus me faire remarquer. Je veux être… normal.

Vous ne le serez jamais, songea-t-elle. *Pas après tout ce que vous avez fait et vu*. Et elle était bien placée pour le savoir. Mais elle se tut ; elle n'avait aucune envie de lui briser ses rêves. Tant qu'il rêvait, il pouvait l'aider. Elle avait de la peine pour lui, mais avait aussi conscience que son envie de tourner le dos à une telle vie ne le pardonnait pas de tous ces crimes dont il était redevable. Et encore ne lui avait-il confié qu'une toute petite partie de ce qu'il avait pu faire. Sa peau rouge était tachée du sang de toutes ses victimes, dont elle n'osait imaginer le nombre.

— Après ça, Dam-Powl me rendra ma liberté, dit-il.

Il avait l'air si confiant. Si sûr.

— Elle tiendra parole, dit-elle. Et c'est à elle que je dois moi aussi une grande partie de ce que je suis.

Tre haussa un sourcil et ses lekkus formèrent une sorte de point d'interrogation. Toutefois, même s'il lui avait ouvert son cœur, elle n'avait aucune intention de partager son histoire à elle avec quelqu'un comme lui.

D'un signe de tête, elle désigna la partie occidentale du dôme où la lumière jaunâtre franchissait les filtres pour se répandre faiblement sur la ville.

— Ce sera bientôt le crépuscule. Il est temps d'aller entendre ce que Maxhagan a à nous dire.

12

LE GOUFFRE

Ashla. Bogan. Ce ne sont que des lunes. Ma destinée à moi se trouve ailleurs… et elle possède sa propre gravité.

Dalien Brock, journal, an 10661 AATY

Lanoree se réveille d'un rêve dans lequel elle est là-bas, à la maison, un rêve où elle rêve des étoiles, et Dal est assis à côté d'elle. Il baigne dans la lueur d'un feu, mais son visage est presque entièrement dans l'ombre. Pourtant, elle interprète sans mal son attitude et son immobilité – il la regarde avec une froideur terrifiante.

— Quoi ? Il y a un problème ?

Mais elle sait qu'aucun danger extérieur ne les menace. Ils ne sont qu'à une journée d'Anil Kesh et ont campé sous un bosquet de cœurs-de-nèfles, ces arbres aux fruits en forme de cœur et aux puissantes qualités nutritives. Ils en ont mangé plusieurs chacun et elle a l'estomac plein. La faune, dans ces contreforts, est plutôt dangereuse – il y a notamment des araignées acides et on dit qu'il y aurait aussi une famille de tygahs-flamme qui aurait traversé les îles de la Lune. Mais s'il y en avait à proximité, elle les sentirait. Elle le saurait.

— Je suis le Gouffre, dit Dal.

Sa voix est plus basse qu'auparavant, presque caverneuse, comme si elle montait d'elle ne savait quelles profondeurs.

— Que veux-tu dire ?

Sa propre voix est celle d'une petite fille apeurée. Et elle *est* apeurée.

Dal bouge et se tourne vers les flammes dont la lumière révèle son visage. C'est toujours son frère mais il semble soudain plus âgé. Plus sage. Comme si elle avait devant elle un Dal qui aurait déjà terminé son Grand Voyage.

— J'ai des profondeurs qui attendent d'être comblées. Des lieux que tu ne verras jamais, où tu n'iras jamais, parce que tu es une Je'daii, et que mes profondeurs m'appartiennent. Rien ne les gouverne à part moi-même.

— La Force ne me gouverne pas, Dal.

Il a un reniflement de mépris, et elle en est plus effrayée encore. Elle savait encore qui était son frère lorsqu'elle s'est endormie, mais maintenant…

— Que s'est-il passé ? demande-t-elle.

— Je suis le Gouffre. J'ai des profondeurs à explorer et à combler.

— La profondeur suggère le mystère et la plénitude. Mais je ne sens que le vide en toi.

— C'est ta Force qui te dit ça, répond-il en crachant presque les mots. Et tu la crois.

— Non. Je le sais grâce à l'amour que j'ai pour toi, mon frère.

Très fugacement, elle voit une expression de regret passer sur ses traits. Mais peut-être n'est-ce que le reflet compatissant d'une flamme.

— Mon propre Grand Voyage se terminera bientôt,

dit-il. Dès que j'aurai pris tout ce que je peux sur Tython, je partirai. Ne te mets pas en travers de mon chemin.

Le lendemain, au crépuscule, ils arrivent en vue d'Anil Kesh.

Lanoree a entendu quantité d'histoires sur cet endroit, mais rien n'aurait pu la préparer à ce qu'elle a à cet instant sous les yeux. La structure même du Temple est incroyable. À la fois gracieux, troublant et colossal, l'édifice lui évoque un monstrueux insecte tant dans sa forme que dans ses proportions. Une merveille d'ingénierie qui surpasse tout autre bâtiment sur Tython. Sa Tho Yor flotte autour de lui, parfois toute proche, parfois plus lointaine. Il est dit qu'elle dérive avec la Force.

Sous le Temple, le Gouffre. L'un des lieux les plus prodigieux sur Tython. L'un des plus mystérieux et dangereux, aussi, car le Gouffre est apparemment un cratère sans fond où sévissent de furieuses tempêtes de Force et où réside le mystère. Aucun Je'daii n'est jamais descendu assez profondément pour en atteindre le fond ; si certains y sont parvenus, ils n'en sont jamais revenus. Et plus l'on est puissant dans la Force, plus l'influence du Gouffre est pernicieuse – désorientation, douleur et, au bout du compte, la mort. Beaucoup ont essayé. Certains sont morts, et d'autres sont descendus si profondément qu'ils sont revenus fous, victimes d'illusions. Le suicide est fréquent parmi ceux qui, au mépris de toute mise en garde et contre toute raison, se lancent dans l'aventure.

L'un des objectifs majeurs d'Anil Kesh est de sonder la profondeur du Gouffre, car il représente Tython – et la Force – dans tout son mystère. Lanoree a vu des holos où Quan-Jang, le Maître de Temple, parlait du Gouffre, et même au travers de ces simples documents, elle a pu éprouver sa fascination et le respect mêlé de crainte qu'il exprimait. Les Je'daii, disait-il, en atteindront un jour le fond. C'est ce qui peut y exister qui les poussent à essayer.

Je suis le Gouffre, avait dit Dal. Comme ils approchent d'Anil Kesh, à présent, elle s'attend à ce qu'il observe cette étrange blessure de la terre, mais il semble tout à fait indifférent et pas le moins du monde concerné. Contrairement à lui, elle en ressent l'aimantation et l'incroyable puissance de son pouvoir primitif. La Force, en elle, est complètement chavirée. Elle a le cœur au bord des lèvres.

Et surmonter cette nausée, elle le sait, sera une de ses premières leçons à Anil Kesh.

Ce n'est pas l'étape finale de leur Grand Voyage. Pourtant Lanoree ne peut se départir d'un sentiment de dénouement suspendu au-dessus de Dal et elle.

La Station Greenwood était une ville qui ne dormait jamais. Le soleil avait disparu sous l'horizon et le dôme était à présent illuminé par des centaines de lampes suspendues sous les colossales nervures de soutien. De piètres succédanés du soleil, mais Lanoree supposa que c'était leur nuit. L'air était chargé d'un curieux mélange d'odeurs industrielles, de cuisine et d'égouts, et Tre et elle arrivaient une fois de plus en vue de l'étal d'eau importée de Maxhagan.

Elle l'aperçut de loin qui refermait des volets délabrés sur ses tables et indiquait à plusieurs aides où ranger les bouteilles invendues. Il refoulait un couple de clients tardifs d'un sourire désolé quand il aperçut Lanoree. Son sourire resta en place, mais perdit de son amabilité.

Lanoree ne changea pas d'allure, mais se sentit rassurée par le flot de la Force en elle. Ses muscles se raidirent, son épée vibra sous l'effet du pouvoir et ses sens – toujours en alerte – se mirent à l'écoute du danger. Maxhagan était son objectif, mais s'il lui voulait du mal, alors il attirerait délibérément son attention. Et l'attaque viendrait de ceux qui l'entouraient.

— Tre Sana ! lança-t-il. Lanoree ! Je suis si content de vous revoir tous les deux !

Tre regarda nerveusement autour de lui pour voir si d'autres qu'eux avaient entendu son nom, et Lanoree eut du mal à contenir son sourire amusé. C'était à se demander combien d'ennemis le Twi'lek s'était faits au fil des ans.

— Je suis surprise que vous fermiez, remarqua-t-elle.

— Juste pour un moment. Les gens se rendent à leur travail, maintenant, et ils ont autre chose en tête. Ou alors ils rentrent chez eux, à moins qu'ils aillent dans les tavernes, et alors autant dire que l'eau n'est pas leur priorité.

— Et je suppose que tu remplis les bouteilles et que tu les refermes hermétiquement aussi, hein ? dit Tre.

L'air confus de Maxhagan semblait presque sincère.

— Tu doutes de ma marchandise ?

Tre s'abstint de répondre.

— D'autres marchands d'eau vont et viennent. Ils remplissent leurs bouteilles à des sources empoisonnées dans les grottes de la station, y jettent quelques pastilles pour la purifier, les scellent et les vendent en les faisant passer pour de l'eau pure. Aucun d'eux n'est jamais resté bien longtemps. Et c'est pour ça que moi je suis encore ici ; je vends de la pureté depuis quatre ans. Et les clients reviennent toujours me voir.

— Ils viennent tous acheter leur eau chez vous ? demanda Lanoree.

— Tous les gens importants, oui, répondit Maxhagan dont le visage se fit soudain sérieux. Mais assez parlé d'eau. Suivez-moi.

Se retournant, il se dirigea vers les tentures au fond de son stand ; Lanoree et Tre durent enjamber les tables pour le rejoindre.

Il les conduisit de l'autre côté de la place vers une porte dans un coin. Au début, elle crut qu'il les emmenait à nouveau dans une de ses luxueuses salles, mais les bruits festifs et les odeurs épicées qu'elle perçut la détrompèrent aussitôt. À son entrée dans la taverne, Maxhagan n'attira que quelques coups d'œil intrigués. La plupart s'arrêtèrent davantage sur elle que sur le marchand d'eau, et elle maintint sa capuche relevée. Elle n'avait jamais pu se départir du sentiment tenace que son héritage Je'daii était aisément repérable.

— Dans le coin, la table ronde, dit Maxhagan. Je vais chercher les boissons.

— On n'a pas soif, dit-elle.

— Mais moi, si.

Il se fraya un chemin jusqu'au bar tandis qu'elle sondait les lieux. Il y avait beaucoup de travailleurs dont, pour certains, la spécialité était évidente. Pour d'autres non. C'était un mélange de gens, d'espèces et de croyances. Aucun ne semblait être armé. Elle se tourna vers Tre et fut heureuse de voir qu'il avait bien dissimulé son blaster.

Elle finissait d'examiner le lieu pour s'assurer qu'aucun danger ne les y attendait quand Maxhagan les rejoignit. Il avait *sûrement* des gardes du corps. Mais son incapacité à les repérer dans la foule la mettait un peu mal à l'aise.

— Vous l'avez trouvé ? demanda-t-elle.

— Votre frère ? Oui.

Il avala une grande lampée de son verre opaque.

— Où est-il ? Toujours sur Nox ?

— Non.

Elle sentit son moral sombrer, mais ne quitta pas pour autant Maxhagan des yeux. Et elle le sentit qui, intérieurement, s'amusait. Il jouait avec elle.

— Il n'est pas *sur* Nox. Il est en dehors. Dans un lieu qui, en termes diplomatiques, n'est pas ici du tout.

— Expliquez-vous.

— Vous êtes jeune pour une Ranger, non ?

Il se détendit, s'adossa au dossier et posa les mains sur sa bedaine proéminente. Mais ce qui troubla le plus

Lanoree fut de voir que son sourire montait jusqu'à ses yeux.

— Pas particulièrement. Mais qu'est-ce que mon âge vient faire dans cette histoire ?

— Les jeunes Je'daii en savent généralement bien moins que leurs aînés. On ne leur en dit pas autant. Les secrets ont une façon particulière de se transmettre. Je suis bien placé pour le savoir : les secrets, c'est mon fonds de commerce.

Lanoree porta son verre à ses lèvres et en profita pour promener son regard sur la taverne bruyante et enfumée. La manie de Maxhagan de répéter le mot *Je'daii* lui déplaisait, mais personne ne semblait y prêter attention. Ses sens bien alertes dans la Force, elle avait conscience de l'ironie de la situation : ses deux compagnons du moment étaient à l'abri de ses investigations.

— Votre frère est en visite à Pan Deep, un lieu où on honore encore parfois des commandes pour les vôtres. C'est à la base de la tour centrale, dans ses racines mêmes, dans ses plus anciennes fondations. Assez proche de la surface pour bénéficier des systèmes de survie et de l'infrastructure de la Station Greenwood, mais tout de même assez profond pour survivre quand les Je'daii nous ont bombardés pendant la guerre. Et suffisamment bouclé pour être… ailleurs.

— Je n'ai jamais entendu parler de…

— Bien sûr que non. C'est un secret. Mais vous ne vous demandez pas pourquoi la Station Greenwood n'a subi que des dégâts superficiels ? Les dômes tout autour ont été complètement démolis. Les gens y ont été grillés, ou écrasés, ou foudroyés. Mais ici…

Il leva la main comme pour désigner la zone endommagée du dôme, réparée depuis, là où une attaque Je'daii avait défoncé une petite partie de la ville.

— Donc comment est-ce que je descends là-dedans ?

Et qu'est-ce qu'on y fait, dans cet endroit ? demanda-t-elle, même si elle connaissait déjà la réponse.

Dal était en train d'y faire construire son engin. Elle fut soudain prise d'un besoin urgent d'agir.

— De la technologie de pointe, répondit Maxhagan. *Très* pointue. Militaire. Quelquefois au-delà. Une science vraiment très avancée que je n'essaierai même pas de comprendre.

Il lissa son crâne chauve jusque derrière ses oreilles.

— J'ai moi-même eu recours à cet endroit, à l'occasion, dit-il avec un léger sourire. Ça m'intéresse. Et ceux qui l'utilisent m'intéressent encore plus.

— Il y est en ce moment ? Avec ses Rêveurs d'Étoiles ?

— Il a atterri il y a deux jours, et son vaisseau est toujours dans le spatioport à la sortie de la ville. Par contre, j'ignore combien de personnes ont atterri avec lui.

— Dites-nous comment nous rendre à Pan Deep, dit-elle.

— Vous êtes à ce point déterminée à parler à votre frère, Lanoree ? Et Tre… Tu es prêt à l'aider ?

— Oui, et oui, répondit Tre pour tous les deux.

Maxhagan coula un regard sur le côté, et ce que Lanoree remarqua alors à l'autre bout de la taverne mit ses sens en alerte. Deux humains, petits mais costauds, qui ne semblaient pas avoir le moindre intérêt pour leurs consommations. Les yeux fixés sur la table, ils étaient totalement concentrés. À l'écoute. Un petit dispositif métallique brillant fiché dans l'oreille.

Lanoree se pencha sur la table, satisfaite de voir Maxhagan se reculer.

— Vous savez *qui* et *ce que* je suis. Ma jeunesse vous fait sourire, mais vous êtes un homme plus âgé qui a survécu toutes ces années en faisant ce que vous faites. Parce que vous êtes raisonnable. Vous assurez votre sécurité. Et donc vous savez qu'on ne plaisante pas avec un Je'daii, Maxhagan. Nous avons payé l'information qu'il nous fallait et vous en sommes reconnaissants. À présent, nous allons partir.

Le sourire de Maxhagan resta sur ses lèvres mais disparut de ses yeux.

— C'est une menace ?

— Oui.

Tandis que tous trois restaient figés, Lanoree promena ses sens dans la taverne. Les deux hommes, les yeux baissés sur leur table. Un Wookiee au bar. Une Zabrak de l'autre côté de la porte avec un blaster à trois canons caché dans son sac à dos mais facile à attraper. Trois Noghris en train de rire très fort dans un autre coin, des poignards fixés sur leurs jambes, les griffes chargées de sacs à venin. Tous des sbires de Maxhagan, et qui tous la surveillaient.

Si la situation devait déraper, ce serait un bain de sang. Et Lanoree n'avait pas le temps pour ça.

— Je suis ravi de faire affaire avec vous, dit Maxhagan, tout sourire.

Il sortit une petite capsule qu'il lui tendit sur sa paume ouverte. Lanoree la prit rapidement. Et, ignorant son aversion instinctive, elle lui serra la main.

— Bonne chance, dit-il.

— Je ne compte pas sur la chance, répondit-elle.

Elle quitta la taverne sans se retourner, consciente de la présence de Tre derrière elle. Des regards les accompagnèrent jusqu'à la sortie. Ils passèrent devant la Zabrak qui attendait dehors, et Lanoree lui adressa un bref hochement de tête.

— Il aurait pu nous en dire plus, remarqua Tre alors qu'ils retraversaient la place. Je suppose que vous n'attendez pas des merveilles de cette capsule ?

— Il y a beaucoup de choses qu'il ne nous a pas dites, répondit-elle. Mais cet endroit sera facile à trouver. Croyez-moi.

Tout en marchant, et en s'assurant qu'ils n'étaient pas

suivis, elle glissa la capsule dans son ordinateur-bracelet et accéda au terminal principal du *Pacificateur*. Auquel elle demanda de lire la capsule – attentivement, et avec le protocole intégral de protection au cas où Maxhagan lui aurait fait cadeau d'un parasite – avant de chercher des plans de construction de la Station Greenwood.

— Venez. On n'a pas de temps à perdre.

Elle imaginait l'expression de ses parents si elle devait leur dire que Dal était toujours en vie. Et elle se rappela celle qu'ils avaient eue la seule fois où elle était revenue les voir depuis qu'elle était une Ranger – comme s'ils l'avaient perdue, elle aussi.

Lanoree ne pourrait rien leur dire de tout cela tant que cette histoire ne serait pas bouclée. Et encore ne leur en parlerait-elle que si tout se terminait bien.

Si elle devait tuer Dal, elle emporterait son secret avec elle dans la tombe.

Le vaisseau localisa les plans de construction les plus récents qu'il put trouver pour le noyau central de la Station Greenwood et les lui transmit sur son ordinateur-bracelet. La sirène de minuit retentit dans le dôme juste au moment où Lanoree et Tree pénétraient dans un entrepôt abandonné du District Quatre. Ils étaient proches de la colonne centrale, ici, et, en levant les yeux, Lanoree pouvait voir les innombrables lumières de ceux qui y vivaient. Il s'en trouvait beaucoup, là-haut, pour profiter de ce qui se passait en dessous, mais n'était-ce pas finalement toujours le cas ? Les classes dominantes choisissaient toujours les niveaux supérieurs.

D'après le plan, il était clair que l'espace souterrain de Greenwood n'était pas un endroit paisible. Les fondations de la nouvelle ville avaient été bâties à partir de ruines du passé. On y trouvait des constructions artificielles profondément enfouies dont l'utilité n'était pas évidente, ainsi que des voies de transport public et d'énormes tunnels taillés dans l'infrastructure de la ville par lesquels la plus grosse partie de ses produits était acheminée au spatioport d'où ils seraient exportés. Avec les systèmes de survie, les réservoirs d'eau, les usines de retraitement des déchets, les centrales électriques et les installations de stockage, la ville était presque aussi vaste sous terre qu'elle ne l'était au-dessus.

Mais l'endroit qu'elle recherchait, Pan Deep, n'était en fait pas aussi enfoui que le reste de la station, il se situait à l'intérieur des fondations de la tour centrale.

Trouver leur chemin au premier niveau souterrain en direction de la tour leur prit du temps. Lanoree s'efforçait d'agir le plus discrètement possible ; savoir que Maxhagan connaissait leur destination et qu'il en savait plus que ce qu'il avait bien voulu leur dire la mettait déjà très mal à l'aise. Elle se méfiait de ses petits jeux. C'était un menteur accompli, mais elle n'avait d'autre choix que de supposer qu'il avait dit la vérité quant à Dal et à Pan Deep.

D'autant plus que cela correspondait tout à fait à ce qu'elle savait des intentions de son frère. Et dont, elle l'espérait, Maxhagan ne *pouvait pas* être au courant.

Ils descendirent de l'entrepôt par un vieil escalier métallique rarement utilisé et dont les marches résonnaient bruyamment sous leurs pieds ; des tubes lumineux faisaient danser les ombres. Lanoree se rappela son entraînement à Qigong Kesh et éprouva soudain le désir intense de retrouver la paix du Désert Muet tandis qu'elle projetait ses sens autour d'eux. Elle cherchait à flairer le danger, à entendre des respirations qu'on retient, à distinguer des ombres dans l'obscurité, et si son esprit devait entrer en contact avec un autre esprit chargé de violence, elle le saurait.

Au bout d'un moment, ils atteignirent un long tunnel sinueux menant vers la tour. Lanoree alluma son tube fluorescent. Et juste comme elle estimait qu'ils se trouvaient sous le cœur central de la tour, la galerie s'ouvrit sur une vaste caverne artificielle, un endroit irréel dont le sol plongeait en direction d'un trou creusé en son milieu.

— Oh, dit Tre. Oh ! répéta-t-il en pressant une main sur son nez avec un air dégoûté.

Et Lanoree ne put qu'approuver. Ils respiraient déjà l'odeur croupie des eaux usées depuis un moment, mais *voir* cet endroit n'arrangeait rien.

Les effluents de la tour convergeaient tous ici. C'étaient peut-être dix mille personnes, de dix espèces différentes ou plus, qui jetaient leurs déchets dans les toilettes et dans les broyeurs d'ordures des habitations, des bureaux, des tavernes et des restaurants. L'eau de pluie, déjà empuantie par les polluants, servait à chasser les eaux usées vers les canalisations, et ils pouvaient constater à cet instant le flot immonde qui se déversait du très haut plafond. D'innombrables tuyaux et rigoles convergeaient ici pour, dans une providentielle obscurité, répandre leurs contenus fétides sur le sol. Un sol mouvant – une espèce d'épaisse bouillie répugnante qui coulait très lentement sur la pente en direction du grand trou au centre de la grotte. Et Lanoree supposait que, de là, l'immonde brouet tombait dans un lac souterrain ou une grande faille de la croûte terrestre. Des milliers d'années de déchets urbains pourrissaient dans l'obscurité.

— Très bon choix pour jouer les touristes, remarqua Tre.

Elle s'abstint de répondre car il aurait fallu pour ça qu'elle ouvre la bouche. Elle consulta de nouveau son ordinateur-bracelet, puis l'éteignit. Les plans ne leur servaient à rien, pour le moment. Pan Deep se trouvait dans un endroit absent de toute cartographie, et elle pensait savoir où le trouver.

Tapotant l'épaule de Tre, elle se servit de son tube fluorescent pour lui désigner le périmètre de l'immense grotte.

— Vous voulez vous promener là-dedans ? demanda-t-il.

Lanoree acquiesça puis se mit en route. Elle avait déjà repéré le semblant de chemin, à leur gauche, qu'un surplomb protégeait de tout ce qui pourrait tomber du dessus. Il menait à l'entrée d'un couloir dissimulé derrière une saillie du mur. Une fois à l'intérieur, ils se retrouvèrent face à une pente ascendante.

Elle s'arrêta brusquement et Tre faillit lui rentrer dedans.

— Quoi ? dit-il.

— C'est un lieu caché, il n'apparaît pas sur le plan. Ce n'est peut-être pas ce qu'on cherche, mais je ne vais pas tarder à le savoir. Donnez-moi une seconde.

Elle s'efforça de se détendre, ferma les yeux et prit de profondes inspirations en laissant la Force couler en elle. Très vite, la puanteur se dissipa alors que la Force nettoyait et purifiait ses sens, et elle se sentit prête pour ce qu'elle cherchait.

— Qu'est-ce que vous espérez trouver, au juste ? demanda Tre.

— La source d'énergie.

Elle lança ses sens autour elle.

C'était un endroit sombre, alourdi par le poids de la tour centrale de la Station Greenwood et de tous ceux qui y résidaient. L'air lui-même semblait infecté par une odeur de turpitude et de corruption. Peut-être était-ce à cause de l'usine militaire de la ville, mais Lanoree l'interprétait davantage comme l'empreinte de l'esprit de ceux qui travaillaient et vivaient ici. Elle avait vu beaucoup de monde, et tous semblaient être constamment en train de bouger, de parler, de manger ou de boire. Il s'en trouvait peu pour prendre le temps de s'arrêter simplement afin de méditer sur leur vie. Peut-être par crainte d'avoir à en constater la désastreuse réalité.

Elle frissonna. Nox était depuis longtemps considérée comme une planète réellement déséquilibrée, et ici peut-être plus qu'ailleurs.

Elle projeta son esprit au-delà de ces ombres afin de chercher l'énergie. Il y en avait d'innombrables sources au-dessus, dans la tour, mais ici, dans les soubassements, il n'y avait que quelques vieux générateurs poussifs en perte de vitesse.

Et puis elle tomba sur le vide obscur d'un blindage massif. Elle sonda plus profondément, mit la pression, et ses sens, avec la Force, parvinrent à forcer le barrage.

Une lumière vive. Un potentiel énorme. Une puissance stupéfiante.

— Par ici, dit-elle. On va remonter, mais pas très loin.

Ils enfilèrent d'autres passages et chaque pas les éloignait un peu plus de la puanteur. Il y avait un moment qu'ils progressaient, à présent, et Lanoree avait faim et soif. Mais elle était également excitée. La dernière fois où elle avait été aussi près de Dal remontait à cet horrible et douloureux matin, à Anil Kesh.

— Ici, dit-elle.

Les murs étaient rugueux et le sol inégal dans ce tunnel, mais elle distinguait une lueur au-delà. Et, tout près, les pensées immondes d'un homme violent.

Lanoree éteignit son tube fluorescent et se retrouva dans l'obscurité, mais pas totale. Agrippant le bras de Tre, elle l'attira près d'elle.

— Des gardes, lui souffla-t-elle à l'oreille.

Elle tira son épée et s'avança. Tre, son blaster à la main, la talonnait. Son cœur battait vite. Elle contacta de nouveau l'esprit du garde et recula aussitôt devant les pensées violentes et…

Ce ne fut qu'au tout dernier instant qu'elle comprit son erreur. Les pensées de l'homme avaient été un écran, un stratagème. Et alors que les tirs de blaster éclataient, elle perçut son esprit, le vrai, et les visions de triomphe éclatant qui l'embrasaient.

Elle s'élança, et la Force avec elle, *en* elle. Les gestes et la réalité ralentirent, et elle se laissa porter ; ses perceptions, ses réactions en étaient amplifiées. De son épée, elle dévia deux décharges de blaster tout en avançant rapidement.

L'homme était accroupi derrière une colonne reliée à la paroi du tunnel. Il portait une tunique ample, similaire à celle des moines Dai Bendu, mais tout semblant de sainteté était saboté par l'arme dans sa main et la fureur qu'elle ressentait en lui.

Un coup fusa derrière elle et percuta le mur dans le fond du tunnel, pulvérisant la pierre et projetant un éclair de feu sur toute sa longueur, ce qui permit à Lanoree de voir deux autres silhouettes foncer vers eux. Le temps pressait.

Cette fois, pas question de le perdre ! songea-t-elle, et en trois bonds – tout en balayant de son épée les décharges qui lui étaient destinées –, elle fut sur l'homme. Elle vit la lueur de peur dans ses yeux avant de lui détacher la tête des épaules, puis s'accroupit pour faire face aux Rêveurs d'Étoiles qui s'avançaient vers elle alors même qu'elle sentait le sang lui éclabousser le cou.

Tre arriva en courant dans le tunnel et s'aplatit contre le mur en face d'elle, tout en déchargeant son blaster. Un grognement, le son d'un impact, et une femme se mit à hurler.

— Ne bougez pas d'ici ! dit Lanoree.

— Mais…

Sans prendre le temps de répondre, elle s'élança en courant, son épée ensanglantée devant elle. Elle projeta un coup de Force au-delà et perçut les cris des trois ennemis qu'elle avait renversés. Une décharge la frôla en grésillant et elle respira une bouffée de cheveux grillés et de tissu brûlé. Parfait. *La Force te donne le pouvoir, et le pouvoir transmet la confiance*, lui avait dit Maître Kin'ade à Stav Kesh, *mais la confiance peut être ton ennemie*. Lanoree n'oubliait jamais sa propre mortalité.

Tre tira au-delà d'elle, contraignant ainsi leurs adversaires à baisser la tête tandis qu'elle se rapprochait d'eux. *N'ignore pas les blessés à terre*, se dit-elle avant de les rejoindre pour, d'un coup d'épée sur la gauche, ouvrir une Noghri de la gorge au sternum, puis de s'accroupir pour rouler, se relever et, d'un coup sur sa droite, atteindre un homme sous le bras. Il bascula sur le côté en hurlant, la lame fichée entre les côtes, puis tomba. Comme, dans le mouvement, Lanoree était entraînée vers l'avant, il se tourna – s'enfonçant ce faisant la lame plus profondément dans la chair et se brisant des os – afin de lever son blaster vers son visage.

Lanoree lança son poing gauche et, soutenue par la Force, envoya l'arme valdinguer. Deux doigts de l'homme étaient encore crispés sur la gâchette.

Il s'effondra, à l'agonie, et elle grimpa sur sa hanche pour dégager son épée.

Une détonation retentit derrière elle, immédiatement suivie d'un cri bref et étranglé. Elle virevolta. La femme blessée était affalée contre le mur, la gorge et la mâchoire inférieure en bouillie, les lèvres de la plaie grésillant encore de la décharge qui l'avait tuée.

Dix pas plus haut, dans le couloir, Tre abaissa son arme.

— Elle était presque sur vous.

Lanoree le remercia d'un hochement de tête. Elle n'était pas passée loin. *Mal joué*, songea-t-elle. Mais ce n'était pas le moment d'analyser son erreur.

— Bon, maintenant ils savent qu'on est là, dit Tre.

— Je crois qu'ils le savaient depuis un moment. Allons-y.

Ils remontèrent le tunnel à petites foulées. Lanoree lançait constamment ses sens au-devant et tout autour d'eux. Avec la violence des combats, son cœur battait à tout rompre, le sang se ruait dans ses veines et son pouls cognait à ses oreilles. Elle savait se contrôler et avait le pouvoir de se calmer, mais elle savait aussi qu'un état de conscience aiguë du combat pouvait lui servir. La Force la complétait ; elle était sa meilleure arme.

Ils franchirent une porte, grimpèrent une volée de

marches, et brusquement le mur de pierre disparut, cédant la place à un couloir métallique. Elle le sonda, mais sa vision était à présent voilée et ses sens brouillés. Si elle en croyait Maxhagan, Pan Deep pouvait parfois aider les Je'daii, mais les lieux s'efforçaient aussi de s'en protéger.

Elle continua de courir. Ralentir maintenant pour faire le point serait perdre l'avantage qu'ils avaient encore. Le combat n'était sûrement pas passé inaperçu, et peut-être que Dal et les Rêveurs d'Étoiles encore sur place ne s'étaient pas attendus à ce qu'elle s'en sorte aussi rapidement. Le chaos de la bagarre jouerait en sa faveur.

Elle franchit une nouvelle porte et se retrouva dans une salle.

Derrière elle, Tre poussa une exclamation étouffée.

C'était une vaste pièce aux murs lisses, aux lignes épurées, avec le sol et le plafond blancs, et qui ne ressemblait à rien de ce que Lanoree avait jusque-là vu sur Nox. Elle aurait davantage eu sa place à l'intérieur d'un luxueux vaisseau spatial que dans une base manufacturière souterraine. Une grande table en occupait le centre, sur laquelle était posé un objet lâchement enveloppé dans un drap blanc. Des instruments et diverses pièces étaient éparpillés autour, ainsi que plusieurs petits meubles de rangement à roulettes contenant d'autres outils et d'autres pièces détachées relevant d'une obscure technologie. L'endroit évoquait plus une salle d'opération qu'un laboratoire.

Six Selkaths étaient tassés dans un coin, vêtus de sobres blouses blanches de laboratoire. Tous avaient l'air terrorisés.

Et debout devant la table… Dal.

— Lanoree ! s'exclama-t-il.

Sa surprise était évidente à la façon dont il écarquilla les yeux et leva les mains, et devant son sourire elle eut l'impression de retrouver son adolescence ; elle était si heureuse de le voir. Une forte émotion faite de plaisir, de tristesse, d'un sentiment de perte et d'amour. Il s'avança, apparemment heureux de la voir et, l'espace d'un bref instant, elle fut submergée par les souvenirs. Et ces quelques secondes furent tout ce dont son frère eut besoin.

Tre cria, et elle sentit quelque chose s'abattre sur sa tête. Elle n'eut que le temps de voir le sol se précipiter vers elle avant que l'obscurité ne l'engloutisse.

13

D'AUTRES VOIES

L'alchimie ne devrait pas avoir sa place dans l'expérience du Je'daii. C'est une force ésotérique, secrète et dangereuse. Elle a le pouvoir de perturber l'équilibre. Il y a d'autres voies.

Vor'Dana, Maître de Temple, an 10456 AATY

À Anil Kesh, Lanoree a le sentiment de se retrouver, sans même s'être rendu compte qu'elle s'était perdue.

Leurs premiers jours sur place sont étranges. Il faut subir un processus d'orientation en raison de l'influence perturbatrice du Gouffre sous le Temple, et elle est bientôt immergée dans les discussions, les méditations et l'instruction. Avec d'autres Voyageurs, elle passe son temps dans des salles sombres, sans fenêtres, loin de toute vue du Gouffre, et un Maître Sith les aide à franchir diverses étapes de malaises physiques et d'incertitudes. Ce Sith est un vieux sage rompu à cet exercice. Il voit leur gêne s'apaiser – mais pas disparaître, car le Gouffre affectera toujours ceux puissamment touchés par la Force.

Et dans sa sagesse, il perçoit le plaisir que Dal prend à tout cela.

Le frère de Lanoree reste plutôt silencieux pendant ces premiers jours au Temple, mais il émane de lui un sentiment de paix qu'elle ne lui a encore jamais vu. Il prend plaisir à voir souffrir sa sœur et les autres Voyageurs.

On leur fait découvrir plusieurs tours du Temple Anil Kesh qui dépasse en grandeur et en puissance tout ce que Lanoree avait pu imaginer. Chacun de ses trois gigantesques piliers héberge un dédale d'espaces de vie dont les structures sont conçues pour apporter toute la puissance nécessaire aux supports. À l'intérieur de ces piliers, des amortisseurs de la taille de *Traque-Nuages* absorbent les puissantes pressions qu'impose l'incroyable violence des tempêtes issues du Gouffre. D'énormes réservoirs de liquide pneumatique y sont stockés à intervalles réguliers, et on trouve aussi plusieurs points d'accès pour les embarcations de secours. Aucune n'a jamais servi, et leur guide leur assure qu'elles sont totalement inutiles. Ici, tout est énorme et prodigieux ; aussi bien l'architecture que le génie technique inspirent le respect. Et leur guide en tire visiblement une certaine satisfaction.

Ces piliers soutiennent le corps central et massif du Temple directement accroché au-dessus du Gouffre. Suspendue par d'obscurs moyens, la Tho Yor dérive autour d'Anil Kesh, en harmonie, du moins le suppose-t-on, avec la Force.

Cette partie centrale est le cœur même d'Anil Kesh. Elle abrite plusieurs grands laboratoires, ainsi que des salles d'apprentissage et des salles d'étude privées pour les Maîtres du Temple, mais aussi des bibliothèques, des suites holo et des chambres de méditation. On y trouve aussi des plate-formes de lancement d'où des drones et divers engins sont parfois lâchés dans le Gouffre. Lanoree est étonnée d'apprendre que cela n'arrive plus que très rarement. Toutes les expériences pouvant être effectuées sans danger dans le Gouffre ont déjà été tentées d'innombrables fois, et malgré cela, on en sait toujours aussi peu sur cette gorge sans fond.

Les découvertes à venir, dit-on, devront provenir de moyens plus ésotériques.

Pourtant, un puissant rayon d'énergie pulsante, jaillissant du cœur même d'Anil Kesh, est toujours projeté dans le Gouffre en quête d'informations et d'explications.

Le quatrième jour, le Maître Sith leur annonce qu'il n'assurera plus leur instruction et que leurs nouveaux Maîtres se présenteront à eux le soir même. Ils ont donc quartier libre pour le reste de la journée.

— Je sors pour aller le voir, dit Lanoree à Dal.

Elle parle du Gouffre, et rien que de le dire fait battre son cœur plus vite. Elle est sur le point de voir quelque chose qui demeure toujours un mystère même pour les plus grands Je'daii, et elle veut le faire avec son frère.

Mais il est trop tard.

— Il n'y a pas grand-chose à voir, en fait, dit-il, l'air désabusé. C'est profond. Y a des orages. J'y suis allé quatre fois par jour depuis qu'on est arrivés. Et je trouve le Temple plus intéressant que le Gouffre, finalement. Tu as *vu* la longueur des piliers ? Tu as *senti* comme il *plie* sous le vent ?

Il se fiche d'elle, et il sait qu'elle le sait. Mais il s'en moque. Sa vision est ailleurs maintenant, toujours, et bientôt il se passera quelque chose. Peut-être qu'un matin, quand elle se réveillera, Dal sera parti, et elle ne le reverra plus jamais. À moins que ce soit pire encore.

— Je vais aller le voir, répète-t-elle.

Et comme elle passe devant lui, elle ressent plus qu'elle ne voit son rire silencieux.

Des marches mènent à une passerelle puis à l'extérieur.

Les lourdes portes métalliques sont toujours fermées de l'intérieur, comme si quelque chose du dehors pouvait chercher à entrer. Mais les dangers sont bien moins physiques. Elle tourne la poignée d'une porte qui s'ouvre vers l'intérieur…

… et reçoit avec violence l'air qui s'engouffre alors. Chargé d'une pluie tiède, il l'assaille comme le souffle d'un monstre fantastique et porte avec lui une forte odeur de mystère et de profondeur. La pluie crépite sur le sol et s'invite à l'intérieur, et Lanoree éprouve un instant de panique – qu'a-t-elle laissé entrer ?

Prenant une décision rapide, elle sort en tirant la porte derrière elle.

Au-dessus d'elle s'incline un des grands bras courbes du Temple qui servent à la fois de contrepoids aux piliers et de transmetteurs-récepteurs en accumulant la charge atmosphérique qui permet d'alimenter les expériences d'Anil Kesh et d'envoyer des messages du Temple aux autres Je'daii sur Tython et au-delà. Et sa masse, d'une certaine façon, la protège des tempêtes.

Mais elle peut toujours regarder vers le bas.

Elle s'avance jusqu'au bord de la vaste plate-forme d'observation, agrippe la rambarde et ressent le poids d'Anil Kesh derrière elle, et les bras protecteurs semblent la retenir dans leur impalpable étreinte. Le Temple respire le souffle du Gouffre, et ses piliers absorbent le moindre impact du vent.

— Tes perpétuelles oscillations appellent mon regard, murmure-t-elle.

C'est un vers d'un poème d'amour qu'elle a lu dans un vieux livre de sa mère, et elle se demande si le poète a jamais visité cet endroit.

Elle laisse son regard plonger dans le précipice et se demande si tous les Je'daii sont amoureux du Gouffre.

C'est un mystère. Il est profondeur et infinité à la surface de ce monde qu'ils daignent considérer comme le leur. Son souffle est tiède et chargé, et dans les profondeurs, à travers la brume des pluies torrentielles, elle peut distinguer les fréquents éclairs de la Force qui jaillissent dans l'obscurité et illuminent le néant. C'est à la fois étourdissant et exaltant, terrifiant et merveilleux. Elle agrippe le garde-fou, si fort que ses doigts lui font mal et que ses phalanges blanchissent. Elle n'est plus certaine de pouvoir desserrer son étreinte.

L'espace d'un bref moment d'extase, elle est tentée par le désir d'enjamber la rambarde et de basculer. C'est la mort qui l'accueillerait, mais pas avant qu'elle ait pu voir les profondeurs et connaître les secrets du Gouffre.

Il ne peut pas être sans fond. On le dit seulement parce qu'aucun Je'daii n'a jamais pu atteindre ses profondeurs et y survivre.

— Ou aucun n'a pu y descendre et en revenir, murmure-t-elle, et ses mots sont aussitôt emportés par le vent.

Elle est trempée. La tempête balaie des rideaux de pluie sur le Gouffre, au-dessous d'elle.

Une main se pose sur son épaule, et aussitôt elle a peur que Dal soit venu lui faire du mal. *Je suis le Gouffre*, a-t-il dit, et peut-être lui signifiait-il par là qu'il est désormais un mystère pour elle, avec un esprit qu'aucun Je'daii ne pourra jamais totalement comprendre.

Elle se fige. Elle est incapable de se défendre parce que trop choquée, parce que trop submergée par un sentiment d'infinité.

Mais une voix chaude lui dit alors :

— Rentre, Lanoree, nous serons mieux pour parler.

Cette première rencontre avec Maître Dam-Powl se prolonge jusque tard dans la nuit.

— Je t'ai dit de ne jamais te mettre en travers de mon chemin.

Obscurité. Douleur. Elle percevait sa propre respiration haletante, ressentait les battements affolés de son cœur.

Sa tête lui élançait, le cœur d'un soleil brûlait dans son cerveau. Et elle reconnaissait cette voix.

— J'aurais jamais pensé qu'ils t'enverraient me chercher.

Elle ouvrit les yeux, mais la lumière trop vive la blessa ; elle les referma. La douleur était comme un poids pressé sur tout son corps. Elle avait la tête chaude et mouillée, et tout était rouge.

De mer calme, qu'elle était habituellement en elle, la Force était devenue un torrent tumultueux de courants enchevêtrés.

— Je croyais qu'ils auraient plus de bon sens que ça.

Dal, se dit-elle en tentant de s'asseoir. Quelqu'un l'y aida. Ce qui l'étonna, mais déjà elle reprenait ses esprits. *Ne bouge pas, reste comme tu es. Faible. Blessée.*

— Je savais que tu étais après moi sur Kalimahr…

— Comment ?

Sa propre voix résonna douloureusement dans sa tête, rebondit contre son crâne, mais la question avait fusé presque malgré elle.

Dal ne répondit pas.

— Je ne pensais pas que tu arriverais à me suivre. Je croyais t'avoir fait peur. Mais tu es *acharnée*.

Était-ce vraiment une sorte d'hostilité qu'elle percevait dans sa voix quand il parlait d'elle ? Difficile à dire. Il avait tellement changé, et elle s'en rendait compte sans même avoir besoin de le voir.

Un grondement sourd retentit au loin. *Qu'est-ce que c'est ? Où est Tre ?* Elle se rappela son cri, supposa qu'il était mort et fut surprise par la tristesse qu'elle en éprouva. Tre n'était pas un bon Twi'lek, mais il faisait son possible pour s'amender. Pour tenter de racheter son passé.

Elle ouvrit de nouveau les yeux et regarda son frère. Il lui apparut tout d'abord flou, bougeant comme un serpent-balafre prêt à frapper. Elle ferma un œil et récupéra sa vision normale. Et Dal se manifesta clairement ; il était devant elle, un genou à terre comme s'il interrogeait quelque dieu antique.

— Tu as grandi, murmura-t-elle.

Et Dal se mit à rire. Un rire qu'elle reconnut, sauf qu'elle y percevait quelque chose de grinçant. Comme… une note de folie.

Et il avait *vraiment* grandi. Une expression mature qui semblait porter le poids de chaque jour de chaque année écoulée avait remplacé le beau visage du gamin qu'il avait été. Il avait aussi perdu des cheveux, et ce qui en restait était strié de gris. Une cicatrice apparaissait sur sa joue gauche. Il aurait sans doute pu faire quelque chose pour ses cheveux et cette balafre, mais elle ne percevait pas la moindre vanité en lui, pas le plus petit intérêt pour son apparence. Sa tunique était rêche et ordinaire. Tout ce qu'il était se concentrait désormais dans ses yeux.

Un coup retentit de nouveau, qu'elle ressentit à travers elle plus qu'elle ne l'entendit. Dal leva les yeux vers le plafond.

— J'ai grandi dans tous les sens du terme. Regarde. Sens.

— Je ne veux pas te…

— Mais moi je te dis de le faire ! hurla-t-il.

Elle grimaça alors que sa voix imprimait comme une brûlure dans sa tête, qu'elle enfonçait des flèches de douleur dans ses yeux. Peut-être s'était-elle fracturé le crâne. Elle tenta de sentir, d'éprouver, ainsi qu'on le lui avait appris à Mahara Kesh après qu'elle avait achevé son Grand Voyage sans son frère. Mais elle ne comprenait pas. La Force coulait en elle, oui, mais elle semblait « bégayer ». Comme elle ne parvenait pas à s'examiner, elle tenta de sonder l'esprit de Dal.

Et se retira aussitôt.

Il sourit avec un lent hochement de tête.

— Tu vois ? demanda-t-il. Tu sens ?

Elle acquiesça silencieusement alors que des vagues de

douleur roulaient en elle. Pas de lumière, pas d'obscurité ; pas d'Ashla, pas de Bogan. Mais il y avait en lui une force incroyable qu'elle avait tout juste commencé à identifier neuf ans plus tôt et qui s'était comme solidifiée. Une force qu'elle ne pouvait qu'interpréter comme de la folie, et cependant…

Cependant les objectifs et les ambitions de Dal étaient bien définis, et sa voie pour les réaliser fermement fixée. Sa folie était bien structurée.

— Ils ne sont pas nombreux à ne pas avoir au moins un petit peu de ta Force, hein, Lanoree ? Pas beaucoup. Pas lui.

D'un signe du menton, il lui désigna un coin de la pièce et elle fut soulagée d'y voir Tre. Il était affalé, du sang coulait d'une plaie sur son front et d'une autre à son œil gauche, et il tressaillait dans son inconscience.

— Même la plupart de mes Rêveurs d'Étoiles en ont.

Trois autres personnes étaient dans la pièce, à présent, en plus des Selkaths. Ils étaient de différentes espèces, mais tous portaient la même tenue que Dal. Ainsi, ils évoquaient des membres d'un ordre religieux, mais ils étaient bien plus que cela. D'autant que peu de religions imposaient à leurs fidèles d'être aussi lourdement armés.

— Rares sont ceux qui ne le souhaitent pas, répondit-elle.

— Tu vois, c'est pour ça que tu ne me trouvais pas. Là-dessous, dans ce vieux trou sombre. Parce que tu ne cherchais pas de la bonne manière. Tu cherchais comme si j'avais perdu quelque chose et que je m'étais enfui, et non pas comme si j'avais *trouvé* quelque chose et que j'avais suivi ma propre voie. Tu cherchais un animal blessé, à l'agonie. Et non pas l'homme que je suis devenu.

— Je cherchais mon frère.

— Et je te l'ai déjà dit, tu as laissé le frère que tu as toujours voulu là-bas, à Bodhi, avec nos parents. Il est mort, maintenant. Il est mort depuis longtemps.

Un autre coup retentit au loin, et elle l'absorba, l'examina. Elle était plus consciente, à présent. Apparemment, c'était une explosion.

— Que se passe-t-il ? demanda-t-elle.

Dal se leva alors pour s'approcher de l'objet couvert sur la table. Il était de la taille d'une tête de Noghri et, sous le drap, apparaissait comme une sphère.

— C'est presque terminé, dit Dal. Presque prêt. Tu sais ce que c'est ?

— Oui, répondit-elle, bluffant.

Elle connaissait ses intentions, et savait les moyens qu'il comptait employer pour les concrétiser. Mais elle n'avait en réalité aucune idée de ce qu'il y avait sous ce drap.

Dal posa la main sur l'objet avec une attitude proche du respect.

— C'est tout ce que j'ai toujours voulu, murmura-t-il presque pour lui-même.

— Dal…

— Tais-toi.

Il ne l'avait même pas regardée, et brusquement son attitude se modifia.

— Vous êtes sûrs ? demanda-t-il, s'adressant au groupe tassé dans le coin. Vous êtes *certains* ?

— Oui, répondit l'un des scientifiques qui s'avança d'un pas. Vos exigences étaient… pardonnez-moi, vagues. Nous avons travaillé dur. C'est une tâche que nous avons pris plaisir à accomplir. Et l'appareil est prêt à faire tout ce que vous attendez de lui. Il est… parfait. C'est l'une de nos créations les plus accomplies, et il concentre toute notre science accumulée. Une fois qu'il sera chargé…

— Ça suffit ! le coupa Dal en levant la main avant de se tourner vers Lanoree.

— Tu n'as pas conscience de ce que tu fais, lui dit-elle.

— Et toi, tu n'as pas idée de ce que j'ai vu.

Il se tourna alors vers ses Rêveurs d'Étoiles et leur adressa un signe de tête.

Et la violence éclata, aussi soudaine que brutale. Les Rêveurs d'Étoiles – un humain, un Twi'lek et un Cathar – sortirent leurs blasters et leurs arcs électriques, puis ouvrirent le feu sur les scientifiques. Atterrée, Lanoree fut pourtant incapable de fermer les yeux. Les Selkaths dansaient et tressautaient sous l'assaut des décharges. Le sang giclait, les éclairs grésillaient sur la peau, les vêtements s'enflammaient. En quelques secondes à peine, les scientifiques étaient morts, et le dernier d'entre eux glissa le long du mur pour s'affaler en travers de ses compagnons.

Calme, se dit Lanoree. *Calme*. Et elle chercha la Force, s'apprêtant à s'en servir pour se protéger. Le moment de le faire approchait. Il fallait qu'elle l'arrête, maintenant, et rien, ici, ne se terminerait bien.

Dal posait sur elle un regard qu'elle était incapable d'interpréter. Elle porta la main à son épée, mais le fourreau était vide. *Et maintenant ? C'est mon tour ?* songea-t-elle. La panique l'assaillit, mais elle la repoussa et chercha la Force familière afin de se préparer pour l'action. Toutefois, sa douleur était encore vive, et le choc nourrissait les tempêtes et les incertitudes en elle.

— Tu perdrais, dit-il. Tu en emporterais peut-être deux ou trois d'entre nous avec toi. Mais mes Rêveurs d'Étoiles sont prêts pour toi. Au premier contact dans leur esprit, un blaster te défoncerait le crâne, à moins qu'une décharge te grille le cœur.

Lanoree prit de longues et lentes inspirations, et l'instant s'étira.

— Si seulement…, commença Dal.

Elle chercha la faiblesse en lui, mais n'en trouva pas la moindre trace. C'était de l'agacement qu'il exprimait, pas du regret.

— Si seulement quoi ?

— Si seulement tu pouvais comprendre. J'aurais aimé que tu ouvres ton esprit à notre passé. Ta Force est si… *étriquée* ! Tu crois qu'elle te donne du pouvoir, on t'a mis dans la tête qu'elle était puissante, mais non, elle te ligote. Elle te met des œillères. Par contre, mes yeux à moi sont bien ouverts. On voit les étoiles ! On a un endroit dans l'univers qui nous a été fauché par la Tho Yor. Ils nous ont volés, nous ont débarqués ici et nous ont privés de l'avenir qu'on méritait. Et je vais le récupérer.

— Tu vas tuer tout le monde.

— Non, dit-il en souriant. Je sais ce que je fais.

— La matière noire ? La technologie Gree, Dal ? Tu joues avec quelque chose que nous sommes encore bien loin de comprendre, si on le peut un jour.

D'un signe de tête, elle désigna les cadavres encore fumants et agités de spasmes dans le coin.

— Tu les as entendus comme moi. Même eux disaient que cette chose est à la frontière de la science connue, et les frontières, ça se brise.

— Emportez-le, dit Dal à ses Rêveurs d'Étoiles en désignant l'appareil avant de lui tourner le dos.

Une autre explosion retentit au loin.

— Dal, qu'est-ce que tu as fait ? demanda-t-elle.

Elle se leva lentement en s'accrochant à un chariot d'outils. Le Cathar la surveillait, prêt à tirer.

— J'ai déclenché une petite bagarre.

Il se retourna pour lui faire de nouveau face.

Et en un instant très bref, elle revécut des souvenirs, mais tous étaient de bons moments passés avec son frère. Ils n'avaient pas leur place ici.

— Avec qui ?

— Je me suis arrangé pour que le dôme de Knool Tandor découvre les affaires que Pan Deep entretient régulièrement avec les Je'daii, qu'ils *haïssent*. Beaucoup de rescapés des dômes bombardés y vivent, maintenant. J'ai envoyé une Rêveuse d'Étoiles là-bas, et à l'heure qu'il est, elle a déjà dû tuer plusieurs directeurs de leurs sociétés avec une épée Je'daii.

— Mais où as-tu trouvé…

Elle n'eut pas besoin de finir sa phrase.

— Kara.

— La Station Greenwood sera accusée pour les meurtres et pour son alliance avec les Je'daii, dit-il, imperturbable. Les escarmouches sont courantes, sur Nox. Et ce ne sera pas le premier conflit entre Knool Tandor et un autre dôme.

— Tu couvres tes arrières.

Dal haussa les épaules. Derrière lui, ses Rêveurs d'Étoiles avaient enveloppé l'appareil dans le drap. Il paraissait plutôt léger, et la Twi'lek le pressa contre sa poitrine. Ils attendaient que Dal sorte.

— Comme tu l'as fait sur Tython, ajouta-t-elle.

Lanoree plongea une main dans sa ceinture sous sa tunique et fit rouler l'objet qu'elle cherchait entre son pouce et son index. Un traceur, petit et efficace.

— Tu as laissé tes vêtements ensanglantés pour que je les trouve et que notre famille te croie mort.

— J'aime être mort, dit-il. Ça me libère de tes constants efforts pour m'imposer ta Force alors que je n'en ai jamais, *jamais* voulu.

Une autre détonation sourde et une vibration.

— Bientôt on me croira à nouveau mort, et parti d'ici. Libre de poursuivre mon destin.

— Dal, tu ne sais pas ce que tu…

— Je devrais te tuer.

Il sortit un blaster de sous sa tunique et resta là, l'arme pointée vers le sol. Il était d'une immobilité incroyable, une vraie statue. Même ses yeux semblaient morts.

Il est en lui, songea-t-elle, et elle se demanda ce qu'il trouvait, là-dedans, ce qu'il pensait, quelles décisions il était en train de prendre, et elle savait que c'était le moment ou jamais de frapper. De frapper fort et violemment, de faire exploser ces défenses mentales qu'il pensait avoir dressées contre elle.

— Mais je ne peux pas, dit-il.

Se détournant, il remit son blaster dans le holster.

Lanoree sortit la main de sous sa ceinture et, les yeux fermés pour mieux se concentrer, enclencha le traceur qu'elle guida rapidement de l'autre côté de la pièce où il alla se fixer sur la botte droite de Dal. Puis elle ouvrit les yeux et regarda autour d'elle, mais personne ne s'était rendu compte de rien. Peut-être la chance avait-elle été de son côté. Peut-être.

Dal ne lui accorda pas même un dernier regard. Après un simple signe de tête au Cathar, il quitta la pièce. Le Twi'lek qui portait l'appareil le suivit, ainsi que le Rêveur d'Étoiles humain.

Le Cathar resta, son arme toujours pointée sur Lanoree – un gros blaster dont le canon était encore rougeoyant. Lanoree referma doucement son poing, prête à asséner un coup avec la Force.

— Essayez, dit le Cathar.

— Vous savez que je ne peux pas rester là les bras ballants en le regardant partir.

— Vous ne serez pas longtemps là.

Lanoree recourba l'index et un outil jaillit de la grande table pour aller percuter le mur. Le Rêveur d'Étoiles ne cilla même pas.

— Il ne veut pas vous entendre mourir, dit-il.

— C'est très délicat de la part de mon frère.

— Il *est* gentil. C'est le seul homme gentil que j'ai jamais rencontré.

Le regard de Lanoree glissa vers les corps ensanglantés et entassés dans le coin.

— Eux n'étaient pas des gentils, dit le Cathar. Ils se terraient au lieu de regarder les étoiles.

Elle ressentit un mouvement de l'autre côté de la salle. Sans avoir besoin de regarder, elle sut que Tre bougeait.

— Il va tuer tout le monde, dit-elle. Une fois qu'il aura enclenché l'appareil, la matière noire formera un trou noir et tout le monde, dans le système…

— Il sait que ça n'arrivera pas. Les étoiles appellent. Elles lui disent.

— Oh… Parce que les étoiles lui parlent, dit-elle avec un petit rire. Et il n'est pas fou ?

Le Cathar cligna lentement des yeux, mais elle n'avait pas même écorné ses convictions. *Allez, Tre*, songea-t-elle.

Tre gémit. Le Cathar jeta un regard vers lui. Et Lanoree frappa en y mettant toute la Force qu'elle pouvait. Des instruments et autres objets quittèrent la table pour se précipiter sur le Rêveur d'Étoiles. Un placard bascula et rebondit sur le sol, une grêle de boulons et de fils électriques arrachés l'atteignirent au visage et au torse, lui déchirèrent la peau et l'aveuglèrent.

S'accroupissant, elle repoussa le Cathar d'un coup de Force et le balança contre le mur à côté de la porte. Sous le choc, son blaster se déchargea tout seul et creusa un trou dans le plafond. De la matière fondue et des fragments de pierre leur dégringolèrent dessus. Puis, des larmes de sang coulant de ses yeux éclatés, le Rêveur d'Étoiles agrippa sa ceinture avec une expression de pure extase.

— Oh non…, murmura Lanoree.

D'un coup d'œil, elle vit que Tre était à peine conscient et, rassemblant toute l'énergie que la Force pouvait lui fournir, elle lança ses sens vers lui et le traîna à travers la pièce jusqu'à elle. Elle vit ses yeux s'ouvrir presque comiquement lorsqu'il se rendit compte qu'il glissait tout seul, sans l'aide de personne. Et dès qu'il arriva près d'elle, elle l'agrippa par ses vêtements en criant :

— Une bombe !

L'explosion fut assourdissante et dévastatrice ; elle agressa Lanoree dans son corps, dans son esprit, dans ses sens, et elle en fut ballottée tel un flocon de neige dans une tourmente.

Pour ses parents, c'étaient les arts. Sa mère écrivait de magnifiques poèmes, et les sculptures de son père étaient admirées partout sur Masara. Mais c'est dans la science et l'alchimie que réside la vocation de Lanore, et dans la façon dont la Force peut les servir l'une et l'autre. C'est à Anil Kesh qu'elle le découvre, et elle y prend un plaisir extrême.

Maître Dam-Powl lui montre la voie. La Cathar enseigne à Anil Kesh depuis seize ans, et à la fin de leur première longue nuit de discussion, elle dit à Lanoree qu'elle a les qualités pour devenir sa meilleure élève.

— Le dites-vous à tout le monde ? demande Lanoree, fière mais sceptique.

— Je ne l'ai encore jamais dit à personne, répond Dam-Powl.

Les jours qui suivent sont consacrés à l'étude, et Lanoree est profondément étonnée. Elle s'immerge dans l'instruction que lui prodigue Dam-Powl et, ce faisant, laisse les soucis que lui cause Dal se dissiper. Ils ne disparaissent pas tout à fait – elle ressent toujours une ombre ainsi qu'un sentiment de changement imminent dans sa vie – mais elle dort mieux qu'elle ne l'a fait depuis qu'elle a quitté la maison, se sent plus heureuse, aussi, et se rend compte que son esprit a toujours été focalisé sur son frère. Or Dam-Powl lui fait prendre conscience que ce Grand Voyage est aussi le *sien*. Et même s'il n'est pas question pour elle d'abandonner Dal, pour la première fois elle se place elle-même avant lui.

Avec le Gouffre sous eux, Anil Kesh transmet des sensations différentes des autres Temples. Chaque instant, ici, est riche, plein de possibilités et vibrant d'une sensation de danger. Lanoree ne s'est jamais sentie aussi vivante. C'est comme si les cellules de son corps étaient chargées et son esprit en feu. Quand elle le lui dit, Dam-Powl sourit en acquiesçant d'un hochement de tête.

— Nous sommes en équilibre au-dessus du précipice de la connaissance, dit-elle. L'inconnu est au-dessous de nous, et il nous menace constamment, soit de nous attirer vers le bas, soit de s'élever pour nous engloutir. La Force est chargée et vigoureuse, ici. Tous ceux qui la connaissent peuvent la sentir, mais si l'on est *puissant* dans la Force…

Elle esquisse une grimace et presse un poing sur son front.

— Ça peut être douloureux. Mais c'est une douleur qui vaut la peine qu'on la supporte.

Dam-Powl l'initie à des sciences dont elle avait jusqu'alors simplement entendu parler, ou qu'elle avait rencontrées dans des manuels. Elle sait que certains Je'daii sont perturbés par ce qui se passe parfois à Anil Kesh, mais elle écoute la Cathar les yeux et l'esprit grands ouverts. Beaucoup de choses l'inquiètent mais bien plus encore la fascinent. Elle est consciente que Dam-Powl l'observe très attentivement, qu'elle surveille sa progression. Et elle fait tout son possible pour la satisfaire.

Dans les entrepôts de l'un des colossaux bras porteurs se trouvent les animaux modifiés. Capturés dans l'Abîme de Ruh, un endroit dangereux dans les profondeurs du Rift à six cents kilomètres à l'est, ces étranges et redoutables créatures ont été manipulées grâce à la Force pour servir les Je'daii. Des manipulations qui étonnent Lanoree – aucune n'est blessée, aucune ne souffre ; c'est comme si leurs transformations concordaient avec le véritable objectif de l'évolution.

Dam-Powl la conduit à travers un réseau de laboratoires. Dans l'un d'eux, des armes sont modifiées et adaptées grâce à la métallurgie alimentée par la Force. Ailleurs, on en teste d'autres spécifiques à la Force. Des produits chimiques sont altérés, transmués ; on recompose les structures de solides, et le pouvoir incontrôlable du Gouffre, sous eux, est emprisonné dans des enceintes aux murs épais où il danse, et rue, et frappe, et crache des éclairs comme quelque chose de vivant.

Et dans la dernière salle, Lanoree comprend que là réside son avenir.

— Les dons nécessaires pour cela sont très puissants, dit Dam-Powl. Et les risques très grands. Mais la récompense est énorme. Je vais t'enseigner.

Lanoree regarde les deux Je'daii au centre de la pièce. Chacun d'eux est devant une forme. Quelque chose qui ne devrait pas vivre, et qui pourtant bouge et respire. Une chose qui ne devrait pas être, et qui pourtant est là.

— Créées à partir de leur propre chair et de leur propre sang, dit Dam-Powl. Et nourries grâce à la Force.

Lanoree est à la fois terrifiée et excitée. Elle a entendu parler de ces expériences, mais n'y a jamais accordé de réalité. Et n'a jamais imaginé non plus qu'elle pourrait être directement concernée.

— L'Alchimie de la Chair, murmure-t-elle.

Et malgré sa peur, elle a hâte de commencer.

— Dites-moi que vous pouvez nous sortir d'ici.

La tension dans la voix de Tre lui fit rapidement reprendre ses esprits. Ça et la puanteur des égouts et de la mort.

Elle avait mal partout, mais plus particulièrement à certains endroits. Sa tête lui élançait toujours, comme si quelqu'un s'amusait à rebondir dessus. Elle respirait l'odeur du sang et savait que c'était le sien. Pourtant, Tre ne prit pas de gants quand il l'attrapa sous les bras pour essayer de la remettre debout. Elle le repoussa et l'envoya valdinguer contre la table démolie.

Regardant autour d'elle, elle s'efforça de faire le bilan. Pas terrible.

Le Rêveur d'Étoiles cathar avait fait exploser son gilet-suicide, et le mur ainsi qu'une bonne partie du plafond s'étaient effondrés. L'embrasure de la porte était bloquée par un fouillis de métal tordu et de pierre éclatée, et des blocs de rochers étaient tombés derrière. Ce qui restait du plafond était éclaboussé de sang dont une grande mare avait noirci sous le flash de la bombe. Le reste de la salle était un capharnaüm : les cadavres des scientifiques avaient été arrachés du coin où ils avaient été massacrés et dispersés un peu partout, il y avait des outils et des pièces détachées tous azimuts, la grande table centrale était cassée et éclatée. Si elle n'avait pas tiré Tre avec elle ici, ils seraient morts tous les deux.

Le filet régulier d'un effluent suintait par la large crevasse qui fendait l'un des murs. Un conduit avait dû éclater quelque part, et la fuite, loin de décroître, s'amplifiait.

— Regardez, dit Tre, il y a une autre porte, là.

Il criait presque, et du sang coulait de ses oreilles. Lanoree percevait aussi la plainte stridente de ses tympans martyrisés, qui décroissait déjà, encore heureux, mais c'était le moindre de ses soucis.

— Ce n'est pas la bombe des Cathars qui a pu faire ça, dit-elle en montrant la brèche dans le mur.

Laquelle était du côté opposé à la porte que l'explosion avait bloquée.

— Il y a eu une autre explosion pendant que j'essayais de vous réveiller, dit Tre. Loin d'ici, au-dessus. Et pour qu'on la sente jusqu'ici, ça a dû être costaud. Qu'est-ce qui se passe ? Qu'est-ce qu'on a enclenché ?

— Une guerre. Et c'est Dal qui l'a commencée. Venez. Il faut qu'on l'empêche de quitter la Station Greenwood.

— J'ai mal au cœur, ça pue, et j'ai très mal à la tête. Je crois bien que mon crâne a été…

— Je me charge de le casser moi-même si vous ne bougez pas. Allez ! Aidez-moi à ouvrir cette porte !

Elle chercha son épée, mais savait déjà qu'elle ne la trouverait pas, et en était désolée. Tem Madog l'avait forgée pour elle. Elle aurait préféré perdre un bras que cette arme.

Peut-être était-elle tombée quelque part derrière cette porte bloquée. À moins que Dal l'ait emportée avec lui.

Ils essayèrent d'ouvrir la porte, mais elle était fermée électroniquement.

— Bouchez-vous les oreilles, dit-elle.

Elle se concentra sur la serrure et envoya une poussée de la Force, broya le mécanisme et le court-circuita. La porte s'ouvrit en glissant, et une marée d'eaux usées leur inonda les pieds. Tous les deux se tinrent par la main pour maintenir leur équilibre. Rien que l'idée d'aller y barboter…

Ils quittèrent la pièce pour rejoindre un des couloirs, long et vide, de Pan Deep. Il y avait plusieurs autres portes, toutes fermées, avec un simple numéro de laboratoire. Des lumières réactives, douces, brillaient derrière les dalles du plafond, et Lanoree remarqua en longeant les murs des panneaux tactiles, des écrans holo et plusieurs niches qui abritaient peut-être des imprimantes. Du matériel très perfectionné pour un endroit aussi camouflé. Les investissements alloués à Pan Deep devaient être considérables.

Ils ne virent personne d'autre. Peut-être les six scientifiques assassinés avaient-ils été les seuls à travailler ici. À moins que Dal en ait payé d'autres pour qu'ils restent à l'écart.

Il n'a pas beaucoup d'avance, songea-t-elle, *mais il doit savoir comment remonter, et a sûrement un plan B pour sortir d'ici.* Elle avait encore du mal à prendre la mesure de l'énormité des événements que Dal avait mis en branle. Provoquer une bataille entre deux dômes – des villes spécialisées dans la conception et la fabrication d'armes de guerre – équivalait à assassiner lui-même les victimes du conflit. Et tout ça pour brouiller les pistes.

C'était cruel. C'était inhumain. Il voulait se libérer de la Force, mais se détacher volontairement de son influence avait fait de lui un monstre.

Pan Deep n'était pas aussi grand qu'elle l'avait imaginé. Au bout du couloir, ils émergèrent dans une grotte rocailleuse, au fond de laquelle une rangée de lumières menait à un tunnel qui montait en pente douce. Le sol de la grotte était couvert d'eau crasseuse et l'odeur en était presque irrespirable, mais Lanoree savait que, dans des circonstances extrêmes, il était possible de s'habituer à presque tout. Même Tre la surprenait. Il avait vite cessé de geindre, puis avait sommairement essuyé le sang de son visage et de ses oreilles.

— Vous croyez qu'il a posé des pièges ? dit-il en pointant son index devant eux.

— Il nous croit morts.

Une autre explosion gronda au-dessus ; de la poussière et des gravats dégringolèrent du plafond. Un craquement assourdissant, grinçant, tout proche, fit trembler le sol et vibrer l'air.

— Et on n'a pas le temps d'être prudents, ajouta-t-elle. J'ai l'impression que ce sont des bombes à plasma qu'ils balancent là-haut. Il faut qu'on sorte de cette station et qu'on regagne le *Pacificateur*, sinon ce sera notre tombe, ici.

— Le repos éternel dans un bain de merde, dit-il. Enfin… je suppose que je l'ai cherché.

Lanoree éclata de rire, et Tre, étonné, écarquilla les yeux. Puis tous deux se mirent à courir.

Le parcours fut un vrai cauchemar – l'eau des égouts, des murs qui s'effondrent et trois grilles de sécurité que Lanoree dut ouvrir à l'aide de la Force pour pouvoir avancer –, et l'incertitude face à ce qu'ils allaient trouver au bout du compte n'arrangeait rien. Plus ils avançaient, plus des bruits de combat s'amplifiaient. Mais ils n'avaient pas vraiment le choix.

La colère et la peur soutenaient ses efforts. Ce n'était pas tant pour elle qu'elle avait peur, que pour tous ces gens que le plan de Dal mettait en danger, et pas seulement les victimes de la bagarre qui venait d'éclater. Voir la forme de l'appareil sous le drap lui avait fait bizarre – de se dire que quelque chose d'aussi petit pouvait contenir une telle énergie. La poursuite avait ensuite relégué au second plan ses inquiétudes concernant la porte stellaire, ainsi que la réalité ou non de son existence. Mais revoir Dal, constater sa folie et avoir été aussi près de l'appareil qui pourrait être issu de la technologie Gree l'avaient contrainte à concentrer ses réflexions.

Il était possible que cet engin fonctionne, ce qui serait incroyable, et elle ne voulait même pas envisager les conséquences. Mais il était très probable qu'ils seraient tous condamnés.

Plus ils s'éloignaient des fondations de cette énorme tour, plus l'impact des explosions était puissant. Dès qu'elle regagnerait le *Pacificateur*, elle contacterait le Conseil Je'daii pour leur relater ce qui se passait ici, et peut-être pourrait-il intervenir à temps pour prévenir une énorme tragédie. Mais le faire serait admettre leur intérêt persistant pour la Station Greenwood, pour les laboratoires et pour la compétence de Pan Deep. Peut-être feraient-ils mieux de laisser cette ville sous dôme accomplir sa destinée et s'effacer des mémoires.

Ils montaient régulièrement et Tre lui fit remarquer à plusieurs reprises qu'ils auraient déjà dû atteindre le niveau de la rue. Mais ils n'avaient pas le temps de s'arrêter, et lorsque Lanoree consulta son ordinateur-bracelet, les schémas étaient confus ; elle était incapable de repérer leur position sur les plans.

Des gens allaient et venaient autour d'eux, mais aucun ne leur accordait le moindre regard. Tous étaient effrayés.

Finalement, ils arrivèrent devant de lourdes portes blindées. Lanoree en grilla le panneau de contrôle à l'aide de la Force et Tre trouva une lourde barre de fer pour les ouvrir. La chaleur et le bruit les assaillirent, avec en prime la puanteur et le vacarme du chaos. Lanoree s'avança sur un grand balcon perché à plusieurs mètres du sol. Ils venaient d'émerger juste au-dessus de la base de la tour centrale qui surplombait la façade ouest de la Station Greenwood. Le vacarme, la vue et le chaos de la guerre étaient presque écrasants.

Et la scène qu'ils avaient sous les yeux lui coupa le souffle.

14

TRISTE HISTOIRE

Peut-être est-ce une folie de continuer à vivre sur Tython en étant faible dans la Force. Sans branchies, on ne pourrait pas demeurer longtemps immergé dans la mer. On remonterait à la surface. On s'échapperait. Aussi rester ici, maintenant… c'est en cela que réside la folie.

Tythonien inconnu, *circa* an 9000 AATY

Quand Maître Dam-Powl frappe à sa porte et la sort du sommeil, Lanoree comprend qu'il y a un problème. Elle s'y attendait. Tout comme le pressentiment d'un danger imminent toujours présent à Anil Kesh en raison de la proximité du Gouffre, la perception qu'elle avait de Dal était celle d'un ressort comprimé. Et à présent, l'heure a sonné. Dal est passé à l'action.

— C'est un fou ! dit Dam-Powl tandis qu'elles remontent le couloir. J'ai vu à l'instant même où vous êtes arrivés qu'il créerait des problèmes. Et Maître Kin'ade l'a vu, elle aussi.

— À Stav Kesh ? demande Lanoree.

— Bien sûr. Tu crois que les Maîtres Je'daii ne parlent

pas entre eux de ceux qui ont entrepris leur Grand Voyage ?

— Qu'a-t-il fait ?

— Il s'est enfui dans l'Abîme de Ruh et a mis des vies en danger.

— Il a disparu ? demande Lanoree dans un souffle.

— Oh non. Il n'a pas disparu. Ils l'en ont sorti et le ramènent ici. Ils viennent d'atterrir.

Dam-Powl gravit un escalier et une lourde porte s'ouvre en glissant devant elle. Le vent s'engouffre en rugissant, la pluie éclabousse le seuil et des éclairs de Force illuminent sporadiquement le carré de ciel nocturne.

Oh, Dal, qu'as-tu fait ? songe Lanoree. Il est parti depuis quatre jours ; Maître Quan-Jang l'a emmené avec d'autres visiter les Contrées du Rift afin d'y récolter quelques échantillons pour les laboratoires alchimiques d'Anil Kesh. Au début, elle s'est réjouie de son absence qui lui donnait une chance d'étudier en paix sans avoir à s'inquiéter de ce qu'il pouvait être en train de faire. Mais ses rêves, depuis les trois dernières nuits, ont été tourmentés. C'était presque comme si elle pressentait que quelque chose d'horrible allait arriver. Elle suit Dam-Powl dehors. Il y a déjà quelqu'un au bord de la plate-forme, les yeux fixés vers l'est. Un *Traque-Nuages* a amorcé sa descente en dérivant vers l'une des aires d'atterrissage d'Anil Kesh.

— Maître, dit le jeune homme qui se retourne pour les saluer.

Il regarde à peine Lanoree.

— D'après Maître Quan-Jang, le Voyageur n'a rien dit. Mais il semble en bonne forme physique.

— Très bien, dit Dam-Powl. Et les autres ?

— Leur contact avec l'Abîme les a rendus malades.

Il lance alors un regard appuyé à Lanoree.

— C'est un endroit chargé d'énergies obscures et dangereuses.

Lanoree se penche et contemple le Gouffre. Aussitôt elle en est étourdie, et c'est la main de Dam-Powl qui la stabilise.

— Respire. De longues et profondes inspirations…, murmure-t-elle. La Force est très puissante en toi, et c'est pour ça que le Gouffre s'amuse avec toi.

— Vous croyez que c'est ça ? demande Lanoree. Il s'amuse ?

Le sourire de Dam-Powl est un rien énigmatique.

— Simple façon de parler.

— Donc que va-t-il se passer ?

— Se passer ?

— Pour Dal.

C'est l'autre Je'daii qui répond.

— Nous nous assurerons qu'il est physiquement en bonne santé, et qu'il n'a pas subi de lésions pendant son escapade. Et ensuite nous l'arrêterons et l'éloignerons d'Anil Kesh demain à la première heure.

— Pour l'emmener où ?

Le visage du Je'daii est sévère.

— Une fois hors du Temple, il peut aller où bon lui semble.

— Le bannissement, dit Lanoree.

— Je crois que ce sera une façon pour nous de lui sauver la vie.

C'est donc ainsi que se termine la triste histoire de mon frère ? s'interroge Lanoree. Toutefois, elle ne le pense pas. Dal porte en lui un fardeau qui s'alourdit à mesure qu'il se retire de la Force. Dans ses pires rêves, la vie de Dal s'achève dans une dramatique apothéose.

— J'aimerais l'attendre ici, dit-elle.

Le *Traque-Nuages* a désormais atterri ; on l'aperçoit entre des écheveaux de nuages bas.

— Je voudrais lui parler.

— Je vais attendre avec toi, dit l'autre Je'daii en s'inclinant. Voyageur Skott Yun.

Sur le point de protester, Lanoree se rend compte qu'il ne lui demande pas son avis.

— Lanoree Brock, répond-elle.

Skott Yun lui sourit.

— Je sais.

— Ensuite, amenez-le-moi, dit Dam-Powl. Je vais m'assurer que l'infirmerie est prête à recevoir ceux qui sont encore malades.

Yun courbe la tête en signe de respect alors que Dam-Powl se détourne pour s'éloigner.

Lanoree la regarde partir ; elle s'étonne de voir Dam-Powl aussi certaine que Dal est en bonne forme physique.

— Je vais te chercher ta veste, dit Yun. Il peut faire frais, ici.

Il faut à Quan-Jang et aux autres beaucoup plus de temps que Lanoree l'aurait cru pour atteindre le Temple depuis la zone d'atterrissage. Yun essaie de discuter, mais elle est trop distraite et perturbée pour participer à une conversation sérieuse. Plongée dans ses propres réflexions, elle garde le plus souvent les yeux fermés.

C'est Yun qui annonce finalement leur arrivée. Ils sont à pied, Maître Quan-Jang en tête. Il y a dix personnes derrière lui, dont trois sur des civières. Même si Lanoree le voit parmi eux, Dal lui donne l'impression de marcher seul.

— Je vais les accueillir, dit Yun. Attends ici, je t'amène ton frère.

Lanoree patiente donc et les regarde se rapprocher du Temple. Yun les rencontre à l'extrémité de la plate-forme d'observation.

Dal paraît encore plus isolé des autres que Lanoree ne l'avait tout d'abord cru. Son visage est totalement dénué d'expression, et il ne paraît même pas savoir où il se trouve. *Il est bien plus atteint que Maître Dam-Powl l'a laissé entendre*, songe-t-elle. Mais elle veut tout de même aller le voir afin de se rendre compte par elle-même de son état. Et elle prend conscience que, même si ça ne fait que quatre jours seulement, son frère lui a manqué.

Quan-Jang et les autres entrent dans le Temple, et Yun pose brièvement la main sur l'épaule de Dal. Puis tous les deux se dirigent vers Lanoree en traversant la plate-forme d'observation malmenée non seulement par les rafales de vent au-dessous mais aussi par les lourdes gouttes de pluie chaude tombant du ciel.

— Dal, dit-elle quand il arrive près d'elle, mais son expression la fait hésiter.

Il est si sérieux. Si adulte. Il y a quelque chose d'expansé en lui, comme si, depuis la dernière fois qu'elle l'a vu, il avait grandi pour s'adapter au monde dans lequel il devra vivre. Il a l'air sûr de lui, aussi, et confiant, même si sa peau semble brûlée, et ses yeux rouges et gonflés.

— Je suis venu te dire au revoir, Lanoree, dit-il.

C'est étrange et inattendu. Il se détourne pour s'éloigner et se retrouve face à Skott Yun.

— Tu es en état d'arrestation pour…, commence le Voyageur.

— Il y a de telles profondeurs, dit Dal qui s'adresse directement à Lanoree.

Et elle se demande si ce sont les derniers mots qu'ils échangeront.

— Qu'as-tu vu ? demande-t-elle.

— Des choses que tu ne pourras jamais voir.

Ses yeux sont si brillants qu'ils paraissent luire.

— Il y a tant de promesses et de possibilités dans l'Abîme ! De telles profondeurs d'histoire et de potentiel. Et maintenant je dois aller ailleurs pour creuser davantage. Et donc…

— Dalien Brock, insiste Yun, tu dois m'accompagner au…

Dal frappe. Lanoree a anticipé le coup et s'étonne que Yun n'ait rien vu venir. Mais même si le Voyageur se sent à l'aise à Anil Kesh, il doit encore séjourner à Stav Kesh pour y apprendre les arts martiaux. Le poing de Dal l'atteint au menton, et comme Yun bascule en arrière, Dal tourne sur lui-même et lui envoie son pied en plein visage. Un autre coup cueille Yun alors qu'il tombe, et Lanoree entend ses os craquer avant même qu'il percute la plate-forme métallique.

— Dal ! hurle-t-elle, mais elle voit la détermination dans les yeux de son frère.

Je ne peux pas le perdre maintenant ! Elle s'avance, tend la main vers lui. Si seulement elle pouvait le retenir et effacer tout ce qui s'est passé entre elle et lui depuis qu'ils sont partis de chez eux. Un vœu naïf, bien sûr, plus digne d'un enfant que de la Je'daii adulte qu'elle est en train de devenir. Mais l'amour fraternel est en lui-même une force puissante.

Du coin de l'œil, elle voit Skott Yun se redresser sur un coude puis lever sa main libre en direction de Dal.

— Non ! s'écrie-t-elle. N'essaie pas de…

Elle se demandera toujours si son cri a averti Dal, et si c'était délibéré de sa part.

Alerté, Dal s'accroupit et pivote sur son talon ; sa tunique ondule et se gonfle alors qu'il plonge une main sous ses plis. Son blaster crache. Skott Yun hurle alors que l'impact le propulse de l'autre côté de la plate-forme. Le sang jaillit de son dos, et le tissu fume.

— Dal…, dit encore Lanoree, à peine audible.

Elle se sent soudain faible et désespérée. Cette fois, il est allé trop loin.

— Au revoir, Lanoree, dit-il.

Il franchit la terrasse à toute allure et grimpe à l'échelle fixée sur le mur incurvé du Temple.

Elle devrait rester pour aider Yun. S'agenouillant brièvement près de lui, elle examine la blessure, mais même s'il respire encore, elle sait déjà qu'il n'y survivra pas. Elle devrait tout de même attendre Maître Dam-Powl pour lui expliquer ce qui vient de se passer.

Au lieu de cela, Lanoree se rue derrière Dal. Elle gravit le haut mur du Temple et traverse le toit bombé dont la mousse et les profondes rigoles d'écoulement rendent la surface traître, en courant sous la pluie toujours plus torrentielle après l'ombre déjà lointaine de Dal jusqu'à ce qu'il dégringole le long d'un des énormes piliers jusqu'au sol.

Le premier Grand Voyage de Lanoree s'arrête là, à cet instant même où elle s'élance à la poursuite de son frère.

— C'est votre frère qui a fait ça ? demanda Tre, suffoqué.

— C'est ce qu'il a dit.

— Mais *comment* ?

— Un mot glissé dans la bonne oreille. Une rumeur, une menace, un défi. Un meurtre.

— C'est… monstrueux. *Effroyable*.

Lanoree aurait difficilement pu lui donner tort.

L'air était chargé de violence. Fumée, cris, trépidations et rugissements des armes, grondements et grincements de l'immense dôme sous la pression. Ils venaient d'émerger sur un balcon surplombant la base de la tour centrale. La partie déjà endommagée du dôme, avec ses contreforts colossaux et ses réparations chaotiques destinées à l'isoler de l'air extérieur toxique, était à l'ouest. Et au sud, une attaque était en cours.

De vastes parties du dôme de la Station Greenwood avaient été détruites, et les trous béants, d'où des débris enflammés et fondus se déversaient sur les bâtiments et les rues loin au-dessous, continuaient à fumer. L'atmosphère hurlait alors qu'elle s'évacuait à l'extérieur, comme si se mélanger aux nuages toxiques la faisait réellement souffrir. Au-dessus de la plus proche blessure de la carapace protectrice, Lanoree distinguait plusieurs formes massives – des droïdes de combat – accroupies devant le trou et en train de bombarder la ville avec leurs canons laser. Le tir de barrage paraissait systématique, sans but précis, et de nombreux incendies faisaient déjà rage. Les droïdes s'avancèrent vers le bord, et comme le premier d'entre eux se laissait tomber, les rétrofusées sous ses multiples bras s'activèrent pour amortir sa descente.

Un missile jailli de la tour au-dessus de Lanoree et de Tre le frappa ; en flammes, il bascula hors de vue dans un secteur industriel avant d'exploser. D'autres missiles fusèrent de la tour en des arcs gracieux pour aller percuter le haut du dôme, autour de la zone déjà détruite. Quelques droïdes se transformèrent en véritables boules de feu. D'autres dévalèrent l'extérieur du dôme, aussitôt remplacés par toujours plus de silhouettes sombres, et le tir reprit de plus belle.

Un vaisseau d'attaque vint se placer en vol stationnaire au-dessus d'une autre partie détruite. Et un canon à plasma commença à mitrailler la base de la colonne. Chaque impact, énorme, secouait la ville, le sol et l'air lui-même. Les explosions formaient d'impressionnants champignons de feu et de fumée, et Lanoree ne pouvait s'empêcher de se demander combien de victimes succombaient à chacune de ces attaques. *Sous la colonne centrale*, songea-t-elle, *exactement là où Dal avait dû dire aux assaillants que se trouvait Pan Deep*. D'autres roquettes jaillirent de la tour, mais comme elles approchaient de la carapace du dôme, elles s'évaporèrent en nuages de vapeur blanche ardente. Le vaisseau avait de quoi se défendre. Lanoree n'osait même pas imaginer les dégâts qu'il provoquerait s'il parvenait à pénétrer dans le dôme.

— Il faut qu'on se tire ! cria Tre pour se faire entendre avant de l'agripper par le bras.

Le balcon vibrait à chaque impact, et si le vaisseau d'attaque déviait sa ligne de mire de quelques degrés…

— Venez, dit Lanoree.

Elle lui saisit la main alors qu'il commençait à s'éloigner et la serra dans la sienne pour le calmer.

— Faites-moi confiance !

Puis elle le tira jusqu'au bord du balcon et se laissa tomber.

Quelqu'un de normal aurait été tué sur le coup par la chute. Mais Lanoree la ralentit avec la Force, facilitant leur descente et leur offrant un atterrissage presque en douceur dans la rue en contrebas. Autour d'eux, les gens couraient dans tous les sens, trop terrifiés pour les remarquer.

— Ne me refaites *jamais* ça ! hurla Tre, au bord de l'hystérie.

— D'accord. La prochaine fois, je ne vous tiendrai pas la main.

Elle partit en courant, Tre sur ses talons.

Au loin, vers le sud, camouflée par la fumée et les traînées de nombreuses armes, une bataille terrestre semblait faire rage. Impossible de distinguer les détails ; Lanoree pouvait juste voir les impacts scintillants des tirs d'artillerie piqueter l'extérieur du dôme à plusieurs kilomètres de là et entendre les détonations qui résonnaient dans l'air. Des flots de lumières vives tombaient dans le dôme par les brèches. Des droïdes de combat, ou peut-être même des troupes d'assaut.

Un impact bien plus puissant retentit, comme si Nox elle-même tremblait. Lanoree ressentit une vibration très profonde qui fit osciller les constructions. Le verre éclata, et des débris se mirent à pleuvoir un peu partout alors que les immeubles moins solides commençaient à s'effondrer. L'air à l'intérieur du dôme parut un instant se brouiller tandis que, au-delà de l'épaisse carapace de la ville, le ciel s'embrasait.

— Bombes à plasma en approche, dit Lanoree. Elles sont déviées pour l'instant. Mais elles atteindront leur objectif bien assez tôt.

— Et comment comptez-vous empêcher ça ?

— Empêcher ?

— Vous êtes une Je'daii, non ?

— Nous ne sommes pas des magiciens, Tre. Vous le savez bien, comme tout le monde.

— Mais si ça…

— On va s'en sortir, le coupa-t-elle, et aussi vite qu'on le pourra. Dal s'imagine que nous sommes morts là en dessous, et tout ça, c'est juste pour s'en assurer. Je ne sais pas par où il s'est enfui, il nous l'a caché, et il est déjà sûrement loin d'ici maintenant. Mais tout ce qu'il a provoqué ou mis en branle ne sert à rien. Parce qu'on va survivre, et *nous* savons maintenant qu'il est toujours vivant.

— Regardez ! dit Tre en tendant le doigt.

Au loin, vers le nord, une section du dôme venait de coulisser, et plusieurs vaisseaux s'élevèrent au-dessus de la ville pour se diriger vers l'extérieur. Lanoree, à la façon dont ils se déplaçaient, reconnut des vaisseaux de combat ; ce n'étaient pas des transports civils, et donc il ne s'agissait pas encore d'une évacuation.

Alors que le premier d'entre eux franchissait l'ouverture du dôme, il explosa en une boule de feu tout en crachant des munitions qui retombèrent en une très jolie, mais abominable pluie mortelle sur cette partie de la ville. Les autres bâtiments de guerre se propulsèrent à travers les débris ; l'un d'entre eux explosa à l'extérieur avant de percuter le dôme cinq cents mètres plus loin. Les autres s'élevèrent sans encombre, et bien qu'ils ne soient guère plus que des formes brouillées au-delà du dôme, Lanoree les vit virer et filer comme des flèches vers le sud.

— Venez, dit-elle, à mon avis, on ne doit pas avoir beaucoup de temps devant nous.

— Beaucoup de temps avant quoi ? demanda Tre.

— Avant qu'on figure parmi les victimes de la tragédie de la Station Greenwood.

Elle fonça vers la zone du dôme déjà bombardée

plusieurs années plus tôt par les Je'daii. Ce qu'elle avait appris au sujet de Pan Deep – que les Je'daii l'avaient épargné parce qu'eux-mêmes s'y fournissaient en technologie militaire haut de gamme – ne lui plaisait pas. Mais c'était pour l'instant hors sujet ; elle avait une mission à accomplir. Et elle était mieux placée que quiconque pour savoir que les Je'daii avaient souvent des secrets.

Elle pencha la tête pour parler dans son comlink.

— Holgy, prépare le vaisseau pour le décollage. On a des problèmes, et on sera là le plus vite possible. Mets les systèmes de défense en route et mitraille tout ce qui approche et qui n'est pas nous, d'accord ?

Le droïde répondit en crachotant quelques sons parasites.

— Et lance le scanner traceur, fréquence deux-quatre-zéro. Tu devrais localiser l'origine du signal assez vite, probablement juste hors planète. Verrouille-toi dessus et piste-le.

— Quel signal ? demanda Tre.

— J'ai mis un traceur sur les vêtements de Dal. J'espère qu'il ne l'a pas trouvé.

— Ou qu'il ne s'est pas changé.

Tre essayait de plaisanter, mais elle n'avait pas envie de rire. Même pas de sourire. Une chose aussi dérisoire qu'un changement de tenue pouvait signifier la perte de tout ce qu'elle avait toujours connu. Elle vivait déjà en direct ce qui entrerait dans l'histoire – la tragédie de la Station Greenwood. Et si elle ne parvenait pas à rattraper Dal et que sa tentative de mettre au point la technologie Gree tournait mal, alors c'est *tout* qui appartiendrait à l'histoire. Et il ne resterait plus personne pour l'apprendre.

On a encore le temps ! songea-t-elle. Parce qu'elle savait que l'appareil n'était pas encore prêt. Le scientifique avait évoqué le fait qu'il avait besoin d'être chargé. Or elle n'avait ressenti aucune source d'énergie à l'intérieur de l'engin, rien qui puisse indiquer que son système déclencheur alimenté par la matière noire avait été amorcé ou qu'il était prêt à servir. Elle l'aurait su. L'enseignement de Dam-Powl lui avait donné une certaine connaissance de ces domaines obscurs.

Un appareil mystérieux qui n'avait besoin d'être alimenté qu'au moment de l'utiliser… Une puce traceuse qui pouvait ou pouvait *ne pas* rester sur Dal… Tout devenait soudain très nébuleux et peu fiable.

Une guerre faisait rage autour d'eux tandis qu'ils décampaient. Les gens paniqués s'agitaient dans tous les sens – des parents traînaient leurs enfants, des adultes couraient en braillant –, toutefois Lanoree remarqua l'apparition d'une certaine organisation. Même s'ils ne portaient ni insigne, ni uniforme, un groupe d'hommes et de femmes paraissait appartenir à une sorte de force de sécurité de la Station Greenwood. Ils étaient en train de démolir la barrière autour d'une enceinte hébergeant plusieurs *Traque-Nuages* militarisés, des vaisseaux équipés de plate-formes d'artillerie lourde et de générateurs de gravité fixés au train d'atterrissage afin de soutenir le vol. Alors que Lanoree et Tre passaient devant, les moteurs du premier dirigeable commencèrent à ronronner.

D'autres personnes armées les dépassèrent dans la rue pour se précipiter vers le sud, là où les combats semblaient être les plus virulents.

— Ils feraient mieux de fuir, dit Lanoree.

— Ils défendent ce qu'ils possèdent ! rétorqua Tre.

— C'est à un assaut massif qu'ils ont affaire, à une destruction totale. Pas à une invasion.

Ils s'arrêtèrent sous l'abri que leur offrait le mur écroulé d'une vieille usine. Peut-être, un jour, cette bâtisse aurait-elle été remise sur pied, mais elle semblait avoir été désaffectée depuis déjà un moment, et son armature métallique était attaquée par l'atmosphère toxique.

— Regardez. Un raid.

Tre pointait son doigt vers le sud, où une autre nuée de lumières franchissait nonchalamment les nombreuses trouées percées dans le dôme. Des tirs s'échangèrent, et il fallut plusieurs secondes pour que le crépitement ne leur parvienne.

— Des droïdes, dit Lanoree. Ils n'envoient pas de troupes parce que…

Une explosion puissante leur fit perdre l'équilibre. Comme Lanoree tombait, le sol, qui se soulevait, la heurta violemment, et l'air lui-même parut vibrer dans ses poumons. Elle roula contre le bâtiment et regarda derrière et au-dessus d'elle, stupéfiée et écœurée par ce qu'elle avait sous les yeux.

Une bombe à plasma était parvenue à percer les défenses de la ville et avait frappé tout près du point culminant du dôme, à plus d'un kilomètre du sol. L'explosion avait fendu la carapace, une déchirure dévastatrice qui se propageait à travers la colonne centrale, et d'où elle jaillissait en corolles épanouies de feu et de métal incandescent. La tour colossale s'effondrait et, tout autour d'elle, les titanesques structures de soutien se fissuraient, se brisaient et basculaient. La déflagration, qui prenait toujours plus d'ampleur, se fraya un chemin à l'intérieur et finit par atteindre le sol. Aussitôt, une tempête de feu embrasa l'air, carbonisant tout ce qui se trouvait sur son passage. La destruction était si énorme, et si lointaine, qu'elle semblait se dérouler au ralenti.

— Lanoree, dit Tre en l'agrippant par le bras. Lanoree !

— Oui, répondit-elle.

Tre l'aida à se relever et ils coururent jusqu'à l'édifice par lequel ils étaient entrés à l'intérieur du dôme quelque temps plus tôt. Comme ils y pénétraient, ils laissèrent derrière eux une Station Greenwood méconnaissable.

Ils retournèrent tant bien que mal dans la zone en ruines hâtivement réparée et récupérèrent leurs masques là où

Lanoree les avait dissimulés. Mais ils s'étaient vidés de leur oxygène et elle les rejeta.

— On doit traverser ce terrain sur un kilomètre, dit-elle. Vous me suivez. Marchez là où je marche. Courez aussi vite que vous le pourrez. Et évitez de respirer trop fort.

— On s'en tirera pas.

— Si. Et une fois de retour dans le *Pacificateur*, j'ai les remèdes qui nettoieront votre peau et vos poumons.

— Ma peau et mes poumons ne sont pas exactement comme les vôtres, humaine, dit Tre avec un sourire nerveux.

Lanoree posa la main sur son épaule.

— Ils le sont assez pour que ça marche. Allez, venez.

D'une poussée dans la Force, elle fit coulisser la porte extérieure du sas, et ils s'élancèrent sur le sol toxique et empoisonné de Nox.

Derrière eux, la bataille faisait toujours rage et la destruction se poursuivait. À l'extérieur, ils pouvaient en voir davantage, même si l'air était constamment brouillé par des nuées de gaz pestilentiels. Des vaisseaux d'attaque pilonnaient le dôme au-delà duquel, loin derrière, une formidable lueur illuminait le ciel. Et Lanoree devina que le spatioport contigu au dôme, à l'est, avait été bombardé. Les rares vaisseaux de défense qui décollaient et arrivaient à sortir sans être abattus filaient aussitôt vers le sud, vers les assaillants, et la plupart explosaient en vol avant même d'avoir participé au combat. Un ou deux passèrent entre les gouttes et amorcèrent une spirale ascendante tandis que leurs canons laser ouvraient le feu. Les explosions s'épanouissaient en corolles rougeoyantes. Des épaves enflammées décrivaient de vastes arcs avant de retomber au sol. Seules les prouesses des pilotes les maintenaient en l'air, mais la force attaquante affirmait une nette supériorité.

Lanoree ressentait déjà les brûlures de l'acide sur sa peau et en avait le goût dans l'arrière-gorge. Quant à la destruction et à la mort derrière elle, elles lui pesaient lourdement. Sa nuque lui cuisait comme si les regards accusateurs de toutes les victimes étaient fixés dessus.

— Holgy !

Le droïde répondit immédiatement. Le croiseur était prêt à décoller, le système scanner avait localisé le traceur et s'était verrouillé sur le signal. Mais le vaisseau de Dal était déjà en train de quitter l'orbite de Nox et il serait très vite hors de portée de leurs instruments.

Ils atteignirent le *Pacificateur* et embarquèrent enfin, mais Lanoree n'était pas aussi soulagée qu'elle l'aurait dû.

— Ça va ? demanda-t-elle.

— On ne peut mieux, répondit Tre en hochant la tête même s'il avait l'air sur le point de vomir.

Ses lekkus pendaient mollement, pâles et flasques, ses yeux larmoyaient et son nez coulait.

— Attachez-vous, dit-elle. Ils vont sûrement nous voir décoller et…

La Station Greenwood essuya de plein fouet trois autres impacts de bombes à plasma. Les ondes de choc secouèrent le *Pacificateur*, et Lanoree s'empressa de lancer les moteurs à fond et de décoller de crainte que les explosions ne provoquent des séismes ou des éruptions autour de la ville. Elle enclencha tous les senseurs, contrôla les systèmes, lança celui de l'armement et, alors seulement, prit le temps de regarder le dôme.

Consumée par de monstrueux incendies, la gigantesque cloche tombait par pans immenses à demi-fondus. La ville qu'elle abritait n'était plus qu'un cratère de chaos en fusion crachant des flammes et des colonnes de fumée haut dans le ciel. Les nuages étincelants et bouillonnants provoqués par les bombes à plasma se répandirent à l'extérieur et, au contact de l'atmosphère saturée, formèrent des arcs-en-ciel nauséeux auxquels, en d'autres circonstances, on aurait sans doute pu trouver une certaine beauté.

Lanoree mit la gomme. Et bien que le *Pacificateur* soit déjà très loin de la ville agonisante, les tristes lueurs de son effondrement éclairèrent l'intérieur du cockpit.

— Tous ces gens, dit Tre avec une détresse qu'elle ne lui avait encore jamais connue. On est venus ici, et voilà le résultat.

— Ce n'est pas nous, dit-elle. C'est Dal.

— Mais si on ne l'avait pas pourchassé jusqu'ici…

— Si on ne l'arrête pas, ça pourra se produire n'importe où ! Ça nous prouve l'ampleur de sa détermination. Et de sa folie.

Elle baissa la voix, ajoutant presque pour elle-même :

— Il sera impossible de le raisonner, dit-elle en pestant entre ses dents alors qu'une alarme carillonnait sur le tableau de bord.

— Quoi ? demanda Tre.

— On a de la compagnie.

Sur le scanner, trois étincelles venaient de surgir dans leur sillage, et elles réduisaient rapidement la distance. Lanoree vira avant d'accélérer. La coque vibra autour d'eux, gémissant sous les contraintes énormes qu'elle lui faisait subir. Mais elle connaissait son croiseur – ses possibles points de rupture, ses potentiels – aussi bien qu'elle-même.

Les formes se rapprochèrent malgré tout et apparurent plus nettement sur l'écran.

— Des chasseurs de Knool Tandor, dit-elle.

— Et maintenant ils ont un vaisseau Je'daii à ajouter à leur palmarès, répondit-il.

— Je vais les attirer hors de l'atmosphère. Le *Pacificateur* est plus à l'aise dans l'espace.

— Je peux tirer.

— Vous m'aviez dit que vous n'étiez jamais allé dans l'espace !

— Si, peut-être une fois ou deux. Par contre, j'ai tiré des

centaines de fois avec des canons laser terrestres. Et j'ai une excellente vue.

— Tourelle supérieure. Allez-y.

Tre détacha son harnais pour gagner en hâte l'espace de vie à l'arrière. Lanoree chargea les canons laser.

— Et allumez le comlink pour qu'on puisse se parler ! lui cria-t-elle par-dessus son épaule.

Bizarre. À cet instant, elle était presque heureuse d'avoir Tre avec elle.

Et cette situation n'était pas sans ironie. Dal avait réussi à faire croire à Knool Tandor que la Station Greenwood était en cheville avec les Je'daii. Par ailleurs, certaines des plus éminentes personnalités de la ville pourraient avoir déjà été assassinées par une épée Je'daii. Et à cet instant, ils se retrouvaient au cœur de leur attaque contre la Station Greenwood… et une Je'daii tentait de fuir la planète – le *Pacificateur* la trahissait. Elle était arrivée ici incognito, mais elle repartait en ayant peut-être semé les graines d'une guerre bien plus vaste derrière elle.

Dans l'immédiat toutefois, s'échapper était sa priorité. Ça… et arrêter Dal. Elle aurait le temps de s'occuper du reste plus tard.

Un instant après, Lanoree entendit le grésillement du casque comm que Tre venait d'allumer dans la tourelle supérieure.

— OK, dit-il. C'est bon, je crois que j'ai tout en main. Les pédales pour faire pivoter la tourelle, l'écran de repérage, l'affichage des combats, la gâchette à déclenchement par contact tactile.

— Si vous me bousillez mon armement, je vous étripe ! lança Lanoree.

— Bien sûr, Je'daii, et avec quelle armée ?

Lanoree secoua la tête, amusée, sans cesser de surveiller les cibles en approche. Elles s'étaient déployées en éventail derrière le *Pacificateur* pour le prendre en tenaille. La fusillade n'allait pas tarder.

— Je me charge des canons à l'avant, dit-elle. Mais je devrai aussi piloter. C'est vous qui aurez le meilleur champ de tir à l'arrière.

— Je les ai déjà.

— Vous voyez les… ?

Elle fut interrompue par les grondements sourds des canons laser de la tourelle supérieure. Les yeux rivés sur l'écran, elle bascula le croiseur sur la gauche et enclencha les boosters. Puis elle activa les boucliers déflecteurs du *Pacificateur* tout en gardant la main au-dessus du levier de contrôle. Elle allait devoir les orienter en fonction de la direction d'où viendrait l'attaque.

— Raté ! lui beugla Tre dans les oreilles.

Elle perçut le doux bourdonnement des moteurs de la tourelle tandis que Tre la faisait pivoter, et le premier vaisseau fila comme un éclair devant eux.

Ils étaient toujours dans les niveaux supérieurs de l'atmosphère. Lanoree vira sur la gauche, mais la lumière aveuglante d'une bombe se refléta sur les verrières, et elle dut s'en remettre aux scanners pour surveiller les attaques des chasseurs de Knool Tandor, très rapides et très manœuvrables.

— Tre ?

— Je vois pas grand-chose… Je crois que je l'ai touché à l'aile.

Lanoree pressa une commande et l'affichage de l'ordinateur de visée surgit devant elle. Avant même d'avoir verrouillé sa cible, elle envoya une rafale, mitraillant là où elle pensait trouver le vaisseau de tête. Lequel se déporta brusquement sur la gauche avant de prendre de la hauteur.

Elle accéléra en mettant toute la gomme, et ses ennemis furent un peu distancés. Mais elle savait que son avance serait de courte durée ; leurs chasseurs étaient au moins aussi rapides que le *Pacificateur*.

— D'accord…, marmonna Tre.

Son canon cracha plusieurs rafales bien senties.

— Oui ! Un de moins ! Un de moins !

— Bien joué, dit Lanoree, mais elle était distraite. Tourne le bouclier déflecteur vers l'arrière, oriente le croiseur pour le sortir de l'atmosphère et garde un œil sur les trajectoires et les lumières des deux vaisseaux qui restent.

Lanoree continuait à parler toute seule, même si Tre était là. Un instant, elle se demanda ce qu'elle aurait fait s'il *n'était pas* ici, avec elle… Mais dans ce cas, rien ne se serait passé de cette manière. C'était grâce aux contacts qu'il avait sur Nox qu'elle avait pu retrouver Dal.

Le croiseur atteignit les confins de l'air pollué de Nox, l'espace se piqueta d'étoiles, et elle eut presque l'impression de sentir le *Pacificateur* reprendre vie entre ses mains. Il se débrouillait très bien dans les atmosphères mais c'était dans le vide interstellaire qu'il donnait tout ce qu'il avait dans le ventre.

— On s'éloigne de Nox.

— Tant mieux, je peux de nouveau voir quelque chose, dit Tre.

— Attention, intro progressive du générateur de grav, l'avertit-elle.

— Oh, génial… Mon estomac adore.

Elle sourit.

— Ils nous suivent.

— Je ne m'attendais pas à ce qu'ils abandonnent la partie. Vous seriez une bonne prise…

— Et vous ?

— Oh, je ne pense pas qu'ils feraient grand cas de…

Le *Pacificateur* trembla sous une volée de décharges qui giflèrent son flanc gauche.

— D'où ça vient, ça ? cria Tre.

— Deux de plus qui étaient planqués dans la lumière du soleil.

— D'accord, mais…

Il continua de marmonner tout en faisant cracher ses canons laser, mais Lanoree ne comprenait pas grand-chose à ce qu'il racontait. Sur son scanner, elle vit un autre chasseur éclater en une grêle de petits débris avant de se transformer en un nuage vaporeux pour finalement s'estomper.

— Encore trois là-bas, dit-elle.

Un autre vaisseau fonça vers eux… avant de s'éclipser.

— Je l'ai perdu.

— Moi aussi.

— Vous ne le voyez pas ? demanda-t-elle.

— Non. Disparu. Vous ne pouvez pas le repérer avec votre Force, ou un truc dans le genre ?

Ignorant sa moquerie, Lanoree effectua un virage serré sur la gauche tout en suivant la direction qu'elle soupçonnait le chasseur d'avoir prise. En s'effaçant devant le *Pacificateur* par une brusque montée verticale pour se retrouver directement au-dessus d'eux, il pouvait très bien avoir momentanément disparu des scanners, caché par ses gaz d'échappement et son angle d'ascension. C'était bien joué, sauf qu'elle n'était pas dupe. Elle-même avait déjà eu recours une ou deux fois à cette ruse.

Elle aperçut l'éclat des étoiles sur le métal avant même que son scanner le repère. Les yeux fermés, elle prit une profonde inspiration en se baignant dans le flux de la Force. Puis elle les rouvrit, regarda au-delà de la grille de mire de l'ordinateur de visée, au-delà des lumières clignotantes et des données qui défilaient pour annoncer l'activation des canons laser, la distance de la cible, son altitude et son orientation. Et quand le moment fut venu, elle effleura le pavé tactile de mise à feu. Rien qu'une fois.

La décharge fila au-devant d'eux et, huit kilomètres plus loin, le vaisseau s'évapora en un flamboiement vaporeux.

— Waouh, dit Tre. Superbe coup.

— Les deux derniers arrivent à fond de train, dit Lanoree. Un à tribord, l'autre à bâbord.

— Je prends celui à tribord.

Les canons laser grondèrent. Lanoree exécuta un tonneau avant de grimper pour s'éloigner de Nox. La force de gravité agrippa le *Pacificateur* comme si la planète elle-même refusait de le laisser partir. Le croiseur tout entier trembla. Prenant le contrôle manuel de la tourelle ventrale, Lanoree l'orienta à bâbord, les yeux rivés sur la grille de visée à gauche de son écran, tandis que les quatre quadrants centraux passaient au rouge. Elle tira plusieurs rafales, mais savait déjà qu'elle avait raté sa cible.

— Attention, ils sont…, commença Tre.

Et le *Pacificateur* vibra violemment quand une torpille à plasma explosa à un kilomètre de là, déclenchée par les écrans protecteurs du vaisseau. Lanoree, consciente que vouloir en combattre l'effet serait une perte de temps et d'énergie, laissa la détonation bousculer le vaisseau sur tribord avant de reprendre le contrôle.

— Tout sur ce chasseur à bâbord ! dit-elle en ouvrant le feu.

Les canons de Tre tonnèrent, et elle vit les traînées des décharges laser converger au loin, vers l'engin qui se désintégra en formant une étoile sur le scanner.

— Oui ! Encore un de moins ! dit Tre.

— Et l'autre décampe.

— Allons-y ! Je vais lui exploser son système de post-combustion.

Lanoree réfléchit une seconde, puis vira et laissa le chasseur s'échapper. Il était déjà à treize kilomètres d'eux, et la distance ne cessait de croître.

— Pas le temps, dit-elle. Et pas utile.

Tre se tut un instant, puis elle l'entendit soupirer. Soulagé, peut-être. Et heureux qu'ils soient toujours en vie.

— Restez encore un peu là-haut, dit-elle. Ils ont peut-être réussi à envoyer un message, et on pourrait voir arriver d'autres engins de Knool Tandor.

— Ouais, dit Tre.

Elle coupa le son de la comm. En fait, non, ils ne risquaient rien – elle avait bloqué le système comm de leurs adversaires dès qu'elle les avait repérés. Mais elle avait besoin de se retrouver seule un moment, de se ressaisir, de s'abandonner à la Force, à l'apaisement et à l'énergie qu'elle lui transmettait.

Prenant une profonde inspiration, elle se retourna une dernière fois vers Nox.

Même d'aussi loin, la ville désormais moribonde de la Station Greenwood était l'endroit le plus voyant, véritable point focal de la planète qu'ils abandonnaient.

15

LA FOLIE DE RAN DAN

Les Je'daii doivent connaître leurs limites. Il y a certains endroits que nous devrions éviter, des choses que nous ne devrions pas faire, des pouvoirs que nous ne devrions pas chercher. La Force a une incroyable puissance, mais la vraie puissance du Je'daii réside dans sa connaissance du moment où il doit ou ne doit pas l'utiliser.

Maître Shall Mar, « Une vie en équilibre »,
an 7541 AATY

Lanoree le poursuit à travers Talss, seule, sans armes, sans provisions ni matériel, elle suit sa piste là où elle la trouve, s'efforce de ressentir sa présence, et ce n'est qu'au bout de trois jours qu'elle a enfin une petite idée de sa destination.

Elle sait qu'elle n'aurait pas dû s'enfuir. Qu'elle aurait dû attendre Dam-Powl. Et elle redoute maintenant l'opinion que la Je'daii doit avoir d'elle. Elle sait en revanche qu'elle ne sera pas suspectée pour le meurtre de Skott Yun. Et si elle l'est, elle saura au moment venu rétablir la vérité.

Elle fait son possible pour éviter de perdre son frère

pour toujours. Tout lui paraît irréel, cauchemardesque. *Dalien est un assassin !* Elle a été contrainte de grandir, et son monde en a été définitivement bouleversé.

Talss est un territoire sauvage, peu peuplé, et plus elle se dirige vers le sud, plus les paysages deviennent étranges. On l'appelle parfois le Continent Noir, et elle commence à comprendre pourquoi. Elle quitte les collines pour une vaste plaine sans fin, dont la végétation n'est jamais plus haute que la taille. Elle se demande pourquoi et obtient bientôt la réponse une demi-journée plus tard, lorsque le vent se lève. Une première bourrasque lui coupe le souffle et la renverse sur le côté, et elle se roule en boule contre un bas rocher alors que le vent le plus fort qu'elle ait jamais connu déferle sur le paysage. Et ces hautes et minces herbes qu'elle en est venue à haïr – ses jambes et ses mains sont toutes hachurées de coupures infligées par leurs pointes acérées et leurs bords tranchants – la fouettent sans répit. Elles sont presque à l'horizontale contre son corps et résistent pourtant à la tempête. Le sang coule des blessures qu'elles lui infligent, et maintenant, au ras du sol, c'est son visage qui est à son tour lacéré. Et elle a beaucoup de mal à respirer.

Et pendant tout ce temps où elle s'efforce de se faire aussi petite que possible en s'abritant derrière un rocher, elle a peur pour Dal, peur qu'il continue à avancer dans la tempête.

Elle projette son esprit vers lui, puisant un réconfort dans la sensation de couler avec la Force. Il est quelque part là-bas, au-devant d'elle, et en proie à une confusion sans nom. Il en est ainsi depuis qu'il a quitté Anil Kesh, et elle se demande si c'est intentionnel de sa part ou non. Il la connaît si bien, il sait qu'elle s'efforcera de l'atteindre. Peut-être est-ce sa meilleure défense.

Le vent commence à faiblir alors que le crépuscule s'annonce, et elle se relève pour se remettre rapidement en route. Elle a soif, elle a faim, elle a froid. Le givre luit sur les brins d'herbe et les durcit, et c'est comme un paysage de joyaux scintillants qui s'étire dans toutes les directions, aussi loin que porte son regard. C'est magnifique et elle a l'impression d'avancer dans un océan de lames.

Dal, arrête-toi, pour moi, songe-t-elle, projetant sa pensée aussi fort qu'elle le peut au-delà d'elle. Elle n'a aucun moyen de savoir s'il l'entend.

Elle en est venue à croire que l'Ancienne Cité pourrait être sa destination. *C'est là que les vrais Tythoniens vivent*, avait-il coutume de dire. On connaissait si peu de la ville et de ceux qui l'avaient habitée qu'elle aurait été bien en peine de le contredire, aussi s'était-il construit une idée romancée de ces ruines, de ses pyramides, de ses cavernes et canaux dont jamais personne n'avait sondé les profondeurs. Certains prétendaient que les Gree avaient construit l'Ancienne Cité et y avaient vécu de nombreux millénaires. D'autres avançaient l'hypothèse qu'ils n'avaient fait qu'emprunter ce site pendant un temps et que ses vrais constructeurs étaient à jamais perdus dans les brumes de l'histoire profonde. C'est un mystère. Et ce sont précisément les mystères du passé que Dal recherche.

L'Ancienne Cité est située dans la partie méridionale de Talss, une région qu'on appelle le Désert Rouge et que seuls les explorateurs et ceux qui souhaitent tourner le dos à la civilisation fréquentent. On dit que les sanguinaires règnent sur les nuits et hantent les souterrains. On dit qu'elles sont mi-plante, mi-animal, insensibles aux dons des Je'daii, et qu'elles se nourrissent de sang chaud. Elle en frémit d'horreur rien que d'y penser.

Une fois sur place, que fera Dal ? Elle est incapable de le deviner. Peut-être ne le sait-il pas lui-même, et cette incertitude pourrait être l'unique chance qu'elle aurait de le rattraper.

Mais c'est un assassin.

Elle s'efforce d'ignorer cette pensée. Elle l'envisagera

sérieusement quand elle le retrouvera, et avisera alors de ce qu'il convient de faire.

Embrouillée, divisée, Lanoree quitte enfin les plaines d'herbes coupantes et poursuit son frère dans les premières dunes du Désert Rouge.

À l'aube du lendemain, elle sort en frissonnant d'un rêve.

Elle est sous le Désert Rouge, dans l'obscurité. Le poids de l'Ancienne Cité est suspendu autour d'elle, l'écrasant de partout sous la force de son histoire mystérieuse et de ses milliers de récits jamais racontés. Elle erre dans un réseau de cavernes tortueuses qui toutes sont éclairées par les lueurs de feux brûlants quelque part hors de vue. Les murs et les plafonds sont superbement incrustés de pictogrammes des intemporels Gree, et même si elle est sûre qu'ils parlent d'aventures depuis longtemps oubliées, elle ne peut percevoir les vraies histoires. C'est comme si, même avec la vérité exposée devant elle, elle ne pouvait comprendre ce qui s'était passé ici.

Et soudain les sanguinaires surgissent : silencieuses, mortelles, sortes de chauve-souris aussi grosses que sa tête, avec des espèces de vrilles qui harponnent leurs proies et des dents qui suintent. Elle n'a aucune chance de leur échapper. Elles tournent autour d'elle dans l'espace exigu, se jettent sur elle pour lui arracher des morceaux de son visage, de son cou, de ses bras qu'elle agite. Elle n'éprouve aucune douleur, mais son sang jaillit. Elle hurle pour appeler des secours.

Dans l'ombre, son frère observe la scène.

Lanoree se redresse, s'assoit et lève les yeux vers le ciel piqueté d'étoiles. Le rêve s'efface déjà, comme le font la plupart des rêves, et elle reconnaît les sanguinaires pour avoir lu des articles sur elles et grâce à l'idée qu'elle s'en faisait. Elle n'en a jamais vu, ni en holos ni en images.

Dans ses rêves, elles se présentent comme des monstres, mais la vraie créature se contente de la regarder.

C'est une sensation assez glaçante. Comme elle ranime son feu et va chercher de l'eau et de quoi manger, mettant en pratique les méthodes de survie que ses parents lui ont enseignées très jeune, l'idée de son frère en tant que monstre ne s'efface pas. Son rêve s'implante dans la réalité. À moins que ce soit simplement la vérité qui lui est apparue dans ses rêves.

Elle n'a dormi qu'un temps très court, et elle s'empresse de repartir à la poursuite de Dal. S'efforçant de se remémorer des cartes et des légendes du Désert Rouge, elle calcule que l'Ancienne Cité pourrait être quelque huit cents kilomètres plus au sud. Et même si elle a perdu la piste physique de Dal, elle est désormais certaine que la perdition est sa destination.

Lanoree a toujours été en bonne forme physique, et elle se met à traverser en courant les plus grandes dunes du Désert Rouge. Elle court pendant dix heures, s'accordant des pauses de temps à autre près de buissons décharnés au pied desquels elle creuse pour chercher de l'eau. Elle retourne les pierres, les rochers, mange les petites bêtes et les fourmis, et arrive même à un moment à effrayer des furies des sables pour leur voler leur proie. La viande est riche et ferme, et elle la mange crue.

Le Désert Rouge est beau et inquiétant, nu et silencieux. C'est un endroit propice à l'inspiration pour les poètes et les fous, et elle s'applique à rester bien concentrée sur elle-même tout en demeurant extérieurement sur le qui-vive. Il serait si facile de se perdre soi-même, ici. Mais elle garde bien présent à l'esprit ce qu'elle est, *qui* elle est, et une présence familière lui est d'un grand réconfort – celle de la Force, puissante dans chaque pierre blanchie par le soleil, dans chaque grain de sable.

Les premières ruines lui apparaissent juste avant le crépuscule. C'est un mur écroulé au pied d'une légère pente, guère plus qu'un tas de pierres à demi enfouies sous le sable. Et le frisson glacé qu'elle en éprouve la convainc qu'elle n'est pas loin de toucher au but.

Elle gravit la pente et découvre des empreintes au sommet. S'immobilisant, elle promène son regard alentour, mais Dal reste invisible. Elle s'accroupit, pose la main, doigts écartés, sur l'empreinte d'une botte dans le sable et ferme les yeux. Mais le sable, ici, est chaud, mouvant, imprégné d'une histoire remontant à la nuit des temps.

— Dal, on ne devrait pas être ici.

C'est la première fois qu'elle parle à voix haute depuis qu'elle a quitté Anil Kesh trois jours plus tôt. Mais elle n'obtient aucune réponse.

En haut de la colline, elle émerge une fois de plus dans les derniers rayons du soleil qui se couche à un kilomètre de là, à l'ouest, dans les ruines de l'Ancienne Cité, comme s'il y avait toujours été chez lui.

Formant le vœu désespéré que tout puisse être différent, elle s'y dirige.

Elle est à peine entrée dans l'ombre de la plus grande pyramide de l'Ancienne Cité que la première sanguinaire attaque.

Dans le *Pacificateur*, tandis qu'ils poursuivaient Dal et ses Rêveurs d'Étoiles au-delà de l'orbite de Malterra et en direction de Sunspot, Lanoree remarqua que Tre Sana était particulièrement calme. Son silence, toutefois, pouvait se comprendre. Ils avaient vu des choses terribles, avaient été témoins d'une tragédie d'une proportion inimaginable. Et même si elle connaissait son passé peu reluisant de voyou, il était clair qu'il était choqué et que son émotion n'était pas feinte.

Le traceur semblait efficace, et elle avait déjà pu déterminer par trois fois le cap du vaisseau de Dal. Et chaque fois, la destination aboutissait au même résultat – Sunspot.

Elle pensait savoir pourquoi. L'incroyable appareil avait été construit pour les Rêveurs d'Étoiles par les scientifiques de Pan Deep, mais afin de le charger avec sa force motrice, Dal devait se rendre sur Sunspot. Les mines, là-bas, étaient profondes et excessivement dangereuses, toutefois y travailler en valait la peine et l'effort déployé était largement récompensé par les richesses récupérées : des éléments chimiques exotiques qui pouvaient être utilisés pour le carburant ou les armes ; des cristaux qui chantaient avec le pouvoir de la Force. Et peut-être, si on la soumettait à la technologie adéquate, un soupçon de matière noire.

Le vaisseau de Dal avait une avance de huit millions de kilomètres et Lanoree avait tenté de calculer une route plus directe pour Sunspot, mais elle s'était vite rendu compte qu'il valait mieux suivre Dal. Elle avait poussé le *Pacificateur* à son maximum, consciente que les modifications auxquelles elle l'avait soumis en faisaient l'un des vaisseaux les plus vifs du système. Et pourtant, Dal demeurait hors d'atteinte, filant à la même allure qu'elle, combinant l'itinéraire le plus rapide pour atteindre Sunspot, la planète dont la période orbitale autour de leur soleil, Tythos, était la plus courte.

Lanoree lança un signal à Maître Dam-Powl. Il fallut un temps pour que le signal soit réceptionné, et un autre, plus long, pour que le tintement annonçant l'établissement de la connexion retentisse.

— Lanoree…, dit Dam-Powl.

Et avant même que son visage apparaisse sur l'écran, Lanoree sut que la Je'daii savait.

— Je n'en reviens pas qu'il ait pu faire une chose pareille, dit-elle aussitôt, et rien que pour effacer sa trace. Pour faire croire aux autres qu'il était mort.

— Peut-être faut-il y voir plus que cela, répondit Maître Dam-Powl.

Elle semblait fatiguée, avec les traits tirés, et Lanoree ne pouvait qu'imaginer les discussions qu'elle avait eues avec le Conseil Je'daii. Les répercussions diplomatiques avec Nox, les efforts pour apaiser une situation aussi instable… Autant de sujets qu'il ne lui revenait pas d'envisager. Elle devait rester concentrée.

— Plus que cela ? répéta-t-elle. Que peut-il y avoir d'autre ?

— Il a sans doute partagé des connaissances très rares avec Pan Deep pour qu'ils acceptent de lui construire son engin alimenté par de la matière noire. Et pour s'assurer qu'il ne serait pas reproduit, il a ensuite dû les tuer tous.

— Toute la Station Greenwood ? C'est monstrueux.

— Il y a eu des survivants, dit Dam-Powl. Des transports ont pu décoller avant la frappe finale.

— Combien de victimes ? demanda calmement Lanoree.

— Il y en a tant que, à ce niveau, le nombre ne signifie plus rien.

Maître Dam-Powl exhala un profond soupir puis parut se ressaisir.

— Donc… Où en es-tu ?

— Dal et les Rêveurs d'Étoiles sont en route pour Sunspot, sûrement pour armer l'appareil. J'ai caché un traceur dans ses vêtements qui me permet de le suivre, mais j'ai des heures de retard sur lui.

— Et tu ne peux pas l'avoir à portée de tir pour détruire son vaisseau ?

Et tuer mon frère ? songea Lanoree, mais elle ne pouvait le dire à voix haute.

— Non, Maître. Celui ou celle qui est derrière cette folie, qui que ce soit, lui a acheté un vaisseau très spécial. Je ne peux pas capter sa signature, mais je ne serais pas surprise de découvrir qu'il est de facture Je'daii.

— Volé ?

— Je pourrai vous en dire plus bientôt.

— Sunspot et Malterra se rapprochent, dit Dam-Powl,

l'air soucieux. Et tu sais ce qui arrive lorsque c'est le cas. Interférence magnétique, orages cosmiques… Tout voyage spatial dans cette région sera impossible.

— Alors il a programmé tout ça à la seconde près, répondit Lanoree. Il a *tout* planifié jusqu'au plus petit détail. Il faudra que je le rattrape sur Sunspot.

— Fais ce que tu dois faire, Lanoree. Quoi que ce soit.

— Bien sûr.

— Quoi que ce soit, répéta Dam-Powl, dont le regard s'adoucit.

Lanoree ne répondit pas tout de suite, et le silence entre elles pesa des tonnes. Puis elle songea à la folie de Dal qu'elle avait à peine effleuré lorsqu'ils s'étaient retrouvés à l'intérieur de Pan Deep et à la sensation dévastatrice qu'elle avait éprouvée.

— Sois forte, Lanoree. Je sais que tu l'es. Mais la responsabilité est très lourde, et le prix de l'échec serait inimaginable. Alors sois *forte.* Des expériences comme celle-ci, de telles tragédies, sont de nature à faire d'un bon Je'daii un *grand* Je'daii. Que la Force soit avec toi.

Lanoree acquiesça en silence avant de couper la communication. Tiraillée entre la tristesse et la peur, elle resta assise dans le cockpit un moment encore à réfléchir à cet entretien. Et elle fut étonnée de puiser un réconfort dans la présence de Tre.

Son compagnon Twi'lek vint s'asseoir à côté d'elle. La dernière fois où ils avaient voyagé ainsi, il avait exprimé une sorte de légèreté, en fait une simple fanfaronnade derrière laquelle il se protégeait. Mais pas à cet instant. Le silence était pesant, pourtant ni l'un ni l'autre ne chercha à le rompre. Lanoree contrôla les systèmes du vaisseau et surveilla le scanner sans cesser de ressentir sa présence silencieuse à côté d'elle.

Un long temps s'écoula avant qu'il ne s'exprime enfin.

— Je suis malade.

— Moi aussi. Quoiqu'il ait pu devenir, je n'arrive pas à croire que Dal pourrait…

— Non, je veux dire…

Il ne termina pas sa phrase. Se penchant, il vomit copieusement entre ses pieds.

Holgy éructa des crépitements affolés et Lanoree sauta de son siège pour observer le désastre. Les systèmes de survie du croiseur se mirent en branle, mais les filtres à air ne furent pas assez rapides pour absorber la puanteur.

— Oh, dit-elle.

Tre, le souffle court, s'essuya la bouche. Il transpirait et tremblait.

— D… désolé.

— Nox, dit-elle. On a trop respiré son atmosphère.

— Et vous ?

— Je n'ai pas de symptômes particuliers.

En était-elle sûre ? Elle procéda à une autoévaluation et ne découvrit rien d'alarmant, si ce n'étaient ses émotions contradictoires envers Dal. Mais il leur faudrait encore deux jours avant d'atteindre Sunspot. Si Tre était gravement atteint, elle ne pourrait rien faire de plus que de mettre en pratique les compétences médicales qu'elle avait acquises à Mahara Kesh. Et s'il mourait, il y avait le sas de décompression…

Elle, en revanche, n'avait pas le droit de tomber malade. Et elle espérait vivement que l'état de Tre soit simplement dû à l'atmosphère empoisonnée de Nox, et pas à quelque chose de plus insidieux qu'il aurait contracté. Au premier soupçon de contagion, elle devrait prendre des décisions.

Elle le quitta des yeux le temps de surveiller les écrans de contrôle. Sur le scanner traceur apparaissait toujours le signal émis par le vaisseau de Dal, lequel conservait son avance de huit millions de kilomètres sur eux. Elle ne pouvait pas se permettre de courir le moindre risque.

Mais elle savait qu'elle ne pourrait jamais balancer Tre vivant par le sas de décompression.

— Allez vous reposer sur ma couchette, dit-elle. Je vais nettoyer. Et buvez beaucoup d'eau.

Tre ne protesta pas. Il passa devant elle, s'allongea et s'endormit presque aussitôt.

Lanoree regarda la flaque de vomi par terre et soupira.

— Dommage que tu n'aies pas de bras, dit-elle à Holgy.

Le droïde émit un bruit qui ressembla à s'y méprendre à un gloussement.

Si l'état de Tre ne s'aggrava pas au cours des deux jours suivants, il ne s'améliora pas non plus. Il mangeait, très légèrement, mais régurgitait les trois quarts du temps le peu qu'il avalait. Et il buvait beaucoup d'eau. Il grelottait et transpirait sur la couchette de Lanoree, dormait d'un sommeil agité en marmonnant des propos incohérents et inquiétants.

Lanoree passait la plupart de son temps dans son siège de pilote à suivre le vaisseau de Dal sur ses écrans en s'accordant de courtes siestes de temps à autre. Elle faisait des rêves nébuleux et désagréables dont elle se réveillait le plus souvent avec l'idée que quelque chose, avide de son sang, s'agitait silencieusement autour de sa tête en fouettant l'air de ses vrilles tranchantes.

Dans un rêve en particulier, elle regardait le système de l'extérieur tandis que Tython, Tythos et toutes les planètes et les lunes en orbite disparaissaient subitement. Des millions de vies, d'amours et d'espoirs étaient rayés de la carte en un clin d'œil.

Tandis qu'ils s'approchaient enfin de Sunspot, elle s'installa devant ses ordinateurs pour se rafraîchir la mémoire quant à cet endroit maudit. Elle savait que, écologiquement, il était encore moins accueillant et plus rude que Nox. Et ses recherches le lui confirmèrent.

Sunspot était la première planète du système. Son orbite la rapprochait parfois jusqu'à quarante-huit millions de kilomètres de Tythos. Elle était considérée comme une planète solide, et pourtant la grande majorité de sa surface était constamment agitée par des éruptions volcaniques et des secousses sismiques qui transformaient son paysage presque d'un jour à l'autre. Ses régions les plus stables se situaient principalement aux pôles, et c'était donc là que les communautés minières étaient installées. C'était peut-être un des Mondes Colonisés les plus inhospitaliers du système de Tython, mais les compensations financières des mineurs étaient énormes. La plupart ne restaient qu'une ou deux saisons avant de repartir en jurant de ne jamais y revenir. Près de dix pour cent de ceux qui venaient sur Sunspot pour y chercher fortune y trouvaient la mort. C'était une planète avide, et si elle donnait, elle prenait aussi, et autant qu'elle le pouvait.

Elle était aussi une curiosité dans le système car c'était la seule planète à avoir une orbite rétrograde. Certains avançaient l'hypothèse qu'elle était un planétoïde solitaire qui aurait été piégé par le puits de gravité de Tythos lors d'un lointain passé. Ce qui suscitait des ramifications inattendues, et, trois mille ans plus tôt, plusieurs missions d'exploration avaient été menées sur Sunspot pour chercher d'éventuelles traces de peuplement antérieur. Mais on n'avait jamais rien trouvé : ni vestiges de civilisation, ni ruines, ni preuves, quelles qu'elles soient, venant à l'appui de la thèse selon laquelle une forme de vie ait pu un jour s'y développer. Sunspot était une planète morte qui exhalait le souffle chauffé à blanc du roc fondu, et le reste du système la considérait comme une simple source de richesses.

Même en l'approchant par sa face plongée dans l'obscurité, la violence qui régnait à sa surface était évidente. Tout un réseau de volcans, de lacs et de rivières de magma irradiait une lueur constante, et les ombres des nuages de gaz toxiques de la taille d'un continent filtraient la lumière, la teintant d'une nuance rosâtre presque belle.

— Le pôle sud, annonça Lanoree.

Le vaisseau de Dal avait considérablement ralenti ; il entrait à présent dans l'atmosphère et virait pour atteindre le pôle sud à travers le cône d'ombre de la planète. Lanoree avait déjà calculé une trajectoire similaire, et l'ordinateur du *Pacificateur* les y conduisait.

La Ranger avait même la possibilité de réduire la distance entre eux et d'abattre Dal avant qu'il atterrisse. Ses canons laser fabriqués sur mesure étaient puissants et précis, et le *Pacificateur* était également équipé de quatre missiles drones capables de frapper une cible à huit cent mille kilomètres. Mais si elle le ratait, il serait averti de sa présence.

Oui, et c'était la raison pour laquelle elle n'ouvrit pas le feu. Afin de garder l'avantage de la surprise. Elle réussit à s'en convaincre alors qu'elle s'apprêtait à descendre vers la surface. Tree ne la quittait pas des yeux.

— J'aimerais bien venir avec vous, dit-il pour la dixième fois.

— Vous savez bien que c'est faux, répondit-elle.

— Bon, d'accord. C'est faux. Vous me faites pourtant découvrir des endroits merveilleux.

— Dit le Twi'lek qui m'a fait découvrir l'Enfer.

Tre regarda Lanoree en train de se préparer. Elle se changea et, pour remplacer son épée perdue, en sortit une autre d'un tiroir sous sa couchette. C'était celle avec laquelle elle s'était entraînée avant que Maître Tem Madog ne lui forge la sienne. Elle trancha l'air à plusieurs reprises pour se familiariser avec son poids et fut surprise de l'aisance qu'elle éprouva en la maniant.

— Elle devient une partie de vous, remarqua Tre.

— Il faudra bien que je m'en contente.

Elle glissa l'arme dans le fourreau en peau de lézard hurleur à sa hanche et s'agenouilla de nouveau devant le tiroir pour attraper deux blasters qu'elle coinça sous sa ceinture.

Tre l'observait en fronçant les sourcils. Lanoree se contenta d'un haussement d'épaules.

Un carillon dans le cockpit leur signala que la descente était entamée. Elle éprouva les remous familiers dans son estomac alors qu'ils pénétraient dans l'atmosphère et que les générateurs de gravité du *Pacificateur* s'éteignaient. Elle observa Tre en se demandant s'il allait vomir de nouveau. Mais non, il avait l'air de supporter.

D'un geste, elle l'invita à s'attacher, puis s'assit à côté de lui sur la couchette.

— Vous ne voulez pas contrôler l'atterrissage ? demanda-t-il.

— Je vais le faire, une fois qu'on sera près de la surface. Mais, Tre…

Elle lui pressa l'épaule.

— Je vous laisserai dans le *Pacificateur.* Dans mon croiseur. C'est mon « chez moi », et je sais que je peux vous faire confiance pour en prendre soin.

— Je le garderai.

— Holgy peut se charger de ça, et le vaisseau a ses propres défenses. C'est juste que… vous ne devrez toucher à rien. À rien du tout !

— Faites-moi confiance, dit-il en souriant.

Ses yeux étaient larmoyants et fatigués, sa peau pâle, ses lekkus flasques.

— Je n'ai pas le choix, répondit-elle.

Le *Pacificateur* se débattit en fendant l'atmosphère violente de Sunspot. Les lumières se mirent à clignoter, les alarmes à sonner sur le tableau de bord et les écrans s'assombrirent quand la chaleur attaqua la coque.

Lanoree s'installa dans son siège de pilote pour prendre les commandes. Elle contrôla le scanner, chargea une carte du relief sur un autre écran et demanda à l'ordinateur de bord d'engranger tous les renseignements possibles sur la région.

Dal et ses Rêveurs d'Étoiles étaient en train de se diriger vers un petit avant-poste minier appelé la « Folie de Ran Dan ». D'après les informations qu'elle avait pu trouver, la mine exploitait un gisement profond de pétonium et de marionium, deux éléments servant à alimenter les propulseurs des vaisseaux et pouvant également être utilisés à des fins militaires. La mine était en activité depuis presque un siècle et, apparemment, rien de particulier ne la distinguait des autres entreprises de Sunspot : une tragédie, trente ans plus tôt, qui avait coûté la vie à une centaine de mineurs ; une grève, il y avait dix-huit ans, qui avait conduit à de violents affrontements et à son rachat par les ouvriers et leurs familles ; des accords commerciaux et d'expédition avec des sociétés basées sur au moins trois planètes dont Tython. Si la Folie de Ran Dan était une source de matière noire, rien n'avait jamais filtré, et tout le monde l'ignorait.

Tout le monde sauf Dal.

Lanoree éprouva une soudaine angoisse à l'idée que son frère ait pu découvrir le traceur qu'elle avait fixé sur lui et qu'il l'ait placé sur un autre vaisseau. Elle le suivait depuis trois jours, et pendant tout ce temps, Dal aurait filé vers Tython. Peut-être avait-il déjà réussi à se ravitailler en matière noire et qu'il ne lui restait plus qu'à l'introduire dans l'appareil. Peut-être était-il en ce moment même sur Tython, dans l'Ancienne Cité, en train de descendre plus profondément que personne ne l'avait jamais fait, et qu'il s'apprêtait à activer la porte stellaire. Et à tout moment, maintenant…

— Il n'y est peut-être même pas encore…, marmonna-t-elle.

Elle n'était sûre de rien. Dans toute cette histoire, l'existence de cette porte était le facteur nébuleux. Mais qu'elle existe ou non, le danger, lui, était colossal et imminent.

— C'est Dal, dit-elle en observant le scanner en train de pister le vaisseau de son frère jusqu'à ce qu'il atterrisse.

Le point rouge passa au bleu quand il s'immobilisa, et Lanoree fit plonger le *Pacificateur* vers le sud afin d'approcher la Folie de Ran Dan en survolant une crevasse embrasée. Elle avait besoin d'être aussi invisible que possible.

Et avait aussi besoin d'un plan.

Mais le temps manquait. Malterra et Sunspot se rapprochaient. Dal avait toujours une longueur d'avance.

Et elle allait devoir la combler.

Accroupie derrière un rocher, Lanoree observait la mine et les constructions anarchiques alentour en se demandant comment on pouvait vivre dans un endroit pareil. Le cœur de la mine se trouvait au pied d'une colline de schiste argileux et de rocs entassés, et enchâssé dans une structure métallique branlante avec deux grues géantes jaillissant par le toit. Les bâtisses, tout autour, étaient basses, construites presque exclusivement en pierre, sans fenêtres, et reliées par des chaînes, probablement pour permettre de passer de l'une à l'autre pendant les terribles tempêtes qui sévissaient dans la région. Trois croiseurs terrestres solidement blindés étaient garés contre les murs des bâtiments, et les épaves de plusieurs autres éparpillées un peu partout sur le sol stérile où elles succombaient lentement à la corrosion.

Un peu plus loin, le long de la vallée en contrebas, Lanoree aperçut trois plate-formes d'atterrissage pour les transports de fret et autres engins adaptés à ce genre d'atmosphère. Le vaisseau de Dal était posé sur l'une d'elles, et elle comprit à cet instant pourquoi elle n'avait pas pu le rattraper. C'était un chasseur de classe *Blaster Mortel*, et il était clair qu'il avait activement participé à des combats, peut-être même durant la Guerre de la Reine Despote. Un large pan de son flanc gauche était brûlé, et des parties de la coque, à en juger par les différences de couleurs et de styles, avaient de toute évidence été remplacées ou réparées. Cousin direct des fameux chasseurs de classe *Harceleur Mortel*, mais assez grand pour emmagasiner une importante charge de bombes, de matériel ou de passagers, il dégageait une impression de méchanceté. Ces vaisseaux étaient même devenus plus rares que les *Harceleurs Mortels* – bon nombre d'entre eux avaient été détruits pendant la Guerre de la Reine Despote, beaucoup plus encore démontés ensuite par les Je'daii, et ceux qui avaient survécu étaient le plus souvent entre les mains de mercenaires, de seigneurs du crime de Shikaakwa ou dans de lointaines colonies criminelles quelque part sur certaines lunes de Mawr. Et d'après la vitesse qu'atteignait celui de Dal, il y avait fort à parier qu'il avait été modifié sur commande.

Toujours cachée derrière son rocher, Lanoree contrôla une fois de plus les alentours puis, courbée en deux, courut jusqu'au *Blaster Mortel*. Elle restait dans l'ombre, certaine que Dal avait laissé quelques-uns de ses Rêveurs d'Étoiles sur place pour préparer le chasseur en vue d'une fuite rapide. Projetant ses sens en douceur, elle capta deux esprits excités. Les Rêveurs d'Étoiles avaient du mal à tenir en place ; leur plan était sur le point de se concrétiser. Elle se demanda ce que Dal dirait s'il savait à quel point ils avaient baissé leur garde.

L'instant appelait l'action, et non la diplomatie. Lanoree aurait préféré les mettre simplement hors de combat, bien sûr, mais elle ne pouvait prendre le risque de voir ces deux-là lui tomber dessus pendant qu'elle était dans la mine. Avant d'agir, toutefois, elle chercha le réconfort dans la Force pour ce qu'elle s'apprêtait à faire. *Aux grands maux les grands remèdes*, songea-t-elle. Et elle pensa à tous ceux qui, sur Nox, avaient connu une mort atroce.

À deux pas des moteurs encore brûlants du chasseur, la femme Iktotchi n'eut pas le temps de savoir ce qui lui arrivait quand, de son épée, Lanoree lui détacha la tête des épaules en fauchant ses longues cornes caractéristiques recourbées vers le bas. Elle gravit ensuite rapidement la rampe du vaisseau dans lequel le deuxième Rêveur d'Étoiles était comiquement immobile, la tête inclinée, essayant probablement d'interpréter le son bizarre de l'acier tranchant la chair qui venait de lui parvenir de l'extérieur.

— Non, ne…, commença-t-il.

Et Lanoree lui transperça le cœur. Il était mort avant même de heurter le pont.

Elle promena son regard dans la cale – à présent déserte à part le mort. Elle redescendit la rampe en courant et fila vers la mine. L'air chaud lui brûla les poumons ; elle aurait dû porter une combinaison de protection et un appareil respiratoire, évidemment. Mais il n'était pas question que ses mouvements et ses sens soient entravés, et puis bientôt elle serait sous terre.

S'arrêtant devant le bâtiment principal de la mine, elle s'accroupit afin de regarder à l'intérieur par les fissures de la vieille construction délabrée. Rien ne bougeait, et elle n'y sentait aucune présence.

Une explosion retentit au loin. Surprise, elle se retourna, son épée levée. À des kilomètres, au-delà d'une petite colline au nord, le ciel s'embrasait sous les panaches d'un volcan en activité. Des nuées de fumée et de cendres bouillonnèrent à des hauteurs vertigineuses, éclairées de l'intérieur par de furieux orages électriques. Des bombes de lave mortelles volèrent dans l'atmosphère. Le sol, comme effrayé, gronda.

À l'intérieur du bâtiment, Lanoree s'avança vers les deux ascenseurs qui donnaient accès à la mine. Tous deux étaient à l'arrêt, les portes ouvertes, mais seule une des cabines était descendue. Si elle mettait l'autre en marche, elle alerterait celui ou ceux qui étaient en dessous.

Elle se pencha dans le puits obscur et vide de l'ascenseur. Trop profond pour se laisser tomber.

Rengainant son épée, Lanoree fouilla dans sa ceinture

et en sortit trois fines cordes. Elle en lia deux ensemble de sorte à former une sorte de harnais sous ses bras et autour de ses poignets. Puis elle serra l'extrémité de la troisième dans sa main gauche et, sans s'accorder le temps de réfléchir à ce qu'elle s'apprêtait à faire, elle sauta, enroula la corde autour d'un des câbles tendus de l'ascenseur, attrapa l'autre bout, plaqua ses pieds contre le câble et tira de toutes ses forces. Il lui fallut un instant pour regagner son équilibre ; un doux bourdonnement résonna contre les parois alors que le gros cordage d'acier vibrait sous l'impact.

Elle commença à se laisser glisser dans le puits, testant la solidité de ses bottes frottant contre le câble, et priant pour que le cuir épais ne brûle pas sous la friction que lui imposait la descente.

Elle accéléra. L'obscurité défilait à toute vitesse. Lanoree projeta ses sens dans la Force et perçut la cage autour d'elle, exiguë et carrée, consolidée à intervalles réguliers par de lourds étais métalliques.

Le fond se rua vers elle bien plus vite qu'elle l'avait pensé, et elle tira sur les filins en pressant les pieds contre le câble pour ralentir. Une légère erreur de jugement lui fit percuter le toit de la cabine plus durement qu'elle ne l'avait prévu ; le choc lui coupa la respiration et provoqua un bruit sourd qui alerterait inévitablement quiconque pourrait se trouver dans les parages. Mais il n'y eut aucune réaction, aucun cri alarmé. Après avoir récupéré son souffle, elle se laissa glisser au sol entre la cabine et la paroi du puits.

Au premier coup d'œil, la mine lui rappela les tunnels sous la tour centrale de la Station Greenwood. De rares lampes jalonnaient l'étroit boyau qui menait dans deux directions et dont les murs comme le plafond étaient grossièrement façonnés. Mais c'était une vraie fournaise. La chaleur montait de quelque part en dessous, le sol cramait ses vieilles bottes et une faible lueur semblait se répandre dans le couloir, assez loin sur la gauche.

Lanoree sentit quelque chose se précipiter vers elle le long de la galerie. Tenant sa vieille épée devant elle, elle fut renversée par une poussée d'air brûlant qui la jeta à terre. Elle roula sur le côté et s'efforça de reprendre haleine, mais le redoutable vent lui vola son souffle. La rafale torride – résultat d'un écart considérable de températures, peut-être – grillait ses vêtements et lui étirait la peau. Elle ferma les yeux très fort.

Sunspot essayait de la frire vivante.

Le vent surchauffé gronda contre les murs puis déclina, et Lanoree prit une longue inspiration.

Elle empestait la sueur.

Ouvrant les yeux, elle s'efforçait de se relever quand elle sentit le lourd rocher qui se balançait au-dessus de sa tête et fit appel à tous ses talents dans la Force pour le dévier, mais il était bien trop tard.

Une douleur brève, puis ce fut le noir.

16

L'ALCHIMIE DE LA CHAIR

Un Je'daii a besoin de l'obscurité et de la lumière, de l'ombre et de l'illumination, car sans les deux il ne peut y avoir d'équilibre. Tourne-toi vers Bogan, et Ashla donne l'impression d'être trop contraignante, trop pure ; rapproche-toi d'Ashla, et Bogan devient un mythe monstrueux. Un Je'daii sans équilibre entre les deux n'est pas un Je'daii du tout. Il, ou elle, est simplement perdu.

Maître Shall Mar, « Une vie en équilibre »,
an 7537 AATY

La sanguinaire est une ombre avec des dents. Elle lance de longues vrilles autour d'elle qui, bien que minces et cassantes, entravent Lanoree qui tire dessus, les arrache, leur donne des coups de pied, et l'odeur et le goût, lorsqu'elles se brisent, lui rappellent les plaines herbeuses du Temple de Bodhi, les interminables après-midi d'été, les soirées familiales où l'on écoutait de la musique, où l'on discutait… Elle envoie un coup de poing maladroit décuplé par la Force et la sanguinaire recule en chancelant. Ses vrilles battent l'air et ses dents se referment en claquant sur le vide.

Parce que ses dents sont ce qu'elle a de plus dur. Ses ailes, ses vrilles, son corps sont légers et presque aériens, ce qui offre d'elle bien plus l'impression d'une illusion ou d'un souvenir que d'une créature vivante. Mais ses dents, elles, lui donnent une forme.

La sanguinaire revient à l'attaque. Lanoree sent un liquide tiède lui éclabousser le cou, et elle ne sait pas trop si ça vient de la créature ou de son propre sang. Sa panique se dissipe ; elle n'a pas d'armes, d'accord, mais la Force est toujours présente. Et même si son ennemie, de par sa nature étrange, est immunisée contre toute attaque mentale, Lanoree, elle, a étudié à Stav Kesh.

Elle serre le poing, y concentre la Force et le projette contre la sanguinaire.

Laquelle est repoussée en arrière avec une telle vigueur, à une telle vitesse, que nombre de ses membres minces, brutalement arrachés, se retrouvent éparpillés par terre et illuminés par les rayons du soleil couchant. Le corps retombe à son tour et tressaille un moment avant de s'immobiliser. Lanoree examine ses plaies et constate, rassurée, qu'elle ne saigne pas trop.

N'ayant aucune intention de rester là à attendre d'éventuels renforts de la bestiole, elle court vers la pyramide.

Et en éprouve tout le pouvoir. Elle est impressionnée par la cité et consciente de la richesse de son passé, mais ce qu'elle commence à ressentir se situe au-delà ou en dehors de cela. Ça n'a rien de physique – pas de pulsations dans le sol, pas de pression dans l'air – mais elle est malgré tout imprégnée de la sensation du potentiel lové ici, d'une telle intensité que son cœur s'emballe et qu'elle serre les dents. C'est une peur réellement exquise.

Rien ne l'arrêtera. Elle suit la piste de Dal, les seules empreintes humaines apparentes dans le sable et la poussière balayées par le vent. Et quand cette piste disparaît par endroits, elle continue malgré tout, guidée par son instinct. Elle est entrée dans une sorte de monde imaginaire. Elle sait *où* elle est, sur Tython, mais ne sait plus quand. Elle est chez elle, mais ne s'est jamais sentie aussi loin. Le pouvoir qu'elle ressent au-dessous et autour d'elle est distinct de la Force ; et bien qu'elle appelle cette énergie puissante et protectrice qu'elle porte toujours en elle, aucune réponse ne lui parvient.

Cet endroit me rejette, se dit-elle. C'est triste, mais elle ne s'étonne pas que Dal y ait été attiré.

Les ruines sont si antiques que la plupart ont été ensevelies par les effets du temps ou érodées par le vent et le sable, le soleil et la pluie. Mais parmi ces basses collines et ces vallées peu profondes apparaissent des sommets de pyramides, des ruines de murs effondrés ou des trous profonds dans le sol.

C'est de ces fosses ténébreuses et béantes que semble monter l'étrange énergie qu'elle ressent. Et c'est dans l'une d'elles que la mènent les empreintes de Dal.

Et avant qu'elle ait pu réfléchir au danger de sa décision, elle s'y engage.

Le petit tube fluorescent qu'elle porte toujours sur elle lui offre une lumière pas très forte mais constante. Encore que, d'une certaine façon, elle aurait préféré ne rien voir.

La nature étrange de ce lieu est saisissante. Tous les endroits où elle est allée, sur Tython, ont été conçus par et pour les êtres sensibles qui habitent désormais la planète – des humains et des Wookiees, des Twi'leks et des Cathars, et bien d'autres encore. Ils sont peut-être physiquement très différents, mais leur physiologie de base reste la même. Les Cathars sont relativement petits et les Wookiees sont en général les plus grands, mais la similarité de leurs caractéristiques physiques permet aux uns et aux autres de se sentir à l'aise dans leurs espaces de vie et de travail.

Ces ruines sont différentes. Lanoree descend plusieurs niveaux qui, elle s'en rend soudain compte, ne sont ni plus ni moins que d'énormes marches qui auraient pu être construites pour des géants. Elle s'avance dans un passage haut et large. L'air qu'elle respire – immobile, confiné, rance et chargé de la poussière des siècles – semble plus adapté à quelque chose d'*autre*. Elle tressaille, a le sentiment d'être épiée, mais sait que ce n'est rien de plus que l'abîme de l'histoire qui l'observe.

Toutefois, elle n'est pas la première à venir ici…

Les empreintes de Dal moulées dans la poussière l'entraînent. Elles sont très écartées et profondes, comme s'il avait couru, et elle se demande comment il peut trouver son chemin là-dessous et quelle source lumineuse l'éclaire.

Cette énergie écrasante semble pulser à travers les tunnels tel le pouls dans les veines d'une créature géante assoupie. Et même si elle sait que c'est stupide, elle ne peut effacer cette image dérangeante de son esprit. L'Ancienne Cité n'est rien de plus que cela – une vieille cité. Des archéologues y sont passés. Des historiens. Certains sont venus, ont vu et sont repartis, intrigués, sans doute, mais pas captivés. D'autres ont consacré leur vie à explorer ce site. Quelques-uns ont disparu à jamais, et on raconte des choses sur des profondeurs inimaginables…

Mais elle aimerait bien savoir si certains, parmi eux, ont ressenti ce potentiel vibrant, terrible, et ce qu'ils en ont pensé.

— Dal ! appelle-t-elle, s'étonnant elle-même.

Sa voix ricoche contre les murs et sur la voûte, elle décline en s'éloignant et pourtant semble persister bien plus longtemps qu'elle l'aurait cru possible. Plus tard, alors qu'elle descend un autre de ces escaliers géants, elle a l'impression d'entendre encore le nom de son frère voyager dans l'obscurité. À moins que ce ne soient de simples récurrences.

Toujours plus profond. Elle commence à se demander qui a pu fouler ces passages au long des millénaires, puis y renonce. On connaît si peu de choses des Gree, si toutefois il s'agit bien d'une de leurs constructions. La légende veut qu'ils aient maîtrisé une technologie secrète incroyable qui leur aurait permis de voyager parmi les étoiles. Espèce nomade, ils auraient exploré la galaxie dans un but encore inconnu à ce jour. On dit aussi qu'il existe des sculptures Gree quelque part dans l'Ancienne Cité. Mais certains soupçonnent ceux qui les ont soi-disant découvertes de les avoir eux-mêmes fabriquées.

Parfois, les empreintes de Dal s'effacent dans les endroits où la poussière a apparemment été balayée, peut-être par des tempêtes souterraines. Le pouvoir surgit alors que cette énergie incroyable se libère, peut-être une fois par an, ou une fois dans une vie, qui sait ? Il y a tant d'inconnues, mais Lanoree reste fixée sur son but. Elle *connaît* son but, elle. Il faut sauver Dal de lui-même, et elle se battra aussi longtemps qu'il le faudra pour y parvenir.

Lanoree perd la notion du temps. Elle pense qu'il s'est peut-être écoulé une journée depuis qu'elle a quitté la surface pour s'aventurer là-dessous. Elle ne sait trop comment elle retrouvera son chemin pour remonter, mais elle compte sur les empreintes – les siennes et celles de Dal – et sur la Force, aussi. La Force lui est d'un grand réconfort. Sans elle, elle serait incapable de continuer.

La faim et la soif la taraudent. Par endroits, l'eau suinte des murs, mais elle ne peut pas se résigner à la toucher et encore moins à la boire. Elle n'a pas la moindre idée d'où elle peut venir, ni ce qu'elle a traversé. Il doit y avoir d'innombrables endroits que le temps a pour toujours enfouis, et d'innombrables choses qui resteront à jamais inconnues.

De plus en plus souvent, elle appelle Dal. Les échos se chevauchent, semblent se quereller, et parfois elle croit entendre un chœur de plusieurs Lanoree supplier son frère de faire demi-tour, de revenir et de rentrer avec elle à la maison. Elle commence à se demander si elle n'est pas victime d'hallucinations.

Les ruines sont si anciennes que le temps a laissé sa marque partout. Elles sont parfois totalement écroulées, parfois simplement effleurées par le rappel de l'action inéluctable de l'entropie. Lanoree suit de larges couloirs d'où partent des tunnels plus étroits et passe parfois devant des alcôves dans les murs – d'anciennes portes, peut-être, mais condamnées depuis très longtemps. Ces passages plus étroits offrent des possibilités à la fois tentantes et terrifiantes, mais Lanoree se refuse à être distraite de son but. Elle n'est pas là pour se livrer à des explorations, mais pour sauver son frère. Elle voit aussi des grottes plus vastes, presque des halls, avec des fosses aux formes bizarres creusées à même le sol et qui ont pu, à une époque, faire office de cuves à eau, ainsi que des structures verticales avec des vestiges de formes métalliques. Peut-être est-ce une forme de technologie victime du pourrissement du temps.

Elle se rapproche de Dal, elle le sent.

Un pont métallique enjambe un profond et sombre ravin exhalant une haleine chaude. Le pont grince lorsqu'elle le traverse. L'obscurité cherche à l'attirer ; son odeur est un mélange d'ossements poussiéreux et de fourrure mouillée, et Lanoree franchit le dernier tiers en courant.

Au-delà s'ouvre une spacieuse caverne dont les gradins, tout autour, évoquent des espaces de repos, et elle découvre, sur une estrade centrale, plusieurs objets mécaniques, du moins ce qu'il en reste. Elle s'arrête, retient son souffle.

Et, quelque part au loin, un cri retentit.

On la traînait. Des voix, agressives et pressantes, retentissaient autour d'elle sans souci de se faire entendre. Lanoree éprouva une sensation de chaleur sur son corps alors qu'on la jetait par terre. Elle roula sur le côté, chercha à voir si elle était blessée, mais ne trouva que les bosses et les bleus qu'elle connaissait déjà, et quelques autres qui s'y étaient rajoutés. Elle avait toujours ses armes et son ordinateur-bracelet. Ils n'avaient même pas pris la peine de la désarmer. Soit ils n'étaient vraiment pas dégourdis, soit ils ne la considéraient plus comme une menace.

Et j'ai encore eu droit à un bon coup sur la tête, songea-t-elle. Maître Kin'ade serait écœurée. Elle s'efforça d'apaiser la douleur, de la dissoudre dans la Force, et ressentit bientôt une sorte d'engourdissement apaisant.

— J'ai presque fini. Je te laisserai voir.

Dal ! Mais il était mort, non ? songea-t-elle. Elle était descendue jusqu'ici pour le chercher et avait trouvé…

Mais non, c'était dans un autre lieu, un autre temps. C'était dans le passé.

Lanoree ouvrit les yeux et s'efforça de se ressaisir. Puis elle s'assit, enserra ses genoux contre sa poitrine.

L'air, dans la mine, frémissait sous la chaleur. Plusieurs humains, accusant un net retard de croissance, vêtus de tenues réfléchissantes et de casques à visière, s'activaient autour d'un matériel minier. Dal était tout près d'elle, un blaster à la main pointé dans sa direction. Cinq Rêveurs d'Étoiles l'accompagnaient. Pour elle, ils n'avaient pas de visages, n'étaient que des adeptes de sa folie. Seul Dal captait son attention.

— Tu m'as laissée pour morte, dit-elle, la voix éraillée.

Elle avait la gorge sèche et enflée, la langue pâteuse et lourde comme une pierre.

— Oui, je t'ai laissée. Et je n'ai pas le droit de répéter cette erreur.

Bien que faible et étourdie, Lanoree sonda l'esprit de son frère.

Dal, tendu, les lèvres serrées, lui pointa aussitôt le blaster sur la figure. Elle pourrait l'écarter à l'aide de la Force, et peut-être même aurait-elle le temps de se relever avant que les autres Rêveurs d'Étoiles ne lui tirent dessus. Peut-être trouverait-elle une façon de tous les distraire. Peut-être, comme Maître Tave, pourrait-elle se fondre dans la

Force, devenir invisible à leurs yeux assez longtemps pour les désarmer et les maîtriser.

Mais elle y renonça.

— Eh bien tue-moi, dit-elle à son frère.

Alors même qu'elle s'exprimait, son esprit fut submergé par un flot de souvenirs de leur enfance, avec leur père et leur mère, ainsi que par des bons moments qui désormais appartenaient tous au passé. Elle était triste mais incroyablement furieuse, aussi.

— Toi et ta Force…

— Assez parlé, Dal ! Tue-moi et qu'on en finisse !

— Tu es venue de si loin, dit-il en souriant. Tu n'as pas envie de voir mon second plus beau moment ?

— Pourquoi le second ?

— Parce que le meilleur est encore à venir.

D'un signe de tête, il désigna, au-delà du matériel minier, l'appareil posé sur le sol, à présent exposé aux regards. Les Rêveurs d'Étoiles se tenaient à distance respectueuse. L'engin était d'une simplicité déconcertante : une coque métallique ovoïde avec plusieurs points d'accès sur sa circonférence. Franchement rien de spectaculaire.

Les mineurs contrôlaient les écrans d'affichage et s'activaient sur les machines, et même si tout fonctionnait presque silencieusement, Lanoree se demandait si ce qu'ils fabriquaient ici était à l'origine du grondement sourd qu'elle ressentait.

— Non, répondit-elle. Ça m'ennuie. Tu vas me tuer, alors pourquoi pas tout de suite… *frère.*

Elle avait presque craché ce mot, espérant lui arracher une réaction. Mais il garda son petit sourire bien en place. Elle s'efforçait de le forcer à passer à l'acte, espérant qu'avant de presser la détente il aurait au moins une petite hésitation, un instant de regret et de doute dont elle pourrait tirer parti.

Mais c'était lui, le chef, ici. Lanoree sentait le flux de la

Force, toujours aussi puissant en elle, mais son frère fou et malade avait la mainmise sur la situation.

— Là, dit un mineur.

La machine devant lui vibra légèrement avant de se stabiliser, et une boîte métallique cubique s'éleva d'un trou dans le sol de la mine. Elle avait déjà vu ce genre de chose dans des holos et savait ce que c'était – un cube de marionium, contenant un des éléments les plus instables parmi ceux recherchés dans la mine de Sunspot.

Mais… et la matière noire ? Tout ce qu'elle a vu, entendu, appris serait-il faux ?

— Dans l'appareil, dit Dal. Vous savez ce qu'il faut faire.

Trois Rêveurs d'Étoiles s'avancèrent et soulevèrent le cube pour l'approcher de l'engin.

Lanoree envisagea de les pousser dessus à l'aide de la Force, mais elle ignorait l'effet que cela pourrait produire. Ils tripotaient une antique et obscure technologie, et elle se rappelait son voyage dans les entrailles de l'Ancienne Cité neuf ans plus tôt, le pouvoir qu'elle y avait ressenti, la peur que cela avait fait naître chez elle.

Il faut absolument que je les arrête. Mais pas question de prendre le risque d'enclencher le système ! songeait-elle, tiraillée par ce dilemme insurmontable.

— Non, dit-elle alors que les Rêveurs d'Étoiles écartaient un panneau.

L'insertion était très simple. Le marionium rougeoya légèrement alors qu'ils le versaient dans l'engin de Dal, puis ils refermèrent le panneau et reculèrent.

— Et qu'est-ce que ça va…, commença un des mineurs.

Il n'eut pas le temps de finir sa question, l'engin lui fournit la réponse : il se mit à tourner.

Dal, l'air apeuré, eut un mouvement de recul, et Lanoree prit conscience, avec une angoissante certitude, qu'il n'avait en fait qu'une très petite idée de ce qu'il faisait. Il suivait de vieux plans pour réaliser des rêves d'enfant. Il fonctionnait à l'aveuglette.

Elle se raidit, prête à agir, même si elle devait le payer de sa vie. Parce qu'il n'était pas question de le laisser faire.

L'appareil tourna en grinçant légèrement sur le sol caillouteux. Il s'éleva ensuite dans l'air et y resta suspendu, en tournant toujours plus vite jusqu'à presque disparaître, puis revint et disparut de nouveau. Lanoree éprouva soudain une vive nausée – une réaction physiologique à un phénomène réellement contre nature.

— Oh, Dal, tu ne te rends pas compte de…

La Force elle-même se rétracta. Lanoree tomba à quatre pattes, vomit et ressentit comme une *inflexion* dans la Force, similaire à la réaction naturelle d'une personne s'écartant en tressaillant devant le feu. L'espace d'une seconde, la Force disparut de cette mine, remplacée par l'appareil qui continuait de tournoyer et de disparaître, puis de réapparaître…

Il ralentit jusqu'à s'immobiliser dans l'air, secrétant une telle sensation de pouvoir maléfique et d'énergie obscure que Lanoree vomit de nouveau.

Faible, étourdie, elle regarda les autres autour d'elle. Les mineurs, à terre, se tenaient la tête. Mais les Rêveurs d'Étoiles jubilaient, et Dal plus encore que les autres.

— Ça a marché, souffla-t-il, ébahi et heureux. Ça marche ! On l'a fait ! C'est prêt, maintenant ! Il a fabriqué sa propre matière noire et c'est prêt… Oh, Lanoree, si seulement tu pouvais voyager avec moi.

Elle n'aurait su dire s'il s'agissait d'une proposition voilée, et n'essaya pas de le savoir. Elle s'en moquait.

— Tu es devenu un fou et un monstre, Dal. Mon seul but est de t'empêcher d'agir.

— Alors c'est la fin, pour toi, répondit-il doucement.

Sa joie disparut. Dal pointa le blaster sur la poitrine de Lanoree et pressa la détente.

Lanoree court, attirée par les cris, consciente qu'elle devrait s'en éloigner, ils sont si épouvantables. Mais elle est descendue dans l'Ancienne Cité pour sauver son frère, et elle redoute à présent d'arriver trop tard.

Elle trouve les vêtements de Dal, déchirés et humides, près d'un lac souterrain. Elle flaire le sang et reconnaît son odeur familière.

La surface de l'eau miroite alors que les ondulations s'apaisent puis cessent.

Lanoree hurle sa douleur à l'obscurité. Se laisse tomber à genoux, étreint les vêtements contre sa poitrine, et alors même que le sang de Dal est encore tiède, sa sœur pleure sa perte.

17

RÉPULSION

S'immerger dans le Côté Obscur de la Force peut sembler plus puissant, plus libérateur, plus glorieux que le fait de vivre dans l'équilibre. Mais seulement de l'extérieur. Ne vous laissez pas tenter. Ceux qui sont engloutis par l'obscurité ne perdent pas seulement l'équilibre et le contrôle. Ils perdent leur âme.

Maître Shall Mar, « Une vie en équilibre »,
an 7541 AATY

Au dernier moment, elle agrippa la Force avec tout ce qu'elle possédait et la plaça devant elle.

Puis ce fut l'obscurité.

Dans ses rêves, elle poursuit inlassablement Dal dans l'Ancienne Cité. Il est toujours juste au-devant d'elle – un murmure à un coin, un rire dans la vieille caverne au-delà et, à la surface, son ombre est presque constamment à portée de main derrière un mur ou sur le flanc d'une dune. Elle a beau courir très vite ou marcher très lentement, il a toujours une longueur d'avance sur elle. Mais elle n'a pas le sentiment qu'il se joue d'elle. Il y a comme une répulsion entre eux, et quand elle s'avance vers lui, il s'éloigne d'elle. Peut-être cette répulsion a-t-elle toujours été là, même dans leur enfance. Elle se rappelle avoir souvent joué avec lui, mais à présent il lui semble aussi que ces moments étaient gâchés par l'envie d'évasion de Dal et son animosité envers sa famille ; et la fillette qu'elle avait été parvenait à ignorer ces facettes de lui. Aujourd'hui, elle voit son expression d'enfant avec des yeux d'adulte, et sait ce qu'il adviendra.

— Je me sens très mal, dit la voix, mais vous avez l'air encore plus mal en point que moi. Vous pouvez ouvrir les yeux ? Ouvrez-les. S'il vous plaît, Lanoree.

Elle essaya, mais ses paupières étaient trop lourdes et sa tête lui élançait. Elle les referma.

— Si vous m'entendez, serrez-moi la main.

Elle essaya et une douleur fulgurante explosa dans sa poitrine et partout dans son torse, la poignarda dans le cou et dans la tête. Elle voulut crier, mais aspirer l'air ne fit qu'amplifier la souffrance.

— Ne bougez pas et…

La voix déclina, et Lanoree se sentit sombrer. Les profondeurs dans lesquelles elle basculait étaient ténébreuses et chargées de malveillance. Ils étaient peut-être dans les grottes et les couloirs Gree sous ce qui restait de l'Ancienne Cité en surface, dans les égouts pestilentiels de la Station Greenwood, ou encore dans les mines embrasées de Sunspot. Là où elle se trouvait n'avait finalement aucune importance. L'obscurité était prometteuse de mort.

Elle nageait dans le noir, mais n'avait pas la force d'interrompre sa chute.

Elle bougeait. La chaleur l'assaillait de tous les côtés. La puanteur du brûlé couvrait tout le reste – une odeur ancienne, profondément ancrée, de roc fondu et d'éternité calcinée. *Je suis toujours dans les mines*, songea-t-elle, et elle tenta d'ouvrir les yeux.

Ce sur quoi elle était allongée heurta quelque chose et la secoua violemment, et elle hurla sous le coup de la douleur qui se répandit dans ses veines comme de l'acide. Elle essaya d'appeler la Force pour apaiser la souffrance, mais n'y parvint qu'à demi. Puis le mouvement cessa et une ombre apparut au-dessus d'elle.

— Lanoree ?

Elle vit la silhouette de Tre Sana se pencher sur elle et ses lekkus se profiler sur la douce lueur rouge qui les nimbait. *Que se passe-t-il ?* eut-elle envie de lui demander. *La mine est en feu ? Dal est encore en train de tout détruire derrière lui ? Est-ce qu'ils ont pris le* Pacificateur *? Et vous, que vous faites-vous ici ?* Toutefois, le seul son qui franchit sa gorge fut un gémissement sourd.

— Je vous sors de là, dit-il. Holgy se charge de tirer. Qu'est-ce que vous lui avez fait ? Il ne ressemble à aucun autre droïde…

Elle dut s'accrocher pour ne pas sombrer de nouveau. Mais elle avait conscience d'être gravement blessée. Elle se sentait vide et s'interrogeait sur la grosseur du trou que Dal avait creusé en elle avec son blaster.

Dal, son frère, avec son blaster…

Cette fois-ci, quand elle tomba, la Force fut là pour la rattraper, et dans sa douleur, elle connut un moment d'extase lorsqu'elle l'enveloppa comme un cocon et coula en elle.

Le toit de la mine était en feu. Tre avait dû la traîner dans une vaste salle souterraine ouverte, pourtant elle ne se souvenait de rien. Le haut plafond était éclaboussé de rouge et d'orange, de jaune et de blanc, une flamme ardente tourbillonnant si lentement qu'elle pouvait en détailler les formes. Certaines civilisations vouaient un culte au feu, et elle comprenait à présent pourquoi.

Mais s'ils ne dégageaient pas plus rapidement d'ici, ils allaient finir grillés.

— On est presque au vaisseau, dit la voix de Tre. Lanoree… vous êtes réveillée ? On est presque au vaisseau, répéta-t-il, et je vais avoir besoin de vous.

Presque au vaisseau ? Et puis soudain elle découvrit ce qu'elle avait sous les yeux, et à cet instant sa propre douleur disparut sous l'assaut de la peur qui se propagea dans tout son corps.

Ils étaient sur la surface de Sunspot, prêts à regagner le *Pacificateur*, et le ciel de la planète était en feu.

Compte tenu du contexte, l'ampleur de la scène au-dessus d'elle prenait plus de sens. L'air lui-même semblait s'être embrasé, et d'énormes volutes roulaient tous azimuts, se percutant les unes les autres en explosant en des impacts cataclysmiques. Des éclairs fulguraient sous ses yeux, laissant derrière eux des traînées qui se ramifiaient en des milliers de fourches incandescentes. Une houle de lumière éblouissante déferlait. Des explosions plus puissantes encore retentissaient dans l'atmosphère enfiévrée, s'éloignant en tourbillons d'au moins dix mille mètres de diamètre.

— Malterra…, murmura Lanoree, et l'ombre de Tre se pencha sur elle.

Ses lekkus s'agitaient fiévreusement.

— Quoi ?

— L'autre planète… Malterra… Elle se rapproche.

— Ne m'en parlez pas…

Il se releva et continua à pousser. Elle entendit les caquètements et les cliquetis de Holgy, mais sans le voir, et perçut les pas précipités et étouffés du droïde alors qu'il aidait à la transporter jusqu'au vaisseau.

Qui avait pris la décision de venir ? se demanda-t-elle. Mais elle connaissait déjà la réponse. Elle avait beau considérer parfois Holgy comme un humain, il n'était malgré tout qu'un droïde. Il fallait quelqu'un doué de raison pour prendre la décision de se jeter dans cette fournaise et ce chaos. Tre était venu la chercher… et elle n'avait aucune idée du temps qui s'était écoulé.

— Tre.

— Pas maintenant. On est presque arrivés.

— Tre !

Elle gémit alors que la douleur irradiait dans sa poitrine. Mais la civière s'arrêta de nouveau, et il se pencha afin de l'entendre malgré les claquements des éclairs et le rugissement du feu.

— Combien de temps…, commença-t-elle.

— Presque une demi-journée. J'ai vu l'autre vaisseau décoller sur les scans et comme vous tardiez à revenir…

Ses lekkus se soulevèrent pour retomber, à la manière d'un haussement d'épaules.

— Oh non…

— Lanoree… Vous avez un trou gros comme mon poing dans la poitrine et je me demande comment vous pouvez être encore en vie. Alors bouclez-la jusqu'à ce que je vous ramène au *Pacificateur*, et après…

Il recommença à pousser et il lui fit soudain de la peine. Il ne savait vraiment pas quoi faire.

Mais elle, si.

Elle se tut, flottant dans un océan de douleur tandis que, enfin, Tre atteignait le *Pacificateur* et la hissait à l'intérieur.

Comme la porte se refermait en sifflant, il la transporta tant bien que mal de la civière improvisée à sa couchette. Elle était incapable de l'aider. Elle tourna la tête pour examiner la civière et fut sincèrement admirative. C'était la porte d'une des cages d'ascenseur ; un côté, celui qui avait été arraché à la monture, était bousillé, et un des modules de suspension de Holgy avait été attaché à son extrémité.

Elle leva une main.

— Tre. Venez.

Il s'assit près d'elle sur la couchette, en sueur, épuisé. Elle se rappela à quel point il avait été malade la dernière fois où elle l'avait vu. Il n'y avait pourtant pas longtemps, mais déjà il avait l'air plus mince que dans son souvenir, et plus vieux, aussi.

— Prenez ma main, dit-elle.

Le simple fait de parler provoquait des élancements douloureux dans sa poitrine, mais certaines choses devaient impérativement être dites.

Il la prit. Sa respiration était laborieuse.

— Merci, dit-elle en la serrant dans la sienne.

Elle esquissa un hochement de tête, et le simple mouvement provoqua une nouvelle vague d'intense douleur. Elle grimaça mais sans rompre le contact visuel avec lui.

— Et maintenant… vous allez devoir… me faire confiance.

L'expression de Tre se modifia à peine alors qu'elle lui expliquait quel placard ouvrir et ce qu'il devait en sortir. Et alors même qu'il découvrait ce qu'il tenait à la main, il parut presque indifférent. Peut-être avait-il été témoin de ce dont Maître Dam-Powl était capable, plus encore que ce qu'elle avait imaginé.

— À présent, aidez-moi à m'asseoir, dit-elle. Je n'ai plus beaucoup de temps.

Dans cette pièce, avec Maître Dam-Powl, il y avait longtemps, avant la tragédie avec Dal et alors qu'elle était encore éblouie par toutes les possibilités qui s'offraient à elle, Lanoree avait été émerveillée par les enseignements qu'elle recevait.

Ton avenir réside dans l'Alchimie de la Chair, lui avait dit Dam-Powl. *Je l'ai vu à la seconde même où nous nous sommes rencontrées, et rien ne m'en a dissuadée depuis. C'est un don qui pour certains se situe aux limites de l'acceptable. C'est un pouvoir puissant, difficile à manier, et dont l'utilisation exige d'être fermement équilibré. Tu ne dois pas te laisser tenter par des désirs immodérés. Le Côté Obscur rôde toujours autour de ce que je fais ici, Lanoree, et je suis constamment sur mes gardes. Ne te laisse pas séduire. Ne te laisse pas attirer. Maintiens ton équilibre.*

Ces conseils étaient toujours présents en elle. Et c'est en les ayant bien en tête que Lanoree suivit ces instructions, toutefois il y avait trop de douleur, trop de pression. Son esprit cherchait à établir l'équilibre dans la Force, mais son cœur, lui, allait de l'avant. Dal n'attendrait pas qu'elle soit prête. Et chaque seconde qui s'écoulait les rapprochait tous de la tragédie.

— Il serait peut-être préférable que vous vous retourniez, dit-elle à Tre.

Mais il se contenta de secouer la tête et d'aller s'asseoir dans un coin de l'espace de vie, les yeux mi-clos. Une fois qu'elle se serait sauvée elle-même, elle ferait son possible pour lui.

L'expérience en était là où elle l'avait laissée. Lorsqu'elle voyageait seule, Lanoree avait de longues périodes où elle pouvait se concentrer pour perfectionner de telles alchimies et, en dépit de son jeune âge, elle avait conscience de la puissance de ses dons. Et la preuve en était exposée à cet instant devant elle. Elle souleva la couverture et la chair palpita. Le sang gouttait de veines imparfaites mais cependant adaptées. Des membres vestigiaux s'agitaient mollement et sans but précis. Sur un bord, un œil aveugle à la pupille d'un blanc laiteux s'ouvrit. Mais même si l'œil voyait, il n'y avait aucun cerveau pour lui apporter une quelconque interprétation.

L'iris avait la couleur des siens parce qu'il faisait partie d'elle.

La vie qui animait cette chair était créée par Lanoree et

tirée de la Force. Elle avait au fil du temps modelé l'unique prélèvement de cellules – pris sur son propre bras, dans un peu de sang et de moelle – afin d'obtenir ce qu'elle avait à cet instant sous les yeux : quelque chose animé d'une forme de vie qui venait exclusivement d'elle-même. Ses mouvements la troublaient encore, de même que sa nature en partie familière. Mais il n'y avait pas de cerveau, donc pas d'esprit, or sans esprit ce n'était qu'un morceau de viande. Un morceau de viande vivant, palpitant, dont les cellules se répliquaient. Elle se le répéta alors même qu'elle se demandait si cette chair ressentait la douleur.

Le pouvoir qu'elle éprouvait parfois à façonner la chair au gré de ses propres désirs était choquant, mais à cet instant ses expériences prenaient enfin un sens. *Ce n'est pas uniquement de l'alchimie*, lui avait dit Dam-Powl. *Il ne s'agit pas seulement d'apprendre cet art pour la seule satisfaction qu'on peut en retirer, mais de s'entraîner à devenir l'artiste.*

Lanoree se ressaisit et posa les mains de chaque côté du petit socle sur lequel elle avait posé le sujet de son expérience. Sa blessure était importante et profonde, les bords suintaient et l'intérieur lui cuisait. Mais à l'instant où Dal avait tenté de la tuer, elle s'était ramassée sur elle-même pour s'abriter derrière la Force qui avait absorbé le plus gros de l'impact. Si elle ne l'avait pas fait – ç'avait été une histoire de seconde, d'instinct –, son cœur et ses poumons auraient été éparpillés sur le sol de la mine. Son frère la croyait morte. Au moins s'était-elle accordé une chance.

Respirant profondément, elle accueillit la Force qui coulait en elle. Ferma les yeux. Ignora la souffrance qui lui donnait envie de vomir, la fatigue qui l'attirait dans le sommeil, et la mort. La Force se fit plus puissante en elle, fourmillant au bout de ses doigts, de ses orteils, dans son cou, dans sa poitrine blessée, et elle la canalisa vers son expérience.

L'alchimie prit vie en elle. C'était une étoile ardente au cœur noir. *Cela, il faut que je l'observe*, songea-t-elle, mais des douleurs l'agressèrent, déviant son attention. Le pouvoir était fantastique. Elle sourit.

La chair devant elle commença à bouillonner, à produire des bulles et, sans ouvrir les yeux, elle ôta sa tunique déchirée, ses sous-vêtements, et se pencha.

L'odeur de chair grillée envahit le *Pacificateur*.

Elle entendit le gémissement pitoyable de Tre mais n'en tint pas compte. S'il avait peur, il n'avait qu'à se couvrir les yeux.

Bogan surgit et elle ouvrit son œil intérieur pour étreindre sa surface obscure, tandis qu'une sensation de chaleur et d'humidité entre ses seins effleurait sa vilaine blessure et l'engourdissait. Elle accueillit ce contact avec plaisir et chercha à l'amplifier en se penchant toujours plus jusqu'à être directement au-dessus du socle où reposait la chair. *Ma chair, mon expérience, ma propre alchimie du soi.*

Elle chercha et trouva Ashla, une étincelle scintillante dans la Force. Et quand elle se sentit équilibrée, les talents dont on lui avait fait prendre conscience à Anil Kesh et qu'elle utilisait depuis si longtemps commencèrent à affluer.

Et la chair avec eux.

Bogan est dans ses rêves. Elle y était allée avant de devenir une Ranger, mais brièvement et pas seule. Une simple visite dans un cadre éducatif. Et dans son souvenir, Ashla restait une lumière constante qui la tenait à l'écart de l'obscurité.

Mais dans ces rêves-là, il n'y a *pas* d'Ashla. Elle se tient debout sur le flanc d'une colline, sur Bogan, près des ruines d'édifices en pierre datant de plus de dix siècles, et lève les yeux vers une autre Bogan qui la regarde. Deux lunes, l'une et l'autre obscures. Aucun espoir de lumière.

Elle se réveilla en sursaut et s'assit, les mains pressées sur sa poitrine. Elle était sur sa couchette, toujours nue mais avec un drap mince entortillé autour de la taille. Holgy émettait quelques sons. Tre était affalé dans le coin, la tête penchée sur le côté et les yeux à peine ouverts.

— La dormeuse s'éveille, dit-il faiblement.

Il avait l'air franchement très malade.

À côté de la couchette, sur le sol entre Lanoree et Tre, se trouvait l'objet de l'expérience. Il était à présent déshydraté et tout ratatiné, comme les restes pétrifiés de quelque chose mort depuis des siècles. Même le sang qui avait goutté sur sa base était devenu sombre, sec et écaillé, comme s'il avait coulé il y avait très longtemps.

Elle baissa les yeux sur sa plaie et prit une profonde inspiration. Sa peau était rêche et scarifiée, et elle avait indéniablement un creux sur la poitrine. Mais le trou provoqué par le blaster avait disparu. Fermant les yeux, elle respira profondément, se tourna à gauche, à droite, et ne ressentit pas la moindre douleur. Tout était en place. Rien ne manquait.

— Vous avez meilleure mine, dit Tre.

— Vous avez l'air plus mal en point, répondit-elle.

Elle se leva, attrapa ses vêtements et les enfila rapidement avant de s'agenouiller près de lui en posant une main sur sa joue.

— Je crois que ce qui m'a empoisonné, sur Nox, a atteint quelque chose de vital, dit-il. J'ai le cœur qui chancelle et je respire… mal.

Ses lekkus étaient flasques et pâles, et elle n'avait encore jamais vu sa peau rouge aussi blême.

— Je peux vous aider, dit-elle.

Elle fronça aussitôt les sourcils. *Cette chose toute flétrie, vieille et sèche… il n'en reste rien.*

— Pas comme je me suis aidée, moi, ajouta-t-elle, mais

je peux peut-être nettoyer votre sang avec la Force. Vous purger.

— On n'a pas le temps, dit-il. Ça va aller… J'ai connu pire… Pas le temps.

Lanoree savait qu'il avait raison. Ils manquaient de temps, c'est vrai, et il était peut-être même déjà trop tard. Dal n'était pas parvenu à la tuer avec son blaster mais…

Mais c'était bien son intention, il voulait *que je meure, il m'a tiré dessus pour me tuer* !

S'il atteignait l'Ancienne Cité et enclenchait l'appareil Gree, alors il arriverait sans doute à ses fins au bout du compte.

Elle ouvrit un des casiers et sortit un kit med.

— Tenez. Ce sont des médicaments. Je regrette, Tre. Faites ce que vous pouvez maintenant, et je…

Il lui fit signe de le laisser se débrouiller seul.

Se précipitant dans le cockpit, elle passa ses mains sur le tableau de bord du *Pacificateur*. C'était comme d'être enfin de retour chez soi. Elle lança les moteurs, puis se retourna alors que le vaisseau se mettait à vibrer.

— Merci d'être venu à mon secours, Tre.

— C'est juste parce que je sais pas piloter votre engin, répondit-il derrière elle.

Elle sourit, heureuse qu'il ne soit plus le mauvais garçon qu'il avait été. Et elle souhaitait qu'il ait le temps de s'améliorer encore.

Les scanners clignotèrent, les voyants d'alarme tintèrent. Elle alluma la comm pour adresser un message à Tython, mais l'écran n'offrait qu'un brouillard de neige. Elle n'obtenait rien, et l'indicateur de niveau n'arrêtait pas de fluctuer. Elle aurait pu examiner les données plus attentivement, mais ça ne servirait à rien. Les instruments avaient parfois leur façon bien à eux d'exprimer ce qui crevait les yeux.

Dehors, le ciel et la surface de Sunspot étaient en plein

chambardement. Les nuées agressives et les éclairs qu'elle avait vus tandis que Tre et Holgy la sortaient de la mine étaient plus acharnés que jamais. À présent, ils avaient l'air franchement cataclysmiques. Les griffes des éclairs attaquaient tous azimuts, faisaient trembler le sol et ployer l'air. Le ciel était d'un rouge sombre et d'un orange agressif, strié ici et là de flammes ardentes qui déclenchaient d'énormes explosions très haut dans l'atmosphère.

Malterra était tout près. Les attractions gravitationnelles s'entrechoquaient alors que les planètes s'influençaient et donnaient l'impression de chercher à se dominer.

Ils pourraient chercher refuge sous terre, au plus profond des mines, ainsi que le faisaient les mineurs de Sunspot dans ce genre de situation. Ils y restaient terrés pendant quatre jours, à sentir le monde trembler autour d'eux et à subir les puissantes énergies déployées au-dessus de leurs têtes. Puis ils remontaient à la surface, réparaient les dégâts et reprenaient leur travail.

Dal avait prévu ça, songea Lanoree. *C'est sûr. Une fois dans l'année malterrienne, le quart d'une année de Tython. Ce genre de coïncidence ne pouvait pas être un hasard.*

Mais Lanoree savait qu'elle n'avait pas le choix. Elle aurait pu consulter l'ordinateur de bord et calculer les probabilités de s'en sortir si elle prenait les commandes en pleine tempête. Mais elle n'avait jamais aimé s'en remettre aux conjectures.

— Vous pouvez monter ici et vous sangler dans le siège ? demanda-t-elle à Tre.

Une sorte de grognement lui répondit, et elle l'entendit traîner les pieds alors qu'il la rejoignait. Il empestait, et sa respiration était laborieuse.

— Je vais sûrement vomir encore.

— Pas grave. Holgy, on décolle. Prépare-toi.

Le droïde répondit en cliquetant.

Lanoree poussa les moteurs. Le vaisseau lui transmettait une impression de force et d'assurance, et comme elle prenait une longue inspiration, elle éprouva la même chose pour elle-même. *Je suis remise à neuf*, se dit-elle. Et elle savait que ces sentiments de puissance et de supériorité n'étaient pas adéquats ; ses dons en alchimie n'étaient pas à prendre à la légère.

Ashla et Bogan pouvaient aller se faire voir. Pour l'instant, elle avait un autre combat plus urgent sur les bras.

— Et c'est parti, dit-elle alors que le *Pacificateur* quittait en rugissant la surface de Sunspot pour s'élancer dans le chaos cosmique.

La route la plus directe entre Sunspot et Tython les aurait conduits à traverser Malterra. Lanoree programma l'itinéraire à quatre reprises et, à chaque fois, l'ordinateur de bord proposa une solution de rechange. Elle opta finalement pour les commandes manuelles, alluma les quatre écrans devant elle avec des cartes spatiales et s'en remit à son instinct.

Il n'y a pas de peur ; il y a le pouvoir, songea-t-elle, et elle œuvra à l'aide de la Force pour les sortir de là. Elle se sentait nauséeuse, et se convainquit que c'était dû à sa guérison, et non à des perturbations de son équilibre. *Mais la chair était forte. La force, le potentiel !* Elle avait du mal à brider l'exaltation qu'elle éprouvait face à une aussi mystérieuse alchimie.

— On devrait attendre, dit Tre, faible et effrayé, à côté d'elle.

Elle ne répondit pas. Il savait aussi bien qu'elle ce qui était en jeu, et l'avance que Dal avait sur eux. Ils devaient donc avancer aussi vite que possible ; ils n'avaient pas le choix.

Le *Pacificateur* essuya un pilonnage alors que Lanoree montait presque à la verticale pour quitter l'atmosphère de Sunspot, mais le croiseur avait été conçu pour résister. Le vacarme fut effarant, elle put à peine s'entendre hurler. Les sangles s'enfoncèrent dans ses épaules et sa poitrine. Les verrières miroitèrent sous l'effet de la chaleur extérieure. Son siège grinça sur son support, des panneaux mal fixés tremblèrent et s'entrechoquèrent, et le manche vibrait si fort dans sa main que ses doigts et son avant-bras ne tardèrent pas à s'engourdir. Mais pas question de lâcher. Elle combattit la tempête avec son vaisseau et s'aida de la Force pour se calmer en maintenant Dal bien en vue devant son œil intérieur.

Elle revoyait son visage alors qu'il pointait le blaster et son regard quand il pressa la détente, et l'un et l'autre étaient vides.

D'après les scanners, ils étaient presque à quinze kilomètres de la surface de la planète. Elle augmenta la puissance afin qu'ils soient propulsés dans l'espace. Une fois qu'ils y seraient, elle espérait que le croiseur, après tout les excès qu'il subissait, pourrait souffler un peu.

Mais elle se trompait ; l'espace lui-même se convulsait et se déchirait sous l'assaut des forces exercées par les deux planètes qui se rapprochaient rapidement l'une de l'autre. Elles se croiseraient à un demi-million de kilomètres l'une de l'autre, ce qui pourrait passer pour une distance confortable. Mais voler entre elles à ce moment serait comme de lâcher une plume dans les bourrasques sévissant sur les plaines herbeuses de Talss. Les instruments se détraquèrent sous l'action du chaos magnétique et gravitationnel entre ces mondes. Holgy vola au ras du sol à travers le cockpit puis bascula sur le côté. Des jets d'étincelles jaillirent de plusieurs fentes sur sa tête.

— Votre droïde a explosé, dit Tre.

Même sa voix avait l'air complètement démantibulée, tronçonnée par la violence de l'assaut sur le croiseur et tout ce qu'il contenait.

— On a combien de temps avant que le *Pacificateur* y passe aussi ?

— Le *Pacificateur* n'y *passera pas* ! cria-t-elle. Votre cerveau tombera de votre derrière avant que ça arrive.

— Je crois que c'est déjà fait ! répondit-il sur le même ton.

Son humour était le bienvenu, et Lanoree espérait y voir la confirmation d'une amélioration de son état ; les remèdes avaient peut-être agi. Mais elle ne voulait pas non plus se faire d'illusion. Elle-même avait soigné son horrible blessure à l'aide d'une dangereuse alchimie de la Force, mais Tre était différent. Les poisons qui le rongeaient avaient peut-être été ralentis, mais les neutraliser totalement exigerait l'intervention d'un spécialiste.

Elle essaya de communiquer avec Tython, de les avertir, mais les systèmes comm ne répondaient toujours pas. Une heure après, son propre message lui fut retourné, et elle s'étonna de son ton désespéré. Elle avait la nausée, et Tre vomit de nouveau à côté d'elle. Au moins cette fois-ci lui avait-il tourné le dos avant.

— C'est la deuxième fois que vous faites ça dans mon vaisseau ! cria-t-elle.

Pas de réponse. Lanoree jeta un coup d'œil vers lui ; il était assis, le menton posé sur son torse, les lekkus flasques et inertes. Elle enclencha le générateur de gravité, mais il fonctionnait mal dans les tempêtes. Son estomac ne cessait de faire des allers et retours. Elle se tassa contre son siège. C'était comme si quelque chose s'était détaché dans sa poitrine, et elle la sonda délicatement à l'aide de la Force afin de palper la configuration de la lésion. Pas de problème ; sa réparation tenait le coup. Peut-être était-ce simplement le fait de retenir sa respiration.

Le temps s'écoulait, et chaque instant semblait une éternité. Le *Pacificateur* tremblait et vibrait, avec toujours plus de cliquetis, plus de grincements. Le vaisseau allait finir par être complètement démantibulé. Des arcs lumineux le frappèrent à trois reprises, et la troisième fois avec une telle puissance que toutes les fissures, tous les trous dans la coque, dans la structure et dans le panneau de contrôle s'illuminèrent comme si le croiseur était ravagé par les flammes. Lanoree hurla, sans même pouvoir entendre son propre cri, et elle se prépara sereinement à mourir. *Je ne sentirai rien*, se dit-elle, toutefois elle savait ce qu'elle verrait au moment de sa mort : la folie imprimée sur le visage de son frère.

Mais le *Pacificateur* tint bon et ils ne moururent pas.

Ils étaient eux-mêmes à un million de kilomètres de la planète Sunspot lorsque Malterra en approcha au plus près. Lanoree observa ce passage sur un de ses écrans et fut saisie par les forces et les pressions incommensurables en jeu à cet instant. Dans ces mines profondes, les mineurs se blottissaient les uns contre les autres. Elle avait beaucoup de respect pour eux et les accompagnait de ses bonnes pensées.

Quand les tempêtes parurent enfin s'apaiser, elle lança une série de vérifications. Holgy était toujours hors-service. Ils avaient pris une bonne raclée ; les équipements de survie avaient subi quelques dégâts, mais ils tiendraient le coup jusqu'à Tython. Un des canons laser avait été fracturé et elle ferma le module qui l'alimentait au cas où il fuirait. Une barre de combustible s'était rompue, et elle dut la larguer dans l'espace. Mais l'intégralité de la coque était en bon état et tous les systèmes vitaux fonctionnaient. Le *Pacificateur* était suffisamment d'attaque pour les conduire à Tython, et c'était son seul objectif.

Après avoir calculé la route la plus courte pour l'Ancienne Cité, Lanoree rendit le contrôle à l'ordinateur de bord.

Mais tandis qu'elle détachait son harnais et se levait pour retourner dans son espace de vie, elle fut soudain frappée par… quelque chose.

Le souffle coupé, Lanoree se laissa retomber dans son siège. Une vision. Un coup. Une ondulation dans la Force, bien plus puissante que ce qu'elle avait jamais pu ressentir. *Un vaisseau*, songea-t-elle. *Une bataille. La mort et le chaos, et parmi eux…*

La vision se dissipa, ne laissant qu'un très faible écho derrière elle. Le vaisseau de Dal ? Elle ne le pensait pas. Elle n'éprouvait rien de familier ; au contraire, c'était un froid qui l'avait saisie, et une sensation d'étrangeté semblait hanter les ombres de son esprit. Mais cela aussi se dissipa bientôt.

Lanoree secoua la tête, puis souleva Tre du siège du copilote et l'emporta jusqu'à sa couchette. Il ouvrit les yeux alors qu'elle l'y allongeait.

— Nous pénétrerons dans l'atmosphère de Tython d'ici une demi-journée, dit-elle.

— Jetez-moi dans l'espace. Je me sentirai mieux, répondit-il en s'asseyant lentement, plissant les yeux qu'il fixait sur elle.

— Comment vous sentez-vous ? demanda-t-elle.

— De quoi est-ce que j'ai l'air ?

— D'un type couvert de vomi.

— C'est exactement ce que je ressens.

Elle s'assit à côté de lui, l'air soucieux.

— Tout paraît tellement bizarre…

— En tout cas, vous venez de vous guérir d'un gros trou dans la poitrine. Vous devriez être morte.

Elle songea à l'expérience et à la vie qu'elle y avait investie.

— Peut-être, dit-elle. Il faut que je me repose.

Elle s'allongea et ferma les yeux.

— Réveillez-moi quand on approchera de Tython.

Elle sombra dans un sommeil agité avant même d'entendre la réponse de Tre.

Ses rêves sont bizarres. Elle est consciente que ce sont des rêves, pourtant jamais elle n'en a connu de plus angoissants. Elle s'efforce constamment de se réveiller, mais est incapable de les contrôler.

Il y a un personnage. Grand, drapé dans une cape, en armure, le visage dissimulé par un casque. Il tient à la main une sorte d'arme qu'elle n'a encore jamais vue. Une épée, mais bizarre, avec, en guise de lame, la Force pure.

Le même rêve, encore et encore.

Une main sur son épaule et une voix familière parviennent à la sortir de cette vision.

— Lanoree. Tython. Mais il y a un gros problème.

Alors qu'ils approchent de la planète, elle voit clairement le chaos qui y règne.

— Qu'est-ce que c'est ? demanda Tre.

— Une tempête de Force.

Lanoree n'en avait encore jamais vu une de l'espace, mais elle lui apparaissait bien plus violente et étendue que toutes celles auxquelles elle avait pu assister jusqu'alors. Elle tenta une fois encore de contacter Maître Dam-Powl, mais même si son système comm fonctionnait de nouveau, aucun signal ne pouvait franchir la tempête.

— Il a déjà commencé, dit Tre. Je ne sais pas ce que votre frère timbré essaie de faire, mais c'est enclenché.

— Possible, répondit Lanoree.

Et c'était ce qu'elle redoutait. Si Dal mettait son appareil en marche, peut-être que Tython réagirait d'abord par un frémissement de la Force et des tempêtes qui ravageraient sa surface.

— Peut-être que j'arrive trop tard.

Elle bondit dans le cockpit et les fit plonger dans l'atmosphère en une manœuvre quasiment suicidaire.

Chaque seconde pourrait être la dernière qu'ils vivraient, et elle ferait en sorte que chacune d'elle compte.

18

LA DESCENTE

N'oublie jamais que nous avons été amenés ici. Tython est une planète riche dans la Force, mais c'est aussi un lieu de mystère, inconnu de nous, et qui existait ici depuis des millénaires avant l'arrivée des Tho Yor. Son âge se perd dans le temps, ses histoires plus encore. Nous ne faisons que l'habiter ; notre vrai foyer est dans la Force.

Maître Deela jan Morolla, an 3528 AATY

Pour Tre, la descente avait dû être terrifiante. Le *Pacificateur* était embrasé, la coque craquait sous les incroyables pressions et l'abominable chaleur, et les flammes léchaient les verrières. Avec l'accélération, il se retrouvait plaqué contre son siège avec une telle vigueur que ses oreilles, son nez et ses lekkus saignaient. Mais Lanoree remarqua à peine les effets physiques. La Force était sens dessus dessous, et plus ils se rapprochaient du but, plus elle se sentait perdue.

Toutefois, même si elle était à la poursuite de Dal et de ses projets démentiels, Lanoree n'était pas convaincue que cette tempête avait un rapport avec lui. Elle la sentait sur

Tython tout entière, jaillissant de ses profondeurs et de ses vastes nuées. La perturbation était puissante, mais la planète y résistait vaillamment.

Elle repensa à cette vision, dans ses rêves, et à l'étrange sensation qu'elle avait éprouvée tandis qu'elle volait à travers le violent espace entre les deux planètes les plus proches de Tythos.

Dal est mon objectif, songea-t-elle. Agrippant le manche, elle poussa le *Pacificateur* dans une descente encore plus raide, encore plus risquée. Elle obligeait le vaisseau à aller au-delà de ses contraintes de conception et le plongeait dans la zone dangereuse. Mais elle n'avait pas le choix. Chaque respiration qu'elle prenait entre l'instant présent et celui où elle retrouverait Dal serait peut-être *la* respiration de trop, et la dernière.

Le *Pacificateur* fusa des nuages au-dessus de Talss. Lanoree mit le cap vers l'ouest, survola des collines, les yeux fixés sur les scanners chamboulés par la tempête de Force, et bientôt un tintement insistant annonça le retour partiel de ses transmissions comm.

Elle envoya aussitôt un signal à Maître Dam-Powl. Et reçut une réponse dans les secondes qui suivirent. La Cathar, visiblement agitée, apparut sur l'écran du croiseur.

— Lanoree, dit-elle. Je… pire que tout.

— Maître ! Dal m'a échappé, mais je sais où il va, et je sais ce qu'il a entre les mains.

Dam-Powl paraissait plus vieille, distraite et moins soignée qu'à son habitude. Lanoree n'arrivait même pas à situer l'endroit d'où elle émettait ; la pièce où elle se trouvait était propre, moderne et vide.

— … vaisseau venant de l'extérieur du système…

Dam-Powl continuait à parler, mais Lanoree n'entendait pas. Elle régla quelques commandes, vérifia les niveaux de transmission. Mais impossible de surmonter les effets de la tempête.

— Maître, je suis presque à l'Ancienne Cité. Savez-vous si des Je'daii l'y attendent ?

— … partis, mais il y a des dispositifs de protection, répondit Maître Dam-Powl.

Elle parut enfin se ressaisir et regarda Lanoree droit dans les yeux à travers l'écran.

— Il faut l'arrêter. Quoi qu'il se passe maintenant… arrêtez tout ça.

— Maître ?

— Je sens que tout est sur le point de changer, dit Dam-Powl.

Elle s'apprêtait à ajouter quelque chose, mais la neige envahit l'écran et sa voix se fondit dans une confusion de grésillements et d'interférences. Lanoree essaya une fois de plus de régler le système comm, puis l'éteignit.

Qu'avait voulu dire Maître Dam-Powl ? Un vaisseau venant de l'extérieur du système ? Un des vaisseaux d'hibernation serait-il revenu ? Lanoree était plus qu'intriguée, mais elle devait pour l'instant se concentrer sur sa destination, et Maître Dam-Powl n'avait rien dit pour l'en détourner.

— Par pitié, atterrissez, dit Tre. Je n'ai plus rien à vomir.

— On y est presque, dit Lanoree en lui jetant un coup d'œil.

Elle fut rassurée de lui voir un peu meilleure mine. Peut-être que ce qui l'avait empoisonné sur Nox, quoi que ce soit, pourrait avec le temps être traité.

— C'est quoi, le plan ? demanda-t-il.

Il se frottait le visage avec ses lekkus comme pour se réconforter.

— Le plan ? répéta-t-elle.

— Elle est toujours comme ça ? demanda Tre à Holgy par-dessus son épaule.

Elle sourit. Le droïde n'émit aucune réponse ; certains de ses circuits avaient grillé, et il aurait besoin d'être réparé. Là aussi, quand elle aurait le temps.

Le *Pacificateur* sursauta alors qu'un éclair de Force décrivait un arc qui déchira le ciel. Lanoree grimaça en le déportant sur le côté. Aller s'écraser maintenant serait…

Les senseurs tintèrent. Elle se pencha sur sa gauche pour protéger un des scanners de la lumière qui se reflétait de l'extérieur quand elle le vit. À plusieurs kilomètres de là, et à au moins une bonne trentaine de kilomètres des premières ruines de l'Ancienne Cité.

— Qu'est-ce qu'il y a, maintenant ? demanda Tre.

— Un vaisseau qui s'est écrasé.

Elle tripota les commandes des senseurs, puis se recula dans son siège avec un soupir de satisfaction.

— On marque un point, enfin.

— C'est le sien ?

— Oui. Le *Blaster Mortel.* On va y jeter un œil.

Elle fit descendre le *Pacificateur* aussi près que possible, les canons laser, du moins ceux qui restaient, prêts pour une éventuelle attaque. Le chasseur *Blaster Mortel* avait beau être réduit à l'état d'épave, ça ne signifiait pas pour autant qu'il n'avait plus les moyens de se battre. Elle décrivit un cercle au-dessus de lui, cherchant à repérer des formes de vie sur son scan. Sans succès. Si les Rêveurs d'Étoiles et son frère étaient encore à bord, ils étaient morts.

Son cœur se serra à cette idée, de tristesse ou de regret, elle ne savait pas trop.

— Pourquoi ne pas le faire sauter, tout simplement ? demanda Tre.

Le chasseur avait atterri durement et creusé de larges sillons sur le flanc d'une colline avant de se briser en heurtant un affleurement rocheux. Apparemment, il n'y avait eu ni feu ni explosion.

— Hors de question. L'appareil pourrait encore être à l'intérieur, répondit-elle.

Ce n'était cependant pas la seule raison.

— Je vais me poser.

Ce qu'elle fit, en douceur, et le *Pacificateur* émit un soupir rauque qui aurait pu passer pour du soulagement. Elle était sur le point de parler quand Tre leva la main.

— Qui s'occupera de vous si je reste ici ?

— J'allais justement dire que vous n'étiez pas obligé de venir, répondit-elle. Ce combat n'a jamais été vraiment le vôtre.

Le visage de Tre s'assombrit et ses lekkus plongèrent pour manifester sa colère.

— C'est le combat de *tout le monde*. Mais il se trouve qu'on est que tous les deux ici.

— À vous entendre, j'ai l'impression d'être dans un mauvais holo, répondit-elle avec un sourire en ouvrant l'écoutille.

La main sur la poignée de son épée, ses sens habituellement aiguisés par la Force embrumés par les tempêtes qui sévissaient à la surface de Tython, elle quitta le *Pacificateur* pour poser une fois de plus les pieds sur sa planète natale.

Ils se séparèrent pour approcher de l'épave du vaisseau des Rêveurs d'Étoiles et la nervosité de Lanoree monta de plusieurs crans. Elle n'avait aucune envie d'y découvrir le cadavre de son frère. Grandeur d'âme de sa part ou absurde capacité à pardonner ? Elle aurait été incapable de le dire. C'était comme ça, voilà tout. Avec lui, elle n'avait jamais baissé les bras. Même quand il avait pointé son blaster sur elle et qu'elle n'avait eu qu'une fraction de seconde pour se protéger partiellement avec la Force, c'était de la compassion qu'elle avait eue pour lui.

Une idiote, peut-être. Mais une sœur, incontestablement. Et elle espérait que ses parents seraient fiers d'elle.

S'approchant du chasseur, elle projeta ses sens dans la Force. Elle ne percevait aucune présence à l'intérieur.

Tre s'avançait lentement de l'autre côté. Mais tout était silencieux.

Elle grimpa sur la carcasse inclinée et braqua son tube fluorescent par une porte défoncée. Le chaos régnait à l'intérieur – panneaux brisés, fils et câbles pendants, un siège renversé et au moins quatre cadavres. Deux corps étaient encore enveloppés dans leurs coques de mousse, et les parties exposées avaient été gravement mutilées par le choc.

Lanoree fit signe à Tre de l'attendre là où il était, puis elle grimpa à l'intérieur. Dal n'était pas parmi les victimes. Elle relâcha un soupir soulagé mais sursauta quand un claquement de tonnerre particulièrement violent retentit à l'intérieur.

Pas la moindre trace de l'appareil. Et rien non plus n'indiquait qu'il y ait eu un combat ou un échange de tirs. C'était la tempête de Force qui avait abattu cet avion. Et Lanoree s'émerveilla de ce coup de chance.

Elle posa la main sur la carlingue en ressortant, puis la fit glisser vers la queue du chasseur, vers le compartiment abritant les moteurs dont le panneau métallique était encore trop brûlant pour être touché.

— On est à trente kilomètres de l'Ancienne Cité, et ils sont à pied, cria-t-elle.

— Ils sont partis il y a longtemps ? demanda Tre.

— Pas très. Les moteurs sont encore chauds. Mais il faut qu'on fonce.

Ils retournèrent en courant jusqu'au *Pacificateur*. Lanoree décolla aussitôt et choisit de voler à faible altitude. Assis à côté d'elle, Tre surveilla les scanners alors qu'elle empruntait des vallées et contournait des éminences rocheuses. Et là encore, elle avait conscience que, une fois de plus, l'avantage de la surprise jouait pour eux. Dal la croyait morte.

Comme ils approchaient de l'Ancienne Cité, elle eut des

flash-back de la dernière fois où elle y était venue. Après avoir trouvé les vêtements ensanglantés de Dal et l'avoir cru mort, elle était rentrée à Anil Kesh pour affronter les répercussions des derniers agissements de son frère. À la suite de l'enquête concernant le meurtre de Skott Yun – qui avait conclu à la culpabilité incontestable de Dal –, on lui avait accordé la permission d'interrompre momentanément son Grand Voyage, et elle en avait profité pour rentrer chez elle et expliquer à ses parents tout ce qui était arrivé.

Ils s'étaient sentis responsables. Lanoree s'en était voulu, elle aussi. Une distance avait grandi entre eux et elle, et lorsque le moment était venu de se lancer dans ce qui restait de son Grand Voyage – seule, cette fois, une situation qu'elle avait fini par préférer –, elle n'avait pas hésité.

Elle n'était jamais retournée à l'Ancienne Cité. Dal était mort, *quelque chose* l'avait tué, et elle n'aurait rien eu à gagner en visitant de nouveau cet endroit.

D'autant plus qu'une sorte d'effroi avait fondu sur elle qu'elle avait attribué à l'âge incommensurable du lieu, à son histoire inconnue, à ce mystère que même la Force ne pouvait éclairer. Jamais elle n'en avait parlé. Elle avait eu la conviction que ce site ne devrait plus être dérangé.

Et à présent, elle y était de retour.

— Les senseurs ne montrent aucune forme de vie, dit-elle.

— Aucun Je'daii ici ? s'étonna Tre. Ils devraient monter la garde pour l'empêcher d'arriver avant vous, non ?

— Je crois que Maître Dam-Powl a dit qu'ils étaient repartis.

Du doigt, elle désigna le ciel.

— Il se passe autre chose. Et connectés ou non, j'ai bien l'impression qu'on est seuls.

— Les Je'daii… Vous et vos mystères, dit Tre dont les lekkus esquissèrent ce qui ressemblait fort à un haussement d'épaules. Alors où sont votre frère et ses *Rêveurs d'Étoiles* ?

— Ils ont dû déjà descendre.

— Descendre ?

— Il y a des tunnels sous les ruines. Des grottes. Des lacs. Des endroits très profonds.

— J'en ai assez, des souterrains.

Lanoree se tourna brièvement vers lui en haussant un sourcil, mais s'abstint cette fois de lui dire que rien ne l'obligeait à l'accompagner.

— Faisons vite, dit-il.

— Vous vous sentez mieux ?

— Vos remèdes font effet.

Elle posa le vaisseau, et ils approchèrent ensemble de l'Ancienne Cité.

Le paysage lui apparut très familier, pourtant elle n'y était venue qu'une fois. C'était presque comme si elle avait toujours rêvé d'y retourner. Ils traversèrent une vallée peu profonde, passèrent devant une colline qui aurait pu, à une époque, être une pyramide et suivirent les empreintes de quatre personnes dans l'herbe grasse et haute. Son cœur battait vite, et une terrible angoisse à la perspective de la catastrophe imminente l'écrasa soudain. *Ils s'imaginent vraiment qu'ils sont ici pour activer une porte stellaire !* songea-t-elle. Une idée complètement ahurissante. Si ça se passait mal, c'est tout le système qui pourrait être condamné. Mais si la porte stellaire existait vraiment et que l'appareil fonctionnait, Dal était peut-être en train de créer une voie vers les étoiles.

Quel explorateur pourrait rester insensible face à une telle possibilité ?

Finalement, ils se retrouvèrent devant une entrée des souterrains de l'Ancienne Cité, et Lanoree reconnut le chemin qu'elle avait emprunté auparavant. Elle éprouva un puissant sentiment de déjà-vu, et une bonne part de ce qui s'était passé depuis cette première descente désastreuse lui apparut comme un rêve.

— Il ne me plaît pas, cet endroit, dit Tre en la ramenant brutalement à la réalité. Il est…

— Étrange, dit-elle.

Je sens que tout est sur le point de changer, avait dit Maître Dam-Powl.

Et une fois de plus, Lanoree partit à la poursuite de son frère dans les profondeurs de Tython, sans avoir la moindre idée de ce qui pouvait les attendre là-dessous.

Peu après avoir quitté la lumière du jour, ils tombèrent sur le premier des dispositifs de protection dont lui avait parlé Dam-Powl.

La Rêveuse d'Étoiles avait été tranchée en plusieurs morceaux. Sa tête avait dévalé une légère pente au pied de laquelle elle s'était arrêtée, le regard tourné vers eux. Les autres morceaux du corps étaient éparpillés dans le tunnel. L'odeur du sang encore chaud était écœurante. Ses yeux reflétaient le tube fluorescent de façon presque accusatrice, et Lanoree ressentit la Force dans le piège qui avait été activé ici. Une série de capsules laser avaient été insérées dans le mur, et toutes, après avoir rempli leur fonction, étaient désormais déchargées.

— Il ne reste plus que Dal et deux autres, dit Lanoree.

— Et maintenant ils savent qu'il y a des pièges.

— Je doute qu'ils se fassent avoir avec le suivant.

— Espérons que nous non plus, dit Tre.

— Ce sont les *Je'daii* qui les ont installés, lui fit remarquer Lanoree.

— Alors c'est qu'il y a quelque chose ici qui vaut la peine d'être protégé.

Lanoree ne répondit pas ; en fait, c'était exactement ce qu'elle avait pensé. Le Conseil Je'daii l'avait chargée de stopper son frère, et sans doute avaient-ils supposé à l'époque qu'elle y parviendrait rapidement. Or Dal arrivait à l'étape finale de son plan, et il avait toujours une longueur d'avance sur elle. Mais ils ne pouvaient pas avoir envisagé ça, alors. Ces pièges étaient destinés à arrêter *quiconque* chercherait à pénétrer les profondeurs de l'Ancienne Cité. Et ils avaient été placés là récemment.

Tre et Lanoree poursuivirent leur descente. Elle sonda le tunnel devant d'eux, ses sens à présent un peu moins embrouillés. Peut-être la tempête de Force se calmait-elle, à moins que la masse compacte de Tython entre elle et la tourmente n'agisse comme un bouclier. La Force lui semblait perturbée mais stabilisée. Elle l'utilisa avec confiance, ce qui lui permit de percevoir clairement le piège suivant.

Dal et les autres, eux aussi, l'avaient repéré. Ils avaient rempli une tunique de pierres et l'avaient jetée au-devant d'eux ; le tissu en lambeaux et les rocs éclatés portaient les traces de brûlures de capsules laser utilisées.

— Ils avancent vite, constata Lanoree.

— Comment vous le savez ?

— C'est mon frère.

Alors qu'ils se remettaient en route, Lanoree tira son épée. Elle reconnaissait certaines grottes, certains tunnels, les vastes escaliers et les gravures bizarres sur certaines parois rocheuses, mais elle refusait de se laisser distraire. La poursuite et les dispositifs de protection Je'daii, c'était tout ce qui comptait.

Si cette porte stellaire existait, à quelle profondeur pouvait-elle bien se trouver ? Elle n'en avait aucune idée.

Comme ils traversaient un hall avec des colonnes en pierre sculptée et des socles soutenant d'étranges statues polies par le temps, elle aperçut une vive lueur au loin qui illumina brièvement une haute porte cintrée avant de s'éteindre, puis de réapparaître. L'éclair blanc d'un faisceau laser.

— Encore un autre piège qu'on vient de déclencher, dit Tre.

Lanoree acquiesça en silence. Ils étaient tout près. Elle se mit à courir.

Peut-être cet espoir de toucher enfin au but étouffa-t-il toute prudence. Sa traque était près d'aboutir et sa détermination à affronter de nouveau Dal avant qu'il amorce l'appareil était fébrile et impérieuse. Elle sonda les alentours à l'aide de la Force, ne détecta rien de bizarre et se fia à cette perception, sans prendre en compte le fait que ses sens étaient étouffés et que la Force, une fois encore, vacillait sous l'effet de la tempête au-dessus.

Quelle qu'en soit la raison, en tout cas, Lanoree les menait droit dans le mur.

Le piège laser avait été installé en travers d'un large tunnel et le lourd objet qui avait servi à le déjouer fumait encore. Le rocher avait été proprement fendu en deux, et chaque morceau rougeoyait. *Ils ont au plus une centaine de pas d'avance sur nous*, songea-t-elle, et comme elle s'efforçait de courir sans bruit, protégeant son esprit derrière un écran tout en se préparant pour ce qui les guettait, elle perçut une agitation confuse sur sa gauche.

— Lanoree ! cria Tre derrière elle avant de la pousser en avant.

Peut-être avait-il trébuché et l'entraînait-il dans sa chute. À moins qu'il l'ait fait exprès.

Une rafale de blaster résonna dans le tunnel, pulvérisant les rochers en milliers de graviers incandescents, et le Rêveur d'Étoiles avait déjà tiré cinq fois avant que Lanoree ne lève son épée. Elle dévia deux autres décharges et traversa la galerie d'un bond, sans le moindre effort. Elle atterrit à côté de lui et, sans hésiter, lui trancha les bras juste au-dessous des coudes. Ses avant-bras et son blaster tombèrent aux pieds de l'homme qui suffoqua silencieusement puis recula de deux pas contre la paroi du tunnel. Il baissa les yeux sur ses moignons dégoulinants de sang, puis les releva sur Lanoree qu'il fixa, l'air ahuri.

Elle le frappa alors avec son épée, un coup oblique en

travers de son torse, le coupant presque en deux. Comme il s'effondrait raide mort, elle se retourna, prête à encourager Tre à avancer en lui recommandant la prudence, parce que Dal et le dernier Rêveur d'Étoiles savaient désormais qu'ils les talonnaient.

Mais Tre n'avait plus besoin de directives pour la bonne raison qu'il était mort. Une décharge, en l'atteignant sur le côté du cou, lui avait brûlé l'arrière du crâne. Il était tombé face contre terre, les bras toujours tendus devant lui.

— Oh, Tre, murmura-t-elle, à court de mots.

Elle se précipita vers lui afin de lui prendre son blaster avant de repartir.

Une bulle de sang sortit de son nez.

Elle posa deux doigts sur son poignet et sentit un pouls, faible et palpitant comme un oiseau pris au piège. La blessure semblait sérieuse, mais il respirait encore.

Toutefois, elle savait qu'elle n'avait pas de temps à lui accorder.

— Je regrette, Tre, murmura-t-elle avant de l'abandonner dans le noir pour reprendre sa course.

Son seul réconfort était de savoir que, s'il était conscient, il comprendrait.

Et comme lors de cette première fois dans les entrailles de l'Ancienne Cité, elle était à présent seule.

Ce fut aussi bientôt le cas de Dal qui se retrouva isolé à son tour.

Désormais prudente, plus en phase que jamais avec le flux et le reflux de la Force dans ces salles souterraines anciennes, Lanoree sentit le dernier Rêveur d'Étoiles bien avant qu'il ne s'aperçoive de sa présence. Il se cachait sur une des marches hautes qui permettaient d'accéder à un mur massif, son blaster braqué dans la direction par où Dal et lui étaient arrivés.

Lanoree grimpa plus haut. Elle se déplaçait rapidement, sans bruit, dérangeant à peine l'air autour d'elle, et constamment à l'affût du plus petit mouvement qui lui révélerait s'il l'avait vue ou entendue. Mais elle n'était qu'une ombre. Quand elle fut assez haut, elle s'avança et se laissa tomber sur le Rêveur d'Étoiles.

Elle avait pensé lui faire dire où était parti Dal et quelles armes il portait sur lui, mais ne pouvait pas prendre le risque ; elle avait vu un de ces Rêveurs d'Étoiles se faire exploser sans la moindre hésitation. Et puis il y avait sans doute aussi de la colère dans la façon dont elle mania son épée. La tête du Rêveur d'Étoiles rebondit de marche en marche, trois fois, avant de s'immobiliser sur le sol près de Lanoree qui y atterrissait en douceur. Sans lui accorder le moindre regard, elle se remit à courir. Dal ignorait peut-être que le dernier de ses Rêveurs d'Étoiles était mort, mais il comprendrait de toute façon qu'il était désormais seul.

Il ne restait plus que lui – lui et la sœur sur laquelle il avait tiré et qu'il avait laissée pour morte.

— Dal ! cria Lanoree, se surprenant elle-même.

Elle marqua une brève pause, puis sourit. C'était si bon de prononcer son nom. Pas parce que, sous prétexte qu'il était son frère, elle nourrirait toujours un semblant d'espoir pour lui. Non, elle y avait finalement renoncé. Plus d'espoir. Si elle prenait plaisir à l'appeler, c'était parce qu'elle percevait dans sa propre voix la colère et le dégoût qu'il lui inspirait. Il avait tué tant de monde pour alimenter ses fantasmes. Même sa propre sœur.

Si leurs parents devaient soudain apparaître, il n'hésiterait pas à les abattre eux aussi.

— Dal ! Je suis ici pour t'empêcher de continuer à nuire. On n'implore plus, on ne joue plus… C'est juste toi et moi, et la dernière fois, ici même, c'est ton propre sang que tu as versé.

L'écho de sa voix se propagea jusque dans de vastes salles et de majestueux tunnels qui n'avaient peut-être jamais connu un tel langage. Elle songea à la langue Gree et s'interrogea sur ce que ces labyrinthes souterrains avaient pu voir et entendre au fil des siècles. Elle sentit le pouvoir lourd et dense qui emplissait ce lieu, mais n'y prêta aucun intérêt. Elle était fatiguée et pleine de rage. Son équilibre était précaire, mais elle laissa la colère, qui aiguisait ses sens, lui fournir la force dont elle avait besoin.

Elle s'enfonça davantage, et son tube fluorescent luttait plus que jamais contre les ténèbres. Peut-être s'épaissiraient-elles plus encore à mesure qu'elle avancerait.

Et puis Dal apparut, dans une salle qui avait pu abriter des sortes de thermes. Il avait jeté plusieurs tubes fluorescents autour de lui, et l'appareil était posé à ses pieds. Il avait dû le porter tout seul, et Lanoree s'étonnait que quelque chose d'aussi puissant ne soit pas plus lourd.

— Je pense que c'est suffisamment loin, dit-il.

— Je ne m'arrêterai pas maintenant, répondit-elle.

Elle ralentit, mais continua d'avancer vers lui.

— Je ne parle pas de toi. Mais de ça. Ici. Il est suffisamment loin.

— Ici ? répéta-t-elle en regardant autour d'elle. Mais où est la…

Dal se pencha pour toucher l'engin.

— Arrête ! dit-elle.

Lanoree sortit un blaster et le pointa sur la tête de Dal en rengainant son épée. Et elle savait, sans l'ombre d'un doute, qu'elle n'aurait désormais aucun mal à presser la détente.

— Ce n'est pas une arme très élégante pour une Je'daii.

— Tu m'as volé mon épée.

— Apparemment, tu en as une autre, et tu ne crains pas de la souiller de sang.

— Celle-ci ne m'est pas aussi chère.

— Oh… Oui, c'est vrai, j'ai lâché l'autre dans l'espace profond.

Il était toujours à demi accroupi, les doigts écartés, et elle surveillait son autre main.

Je devrais le tuer tout de suite.

— Viens avec moi, dit-il.

— Tu m'as tiré dessus.

— Et pourtant tu es ici. Ma sœur coriace.

— La Force m'a sauvée. C'est drôle, tu ne trouves pas ? Tu t'en es tellement moqué, et pourtant c'est elle qui causera ta perte.

— À ce que je vois, c'est plutôt un blaster qui m'aura.

Ils s'affrontèrent ainsi un moment. Lanoree ne relâcha pas sa vigilance une seule seconde – son doigt sur la détente, ses yeux sur Dal, ses sens de Force déployés et pourtant toujours pas totalement éveillés. La tempête s'apaisait, mais la Force, sur Tython, était encore agitée.

— Tu es un homme mauvais, Dal.

— Je me bats pour ce en quoi je crois.

— Ça ne veut pas dire que tu n'es pas malfaisant.

— Je ne m'arrêterai pas, dit-il. Je n'abandonnerai pas, Lanoree. Pas après si longtemps. Tu ne le ressens pas ? Tu ne le *pressens* pas ? Tu n'as pas idée de…

— Je m'en fiche, le coupa-t-elle.

Dal la fixa – le Dal plus vieux, plus fou, qu'elle ne connaissait toujours pas.

— Tu ne te poses même pas de questions ? demanda-t-il d'une voix douce. Tu n'es pas curieuse de savoir ce qu'il peut y avoir, au-delà ?

Elle ne répondit pas.

— D'où on vient, poursuivit-il. Nos origines. Nos planètes de naissance. Les endroits d'où nous sommes issus et dont on nous a arrachés. Et notre héritage dans les étoiles, Lanoree… Il n'y a pas au moins une petite partie de toi qui s'interroge ?

— Si, répondit-elle après un court silence. Mais pas au point de mettre en danger tout ce que je connais et que j'aime.

— Eh bien tue-moi, dit-il en se penchant plus encore.

Les doigts de Lanoree se crispèrent sur la détente. Puis se relâchèrent de nouveau. Et elle choisit alors de fermer les yeux et de prendre le plus gros risque qu'elle ait jamais pris de toute sa vie.

Elle poussa vers lui le souvenir d'un instant qu'ils avaient partagé ensemble. Et elle le fit avec toute la puissance dont elle était capable. La Force la quitta avec un claquement sec et, pour un moment, Lanoree fut vraiment vivante à l'intérieur de ce souvenir alors qu'il se formait dans l'esprit de Dal, dans ces anciens thermes souterrains des Gree.

Ils marchent tous les deux le long de la rivière, au Temple de Bodhi, jeunes et presque insouciants ; ils regardent les oiseaux tisseurs qui nichent dans les arbres et les amas d'herbes presque aussi vastes que des petites îles que l'eau charrie. La jeune Lanoree, ravie, se met à rire et voit Dal l'imiter. Dal qui, de surprise, écarquille les yeux. À cet instant, il était de retour là-bas, avec elle – et Lanoree vit les yeux de son frère, penché sur l'engin, s'agrandir et devenir humides. *Maintenant !* songea-t-elle.

Elle lui transmit de nouvelles images, mais ce n'était plus un simple souvenir. Elle rassembla toutes les catastrophes dont elle avait été le témoin durant ces derniers jours – les explosions et les morts de la Station Greenwood, les mines profondes de Sunspot, ceux qui avaient succombé sous son épée, la violente conflagration dans les cieux de Tython – et les projeta sur lui. L'esprit de Dal se rétracta et, un instant, son visage fut celui d'un enfant choqué et furieux qu'elle se soit moquée de lui.

Et puis son frère se mit à crier.

Il recula en chancelant, pleurant devant la misère, la détresse, les souffrances qu'elle lui avait imposées. À l'aide de la Force, elle le poussa en arrière. Il tituba, trébucha, puis s'effondra par terre.

Le blaster à la main, elle s'avança jusqu'à l'appareil. *Je l'ai arrêté !* se dit-elle, et sa poitrine fut soudain soulagée d'un énorme poids. Elle y pressa une main et sentit la chaleur de sa blessure refermée.

Le hurlement de Dal s'apaisa. Il se leva, secoua la tête, se frotta le visage et se passa les doigts dans les cheveux. Il respirait toujours difficilement ; chacune de ses inspirations était laborieuse.

Devant le revers qu'elle venait de lui imposer, elle s'attendait à ce qu'il s'enfuie. Et elle ne l'aurait pas retenu. Il se serait perdu dans les méandres de ces profondeurs et y aurait probablement trouvé la mort, ou peut-être serait-il allé plus loin qu'Osamael Or et aurait-il disparu à jamais dans l'Ancienne Cité.

Mais il ne s'enfuit pas. Et quand il releva les yeux, c'est une expression totalement autre que la résignation qu'elle découvrit sur son visage.

De la rage.

— Sors de ma tête ! rugit-il en se ruant sur elle.

Elle leva son blaster mais Dal fut plus rapide qu'elle. Sa main jaillit, elle vit quelque chose fendre l'air entre eux et sentit une soudaine douleur glaciale se répandre dans sa main. Lâchant le blaster, elle se recula, le regard rivé sur la mince lame de métal fichée dans sa paume et qui tranchait le talon de sa main en deux.

Puis Dal fut sur elle, et chaque seconde d'attention qu'il avait eue à Stav Kesh s'exprima alors pleinement.

Prise au dépourvu, Lanoree ne put éviter ses premiers coups de poing et de pied. Les compétences de Dal s'étaient toujours affirmées dans le combat, et elle chancela sous la volée qu'il lui flanquait. Elle eut beau protéger sa main blessée en la gardant contre son flanc, il parvint à l'atteindre et, du talon, enfonça la lame plus profondément encore, tandis que son poing repoussait sa main contre sa hanche de sorte que la pointe de la lame déchire ses vêtements. Lanoree poussa un cri de douleur. Dal sourit.

Il revint à l'attaque, mais cette fois-ci elle s'était suffisamment ressaisie pour l'accueillir.

Face à lui qui mettait dans ce combat tout l'art et la force qu'il avait acquis, Lanoree fit appel à son entraînement – ses années d'expérience en tant que Ranger, son intimité avec la Force, tout ce que Dal haïssait, elle l'utilisa contre lui.

Comme elle recevait un coup en travers de l'épaule, elle repoussa Dal de sa main valide et, s'aidant de la Force, le catapulta à travers la grotte. Il percuta une colonne, glissa par terre et essaya de se relever. D'un geste vif, Lanoree ramassa le blaster et, sans hésiter, pressa la détente.

Et rien ne se passa. L'arme avait dû se détraquer en tombant.

Dal en profita pour se redresser et, accroupi, attrapa une grosse pierre qu'il lui jeta.

Lanoree la dévia avec la Force et le projectile explosa en poussière.

Dal sortit alors deux poignards courts de sa ceinture et l'attaqua de nouveau. Elle lâcha le blaster inutile et tira son épée pour parer les coups. Et même si elle tenait son arme d'une seule main, elle comprit immédiatement qu'elle avait malgré cela le dessus. Et en fut presque désolée pour lui.

Soudain, il lança un poignard droit sur son visage, et pendant qu'elle l'écartait à l'aide de la Force, il bondit sur l'appareil.

Lanoree n'eut plus le temps de réfléchir, et même si elle l'avait eu, sa décision aurait été la même. Son épée décrivit un arc large au-dessus de sa tête et retomba là où Dal allait toucher l'engin.

Elle ferma les yeux au dernier moment et éprouva la sensation familière et nauséeuse de l'épée pénétrant la chair.

Quelque chose heurta le sol, et elle ouvrit les yeux.

Le bras droit de Dal gisait, tranché, près de l'appareil, les doigts encore écartés. La lame était profondément enfoncée dans sa tempe et sa joue. Il s'affaissa comme au ralenti, battant des paupières. Son regard se posa sur Lanoree, son corps parut se détendre, et pour la première fois depuis leur enfance, elle revit vraiment le Dal qu'il avait été.

Ses yeux s'emplirent de rouge, le sang coula de ses oreilles et de son nez, puis il s'immobilisa.

Cette brusque fixité fut un choc pour Lanoree qui laissa monter en elle un sanglot de soulagement mêlé de tristesse. Elle sonda doucement son frère, s'attendant à percevoir la rage, la haine et la colère qui imprégnaient ses pensées chaque fois qu'elle effleurait son esprit avec la Force, ainsi que sa détermination à finir ce qu'il avait commencé.

Mais Dal n'était plus là. Son frère était mort, et il ne restait plus de lui que son pauvre corps brisé.

Lui tournant le dos, elle s'assura que l'appareil était bien stable. A priori oui. Elle eut aussi l'impression que l'étrange pouvoir qu'elle avait ressenti ici même neuf ans plus tôt se manifestait à présent comme un souffle que l'on retient, en réponse au potentiel dévastateur de l'engin, lequel renfermait en son cœur une obscurité effroyable. Mais ce n'était pas à elle de s'en charger.

Elle avait laissé l'épée là où elle était – avec Dal. Ce n'était pas la sienne, la vraie. Et elle n'avait en plus aucune envie de devoir nettoyer le sang de son frère sur sa lame.

Bientôt elle remonterait l'appareil à la surface et irait le mettre dans le *Pacificateur*, et si Tre était encore vivant, elle ferait tout ce qui était possible pour le sauver. Pauvre Tre. Courageux Tre. Elle déposerait l'un et l'autre à Anil Kesh, le Temple de la Science. Des Je'daii bien plus expérimentés qu'elle étudieraient l'engin et le désamorceraient, et de meilleurs guérisseurs dispenseraient les soins nécessaires à Tre. Elle insisterait et ferait en sorte qu'ils s'occupent bien de lui.

Ensuite, elle irait voir les Maîtres Je'daii qui lui avaient confié cette mission. Elle leur expliquerait tout ce qui s'était passé et demanderait la permission de récupérer le corps de Dal afin de le ramener chez eux. Elle avait décidé de tout raconter à ses parents.

Et une fois que tout cela serait fait, elle aurait encore un voyage à faire, et quelques ultimes questions à poser.

Lha-Mi, le Maître de Temple, lui accorderait tout ce qu'elle souhaitait car elle avait peut-être évité un véritable cataclysme.

En revanche, ce qu'elle ne dirait *pas* aux Maîtres, ce qu'elle ne leur avouerait *jamais*, était tout ce temps qu'elle avait passé près du corps toujours plus froid de son frère, à fixer la console d'activation de son appareil.

À se poser des questions.

Rien que cela – se poser des questions.

19

PUISSANCE

Je ne pourrai jamais dire à quiconque ce que j'ai vu dans les profondeurs de l'Ancienne Cité. Il n'existe pas de mots pour ça. Mais j'espère qu'un jour je pourrai leur montrer.

Dalien Brock, journal, an 10661 AATY

Finalement, elle décida que ses parents pourraient attendre. Elle redoutait ces retrouvailles, et pas seulement parce qu'elle avait tué son propre frère. Si elle les appréhendait autant, c'était surtout parce qu'elle n'avait pas réussi à le sauver une seconde fois.

Les tempêtes sévissaient toujours sur Tython alors qu'elle parvenait à poser son *Pacificateur* cabossé sur une des plate-formes d'atterrissage d'Anil Kesh. Le croiseur avait besoin d'être réparé, et son droïde exigeait l'expertise de techniciens spécialisés. Et puis, surtout, Tre était entre la vie et la mort. Elle avait fait son possible pour lui, mais il n'était pas certain que ses soins aient été efficaces ; son état nécessitait les dons de quelqu'un expérimenté dans l'art de guérir grâce à la Force. Elle lui avait parlé sans discontinuer durant leur bref vol jusqu'à Anil Kesh, et même s'il était dans un profond coma, elle espérait l'avoir malgré tout aidé. Elle-même, en tout cas, avait été soulagée d'avoir au moins quelqu'un à qui s'adresser.

Mais Lanoree n'en avait pas encore terminé avec les affaires obscures. Et même si elle avait mené sa mission à bien, elle sentait que quelque chose de plus terrible se produisait sur Tython.

Maître Dam-Powl, la capuche relevée pour se protéger de la pluie, l'accueillit sur la plate-forme d'atterrissage.

— Lanoree, dit-elle avec une affection sincère.

Lanoree s'apprêtait à s'agenouiller, mais Dam-Powl l'attira dans ses bras. Elle s'abandonna à cette étreinte en posant la tête sur son épaule.

— Ton équilibre est perturbé, murmura Dam-Powl.

— Oui, Maître. J'ai tué mon frère.

Dam-Powl poussa un profond soupir.

— Nous vivons des temps très sombres. Mais je t'en prie, viens avec moi, nous pourrons bavarder devant un repas. Ta compagnie me fera du bien. Je fais office de Maître de Temple en l'absence de Maître Quan-Jang.

— Où est-il ?

— Il a dû partir. Viens.

Dam-Powl lui tendit la main.

— Raconte-moi tout. Et de mon côté, j'ai beaucoup de choses à te dire aussi.

— Je croyais que c'était fini, dit Lanoree en levant les yeux vers le ciel, à l'est.

Des éclairs illuminaient les nuées et des vents violents rabattaient une pluie torrentielle sur les surfaces à découvert d'Anil Kesh. Sous le Temple, le Gouffre rugissait. De l'obscurité semblait en surgir, même s'il était presque midi. Et en dépit de tout ce qu'elle avait pu voir et faire, Lanoree frémit.

— Ta mission est finie, oui, répondit Dam-Powl.

Ensemble, elles regardèrent trois Rangers Je'daii sortir précautionneusement l'appareil du *Pacificateur* et le poser sur un chariot stable qu'ils poussèrent vers une porte ouverte ; l'engin était destiné à l'un des laboratoires d'Anil Kesh. Lanoree espérait sincèrement que les Je'daii pourraient en retirer des informations.

— Mais une histoire plus importante commence, ajouta Dam-Powl.

Elle lui expliqua alors que le vaisseau inconnu qui avait pénétré dans le système avait explosé au-dessus de Tython avant de s'écraser quelque part aux abords du Rift. Peut-être dans l'Abîme de Ruh. Son arrivée avait provoqué de redoutables tempêtes de Force qui continuaient à avoir des répercussions en chaîne sur la planète, et l'équilibre des Je'daii en était perturbé.

— Maître Quan-Jang fait partie de tous ceux qui cherchent à retrouver l'épave pour en savoir plus sur ce vaisseau, dit Dam-Powl. Cela pourrait bien annoncer une période de changements pour Tython, je le crains.

— Vous le *craignez* ? demanda Lanoree.

— Il y a eu une perturbation dans la Force avant que le vaisseau s'écrase. Une vague d'obscurité. Puis une voix chargée d'une douleur atroce, et enfin le silence alors que la mort s'abattait.

— Je l'ai ressenti, moi aussi, dit Lanoree. En revenant de Sunspot.

— Comme beaucoup de Je'daii. Ceux qui étaient à bord du vaisseau étaient sensibles à la Force.

— Ils venaient de l'extérieur du système ?

— C'est ce que nous pensons, oui.

Dam-Powl hocha lentement la tête sans rien ajouter. Elle percevait l'impatience de Lanoree, son besoin de parler.

— Maintenant, explique-moi ce qui s'est passé, l'invita-t-elle.

Elles s'installèrent dans le laboratoire de Dam-Powl, et Lanoree lui raconta tout.

— Tout ceci est terrible, dit Dam-Powl quand elle eut presque terminé. Vraiment affreux. J'espère que Tre Sana pourra être sauvé.

— C'est un homme étrange, dit Lanoree.

Elle se surpit à sourire.

— Il était si dur, au début. Désagréable. Égoïste. Il avait des opinions dérangeantes, et il a même évoqué devant moi certaines choses qu'il avait faites. Pas les pires, c'est sûr. Mais il était très ouvert sur son passé. Certains l'auraient sûrement considéré comme quelqu'un de méchant, peut-être même de malfaisant. Mais il m'a aidée à plusieurs reprises, et j'ai pu voir l'homme meilleur qu'il était à l'intérieur.

— Je l'ai senti, moi aussi, dit Dam-Powl. C'est pour cette raison que je l'ai choisi pour être mes yeux et mes oreilles.

— Vous lui avez vraiment promis tout ce qu'il a dit ?

— Oui, répondit doucement Dam-Powl. Et s'il survit, je tiendrai parole.

— Il est venu me chercher sur Sunspot et m'a sauvé la vie. Et je crois qu'il était même prêt à se sacrifier pour me sauver à nouveau dans les souterrains de l'Ancienne Cité. Il savait ce qu'il y avait en jeu. Et s'il ne s'était pas interposé entre moi et cette décharge laser, j'aurais pu y rester.

— Tes dons alchimiques sont… tout à fait remarquables.

— J'applique ce que vous m'avez enseigné, Maître, rien de plus.

— Non. Ce que tu as fait ne peut pas être enseigné, Lanoree. Tu possèdes ce don en toi. Sois seulement très prudente en poursuivant tes expériences.

— Je ne suis pas certaine de vouloir continuer.

— Oh, mais tu le feras, répondit Dam-Powl en souriant.

Un sourire qui s'effaça aussitôt.

— Mais avec ce que tu as fait… l'obscurité cherche à te séduire. Elle t'aguiche avec le pouvoir qu'elle pourrait te procurer. Et tuer ton frère t'a aussi poussée dans cette voie. Tu es écartelée. Tu nages en plein désarroi.

— Oui, Maître.

— Repousse ce désarroi. C'est la première étape pour affronter un déséquilibre, quel qu'il soit. Lorsque tu es perturbée, prends-en conscience, et quand tu ne l'es pas, apprécie cette phase. Sois honnête avec toi-même. Et… je suis là, Lanoree. Nous sommes tous ici pour aider. Chacun de nous, les Maîtres, parce que…

Elle haussa les épaules.

— Tu nous as peut-être tous sauvés.

— Je sens que mon équilibre a tangué, Maître. Mais je ne suis pas tombée. Et je ne tomberai pas.

Dam-Powl haussa les sourcils puis but une gorgée avant de s'essuyer délicatement la bouche.

— Donc, la menace est écartée, et une autre se lève pour la remplacer. Tu vas avoir besoin de te reposer avant de repartir pour Bodhi et d'aller voir tes parents.

— Non, répondit Lanoree. Je ne rentre pas tout de suite. Et le repos attendra. Je cherche toujours des réponses.

— Oh ? dit Maître Dam-Powl, mais elle savait très bien que Lanoree avait encore des questions à poser.

— La porte stellaire… Je l'ai ressentie.

— Tu as ressenti quelque chose dans l'Ancienne Cité, comme tout être particulièrement doué dans la Force. De même que le Gouffre provoque des perturbations, ainsi que l'Abîme de Ruh et d'autres lieux sur Tython. Ton frère avait raison au moins sur un point : ce n'est pas notre planète.

— Mais j'y ai ressenti un tel pouvoir… Comme quelque chose qui attend.

— Nous avons fini notre vin ; je vais chercher une autre bouteille, dit Dam-Powl en se levant.

Comme elle s'apprêtait à s'éloigner, Lanoree l'agrippa par sa tunique et l'obligea à se retourner vers elle. C'était un geste très audacieux, mais elle le trouvait justifié.

— Maître… Y a-t-il *vraiment* une porte stellaire là-bas ?

Dam-Powl baissa les yeux sur les doigts de Lanoree qui tenaient sa manche et attendit pour répondre qu'elle l'ait relâchée.

— Qu'il y en ait une ou non – que quelqu'un soit en mesure ou non de l'affirmer – ne change rien à ce que tu as fait, Lanoree. Si cet appareil Gree avait été déclenché, eh bien… nous ne serions peut-être pas ici en ce moment en train de discuter entre amies devant un verre de vin. Le système tout entier se serait peut-être volatilisé.

— Peut-être, répéta Lanoree.

— La civilisation est bâtie sur ce mot, dit Dam-Powl en souriant. Tu as très bien servi les Je'daii, Lanoree. Tu te souviens de votre arrivée, à toi et à ton frère, à Anil Kesh ? J'ai tout de suite vu le potentiel qu'il y avait en toi. Et quand tu es revenue pour achever ta formation après avoir cru ton frère mort, et que nous passions de longues journées ensemble, ici, dans ce laboratoire…

D'un geste, elle désigna les coins obscurs et les flammes vacillantes des bougies.

— … c'est là que j'ai compris que tu serais une grande Je'daii. Et je n'ai pas hésité à te le dire. Et aujourd'hui, je n'ai pas peur non plus de revendiquer une certaine fierté, parce que j'avais raison. Tu *es* une grande Je'daii. Et pendant le long cheminement spirituel qui t'attend, tu auras *peut-être* besoin d'apprendre quand affronter les situations et quand t'en détourner. Quand obéir aux Maîtres et quand leur résister.

Elle haussa les épaules.

— Hmm… Toujours ce mot *peut-être*. Il traduit un doute. Mais c'est peut-être bien le doute qui donne la véritable force, finalement, tu ne crois pas, Lanoree ? L'équilibre est simple. Mais le retrouver une fois qu'il a été déstabilisé exige une force morale que la plupart ne possèdent pas. Et j'ai une confiance totale en toi.

Dam-Powl se détourna pour traverser le laboratoire, passant devant les dessertes où Lanoree et elle avaient ensemble procédé à des expériences d'alchimie et à des manipulations. Quand elle revint avec une nouvelle bouteille de vin, Lanoree posa une dernière question.

— Maître, d'où est venue l'information sur Dal, les Rêveurs d'Étoiles et leur appareil ?

Dam-Powl hocha la tête, comme pour se confirmer quelque chose à elle-même.

— C'est sur Kalimahr que tu dois aller.

— Oui, acquiesça Lanoree. Kalimahr, dit-elle en levant son verre pour qu'elle le lui remplisse.

Durant son vol vers Kalimahr, Lanoree eut tout le temps de réfléchir à ce qu'elle avait fait.

Ton équilibre est instable, lui avait dit Dam-Powl, et ce n'était pas Lanoree qui la contredirait. L'obscurité hantait ses rêves, et il lui arrivait même de rêver de Bogan. Tout cela l'inquiétait, et pourtant elle n'était pas encore au bout de son voyage. Quand il serait terminé, bientôt, elle était certaine d'être assez forte pour remédier elle-même à ce déséquilibre.

Sa solitude la perturbait un peu. Holgy était resté à Anil Kesh entre les mains d'un jeune Voyageur particulièrement doué pour la mécanique. Et sans Tre, le cockpit lui paraissait trop grand, son vaisseau trop silencieux. Elle avait repris son habitude de parler toute seule, mais le silence qui lui répondait l'attristait.

D'après ce qu'on lui avait dit, Tre avait de bonnes chances de s'en sortir, et elle s'accrochait au plaisir qu'elle éprouvait à cette perspective. Qui sait ? Elle s'était peut-être fait un ami…

Un groupe de Voyageurs menés par Maître Kin'ade avait recherché le corps de Dal pendant un temps, mais sans succès. *Des créatures*, songea-t-elle. *Il pourrait y avoir n'importe quoi, là-dessous. Il y a des profondeurs.*

Lanoree resta longuement assise à observer son expérience. Dénudée, toute ratatinée… Elle aurait dû depuis longtemps la jeter dans l'espace. Pourtant, elle ne pouvait se résigner à s'en débarrasser. L'obscurité dansait autour de la chair pétrifiée, et Lanoree tenta à plusieurs reprises d'y découvrir encore une forme de vie. Au début, elle était simplement morte. Mais alors qu'elle se trouvait à une demi-journée de Kalimahr, ses sens de Force perçurent une toute petite parcelle de chair où la vie, une fois de plus, se manifestait.

Quand elle aurait le temps, elle réapprendrait l'Alchimie de la Chair. L'attirance qu'elle exerçait sur elle était trop puissante pour qu'elle y résiste. Et elle-même était forte.

Il ne restait plus rien à trouver sur Kalimahr.

Le grand appartement de Kara, au sommet de la tour, était à l'abandon. Les dégâts causés par le combat que Tre et elle avaient dû mener contre les droïdes sentinelles de la femme obèse avaient été réparés. La pièce secrète que Lanoree avait découverte était propre et vide ; elle faisait désormais ouvertement partie de l'appartement. Tout objet personnel avait disparu. Kara avait quitté ces lieux pour la première fois en treize ans, et des acquéreurs auraient dû se manifester. Et pourtant, personne n'avait choisi de louer l'appartement. Quelque chose de sombre occupait toujours les lieux.

Toutes les recherches que Lanoree avait faites pour retrouver Kara s'étaient heurtées à un mur. La plupart des gens prétendaient ne pas la connaître. Et les quelques fois où Lanoree avait subtilement sondé les esprits de ses associés, elle avait découvert des images confuses de Kara à la fois en tant que menace et amie, mais aucun indice quant à l'endroit où elle avait pu se réfugier. Ils l'avaient tous connue, et ne se gênaient pas pour mentir à ce sujet. Par contre, ils disaient vrai en affirmant ignorer où elle était partie.

Kara s'était volatilisée.

Et avec elle, d'après le capitaine Lorus de la Milice,

plusieurs autres membres haut placés de la communauté de Rhol Yan. Un jour, ils avaient été là, et le lendemain… plus personne. Leurs domiciles étaient abandonnés, parfois même avec encore tout un tas d'affaires personnelles. Quant à leurs intérêts professionnels, ils étaient aussi restés en plan. On n'avait jamais retrouvé la moindre trace.

— C'est peut-être aussi bien pour vous, remarqua Lanoree.

— Et pourquoi dites-vous ça ? demanda Lorus.

— Parce que les apparences étaient trompeuses. Ils n'étaient pas ce qu'ils prétendaient être ; ils avaient une part d'ombre. Ils avaient les yeux braqués ailleurs, et ils fournissaient des informations aux Je'daii quand ça les arrangeait. Ils m'ont amenée ici. Ils ont encouragé mon frère et ses amis à accélérer leurs plans. À mon avis, ce sont peut-être bien Kara et sa suite qui sont les *vrais* Rêveurs d'Étoiles.

Consciente que Lorus serait heureux de la voir partir, elle quitta Kalimahr le jour même de son arrivée. D'ailleurs, elle-même ne demandait que ça.

Elle songea à Holgy en train de se faire réparer. Il y avait les machines et il y avait les maîtres ; les outils qui fonctionnaient et réagissaient, et les programmateurs qui les utilisaient à des fins personnelles. Elle avait le sentiment que Dal avait été une machine, un outil, et que Kara et ses acolytes disparus avaient été les véritables maîtres.

Peut-être Dal avait-il été trop lent dans son action, et que ses maîtres l'avaient poussé à aller plus vite. Et quoi de mieux pour cela que de lancer les Je'daii à ses trousses ? Lanoree n'aimait pas l'idée d'être utilisée, et c'était pourtant quelque chose qui l'obsédait.

Mais, à présent, Tython était à nouveau sa destination. Ses parents l'attendaient, et il était temps que leur fille rentre à la maison.

Après le second service commémoratif pour Dal, elle resterait un peu. Elle irait se promener seule dans les plaines herbeuses autour du Temple de Bodhi, peut-être se baigner dans la rivière et regarder les oiseaux tisseurs faire leurs nids. Et quand l'obscurité descendrait, elle s'allongerait pour contempler Ashla et Bogan, et l'équilibre existant entre elles.

POCKET
12, avenue d'Italie
75627 Paris Cedex 13

Achevé d'imprimer en Allemagne
par GGP Media GmbH
à Pößneck
en février 2015

Dépôt légal : février 2015
S25597/01